AU PAYS
DES
EUCALYPTUS

DE LA MÊME AUTRICE

Étoiles dans le ciel du Sud, L'Archipel, 2018 ; Archipoche, 2019.

Le Pays du soleil rouge, L'Archipel, 2017 ; Archipoche, 2018.

ELIZABETH HARAN

AU PAYS DES EUCALYPTUS

traduit de l'anglais
par Penny Lewis

ARCHIPOCHE

Ce livre, proposé à l'éditeur par l'agence Editio Dialog, Lille, a été publié sous le titre *A Woman for All Seasons*.

Notre catalogue est consultable à l'adresse suivante : www.archipoche.com

Éditions Archipoche
92, avenue de France
75013 Paris

ISBN 979-10-392-0073-8

Prologue

Londres, 1910

Tilden Shelby, tenant toujours la lettre dont il venait de prendre connaissance, ouvrit la fenêtre de son étroit bureau situé au premier étage d'un immeuble. Dans la fraîcheur de cette matinée d'automne, un petit nuage de fumée s'exhalait de sa bouche tandis qu'il contemplait les allées et venues habituelles sur Oxford Street. Mais, plongé dans ses pensées qui le transportaient à des milliers de kilomètres de là, il entendait à peine les pas des badauds qui se pressaient sur le pavé sale et mouillé. Il fallut les vociférations d'un cocher manœuvrant un élégant attelage le long du trottoir pour que l'attention de Tilden fût attirée par la scène en train de se jouer en contrebas.

Au beau milieu de l'effervescence londonienne, l'esprit de Tilden avait vagabondé jusque dans l'*outback* australien, dont il ne savait pas grand-chose. Il avait été d'autant plus transporté par les détails que livrait l'expéditeur : les immenses espaces, le ciel bleu profond, la chaleur accablante, les périodes de sécheresse, qui pouvaient s'étendre sur plusieurs années ; et la solitude, dont ils étaient peu nombreux à s'accommoder…

— Oh, ce n'est pas vrai ! gémit-il soudain en reconnaissant la silhouette qui descendait d'un fiacre.

En effet, difficile de ne pas remarquer Nola Grayson, qui dépassait d'une tête la plupart des autres femmes. Même si la grâce avec laquelle elle se mouvait n'était pas affectée, Tilden ne pouvait s'empêcher de trouver un air hautain à cette institutrice de profession, qui ne gardait jamais une place plus de quelques semaines.

Assailli d'un mauvais pressentiment, comme à chacune de ses visites, Tilden la suivait du regard avec angoisse lorsque, soudain, un jeune monsieur monta sur le trottoir et lui barra la route. Tilden ne bougea pas de la fenêtre, intrigué par le comportement de cet homme appartenant visiblement à la noblesse. Même à cette distance, il remarqua son col de chemise élégant et sa redingote à la coupe raffinée – une belle tenue que venaient compléter une canne plaquée or et un chapeau haut-de-forme en soie. Non loin de là, un domestique patientait près de la porte ouverte d'une calèche en bois verni, à laquelle étaient attelés des chevaux parés de plumes dorées. Nola voulut poursuivre son chemin, mais le jeune homme lui adressa de nouveau la parole. Il parut même l'implorer de l'écouter, ce qui ne fit qu'ajouter à la perplexité de Tilden. Ce pauvre diable avait-il perdu la raison ?

Tilden tendit l'oreille pour épier la discussion entre Nola et son interlocuteur distingué, sans succès, leurs voix se perdant dans le bruit ambiant. Quelques instants plus tard, la jeune femme se dégagea et s'engouffra dans l'entrée de l'immeuble. Le jeune homme la suivit du regard puis, la mine affligée, regagna son véhicule.

Quand Tilden entendit le pas rapide de Nola dans l'escalier, la panique l'envahit à nouveau, au point d'envisager un instant de bloquer la porte à l'aide d'une armoire. Se tançant pour son comportement puéril, il venait tout juste de reprendre son poste derrière son bureau en acajou lorsque la porte s'ouvrit.

— Bonjour, monsieur Shelby, le salua fraîchement Nola.

« Dire que la journée commençait bien », songea Tilden en repoussant sa chaise.

Sans attendre de réponse ni d'invitation à s'asseoir, Nola retira ses gants et prit place face à lui. L'espace d'un instant, Tilden crut voir vaciller l'étincelle coutumière de ses yeux noisette, peut-être à cause de la scène qui venait d'avoir lieu dans la rue.

Sans cérémonie, il en vint à la raison de sa visite.

— Déjà de retour, mademoiselle Grayson ?

Il poussa un gros soupir et résista tant bien que mal à la tentation de se donner une contenance en rangeant les papiers qui traînaient sur son bureau.

— Je refuse de travailler pour des personnes qui ne m'acceptent pas telle que je suis, monsieur Shelby, répondit Nola avec aplomb.

En d'autres termes, elle avait été renvoyée.

Tilden posa les coudes sur le bureau et porta une main à son front.

— Vous avez pourtant été engagée comme enseignante auprès des enfants Gareth voilà seulement trois semaines…

— Je sais, rétorqua Nola en redressant fièrement le menton.

Encore une fois, Tilden Shelby soupira tout sauf discrètement. Cette situation ne lui était que trop familière. Il essaya de chasser de son esprit le visage d'Austin Gareth. Bien que, pour des raisons administratives, il lui fallût connaître la raison de ce départ précipité, il n'en avait pas la moindre envie.

Il essayait de rassembler le courage nécessaire pour interroger Nola lorsque la sonnerie du téléphone retentit, lui offrant un répit de courte durée.

— Vous permettez, mademoiselle Grayson ?

Elle acquiesça d'un bref signe de tête, après quoi il s'éclaircit la voix et décrocha le téléphone.

— Allô ? Bonjour…

Sa voix était polie et chaleureuse, à l'opposé du ton qu'il s'efforçait d'employer quand le comportement de Nola l'amenait à la réprimander.

— Agence de placement Shelby, Tilden Shelby à l'appareil.

Presque aussitôt, ses traits se figèrent et son teint vira au blême. Cela n'échappa pas à Nola, qui compatit. Une mauvaise nouvelle, visiblement ! Peut-être un décès dans la famille ?

— Bonjour, monsieur Gareth, balbutia Tilden, les yeux écarquillés d'effroi.

Nola soupira. Austin Gareth ! Elle s'adossa à sa chaise et fixa ses gants d'un air concentré, tout en se préparant à la confrontation qui se profilait avec Tilden.

— Je vois, acquiesça Tilden. Tout à fait. Je suis terriblement navré, monsieur Gareth. J'ignorais… Non, bien sûr.

Il écarquilla les yeux encore davantage et regarda Nola avec stupéfaction.

— C'est parfaitement compréhensible, monsieur-Gareth. Elle a… Oh non ! Mme Gareth est-elle remise ? Bien sûr. Évidemment, je vous rembourserai les frais d'agence, si je ne trouve aucune alternative satisfaisante. Je vous envoie quelqu'un, monsieur…

S'ensuivit un claquement sec qui signala abruptement la fin de la conversation. Tilden Shelby reposa doucement le combiné sur le crochet. Lorsqu'il releva les yeux, décochant à Nola un regard lourd de reproches, il n'était plus blême mais écarlate de honte et d'indignation. La jeune femme ne cilla pas.

— Vous avez…

Tilden cligna des yeux et reprit son souffle.

— Vous avez habillé Georgina et Magdalene en garçons et vous les avez inscrites dans l'un des clubs de cricket les plus huppés de Londres ? C'est inconcevable… même venant de vous !

— Comment cela ? Les femmes doivent apprendre à s'affirmer, et puis j'ai cru rendre service au vieux Gareth. De toute évidence, il aurait préféré avoir deux fils, et les enfants aiment le cricket. Elles ont le droit d'y jouer à la maison, alors pourquoi pas en public ?

— Je ne vais pas vous apprendre que c'est contraire non seulement au règlement du club, mais à tous les usages ! Les loisirs que les enfants pratiquent dans le cercle privé, c'est autre chose.

Bien qu'il eût le plus grand mal à se contenir, Tilden s'efforça de garder son calme. Les frasques de Nola Grayson avaient le don de le mettre hors de lui.

— C'est précisément la raison pour laquelle je les ai habillées en garçons ! Un subterfuge sans conséquence, rien de plus. De plus, leur équipe l'a emporté avec une avance considérable, ce qui ne pourra que renforcer leur assurance. Les responsables du club ont tout de même été faciles à berner !

Une fois de plus, le manque de tact et la désinvolture dont Nola faisait preuve laissèrent Tilden Shelby pantois. Il eut même l'impression que la situation l'amusait !

— Croyez-vous avoir rendu service à Mme Gareth ? Imaginez l'humiliation qu'a subie cette pauvre femme !

Il savait pertinemment que cela ne servait à rien d'en appeler à sa conscience, mais avait-il d'autres arguments ?

— Cette petite sotte de Georgina a oublié de tenir son rôle et a agité la main en direction de sa mère. Celle-ci était assise à côté de lady Hartley, dont le fils, prénommé Napoléon, jouait dans l'équipe adverse. Ce garçon est tellement gâté et prétentieux… Enfin, passons. Je ne pouvais pas deviner que Mme Gareth allait sortir de ses gonds et se précipiter sur le terrain. Et moi qui m'évertue depuis toujours à dénoncer le manque de praticité des toilettes féminines ! On trébuche si facilement, avec tous ces jupons ! Et avec la balle qui l'a frôlée, elle a bien failli avoir la mâchoire brisée.

— Comme vous dites, mais une entorse à la cheville, ce n'est pas anodin non plus. M. Gareth se voit dans l'obligation d'engager une garde-malade pour sa femme et, bien sûr, il refuse que mon agence lui envoie quelqu'un. Ma bonne réputation sera bientôt bonne à jeter à la Tamise, comme la vôtre, mademoiselle Grayson.

— En toute franchise, je trouve que vous exagérez, monsieur Shelby, rétorqua Nola en relevant le menton. J'ai joué de malchance en étant engagée par quelqu'un qui n'apprécie pas mes méthodes. J'estime que les femmes, dès leur plus jeune âge, doivent être armées pour affronter les difficultés de la vie qui, concernant leurs droits, sera une lutte de tous les instants !

Tilden, ne pouvant se contenir plus longtemps, se leva et tapa des deux mains sur le bureau.

— Je suis vraiment confus que ma réaction vous semble disproportionnée, mais récapitulons les faits ! Le mois dernier, lord Stamford s'est plaint car vous aviez appris à ses filles à jouer au poker…

— Allons, monsieur Shelby, au fond, il était ravi, se défendit Nola. Elles ont gagné une coquette somme qui contribuera à leur dot.

— Il était tellement ravi qu'il a failli débarquer ici et me rosser !

Sous le coup de la colère, les coins de sa bouche frémirent. Cela n'échappa pas à Nola, qui préféra garder le silence.

— Et avant cela, j'ai subi les foudres de lady Claudia Cranley parce que ses filles avaient construit une cabane dans un arbre du parc familial !

— Et alors ? J'ai la conviction que chacun peut – et doit – savoir se servir d'un marteau et de clous.

— Si vous me laissiez parler, mademoiselle Grayson, vous comprendriez que ce n'est pas la cabane elle-même qui pose problème. On raconte que vous leur avez également appris à confectionner des arcs et des flèches, qu'elles s'amusaient à tirer depuis ladite cabane sur les visiteurs. Après votre renvoi, lord Linley a porté plainte contre lady Cranley et réclamé des dommages et intérêts pour atteinte à l'intégrité physique de son épouse qui, eh bien… disons que la position assise lui est douloureuse.

— Il faut dire que la cible était impossible à rater, gloussa Nola.

Voyant que Tilden ne partageait pas son amusement, elle reprit son sérieux et s'éclaircit la voix.

— Et encore avant, on vous avait renvoyée car vous aviez été surprise en état d'ébriété, en train de fumer et de priser du tabac – sous le toit de votre employeur, qui plus est !

Cette fois, Nola parut réellement offusquée.

— Pourquoi une femme n'aurait-elle pas droit au cigare ou au tabac à priser ? En outre, je vous ai expliqué que j'avais feint l'ivresse.

— Vous allez devoir me rafraîchir la mémoire, mademoiselle Grayson. Pourquoi diable auriez-vous fait une chose pareille ? demanda Tilden en haussant l'un de ses sourcils broussailleux.

— Afin d'éviter à une autre employée de maison d'être mise à la porte.

Bien qu'elle en eût assez de se justifier, Nola sourit en se remémorant l'incident survenu dans la cuisine de Grange Lodge. Elle et Lily Bramston, la gouvernante, croyant toute la maisonnée endormie, en étaient déjà à leur quatrième verre de brandy quand elles avaient eu l'idée de fumer un cigare et de se servir dans la tabatière. S'en étaient suivis des rires, des éternuements et des quintes de toux à n'en plus finir, qui avaient fini par tirer du lit le vicomte Wallace, maître des lieux. Lorsqu'elles l'avaient entendu dévaler les escaliers, Lily avait couru se cacher dans le placard à balais, tandis que Nola s'était mise à chanter à tue-tête. À la vue de la bouteille d'eau-de-vie ouverte, le vicomte avait conclu que Nola était complètement ivre. L'institutrice avait été renvoyée sur-le-champ, mais Lily avait conservé sa place.

— Je ne comprends pas pourquoi les hommes se mettent dans des états pareils pour de telles broutilles, lâcha Nola avec effronterie.

Elle se souvenait d'avoir vu le majordome fumer, avec l'accord explicite du maître de maison, et se servir plus d'une fois dans la bouteille d'alcool hors de prix.

— Mademoiselle Grayson, que vous compreniez ou non n'est pas la question. Ce sont ces mêmes hommes qui payent votre salaire ! Et celui qui se tient en face de vous n'a plus de place à vous proposer.

— Je suis certaine que vous me trouverez quelque chose.

Tilden se laissa choir dans son fauteuil, croisa les mains derrière la nuque, ferma les yeux quelques instants et pensa aux tracasseries administratives qui se profilaient. Il était à bout et ne savait plus comment s'y prendre avec Nola Grayson. Il aurait pu la congédier, tout bonnement, et pourtant impossible de s'y résoudre – question de décence et de conscience, sans doute. Ne lui avait-elle pas dit que le peu de famille qui lui restait vivait à l'étranger ? C'était à se demander si ces gens n'avaient pas émigré pour la fuir.

— Je vous conseillerais volontiers de vous adresser à une autre agence, mademoiselle Grayson, soupira-t-il avec résignation, si je ne savais pas que vous les avez déjà toutes écumées. Trois de mes concurrents ont déjà mis la clé sous la porte, et je ne serais pas étonné d'être le prochain !

L'institutrice le regarda avec bienveillance. De cette façon, elle arrachait toujours de petites indiscrétions à Tilden, qui avait tendance à se livrer facilement.

— Avez-vous déjà songé à vous marier ? demanda-t-il à brûle-pourpoint, provoquant un soupir de Nola. Vous auriez ainsi vos propres enfants à élever et, plaise à Dieu, vous n'aurez peut-être que des garçons !

Il repensa au gentilhomme qu'elle avait croisé dans la rue – un bon parti, à n'en pas douter. Cependant, il compatissait d'avance avec le malheureux auprès duquel Nola s'engagerait à passer le restant de ses jours.

— J'étais à la fenêtre, voyez-vous, et je vous ai aperçue par hasard en train de discuter avec un monsieur absolument charmant et élégant…

Sur le visage de Nola, l'étonnement le disputa à l'indignation. Pour la première fois, Tilden la vit perdre contenance. Bien qu'excédé par le comportement de cette jeune femme, ce bref instant de faiblesse piqua sa curiosité.

Nola baissa les yeux et fit mine de lisser sa jupe, qui n'en avait nullement besoin.

— Il s'agit de Leith, le fils de lord Rodwell. Nous n'avions aucun avenir ensemble, même s'il est convaincu du contraire.

— Pourquoi donc, mademoiselle Grayson ? Toute femme rêverait d'épouser un fils de lord, n'est-ce pas ? Je ne vous ai observés que brièvement, mais il m'a semblé que ce jeune homme était tout feu tout flamme.

— Le nom de « Rodwell » ne vous évoque vraiment rien, monsieur Shelby ? J'ai travaillé pour son père, fut un temps.

Tilden réfléchit un instant.

— En effet, cela me dit vaguement quelque chose…

Il ne pouvait avoir oublié le scandale qui s'était étalé à la une des journaux pendant plusieurs semaines, Nola en était certaine.

— Ce nom n'aurait-il pas été mentionné dans la presse ? Cela remonte à plus d'un an, murmura Tilden. Mais je ne me souviens plus en détail…

— Le scandale a duré des mois, monsieur Shelby. J'ai surpris lord Rodwell, nu comme un ver, en train d'embrasser sa frivole belle-sœur au salon, alors que son épouse dormait dans le lit conjugal à l'étage.

Tilden écarquilla les yeux, choqué par ce qu'il venait d'entendre. Il n'aurait pas oublié une affaire aussi délicate, si la presse s'en était fait l'écho !

— Avez-vous menacé d'en informer lady Rodwell ?

— En effet !

— Et ensuite ?

— Il a essayé de monnayer mon silence.

— Comment avez-vous réagi ?

— J'ai cédé.

Estomaqué, Tilden se dit que Mlle Grayson, telle qu'il la connaissait, était pourtant femme à tenir tête à quiconque lui soumettrait une telle proposition.

— Cela m'étonne de vous, constata-t-il.

— Je n'en avais pas la moindre envie, croyez-moi !

Elle se leva, se posta devant la fenêtre et se perdit dans la contemplation de la rue, tandis que Tilden brûlait d'entendre la suite de son récit.

— Je sais que je peux paraître froide et effrontée, monsieur Shelby, mais je vous assure que j'ai un cœur, surtout quand des enfants risquent d'être blessés.

— Je… je n'en ai jamais douté, mademoiselle Grayson. Aucun de vos anciens employeurs ne vous a accusée de négliger le bien-être de vos protégés.

Lorsque Nola se tourna vers Tilden, celui-ci fut surpris par la tendresse qui se lisait dans son regard.

Il sentit qu'elle avait envie de s'épancher. N'avait-elle donc aucune amie à qui se confier ? Sans doute pas, à force de ne jamais rester longtemps dans la même maison.

— Les filles de lord Rodwell le vénèrent, expliqua-t-elle d'une voix douce, et Clarissa, son épouse, est de constitution fragile, aussi bien physiquement que nerveusement. Je ne pouvais me résoudre à gâcher la vie de trois innocentes.

— Cette délicatesse vous honore, souligna Tilden, qui découvrait une autre facette, plus douce, de Nola. Et… dois-je comprendre que vous avez changé d'avis, étant donné que l'affaire s'est sue ?

— Non. Même si cela m'a fendu le cœur, j'ai préféré partir. C'est une cuisinière qui a informé la presse, une jeune femme qui subissait les assauts de ce porc depuis plusieurs années. Comme je l'ai appris par la suite, elle ne l'a plus supporté, il l'a mise à la porte et elle s'est vengée.

— On ne peut que louer le courage de cette jeune femme, observa Tilden. Cependant, je n'ai pas souvenir qu'un autre nom que le vôtre ait été cité.

— En effet. Elle n'entendait pas en rester là, seulement, prise de peur, elle a demandé l'anonymat à la dernière minute. Elle a certainement pensé à sa propre famille, qu'elle a préféré ne pas mêler au scandale. Mais elle savait que j'avais découvert la liaison de lord Rodwell et que nous avions eu une discussion pour le moins houleuse. Lorsque l'affaire a éclaté, lord Rodwell m'a tout naturellement accusée de l'avoir traîné dans la boue.

Tilden se dit que Nola était tout de même une femme très réfléchie. Se serait-il montré aussi magnanime en de telles circonstances ? Rien n'était moins sûr.

— Vous a-t-il menacée ?

— Il a trouvé une autre façon de se venger, répondit Nola en retournant s'asseoir.

Tilden se souvint soudain qu'il avait été question d'une aventure avec un cocher…

— Vous-même, n'aviez-vous pas une liaison avec un homme marié ? demanda-t-il en se tortillant sur sa chaise, mal à l'aise.

— Il n'y avait pas une once de vérité dans cette histoire, monsieur Shelby. Dieu sait que je ne suis pas une sainte, mais jamais je ne me serais compromise de la sorte. Rodwell m'a calomniée, racontant que j'avais eu une liaison avec Clyde Tirrell, le cocher d'un voisin, alors que nous n'avions pas échangé trois mots. Sa femme, qui allait accoucher de leur premier enfant quelques semaines plus tard, a été profondément blessée par ces rumeurs, et leur couple a bien failli ne pas s'en relever. Les articles de journaux étaient terribles, donnant un luxe de détails que Rodwell inventait au fur et à mesure. J'étais tellement furieuse que j'ai fait irruption chez lui alors qu'il recevait. Nous nous sommes affrontés pendant de longues minutes devant une assemblée d'illustres invités qui n'ont pas perdu une miette du spectacle. Pour finir, lorsqu'il m'a traitée de vieille fille frustrée secrètement transie d'amour pour lui, je l'ai poussé dans l'eau croupie de la mare aux grenouilles. Une fois remise de ses émotions, l'assistance m'a applaudie !

— J'aurais aimé voir la scène, soupira Tilden en ne pouvant réprimer un sourire.

— Je dois avoir encore une coupure de journal quelque part, lâcha Nola avec un haussement d'épaules.

Tilden blêmit.

— Parce que la presse était présente ?

— Évidemment ! Rodwell fêtait sa nomination à un poste important en Inde. Après avoir consigné notre dispute au mot près, les journalistes ont conclu de ses tentatives pitoyables de justification que je ne n'avais rien à me reprocher.

Elle surprit l'expression sur le visage de Tilden et devina ce qu'il était en train de penser.

— Pour une fois, concéda-t-elle en lui décochant un clin d'œil.

— Et ce poste en Inde ?

— Rodwell a dû en faire son deuil.

Tilden secoua la tête avec stupéfaction.

— Mais que vient faire le fils de lord Rodwell là-dedans ? demanda-t-il, curieux d'avoir le fin mot de l'histoire.

Nola se rembrunit.

— Leith est le fils de lord Rodwell issu d'un premier lit. Quand la presse à scandale m'a prise pour cible, il est venu me rendre visite et m'a assurée de son soutien. À l'évidence, il n'était pas dupe quant à la vraie nature de son père. Or lui aussi tenait à protéger ses demi-sœurs, et il admirait l'aplomb avec lequel je m'étais défendue. Sans doute avait-il essayé de tenir tête à son père par le passé, sans succès. Toujours est-il que son approbation m'a donné du baume au cœur.

Tilden déduisit du soupir poussé par Nola que les choses étaient allées plus loin entre elle et le jeune Rodwell.

— Sa démarche n'avait-elle pas des motivations plus… personnelles ? hasarda-t-il.

— Tout à fait. Vous l'avez dit, monsieur Shelby, c'est un jeune homme charmant. Quant à moi, je suis une femme qui a aussi des… besoins.

Nola et Leith avaient finalement vécu une liaison passionnée de plusieurs mois. La jeune femme s'empourpra au seul souvenir de leurs rencontres en secret.

Tilden, remarquant son trouble, ouvrit la bouche puis se ravisa, préférant ne rien laisser paraître de son étonnement.

— Nous avons été… très proches, reconnut-elle avec timidité. Je crois même…

Elle s'éclaircit la voix et redressa les épaules.

— Enfin, je n'ai jamais eu la certitude que cette relation comptait réellement pour lui, bien qu'il se soit démené pour me prouver le sérieux de ses intentions. À vrai dire, je soupçonne qu'il y ait eu, derrière cet empressement apparent, une volonté de contrarier son père ou, tout du moins, d'attirer son attention. Si j'ai vu juste, le moyen était parfaitement indiqué. Je ne suis qu'une simple institutrice, j'appartiens au petit peuple… Son père préférerait encore qu'il s'entiche d'une prostituée de l'East End, plutôt que de la femme qui l'a humilié publiquement !

— Mais, mademoiselle Grayson, vous écartez un peu vite les sentiments que le fils Rodwell semble nourrir à votre endroit. De plus, vous pourriez vivre dans le confort, grimper dans la hiérarchie sociale, côtoyer les personnalités les plus influentes de Londres. En un mot comme en cent, vous avez tout à y gagner !

Nola esquissa une moue songeuse. Elle avait cru de tout son cœur que Leith l'aimait, allant jusqu'à parler mariage et enfants. Leur relation avait été fougueuse ; en sa compagnie, Nola avait connu les moments les plus palpitants de son existence. Jusqu'au jour où, soudain, elle avait eu une révélation, peu de temps après la confrontation devenue inévitable entre Leith et son père. Les deux hommes n'en avaient rien su sur le moment, mais Nola avait épié leur conversation, et ce qu'elle avait entendu l'avait brisée. Elle avait eu confirmation que Leith s'était servi d'elle pour atteindre son père, que cette liaison n'avait été qu'un prétexte ! Elle s'était sentie trahie, trompée sans vergogne. Par la suite, lorsqu'elle s'en était expliquée avec Leith, celui-ci avait plaidé le malentendu, répétant à l'envi qu'il l'aimait sincèrement. Or Nola ne pouvait oublier les paroles qu'elle avait entendues, ni le ton sur lequel Leith s'était adressé à son père – le ton d'un homme froid et sans scrupules.

— Cela vous paraîtra peut-être un peu trop romantique, monsieur Shelby, mais le jour où je me marierai, je serai mue par la seule raison qui vaille : l'amour. À mes yeux, aucune position sociale, aucun titre de noblesse, aucun confort ne saurait rivaliser. Cette vision des choses n'est pas compatible avec la vanité et l'étroitesse d'esprit d'hommes comme Leith Rodwell. Il n'a qu'une idée en tête, faire enrager son père. Seulement, la situation a changé : une femme du peuple l'a envoyé sur les roses, ce qui lui vaut d'être raillé par ses amis de la haute société.

— Mais alors, pourquoi se montre-t-il aussi insistant ?

— S'il cherche à renouer, c'est au mieux par fierté, au pire par esprit de revanche.

— J'ai du mal à y croire. Sa peine semblait tout à fait sincère, lorsque vous l'avez rabroué tout à l'heure. Ne pensez-vous pas qu'il ait pu, dans un premier temps, vous séduire pour mettre son père en colère, puis qu'il se soit épris de vous ?

Nola regarda Tilden avec stupéfaction.

— C'est précisément mon avis !

— Vous voyez ? Ses intentions sont sans doute honorables.

— Quand bien même, qu'est-ce que cela changerait ? L'amour va de pair avec la confiance, or après lui avoir accordé la mienne de façon absolue, cela m'est désormais impossible. Et comme je ne crois pas aux mariages de commodité, Leith Rodwell n'a plus rien à faire dans ma vie. Vous trouverez peut-être que ce raisonnement est très conventionnel et ne me ressemble pas, mais je reste convaincue qu'il ne devrait exister que des mariages d'amour.

Le visage de Tilden s'adoucit, son regard s'arrêtant sur la photographie de sa défunte femme qu'il gardait toujours près de lui. Il était tombé amoureux d'Irene, une femme calme et discrète, à l'âge de quatorze ans. Leur mariage, qui avait duré trois décennies, avait été la période la plus heureuse de sa vie et, chaque jour qui passait, son absence se faisait plus cruellement sentir.

Il se tourna à nouveau vers la femme pour le moins atypique qui était assise en face de lui. Depuis deux ans qu'il connaissait Nola, ses conceptions révolutionnaires de l'éducation et de l'instruction lui avaient maintes fois donné du fil à retordre.

— Vous n'avez absolument rien de conventionnel, mademoiselle Grayson, observa-t-il.

Nola, retrouvant son assurance coutumière, sourit d'une oreille à l'autre.

— Tant mieux ! Je n'ai pas la moindre envie d'être prisonnière d'une union étouffante et sans amour, dans laquelle mon époux aurait tous les droits et moi, aucun. Non merci, sans façon !

— Peut-être devriez-vous partir à l'étranger pour oublier vos soucis et ce prétendant inopportun, hasarda Tilden.

— À l'étranger ?

Rien ne la retenait à Londres : pas de perspectives professionnelles ou si peu, quasiment plus d'économies, pas même un toit au-dessus de la tête.

Alors que Nola considérait la question, Tilden prit la lettre reçue le matin même et la relut rapidement. Le futur employeur disait rechercher un enseignant, sans toutefois stipuler qu'il devait s'agir d'un homme. L'affaire s'annonçait délicate : Tilden devrait dénicher une personne prête à quitter son pays pour parcourir des milliers de kilomètres et s'installer loin de toute civilisation. Cela exigeait qu'il manœuvrât avec doigté, or il savait précisément comment présenter l'offre à Nola sous un jour attrayant.

— Que diriez-vous de l'Australie ? Le soleil toute l'année, les grands espaces…

— L'Australie ?

Lorsque Nola, visiblement intriguée, se pencha en avant, Tilden devina qu'elle avait mordu à l'hameçon.

— J'ai reçu une demande pour un poste d'enseignant. J'étais d'ailleurs très surpris que l'on s'adresse à moi. Il semblerait que ma réputation soit encore intacte sur le cinquième continent.

Il risqua un coup d'œil en direction de Nola, qui était encore perdue dans ses pensées.

— L'Australie ! C'est si loin de l'Angleterre, murmura-t-elle.

Un large sourire s'épanouit sur le visage de Tilden, qui jubilait intérieurement. Nola le remarqua mais n'en prit pas ombrage, déjà enthousiasmée par cette perspective qui s'ouvrait à l'étranger.

— Cette lettre donne-t-elle d'autres informations ?

— C'est une place sur un élevage de bétail qui appartient à un certain Langford Reinhart. Son régisseur, Galen Hartford, m'écrit car il recherche un instituteur pour ses enfants âgés de treize, dix et quatre ans.

— Filles ou garçons ? demanda Nola.

Tilden haussa les sourcils.

— Ce n'est pas précisé.

À un autre postulant, Tilden aurait volontiers donné de plus amples détails. Cependant, s'agissant de Nola, il savait qu'en conservant une part de mystère, il ne ferait qu'accroître son intérêt.

— En revanche, M. Hartford me demande de ne pas cacher à toute personne éventuellement intéressée que l'endroit est très isolé. De plus, la vie là-bas ne sera pas de tout repos, entre la chaleur, les longues périodes de sécheresse, les inondations… Et vous serez certainement la seule femme à des centaines de kilomètres à la ronde.

Tilden songeait qu'ainsi, Nola ne souffrirait d'aucune comparaison, lorsqu'il prit soudain conscience d'une chose à laquelle il n'avait pas pensé.

— Y a-t-il un problème, monsieur Shelby ? demanda Nola, voyant qu'il fronçait les sourcils.

— Je viens de me rendre compte que vous n'aurez pas de chaperonne, ce qui constituera bien sûr un risque pour votre intégrité.

Nola partit dans un grand éclat de rire.

— Pour l'amour du ciel, monsieur Shelby ! Une chaperonne, mais quelle drôle d'idée ! Je connais plus d'une jeune dame qui ne s'est pas gênée pour succomber aux assauts passionnés de son amant sous les yeux de sa « chaperonne », comme vous dites.

Tilden se demanda si elle parlait d'expérience. Il fut fixé lorsque Nola assena :

— Ce qui est interdit est d'autant plus excitant. Enfin, concernant ma réputation, je ne vous apprends rien. C'est précisément la raison pour laquelle je suis sans poste à l'heure actuelle. Espérons que les commérages ne me poursuivront pas jusqu'au fin fond du désert australien.

Tilden secoua la tête et s'empressa de changer de sujet.

— M. Reinhart propose un contrat d'un an et prendra tous les frais à sa charge.

— Fantastique ! D'après ce que vous me dites, le poste m'a tout l'air d'être exigeant. Dans cette région reculée, l'instruction des enfants de M. Hartford a dû être réduite au strict minimum.

— Vous avez tout à fait raison, souligna Tilden, continuant à nourrir l'enthousiasme de la jeune femme. De plus, en plein désert, vous n'aurez pas à vous soucier des conventions. Vous pourrez grimper aux arbres si cela vous chante, nager dans des cours d'eau, jouer au cricket ou au poker, sans qu'un lord ou une lady trouve à y redire.

À ces mots, une ride se dessina entre les sourcils de Nola.

— Ceci est une proposition sérieuse, monsieur Shelby, oui ou non ?

— Bien sûr ! Je tenais simplement à souligner les avantages pour la postulante... atypique que vous êtes, mademoiselle Grayson.

Lorsque Tilden étudia de nouveau la lettre, relisant plus attentivement le dernier paragraphe, une ombre passa sur son visage.

— Avant de donner une réponse favorable à l'employeur, mademoiselle Grayson, je me dois de vous prévenir. Le postulant, quel qu'il soit, aura des fonctions élargies, raison pour laquelle le salaire proposé est deux fois plus élevé qu'à Londres. Comme je vous le disais, le domaine Reinhart est très isolé, et on exige de tous ceux qui y travaillent de mettre la main à la pâte. Comme dans un cirque ambulant, en quelque sorte.

Nola, soudain assaillie par un mauvais pressentiment, pinça les lèvres. Si son futur poste, certes bien payé, se trouvait dans une zone aussi reculée, elle préférait savoir à l'avance en quoi consisteraient ses futures attributions avant de s'engager.

— L'employeur donne-t-il davantage de précisions ?

Son imagination débordante conjura toutes sortes d'images. Elle se voyait déjà nettoyer des étables, voire castrer des taureaux… Et elle ne pouvait pas dire que cela la réjouissait !

Tilden, la voyant hésiter, parcourut rapidement la liste des tâches à la recherche d'un exemple qui ne fût pas trop rebutant.

— On exigera de vous un peu de comptabilité.

— Voilà qui ne devrait pas poser problème, répondit Nola avec un soupir de soulagement. J'aiderai avec plaisir. Autre chose ?

Ce fut au tour de Tilden de soupirer en se plongeant à nouveau dans la lettre.

— Il est également indiqué que la gestion du bétail mobilise tous les employés.

— La gestion du bétail !

Nola porta une main à sa bouche. Elle avait vu juste : castrer les taureaux, marquer les pauvres bêtes au fer rouge…

— Rassurez-vous, mademoiselle Grayson, l'enseignant devra tout au plus préparer les repas des gardiens de troupeaux quand ceux-ci bivouaqueront. Ce n'est pas trop demander, si ?

— Préparer à manger ?

La cuisine n'était pas son point fort, pour employer un euphémisme.

— Après une dure journée de travail, ils ne feront pas les difficiles, l'encouragea Tilden.

Nola haussa un sourcil.

— Et je ne doute pas que vous connaissiez d'excellentes recettes, s'empressa-t-il d'ajouter avant qu'elle ne prît la mouche. Vous ne verrez pas non plus d'inconvénient à nourrir quelques poules et autres animaux, traire une vache de temps à autre, repasser… ?

— Je vais finir par croire qu'on ne recherche pas tant une enseignante qu'une bonne à tout faire, monsieur Shelby. Je comprends mieux pourquoi ils ne lésinent pas sur le salaire. J'espère au moins que, une fois toutes ces corvées effectuées, je ne tomberai pas de sommeil pendant la classe.

— Vous avez assez d'énergie pour agiter la moitié de l'aristocratie londonienne, mademoiselle Grayson. Ce ne sont pas quelques tâches ménagères qui vont vous décourager !

— Je m'étonne de la confiance soudaine que vous me témoignez, monsieur Shelby. Enfin, après tout, qu'ai-je à perdre ? Plus rien ne me retient à Londres.

Tilden eut beau tenter de ne rien laisser paraître de son soulagement, Nola n'était pas dupe. Toutefois, elle ne se doutait pas à quel point il se félicitait intérieurement pour son habileté.

— Je transmets votre réponse positive dès aujourd'hui et je prépare le nécessaire pour le voyage. Revenez demain matin à la première heure, j'aurai certainement plus de précisions.

— Merci beaucoup.

Nola, pensive, le dévisagea quelques instants.

— Vous pourriez cacher un peu plus votre joie, monsieur Shelby, du moins jusqu'à ce que j'aie embarqué pour l'Australie. Même si le soulagement que vous semblez éprouver à l'idée d'être enfin débarrassé de moi ne me vexe pas le moins du monde !

Tilden rougit jusqu'aux oreilles.

— Non, enfin, je suis simplement content que… euh… que vous ayez enfin trouvé votre vocation, ainsi qu'un endroit où l'on saura apprécier vos talents à leur juste valeur !

Nola, percevant sa gêne, eut un sourire espiègle.

— Méfiez-vous, monsieur Shelby, je pourrais bien vous manquer !

Lorsqu'elle se leva, Tilden se précipita pour la devancer et lui tenir la porte. Quand elle se tourna vers lui pour prendre congé, il croisa ses yeux noisette incroyablement expressifs. La stature de Nola et la détermination qui émanait de sa personne l'avaient toujours intimidé. Mais maintenant qu'il la voyait sans doute pour l'avant-dernière fois, il s'autorisa à la dévisager plus attentivement.

Que Nola, par son allure et son comportement, ne correspondît pas aux canons de beauté allait de soi. Seulement, pour peu que l'on prît le temps de l'observer plus en détail, comme Tilden présentement, on finissait par découvrir qu'elle n'était pas dépourvue de charme. L'homme essaya d'imaginer ses cheveux couleur de miel, qu'elle maintenait à l'aide d'épingles en un chignon sévère, coiffés avec des boucles à l'anglaise, comme la mode actuelle. Et de quoi aurait-elle l'air dans une belle robe de bal ?

Il s'ébroua, intérieurement du moins. Les robes de bal, les bouclettes, très peu pour Nola Grayson. Et s'il osait une remarque sur sa coiffure, elle risquait de l'envoyer valser dans l'escalier.

— À demain, mademoiselle Grayson, dit-il simplement.

— À demain, monsieur Shelby.

Alors qu'elle descendait les marches, Tilden la suivit du regard tout en se demandant si, après tout, cette femme qui n'avait que faire des usages n'était pas tout simplement en avance sur son temps. Jamais il ne l'aurait admis à personne mais, aujourd'hui, elle avait gagné son respect, aussi bien par sa détermination que par son humanité.

Ses pensées se tournèrent de nouveau vers Galen Hartford, dont la lettre laissait transparaître qu'il s'agissait d'un homme intransigeant, pétri de principes et d'idéaux. Difficile d'imaginer sa réaction lorsqu'il se retrouverait nez à nez avec Nola Grayson. Tilden était cependant sûr d'une chose : leur cohabitation, à l'instar de la vie sur ce domaine reculé de l'*outback* australien, ne serait pas de tout repos.

1

Tout juste débarquée à Maryborough, sur la côte est de l'Australie, Nola patientait, assise sur sa malle, en observant avec fascination le travail des dockers. Ceux-ci, aidés de leurs chiens, guidaient les troupeaux de moutons vers les navires qui les achemineraient sur les marchés du sud du pays. Elle avait été tout aussi impressionnée par le déchargement des bêtes à Sydney, où elle avait pris un deuxième bateau afin de poursuivre son voyage vers le nord.

— Pardonnez-moi, mademoiselle Grayson ! s'exclama un homme à l'air pincé, après s'être raclé bruyamment la gorge.

Nola sursauta et se tourna vers le révérend Tristram Turpin. Ils avaient voyagé à bord du même bateau depuis l'Angleterre, un vapeur baptisé *Louisa May*, avec des centaines d'autres émigrants, mais ne s'étaient quasiment pas vus de toute la traversée. Le révérend avait en effet passé le plus clair de son temps dans sa cabine du pont inférieur auprès de sa femme, Minerva, dont on disait qu'elle souffrait d'un terrible mal de mer.

— Ils sont en train de charger la diligence qui doit nous conduire à la gare.

Nola abaissa le mouchoir avec lequel elle se couvrait le nez et la bouche.

— Merci, révérend. J'ai hâte de reprendre la route. Ces chiens font peut-être un excellent travail, mais la poussière soulevée par les moutons est insupportable pour la gorge et les poumons !

— Oh que oui, sans oublier les mouches ! s'exclama Turpin, tout en s'épongeant le front et la nuque. Mon épouse est de constitution très fragile, et l'odeur des animaux la rend malade. Elle a déjà trouvé refuge dans la diligence avec les enfants. Cependant, les troupeaux, les mouches et la poussière ne sont qu'un moindre mal, comparé à cet air humide et étouffant…

— Sous ces latitudes, il faut penser au confort avant tout. Si vous tenez à garder votre soutane par cette chaleur, je vous conseille de renoncer à votre linge de corps, révérend. Personne n'en saura rien !

Le révérend regarda Nola avec des yeux ronds comme des billes et blêmit, tandis qu'elle agitait le bas de sa robe pour se rafraîchir les mollets – geste qu'il jugea tout à fait inconvenant, venant d'une jeune femme. Il détourna le regard et murmura une prière pour le salut de son âme.

Deux hommes costauds aux vêtements troués s'approchèrent pour récupérer les bagages. Nola se leva, les laissa prendre sa malle et sa valise, mais insista pour porter elle-même son sac de voyage.

— Moi qui n'ai jamais prisé les corsets et les brassières, c'est avec plaisir que je renoncerai également aux jupons ! renchérit l'institutrice. J'ai entendu dire que les Aborigènes allaient quasiment nus. Non pas que nous devions forcément les prendre en exemple, cependant… autre pays, autres mœurs !

Les deux marins, qui avaient manifestement surpris les paroles de Nola, jetèrent un regard curieux au révérend qui, devenu écarlate, s'empressa de changer de sujet.

– Hum… Quelle est votre destination finale, mademoiselle Grayson ?

– Je vais jusqu'au fin fond du golfe de Carpentarie, après le terminus de la diligence de la poste, il me semble. Et vous ?

– Winton.

Suivis de leurs porteurs de bagages, ils marchèrent jusqu'au véhicule qui les attendait.

– Donc vous n'avez plus que ce trajet en train, observa Nola en se tournant vers le révérend, qu'elle dépassait d'une tête. Pour ma part, j'aurai encore au moins deux jours de route. Enfin, ce sera l'occasion de profiter du paysage. Et si nous nous retrouvions au wagon-restaurant pour le dîner ?

Une nouvelle fois, le révérend écarquilla les yeux, tandis que son cœur tressautait dans sa poitrine. En constatant son effarement, Nola éclata de rire.

– Rassurez-vous, révérend, il ne s'agit pas là d'une proposition inconvenante. Je pensais que nous pourrions passer la soirée ensemble. Avec votre famille, s'entend.

– Bien sûr, je… euh… j'étais seulement en train de songer que… Voyez-vous, mademoiselle Grayson, je crains que mes enfants ne vous empêchent de profiter du paysage et du repas. Ils peuvent être très turbulents !

– Je suis institutrice, je saurai m'y prendre avec vos rejetons.

– Je vois…

Tristram Turpin esquissa un faible sourire et murmura une nouvelle prière, cette fois pour que Nola ne suggérât pas à son épouse de retirer ses dessous. Auquel cas, Minerva aurait une attaque !

Tandis qu'ils traversaient la petite ville de Maryborough en direction de la gare, Nola fut saisie par le contraste entre les élégants attelages et les carrioles qui avançaient cahin-caha dans les rues. Ils durent se frayer un chemin entre les troupeaux de moutons et de bovins qui, guidés par des chiens courant en tous sens, soulevaient de gigantesques nuages de poussière. Comparé au centre-ville de Londres et ses rues tirées au cordeau, Maryborough faisait figure de petite bourgade, avec ses maisons de bois toutes pourvues de vérandas couvertes, censées apporter un peu de fraîcheur à leurs occupants. Quant à la gare, elle consistait en un simple banc en bois installé le long d'une voie ferrée, si bien que les tickets devaient être achetés dans un magasin général situé sur la rue principale.

Le train dans lequel ils montèrent direction Winton se révéla étonnamment confortable. Il fallut toutefois laisser les fenêtres ouvertes en raison de la chaleur qui devenait de plus en plus accablante, à mesure qu'ils se dirigeaient vers le nord. Pourtant, ainsi que Nola l'apprit par le contrôleur, l'été australien n'avait pas encore débuté. Les températures deviendraient alors insupportables, en particulier dans la région du golfe de Carpentarie, réputée pour son air chargé en humidité.

— Si elles ne viennent pas à bout des gens qui vivent ici, elles n'auront pas raison de moi non plus, déclara Nola d'un ton assuré.

Le contrôleur haussa les sourcils. Décidément, les nouveaux arrivants se distinguaient toujours par leur optimisme. Combien de fois les avait-il entendus tenir le discours inverse sur le trajet du retour, qui survenait généralement assez vite ?

Dans l'intimité confortable du compartiment de première classe que lui avait réservé Langford Reinhart, Nola eut tout loisir de contempler le paysage, s'extasiant notamment devant les plaines ocre qui s'étendaient à perte de vue. Depuis plusieurs centaines de kilomètres, ils cheminaient en plein désert, ne traversant que quelques hameaux où le passage du train était vécu comme un événement. Les habitants le guettaient le long des voies, tout en discutant dans un anglais mâtiné d'un fort accent australien. La plupart des hommes étaient trapus et fumaient la pipe, tandis que les femmes, dont le visage tanné se devinait sous leurs chapeaux désuets, affichaient des mines impassibles. De temps à autre, Nola voyait des feux de camp dont s'élevait une fumée sentant l'eucalyptus brûlé. Tout était si nouveau, excitant et fascinant !

Au cours des deux dîners que Nola partagea avec la famille Turpin, le révérend lui parut particulièrement crispé. La jeune femme tenta bien de le dérider, mais ses plaisanteries ne firent qu'accroître encore plus son malaise. Alors qu'ils étaient à table et que Nola discutait le plus naturellement du monde, il faillit s'étouffer à plusieurs reprises sur sa nourriture, au point d'en perdre l'appétit. Son épouse, Minerva, une femme nerveuse à tête de belette, n'appréciait pas non plus l'humour de Nola, contrairement aux enfants, qui passaient leur temps à ricaner. Lorsque l'institutrice lui confia son inquiétude au sujet du révérend, Minerva prétendit que son mari ne supportait pas de prendre ses repas dans le wagon-restaurant. Manifestement, elle-même n'avait pas ce problème, à juger par les portions énormes qu'elle engloutissait – à croire qu'elle se rattrapait, après la diète forcée due à son mal de mer.

Quand le train arriva en gare de Winton, il fut temps pour Nola de prendre congé de la famille Turpin, ce dont le révérend ne fut pas peu soulagé. Elle devait passer une nuit à l'hôtel, puis elle poursuivrait son voyage à bord d'une diligence jusqu'à Julia Creek, où un employé de Langford Reinhart viendrait la chercher.

La chambre de l'hôtel de Winton était convenable, pour un établissement situé en plein bush. Au dîner, Nola put même choisir son plat principal. À la vue de la taille du rumsteck, elle jugea plus raisonnable de déguster des côtelettes d'agneau. Même si elle avait l'appétit solide, elle savait qu'elle n'en viendrait pas à bout, alors que les autres clients ne semblaient pas avoir de difficulté à finir leur assiette.

— Ici, quand on a faim, on avalerait un cheval entier, si le besoin s'en faisait sentir ! s'exclama la serveuse en croisant son regard interrogateur.

Nola, ne sachant pas si sa réponse était à prendre au propre ou au figuré, esquissa une grimace. Elle s'étonna également de l'habitude qu'avaient les locaux de boire des quantités gigantesques de thé noir.

La bourgade abritait une modeste église, désormais confiée aux bons soins du révérend Turpin, un magasin général qui n'était pas sans rappeler celui de Maryborough, ainsi qu'une forge. En tout, cinq maisonnettes bordaient la rue principale. Nola fut donc très surprise d'apprendre par Phoebe Pillar, la propriétaire de l'hôtel, que la ville comptait cent trente habitants.

— Mais où se cachent-ils tous ? demanda-t-elle.

— La plupart vivent à l'extérieur de la ville, dans les fermes, expliqua Phoebe. Ils passent le samedi pour faire les courses, manger ici et discuter avec les voisins. Qui voudrait s'enterrer dans ce patelin, à part les cinq filles qui travaillent avec moi en cuisine ?

Le lendemain, Nola se réveilla à l'aube puis descendit dans la salle à manger. Là, elle fut présentée au cocher de la diligence, Tierman Skelly, qui était en train de prendre son petit-déjeuner. Elle faillit tourner de l'œil en découvrant le contenu de son assiette : plusieurs tranches de bacon épaisses et grasses, de la viande de chèvre et trois énormes œufs au plat qui baignaient dans l'huile. Nola, écœurée, le laissa à ses agapes et alla boire son thé dehors.

Quelques instants plus tard, M. Skelly la rejoignit en s'essuyant la bouche sur sa manche.

— Mes bagages sont bien harnachés ? s'enquit-elle, surtout inquiète pour sa malle qui contenait de précieux manuels scolaires.

Après l'avoir rassurée, Tierman lui ouvrit la porte de la diligence.

— Merci, mais je préférerais m'asseoir sur la banquette extérieure, objecta-t-elle aussitôt.

— Vous êtes sûre, mademoiselle ? Dehors, vous ne serez pas à l'abri du vent.

— Je ne suis pas une petite nature, croyez-moi, mais je doute de supporter la chaleur dans l'habitacle.

— Comme vous voudrez, mademoiselle. Je dois cependant vous prévenir que ma banquette n'est pas confortable, loin de là. En outre, vous ne serez pas protégée en cas d'accident ou d'attaque d'Aborigènes.

Nola pâlit légèrement.

— Si vous me prévenez à temps, je sauterai à terre et je me mettrai à couvert. De toute façon, je suis sûre qu'il ne m'arrivera rien.

— Je vois que vous avez de l'humour. Ça change ! s'exclama le cocher, hilare.

Nola ne l'autorisa pas à l'aider et insista pour monter seule. Après avoir retroussé ses jupes, dévoilant par la même occasion ses jambes sans la moindre gêne, elle parvint à se hisser jusqu'à la banquette. Tierman, qui ne lui donnait pas deux heures avant de changer d'avis, prit place à côté d'elle, s'empara des rênes et fit claquer son fouet. L'attelage de six chevaux prit alors la direction du nord-ouest en soulevant un énorme nuage de poussière.

Si Nola, juchée sur la banquette, jouissait d'une vue imprenable sur le paysage, elle fut surprise par la vitesse effrénée de la diligence. À peine deux kilomètres plus tard, non seulement son chapeau s'était envolé dans le chaud vent du nord, mais elle était tout ébouriffée et sentait que sa peau fragile brûlait au soleil. Malgré tout, elle n'envisagea pas une seconde de prendre place à l'intérieur de la diligence, déjà occupé par quatre enfants geignards et leur mère, une femme typique du bush, qui sommeillait dans un coin.

Tierman Skelly, sous ses airs rustres, se révéla un compagnon de voyage bavard et amusant. Après avoir hésité à engager la conversation avec Nola, il dut finalement la juger digne de l'écouter, car il se lança dans mille histoires à dormir debout, non sans souligner que les cochers de la région étaient réputés pour leur imagination débordante. Il fut ravi lorsque, à son tour – peut-être pour ne pas perdre sa précieuse place sur la banquette –, la jeune femme le gratifia de quelques anecdotes.

— Vous savez, j'ai connu le bagne, lâcha soudain le cocher au détour de la conversation. Plus de la moitié des colons australiens ont été condamnés à des peines de prison, et l'autre moitié était des descendants de bagnards.

— C'est vrai ?

Après s'être demandé, l'espace d'un instant, quelle mouche l'avait piquée de venir s'installer dans un pays de criminels, Nola ne put réprimer un sourire. Elle qui avait soif d'aventure serait certainement servie, ici. Elle faillit interroger Tierman sur ses méfaits. Mais alors qu'elle se ravisait, l'homme lui indiqua qu'il avait attaqué la Banque d'Angleterre, avant de s'esclaffer devant sa mine ahurie. La jeune femme supposa que, cette fois encore, il exagérait quelque peu.

Quelque temps plus tard, le cocher marqua un arrêt pour changer les chevaux, offrant par la même occasion aux passagers l'occasion de se dégourdir les jambes. Mais à peine furent-ils descendus du véhicule que des essaims de mouches gigantesques les assaillirent. De plus, en l'absence de courants d'air, la chaleur était insupportable, si bien que Nola et ses compagnons de voyage reprirent presque avec soulagement la route jonchée de cailloux et de racines.

Dans l'après-midi, la jeune femme fut rejointe sur la banquette par les deux fils aînés de la femme du bush.

— Ce ciel bleu est absolument magnifique, soupira-t-elle, alors que la diligence s'engageait sur une piste étroite.

Bien que Tierman manœuvrât ses chevaux avec habileté, le véhicule faillit se renverser à plusieurs reprises. Nola n'osa pas suggérer de ralentir la cadence, se contentant de dire aux enfants de bien s'accrocher.

— La sécheresse vous apprendra à détester ce ciel, répondit Tierman à sa remarque.

— Elle survient fréquemment ?

— Pour sûr ! Elle dure plusieurs mois, quand ce n'est pas plusieurs années, et les fissures qu'elle creuse dans le sol pourraient engloutir notre diligence. Ici vivent des troupeaux de milliers de têtes, dont plus de la moitié meurt pendant la sécheresse. Et il n'est pas rare qu'en l'espace d'une semaine, les bêtes qui ont survécu périssent noyées dans les crues qui surviennent d'un coup.

Nola avait lu sur la saison sèche et la vie des troupeaux mais, une fois encore, elle supposa que le cocher exagérait, d'autant qu'elle entendit les enfants ricaner.

— Nous ne connaissons pas la sécheresse en Angleterre. Mais il y a des renards qui se promènent avec des peaux de mouton sur le dos ! répondit-elle avec un clin d'œil en direction de ses petits compagnons.

Tierman rit, puis désigna la végétation alentour.

— Vous voyez ces tiges qui ressemblent à du blé ? C'est de l'herbe de Mitchell, elle pousse aux premières gouttes de pluie. Et les buissons là-bas, où la terre est sablonneuse, c'est de l'arroche. Comme cette plante est noire, les Aborigènes l'appellent « bindeah », « barbe du diable ».

— À ce propos, étiez-vous sérieux ce matin, quand vous parliez d'une possible attaque ? s'enquit Nola en contemplant les buissons qui ondulaient dans le vent.

— Plutôt ! Et c'est la raison pour laquelle je ne me sépare jamais de ceci.

Il plongea une main sous la banquette et exhiba un vieux fusil de chasse. Nola grimaça avec angoisse puis, surprenant son clin d'œil, secoua la tête en souriant.

— Je m'entends bien avec les Aborigènes, poursuivit le cocher. Ils me sont déjà venus en aide alors que j'étais en difficulté. Tout le monde n'a pas cette chance.

— J'ai hâte d'en rencontrer.

— Dans ce cas, espérons que vous ferez partie des veinards !

Alors que la diligence tournait dans un virage, Nola fut ravie de voir un kangourou de presque deux mètres de haut qui se dressait sur ses pattes, puis des émeus et des dindes sauvages. Tierman et les garçons éclatèrent de rire lorsque Nola s'ébahit devant leurs petites têtes ainsi dressées.

À mesure qu'ils s'enfonçaient à l'intérieur des terres, la végétation évoluait. Le cocher en profita pour désigner tour à tour des acacias, dont les branches parées de feuilles argentées tombaient en cascade vers le sol, des eucalyptus coolabah gris-vert, qui s'harmonisaient à merveille avec le bleu intense du ciel, ainsi que des gommiers fantômes, reconnaissables à leur tronc dénudé dont l'écorce tombait en lambeaux.

Dans l'après-midi, quand Nola souligna l'éclat du soleil, qui lui paraissait extrêmement cru, le visage de Tierman se fit grave.

— Maintenant, vous comprenez pourquoi les feuilles et les branches se ratatinent comme des membres rachitiques, indiqua-t-il. Notre terre est magnifique, semblable à nulle autre, mais, en période de sécheresse, elle s'avère impitoyable !

Lorsqu'ils atteignirent enfin Julia Creek, terminus de la diligence, les garçons et leur mère furent accueillis à bras ouverts par un homme qui attendait seul devant un petit hôtel. Nola eut de la peine pour la femme du bush, dont l'état d'épuisement ne lui permettait même pas de se réjouir de ces retrouvailles avec son mari.

Le bourg minuscule se résumait à trois bâtisses : l'hôtel Julia-Creek, une forge, qui abritait également une écurie, et une épicerie jouxtant un petit logis. Quand Tierman s'éclipsa à l'intérieur de l'hôtel, Nola patienta sous l'étroite véranda, se perdant dans la contemplation de la poussière rougeâtre que le vent balayait de-ci de-là, et savourant le silence, uniquement troublé par des bourdonnements d'insectes et des cris d'oiseaux solitaires.

Au bout de quelques minutes, ne sachant pas si le cocher allait revenir et l'aider à décharger ses bagages, Nola finit par s'en occuper elle-même, puis s'assit sur sa malle et étudia les environs.

Près de la porte battante qui menait au bar, d'où lui parvenaient parfois des éclats de voix, un homme était affalé contre le mur, tellement ivre qu'il ne réagissait pas aux mouches courant sur son visage. Devant l'hôtel, six chevaux attachés à une barrière remuaient la queue sans relâche pour chasser les insectes qui les assaillaient. Un peu plus loin, Nola remarqua soudain, à l'ombre d'un arbre, un groupe d'Aborigènes qui la fixaient de leurs yeux sombres, trois chiens maigrelets à leurs pieds. Ayant encore en mémoire les mises en garde du cocher, elle sentit son cœur bondir dans sa poitrine. Ces gens n'avaient cependant pas l'air de lui vouloir le moindre mal ; ils semblaient surtout indifférents à tout, comme si le temps et l'espace n'avaient aucune prise sur eux. Même la vue d'une jeune Anglaise hirsute à la peau pâle et aux joues rougies par la chaleur ne sembla guère les émouvoir. Comme Nola ne voulait pas les heurter, elle évita de les dévisager sans vergogne, tout en ne pouvant s'empêcher d'être fascinée par leurs corps longilignes et leurs cheveux crépus.

Tierman la rejoignit, la lèvre supérieure barrée par un reste de mousse de bière.

— Nom de nom, j'avais bien besoin d'un petit rafraîchissement !

Il ponctua sa phrase d'un rot sonore qui fit sursauter Nola.

— Entrez donc, mademoiselle Grayson !

— Mais, monsieur Tierman, mes bagages ? La malle contient tous mes manuels scolaires.

— Nous ne sommes pas à Londres, souligna Tierman en haussant les sourcils. Qui pourrait vous les voler ?

— Peut-être quelqu'un qui passerait par hasard ? Qu'en sais-je, après tout ?

Tierman s'esclaffa.

— Plus personne ne s'aventurera par ici jusqu'à la semaine prochaine, croyez-moi ! Concernant ceux-là, ajouta-t-il en coulant un regard en coin aux Aborigènes, vous n'avez rien à craindre. Ils n'ont sans doute jamais vu un livre de leur vie. Enfin, je dis ça… La lecture et moi, ça fait deux.

Nola se sentit idiote. Elle avait encore tant à découvrir ! Elle tourna de nouveau la tête vers les Aborigènes, tout en se demandant s'ils seraient disposés à recevoir son enseignement. Ce pouvait être intéressant de leur inculquer quelques notions et de glaner quelques connaissances auprès d'eux en retour.

— Vous devez mourir de soif, dit Tierman en entraînant Nola vers l'entrée de l'hôtel.

— Je vous le confirme, acquiesça-t-elle.

Lorsqu'ils entrèrent dans un petit salon paraissant bien sombre et exigu, après ce voyage dans les grands espaces, une femme vint à leur rencontre.

— Esther, voici la demoiselle dont je t'ai parlé, dit Tierman en se tournant vers Nola. Esther est la propriétaire de l'hôtel depuis…

Cette dernière, comme toutes les personnes que Nola avait rencontrées depuis qu'elle avait posé le pied en Australie, la dévisagea avec curiosité.

— … depuis que mon mari a passé l'arme à gauche, ma petite ! acheva-t-elle avec un accent australien traînant. Non pas qu'il s'affairait beaucoup ici. Il buvait trop pour être d'une quelconque utilité.

Alors que, machinalement, Nola portait une main à ses cheveux ébouriffés, son interlocutrice ne parut même pas remarquer son apparence négligée. Peut-être parce que cette femme à la peau sèche et ridée, aux cheveux bruns coiffés en un chignon approximatif, portait elle-même une robe à fleurs tachée, ornée d'un col en dentelle dit « filet de pêche », que Nola avait vue portée par de nombreuses femmes entre Maryborough et Julia Creek.

— Il me faudrait une chambre pour la nuit, dit Nola. En auriez-vous une ?

Esther sourit.

— J'en ai trois en tout, mais l'une est déjà réservée. Tierman, si tu dors avec Hank, je pourrai tous vous caser.

— Hank ronfle comme une locomotive, bougonna le cocher. Je préfère encore dormir dans l'écurie. D'ailleurs, ça me rappelle qu'il me doit une bière.

Sur ce, Tierman retourna au bar.

— Il ne s'est pas entendu, celui-là.

Esther ne se souciait pas de la conclusion que Nola serait susceptible de tirer d'une telle remarque. Quant à l'institutrice, elle n'entendait pas lui demander de précision.

— C'est rare de voir des femmes par ici, ma petite, lança Esther en la toisant de haut en bas. Dis-moi, tu n'es pas une mariée choisie sur catalogue ?

Manifestement, ce n'était pas dans ses habitudes de tourner autour du pot.

— Absolument pas !

— Et d'où nous arrives-tu ?

— D'Angleterre. De Londres, pour être précise.

— Ah oui, ça s'entend à ton accent. Et tu as voyagé toute seule ?

— Esther, serait-ce possible d'avoir quelque chose à boire ? demanda Nola, préférant interrompre cette salve de questions un peu trop personnelles à son goût. La journée a été longue.

— Bien sûr, ma petite, je suis désolée. Comme je te le disais, ce n'est pas tous les jours qu'on voit une nouvelle arrivante par ici. Tu veux un thé ? La chèvre a pris le large, donc on n'a plus de lait. Autrement, je peux te proposer de la bière ou du whisky.

À la seule pensée d'une tasse de thé noir, Nola sentit son ventre se tordre.

— J'ai l'impression que M. Skelly a beaucoup apprécié sa bière, donc je vais prendre la même chose.

Esther servit Nola avant de s'éclipser, le temps d'aérer sa chambre. La jeune femme s'installa dans un fauteuil confortable et renversa la tête en arrière avec un soupir d'aise. Puis, profitant d'être seule, elle retira ses chaussures et retroussa ses jupes qui lui collaient à la peau pour se rafraîchir un peu, tout en promenant son regard sur la pièce.

Du plafond pendaient des rubans de papier tue-mouches enduits de glu ; sur le manteau de la cheminée trônait une rangée d'œufs d'émeus sculptés et de presse-papiers en cristal ; au mur, un miroir craquelé était surmonté d'un crochet d'où tombait une moustiquaire de couleur verte ; une lampe imposante à l'abat-jour jauni, un canapé aux coussins rapiécés et une table minuscule complétaient la pièce. Et, à en juger par leur état, ils n'étaient pas de première fraîcheur.

Quelques minutes plus tard, Esther revint et accompagna Nola jusqu'à sa chambre à l'arrière de l'hôtel. Située tout au fond du couloir, elle jouxtait un cabinet de toilette infesté de mouches d'où s'échappait une épouvantable odeur d'urine. Tierman avait déposé la malle devant la porte et ses bagages personnels à l'intérieur.

— Les chambres ne sont pas souvent occupées, s'excusa Esther. Sur ce, je te laisse, j'ai des clients à servir. Il ne reste pas assez d'eau pour remplir la baignoire, mais tu as tout de même un fond dans le pichet qui devrait suffire pour un brin de toilette rapide. S'il t'en faut quand même plus, je peux en puiser dans la citerne et la mettre à chauffer sur le poêle. Cela dit, ça prendra un moment !

Nola se souvint en effet d'avoir vu dehors, adossée à un mur, une citerne en piteux état.

— Je me contenterai du pichet, je vous remercie.

— Et pense à te passer un coup de peigne, ma petite. Tu as ce qu'il faut ?

— Bien sûr.

Nola, un peu décontenancée, porta une main à ses cheveux qu'elle sentit rêches et poisseux. Pourquoi Tierman ne l'avait-il pas prévenue de son apparence pour le moins douteuse ? Elle se tourna vers Esther pour s'en excuser, mais la femme était déjà repartie.

L'hôtel étant pourvu d'un toit de tôle chauffé à blanc par le soleil de l'après-midi, une chaleur intense régnait dans toute la bâtisse. Nola voulut créer un semblant de courant d'air en laissant la porte de sa chambre ouverte, pour finalement renoncer en raison des effluves émanant du cabinet de toilette.

Elle s'assit sur le lit, dont les ressorts grincèrent sous son poids, se munit d'un peigne et entreprit de se démêler les cheveux – une entreprise qui la laissa exténuée et dégoulinante de sueur. Voulant se laver les mains et la figure, elle vida le pichet dans une bassine poussiéreuse qu'elle trouva à côté du lit, puis soupira en avisant tour à tour les traces brunâtres laissées par le liquide sur les bords du récipient, et le minuscule morceau de savon à sa disposition. Une fois quelque peu rafraîchie malgré tout, elle décida de rejoindre Tierman, dont le rire tonitruant lui parvenait depuis le bar.

Dès que Nola franchit le seuil, un silence s'abattit sur la salle, dans laquelle se trouvaient cinq hommes, dont Tierman, assis sur des tabourets au comptoir, et un sixième, avachi dans un coin, qui semblait dormir. Comme Esther était en train de tirer une bière, elle ne vit pas tout de suite Nola s'installer à son tour. Lorsque, étonnée par le silence soudain, la tenancière releva la tête, sa réaction fut immédiate.

— Désolée, ma petite, mais cet endroit est interdit aux femmes.

Nola, désarçonnée, se tourna vers les autres clients, qui la fixaient avec stupéfaction, puis de nouveau vers Esther.

— Mais, vous-même, vous êtes une femme ! lui lança-t-elle.

Les hommes étouffèrent un gloussement, ce qui leur valut un regard noir de la tenancière. Puis celle-ci répondit en souriant patiemment :

— C'est sûr, seulement moi, je travaille ici. Je suis la seule femme dont la présence est acceptée.

— Pourquoi ?

Esther réfléchit un instant.

— Eh bien, à vrai dire, je ne sais pas ! C'est comme ça, voilà tout !

— Et qui en a décidé ainsi ? insista Nola.

Esther regarda ses clients. Deux haussèrent les épaules, un troisième baissa les yeux.

– Elle a raison, Esther, intervint Tierman, que cette conversation amusait. Qui a décrété ça ?

– Je suppose qu'il y a une loi à ce sujet, hasarda-t-elle.

Visiblement, personne n'avait jamais osé remettre cet usage en question.

– Y a-t-il un commissariat au village ? demanda Nola, tout en se doutant fortement de la réponse.

– Aucun policier à cent cinquante kilomètres à la ronde, bredouilla l'un des clients.

– Dans ce cas, je n'ai rien à craindre. Personne ne viendra m'arrêter, rétorqua Nola avec un sourire forcé.

Esther éclata de rire.

– Je ne crois pas, en effet.

Nola renchérit :

– Comme le bar vous appartient, Esther, il ne tient qu'à vous de choisir votre clientèle. De toute façon, les femmes de passage ici sont tellement rares que cela ne vaut pas la peine de leur réserver une salle à part, n'est-ce pas ? Si loi il y a, elle ne repose pas sur grand-chose.

Esther se tourna vers les hommes.

– L'un de vous y voit une objection ?

Ils hésitèrent, pesant le pour et le contre. S'ils acceptaient Nola parmi eux, d'autres femmes revendiqueraient le même droit. Il semblait leur échapper que, en l'espace d'un an, aucune femme, à part Esther et Nola, n'avait passé la porte de l'hôtel Julia-Creek.

– J'offre ma tournée, annonça Nola en sortant sa bourse.

Ces quelques mots lui valurent l'approbation des clients, qui hochèrent la tête.

— Et toi, ma petite, qu'est-ce que tu bois ? demanda Esther. Une autre bière ?

— C'est ce qui me paraît le plus indiqué.

Surpris et impressionnés par ce choix, les hommes s'adoucirent. Même le client affalé contre le mur releva la tête en entendant le mot « tournée » et avança son verre.

— Et où allez-vous, ma petite... euh, mademoiselle ?

La question venait du voisin de Tierman, dont le chapeau blanchi par le soleil et humide de transpiration était posé sur le comptoir. En entrant, Nola avait remarqué les plumes multicolores fichées dans le ruban.

Maintenant que la discussion repartait, la jeune femme sentait tous les regards posés sur elle.

— Je vais au domaine Reinhart, déclara-t-elle en guettant la réaction de ses interlocuteurs. On m'y a engagée comme institutrice.

À ces mots, le client affalé contre le mur glissa de son tabouret et approcha d'un pas chancelant, tandis que les autres ouvraient des yeux ronds comme des billes.

— Il y a erreur... Vous n'êtes pas...

Il ouvrit et referma la bouche en la pointant du doigt.

— De quoi parle-t-il, Tierman ? demanda Nola, perplexe.

Le cocher haussa les épaules.

Alors qu'il allait se planter devant elle, l'ivrogne s'effondra.

— Il s’est évanoui ? s’enquit Nola en le regardant avec pitié.

— Il est bourré comme un coing, commenta l’un de ses voisins de comptoir.

Esther se pencha par-dessus le comptoir pour mieux voir, puis avisa Nola d’un coup de menton.

— Je ne t’ai même pas demandé ton nom, ma petite.

— Nola Grayson, répondit la jeune femme, un peu gênée de ne se présenter que maintenant.

Une lueur d’espièglerie illumina le regard de la tenancière.

— Nola, sans « N » à la fin ? demanda-t-elle, le sourire jusqu’aux oreilles.

— C’est exact.

— Il y avait donc bien une chambre réservée pour toi ! Mademoiselle *Nola* Grayson, permets-moi de te présenter Hank Bradly, dit-elle en désignant l’homme qui gisait à terre. Hank a fait la route depuis le domaine Reinhart pour venir te chercher. Je pense que tu n’es pas la personne à laquelle il s’attendait.

Tandis que les hommes riaient à gorge déployée, Nola regarda fixement Hank, toujours sans connaissance.

— Esther, pourriez-vous me servir un grand verre d’eau, s’il vous plaît ?

Celle-ci, ne sachant pas ce que Nola avait en tête, s’exécuta en souriant.

L’institutrice, qui n’avait pas encore saisi le caractère précieux de l’eau dans cette contrée, se leva et aspergea le visage de Hank, provoquant un nouveau silence. Cependant, les hommes étaient trop captivés par le spectacle pour lui adresser des remontrances.

Après avoir toussé et craché, Hank se releva, se frotta le visage et dévisagea en clignant des yeux la femme de haute taille qui se tenait devant lui.

— Il vaudrait mieux que vous restiez sobre à partir de maintenant, monsieur Bradly, affirma Nola. C'est une longue route qui nous attend demain !

2

Le lendemain matin, Nola était en train de fermer son sac de voyage lorsque Hank Bradly parut dans le couloir. Ses autres bagages se trouvaient déjà sur le seuil de l'hôtel, prêts à être chargés. Il laissa passer quelques secondes, puis toussota afin de signaler sa présence. Nola sursauta, pivota et reconnut l'homme qui tournait nerveusement son chapeau entre ses doigts. Avec ses cheveux lissés et son menton rasé de près, Hank lui sembla moins rustre et plus jeune que la veille au soir.

— Bonjour, murmura-t-il en baissant les yeux.

— Bonjour, monsieur Bradly. J'espère que vous êtes frais et dispos. En tout cas, vous le paraissez.

Il tressaillit et se balança sur ses talons.

— L'attelage est prêt. Il vaudrait mieux ne pas trop tarder, on dirait qu'un *blowie* s'annonce.

— Un « *blowie* » ? C'est une sorte de… de tempête ?

Hank s'étant déjà éclipsé, il n'entendit pas sa question. Nola saisit son sac, lui emboîta le pas et sortit sous la véranda, où Esther et Tierman observaient avec intérêt les nuages qui s'amoncelaient dans le ciel. Un homme, qui sentait la chèvre et ne s'était manifestement pas lavé depuis des semaines, s'écarta pour laisser passer l'institutrice, qu'il salua en soulevant son chapeau. Son visage à la peau tannée et luisante de sueur était à moitié mangé par une barbe de trois jours grise et sale.

— Bonjour.

— Bonjour, répondit Nola en prenant soin de ne pas le frôler avec ses jupes toutes propres. Le temps m'a tout l'air d'être à la pluie.

L'homme écarquilla les yeux et plissa le front.

— Pas du tout !

— Et ce ciel chargé ? On dirait qu'un orage va bientôt éclater.

Il secoua la tête en riant.

— Vous venez d'arriver dans la région, hein ? On essuiera tout au plus un *blowie*, une tornade de poussière !

Pourquoi diable ces gens ne s'exprimaient-ils pas plus clairement ? s'interrogea Nola en s'arrêtant à hauteur de Tierman et d'Esther. À quelques pas de là, la diligence se tenait prête à regagner Winton. Quant à Hank, il s'affairait autour d'une carriole à laquelle étaient harnachés deux chevaux puissants et trapus.

Lorsque Nola s'en approcha, elle surprit Tierman en train d'esquisser un sourire coquin.

— Puis-je savoir ce qui vous amuse tant ? demanda-t-elle en plantant son regard dans le sien sans se démonter.

— Tierman est en train de se dire que si tu t'installes au domaine, on risque d'assister à un afflux d'hommes dans la région, s'immisça Esther.

Nola les considéra tous deux avec surprise, tandis que Tierman poussait son amie du coude.

— Galen vous protégera, bougonna-t-il, gêné, en se dandinant d'une jambe sur l'autre. Il ne supporte pas ces idioties.

— Monsieur Skelly, faites-moi confiance, je suis parfaitement capable de me protéger moi-même.

— Bon. Eh bien, sur ce, bonne chance ! lança Esther en lui tapotant l'épaule.

— Merci ! Je crois que je vais en avoir besoin.

En effet, Nola pressentait qu'elle avait plus à craindre de Galen Hartford que d'une horde de prétendants indésirables.

— Et les pauvres gens du domaine Reinhart, encore plus, renchérit Tierman. Allez-y doucement avec ce pauvre Hank.

Nola se tourna vers l'homme qui vérifiait le harnachement des chevaux et haussa un sourcil.

— Tant qu'il ne boit pas, nous devrions bien nous entendre.

— Il était tout penaud ce matin, souligna Esther. Quant à savoir si c'était la gueule de bois ou l'eau que vous lui avez jetée à la figure…

La veille au soir, Nola avait aidé Esther à ranger, après quoi elles s'étaient assises et avaient discuté de l'Angleterre, de leurs familles respectives et du quotidien dans l'*outback*, jusqu'à 1 heure du matin. Ce fut seulement au moment du coucher que Nola avait repensé à Hank, qui ronflait dans la chambre voisine. Elle avait alors saisi la gravité de son geste.

— Encore toutes mes excuses pour avoir gaspillé cette eau, Esther, dit-elle. C'était désinvolte de ma part.

— Ce n'est pas grave, ma petite. Rien que pour la tête de Hank, ça en valait la peine !

Nola fronça le nez.

— Il est pressé de partir, donc je vais éviter de le retarder plus longtemps. Au revoir, Esther. Et vous, monsieur Skelly, pas d'excès, et attention sur la route !

— Oui, oui…

— Ça va, tu ne te mouilles pas trop, souligna Esther.

Les deux amis s'esclaffèrent. Sur ce, Nola monta dans la carriole et agita la main pour leur dire au revoir.

Nola et Hank ne pipèrent mot pendant les deux ou trois premiers kilomètres, tandis que la carriole avançait cahin-caha dans l'immense plaine poussiéreuse qui semblait s'étendre par-delà l'horizon. La température déjà élevée était compensée par une légère brise. À plusieurs reprises, Nola surprit Hank en train de fixer sombrement les nuages qui s'amoncelaient au-dessus de leurs têtes.

— Quelle distance nous sépare du domaine Reinhart ? demanda-t-elle, rompant enfin le silence.

— Ça dépend du chemin qu'on choisit.

Nola le dévisagea dans l'attente d'une réponse plus précise.

— Ce n'est pas loin, consentit à ajouter Hank.

— À savoir ? Vingt kilomètres ? Trente, peut-être ?

— Trente-huit kilomètres à vol d'oiseau. Une fois que nous aurons traversé la Short Horn River, nous serons sur le domaine Reinhart.

S'ensuivit un autre long silence, dont Nola profita pour contempler avec fascination les tourbillons de poussière qui, telles des tornades miniatures, entraînait terre, poussière et feuilles mortes dans leur sillage. Tierman lui avait parlé de ce phénomène de vent sec que les Aborigènes appelaient « willy-willy ». N'en sachant pas plus, elle se demanda s'ils risquaient d'être pris au piège de « willy-willy » plus puissants.

Nola sentit chez Hank un regain de tension, qu'elle imputa davantage à sa présence qu'à l'approche d'hypothétiques tornades.

— Je crois que nous avons certaines choses à mettre au clair, monsieur Bradly.

Elle espéra un signe indiquant qu'il était enclin à parler, mais il l'ignora, se contentant d'avancer la lèvre inférieure d'un air boudeur.

— Dois-je comprendre que je ne corresponds pas tout à fait à vos attentes ?

Le regard en coin qu'il lui coula confirma qu'elle avait vu juste.

— Ce n'est pas bien grave, poursuivit Nola. Je suis habituée à ce que les gens réagissent avec surprise, quand ils me rencontrent. Une question de taille, je suppose.

— M. Reinhart sera surpris, pour sûr, confirma Hank. Mais cela n'aura rien à voir avec votre taille, croyez-moi !

Lorsque Nola tourna la tête vers lui pour le scruter, leurs regards se croisèrent. Au moins, elle avait réussi à briser la glace.

— Je ne pense pas me tromper en affirmant qu'au domaine Reinhart, c'est un maître d'école qu'on attend, et non une maîtresse, avança-t-elle.

Hank opina.

— M. Reinhart va vous renvoyer par la première diligence.

— Cela ne sera pas possible, je le crains. M. Shelby, le directeur de l'agence qui m'envoie, a négocié pour moi un contrat d'un an.

Si l'aplomb de Nola épata Hank, celui-ci fut encore plus étonné d'apprendre que Langford Reinhart s'était engagé aussi fermement auprès de quelqu'un qu'il ne connaissait pas. Dans l'*outback*, on avait pour habitude de sceller un accord par une poignée de mains.

— M. Reinhart a pour habitude d'imposer ses volontés, mademoiselle.

— Je vous en prie, appelez-moi Nola, monsieur Bradly, et je vous appellerai Hank, si vous êtes d'accord.

Hank acquiesça.

— Bref, je disais : mon contrat est d'une durée d'un an, et j'entends le respecter.

Hank lui lança un nouveau regard en coin. Son nom sortait peut-être de l'ordinaire, mais elle était de toute façon une femme pour le moins inhabituelle. Elle contemplait le paysage le plus tranquillement du monde, sans se soucier de la nouvelle vie qui l'attendait.

— Une femme n'a pas sa place ici, décréta-t-il.

— Ne dites pas de sottises, Hank. Une femme a sa place n'importe où, du moment qu'il y a un foyer et des enfants.

— Si vous le dites, marmonna-t-il en se grattant la tête. Malheureusement, pas grand monde n'est de cet avis. Aucune femme ne tient le coup longtemps dans le bush. Esther et Gladys, de Julia Creek, sont les seules exceptions à des dizaines de kilomètres à la ronde. La vie ici est très rude et solitaire.

Nola songea à la femme du bush qu'elle avait rencontrée dans la diligence et qui, en effet, ne lui avait pas paru particulièrement épanouie. Même Esther semblait souffrir de la solitude. Au cours de leur discussion la veille au soir, Nola avait appris qu'elle avait des enfants mais que ceux-ci étaient hébergés dans un internat en ville. Esther espérait que ses deux filles reviendraient à Julia Creek, une fois l'année scolaire terminée, pour l'aider à tenir l'hôtel ; à condition, d'ici là, qu'elles ne s'éprennent pas d'un citadin. Quant à son fils, il ambitionnait de devenir avocat. Bien qu'il se dît prêt à s'établir à la campagne, il avait tout intérêt, en début de carrière, à se faire un nom dans une grande ville.

— Hank, je présume que c'est également difficile pour les hommes, de toujours rester entre eux.

— Les journées sont longues à l'exploitation, elles commencent tôt le matin et finissent tard le soir. En général, le seul moment de convivialité se tient autour d'un feu de camp, après de longues heures passées à s'occuper du bétail. Quand nous convoyons les troupeaux, il peut se passer plusieurs mois sans que nous voyions une femme. Et rares sont les épouses à supporter la solitude d'une ferme où elles ne voient personne, à part les Aborigènes des environs, pendant que leurs maris accompagnent les troupeaux sur des milliers de kilomètres. Quant aux enfants, les plus chanceux suivent des cours soit avec des précepteurs, soit par correspondance. Mais la plupart sont envoyés en ville, à l'internat, et donc séparés de leur mère.

— Si plus de femmes étaient présentes dans les fermes, elles pourraient se serrer les coudes en l'absence de leurs maris.

— Sauf qu'elles devraient parcourir de longues distances pour se retrouver. Certaines exploitations sont séparées de plusieurs centaines de kilomètres.

— Et si elles se donnaient rendez-vous au village pour discuter autour d'un café ?

— Vous comprendrez ce que je veux dire une fois que nous serons arrivés au domaine, répondit Hank en secouant la tête devant un tel manque de clairvoyance concernant les conditions de vie dans l'*outback*.

Nola acquiesça, puis prit le temps d'observer Hank plus attentivement. Même si, au regard des critères traditionnels d'élégance et de séduction, on ne pouvait pas dire de lui qu'il fût bel homme, il n'aurait certainement pas déplu à une femme célibataire, avec ses ridules autour des yeux et son sourire chaleureux qui le rendaient sympathique. Elle lui donnait entre quarante-cinq et cinquante-cinq ans. Il avait donc encore le temps de dénicher une compagne et de l'épouser.

— Vous pourriez aller en ville, rencontrer une femme, l'épouser puis la ramener ici, lança-t-elle.

— Pour n'importe quelle citadine, il est hors de question de venir s'installer dans le bush. Je vous l'ai dit, le quotidien y est trop éprouvant.

Il se tourna vers Nola et la toisa, l'air songeur.

— Vous-même, vous ne seriez pas venue, si vous aviez su ce qui vous attendait.

— Détrompez-vous, Hank. Après qu'on m'en a brossé un tableau détaillé, j'ai insisté pour venir malgré tout.

— Mais pourquoi ?

— L'aventure, peut-être, le défi que représente l'enseignement à des enfants qui ne sont certainement jamais entrés dans une salle de classe.

Hank fut impressionné par son ambition – restait à voir ce qu'il en adviendrait, une fois que Nola serait confrontée à la réalité.

— Chacun de nous devrait élargir son horizon dès lors qu'il en a l'occasion, Hank. La vie elle-même est une grande école, et sans doute encore plus dans cette contrée qu'ailleurs !

— C'est vraiment la seule raison de votre présence ici ? demanda-t-il d'un ton faussement léger. Vous ne seriez quand même pas une criminelle en fuite ?

— Mais non, enfin ! s'exclama Nola, qui feignit l'indignation avant d'ajouter avec un sourire en coin : cela doit rester entre nous, Hank, mais à Londres, personne ne pleure mon départ. Mes idées étaient trop radicales pour la haute société anglaise. Mais parlez-moi plutôt de Mme Hartford.

— D'après ce que je sais, elle est morte, murmura Hank.

— Et M. Reinhart ? Il ne s'est jamais marié ?

Hank rechignait à parler de ses patrons, tous deux des hommes plutôt taiseux.

— Je connais Galen depuis des années, mais je ne suis pas employé au domaine Reinhart à plein temps. D'habitude, je travaille dans un élevage à trois cents kilomètres au sud de Julia Creek.

— Vous êtes gardien de troupeaux ?

— Tout juste. Sur le domaine Reinhart, je devais participer au début du rassemblement du bétail, mais comme le petit dernier de Galen est tombé malade, nous n'avons toujours pas commencé. Quant à M. Reinhart, je ne sais pas grand-chose de lui.

— Tout de même, Hank, je trouve cela un peu particulier.

— Quoi donc ?

— Qu'un homme choisisse de vivre dans le désert, loin de tout, sans épouse ni enfants.

Sans répondre, Hank ouvrit le panier à provisions qu'Esther avait rempli et tendit un sandwich à Nola. Aussitôt, un essaim de mouches les assaillit.

— Quel genre d'homme est M. Reinhart ? demanda Nola en agitant les mains pour tenter de chasser les insectes.

Hank réfléchit tout en mastiquant son pain recouvert d'une épaisse tranche de lard.

— Attendez d'être arrivée, et vous verrez par vous-même, lâcha-t-il enfin, peinant à trouver les mots les plus appropriés pour décrire Langford.

— On m'a expliqué que je devrais également m'occuper de la comptabilité, du linge… Actuellement, qui se charge des tâches ménagères telles que la cuisine et le nettoyage des locaux ? Avez-vous du personnel à la ferme ? Des Aborigènes, peut-être ?

— Non, M. Reinhart ne tolérerait pas de femmes issues de tribus locales sur sa propriété. Et concernant les corvées quotidiennes, chacun doit mettre la main à la pâte.

Dans l'après-midi, la chaleur devint accablante. Le paysage changeait, ils cheminaient à présent sur une plaine de terre sombre, parsemée de buissons au feuillage gris argent et recouverte de brindilles d'herbe sèche qui se tendaient désespérément vers le ciel en quête d'un peu d'humidité. Après que la carriole eut gravi une colline, Nola découvrit en contrebas une zone légèrement boisée et, à l'horizon, une chaîne de collines scintillant d'un étrange éclat bleuté.

D'un coup, la pluie se mit à tomber, d'abord fine puis de plus en plus drue, les gouttes dessinant des ronds dans le sol terreux.

— La sécheresse est terminée ? demanda Nola en s'étonnant de l'indifférence de Hank.

— Ce n'est pas demain la veille, malheureusement, répondit-il d'un ton las.

— Quel dommage. Tierman Skelly m'a raconté que l'herbe verdissait parfois en une nuit.

— C'est vrai, mais une petite averse ne suffit pas à lui redonner vie. Il doit pleuvoir plusieurs jours d'affilée pour que la végétation garde ses couleurs et que les cours d'eau retrouvent un niveau correct. Vous constaterez très vite que la vie sur le domaine dépend avant tout des conditions climatiques.

Tandis que la terre noire, ramollie par la pluie, adhérait aux roues de la carriole et les empêchait d'avancer, Nola s'étonna du peu de fraîcheur que leur apporta l'averse. À vrai dire, celle-ci contribuait surtout à rendre l'atmosphère plus étouffante encore.

— J'espère que nous traverserons la Short Horn River sans encombre, cria Hank pour couvrir le grondement du tonnerre, tout en raclant les mottes de terre collées aux roues. Le sud connaît des pluies torrentielles, en ce moment.

— Comment le savez-vous ? cria Nola à son tour.

Hank désigna le sud, où le ciel avait presque viré au noir.

— Le niveau de l'eau va monter. Il n'est pas exclu que nous devions nous séparer de votre malle, car son poids entraîne la carriole vers le bas.

— Hors de question ! protesta aussitôt Nola. Cette malle contient tous mes manuels scolaires !

— C'est elle ou vous, rétorqua Hank, qui ajouta, devant son expression indignée : Ou alors je reviendrai la chercher plus tard.

— Je terminerai le voyage à pied s'il le faut, mais je ne me séparerai pas de ma malle. Ces livres sont irremplaçables !

Pour prouver sa détermination, elle descendit de la carriole, prit l'un des chevaux par la bride et le tira en avant en donnant de la voix afin de l'encourager, sous le regard éberlué de Hank. Plus d'une fois, Nola maudit ses jupes dans lesquelles elle ne cessait de se prendre les pieds. Lorsqu'elle atteignit enfin la rivière, agitée par un puissant courant, elle avait de la boue jusqu'aux genoux.

— Ne vous inquiétez pas, nous devrions atteindre l'autre rive sans trop de problème, l'informa Hank. Le lit est large, mais pas très profond.

— N'y a-t-il aucun passage à gué ? Ou un pont, peut-être ?

Hank grimaça, l'air de penser que Nola venait de proférer une énormité.

— Les ponts n'existent que dans les régions civilisées !

Nola lui lança un regard stupéfait.

— Une région ne peut être civilisée que si ses habitants le sont. Les propriétaires des exploitations alentour n'ont qu'à se retrousser les manches et construire un pont qui enjambe la rivière. Ce serait rendre un fier service à tout le monde !

— Écoutez-moi bien, rétorqua Hank en secouant la tête. Surtout, abstenez-vous de tenir ce genre de propos en leur présence. Ici, on n'apprécie pas trop que les nouveaux arrivants y aillent de leurs précieux conseils, en particulier…

« En particulier quand les conseils en question sortent de la bouche d'une femme », ajouta-t-il en silence.

— Les nouveaux arrivants doivent éviter de faire des vagues, si je comprends bien ? lança Nola.

Hank se mordit les lèvres et préféra se concentrer pleinement sur la traversée du cours d'eau.

— À quelques heures près, on garderait les pieds au sec, murmura-t-il. Le golfe de Carpentarie vit actuellement sa cinquième année de sécheresse. Il y a bien des averses isolées, mais elles ne sont d'aucun soulagement ; tout au plus servent-elles à mettre les éleveurs sur les dents et à exciter le bétail. Demain, ce sera comme si toute cette eau n'avait jamais existé. Nous pourrions bivouaquer ici, en attendant que le niveau baisse.

— Moi, je traverse, décréta Nola, qui n'avait qu'une hâte, arriver enfin au domaine, quitte à traverser cette rivière à la nage.

Dans un premier temps, Hank insista pour que Nola remontât dans la carriole. La jeune femme refusa obstinément, consciente qu'ils ne seraient pas trop de deux pour guider les chevaux. Voyant que le lit de la rivière gonflait à vue d'œil, Hank avisa la taille de Nola, puis céda à contrecœur. Une femme plus frêle n'aurait pas pu lutter contre les flots.

Dès qu'ils pénétrèrent dans l'eau avec les chevaux, Nola fut surprise par la force du courant. L'eau brunâtre qui déferlait entre ses cuisses l'empêchait presque de se maintenir debout, tandis que les chevaux roulaient des yeux et hennissaient avec angoisse. Comme Hank leur parlait d'une voix douce afin de les rassurer, Nola décida de l'imiter.

Lentement, ils progressèrent vers l'autre berge. Alors qu'ils étaient presque en sécurité, les chevaux devaient encore gravir un talus raide et boueux. Lorsque la terre meuble céda sous leurs sabots, la carriole bascula vers Nola, manquant de l'écraser. Hank, entendant son cri de terreur, hurla aux chevaux de continuer à tirer, ce qui permit au véhicule de retrouver l'équilibre. S'il parvint à retenir la malle juste à temps, la valise de Nola, qui contenait tous ses vêtements, termina sa course dans la rivière.

Sans remarquer ce qui était advenu de son bagage, Nola entreprit à son tour de grimper la pente glissante, tout en retroussant ses jupes pour ne pas être entravée dans ses mouvements. Soudain, le sol s'effrita sous ses pieds, l'entraînant en l'arrière. Elle voulut se raccrocher à ce qu'elle prit pour une souche, mais qui était en réalité un reptile couvert de vase, et poussa un cri en se sentant partir en arrière. Une seconde plus tard, les flots l'entraînaient dans le sillage de la valise, projetée en tous sens à quelques mètres en aval.

Malgré la panique, la jeune femme tenta de regagner à la nage la berge qui défilait devant ses yeux à toute allure. Entre deux respirations haletantes, elle se débattait dans la vase qui s'insinuait jusque dans sa bouche, tout en essayant désespérément de se cramponner à n'importe quel objet susceptible de l'arracher à l'onde tumultueuse. Mais ses mains ne rencontrèrent que des branches cassées et des cadavres d'animaux – serpents, lézards, et même un kangourou étendu sur le dos, les pattes en l'air –, dont certains la frappèrent en plein visage.

Après plusieurs secondes de lutte qui lui parurent durer une éternité, Nola, qui estimait déjà à plusieurs kilomètres la distance parcourue depuis sa chute, sentit ses forces l'abandonner soudain. Ce fut seulement à la vue de la carriole qui caracolait sur le talus qu'elle reprit courage.

Alors que la rivière formait un coude, Nola vit un eucalyptus gigantesque ployer sur ses racines toujours en terre. Dans un vacarme assourdissant, il chuta en travers du lit tout en projetant une immense gerbe d'écume, ses branches centenaires et mutilées atteignant quasiment l'autre rive. Quelques instants plus tard, Nola percuta de plein fouet le tronc qui résistait tant bien que mal aux assauts du courant. Alors que ses côtes vibraient sous la violence du choc, elle s'y cramponna dans un dernier élan de désespoir.

— Accrochez-vous, Nola ! hurla Hank.

Un lasso siffla au-dessus de sa tête, mais à peine eut-elle le temps de mobiliser les forces nécessaires pour s'en emparer qu'il disparut dans les flots.

— Réessayez !

Il fallut trois tentatives avant qu'elle ne parvînt enfin à s'en saisir.

— Très bien ! Maintenant, attachez-la autour de votre taille !

Nola n'osa bouger, de crainte de lâcher prise, cette fois pour toujours.

— Vite ! Les racines ne vont pas tarder à céder !

Nola, sentant l'arbre bouger, poussa un cri et sortit de sa stupeur. La panique qui l'avait paralysée après sa chute la poussait à présent à obéir à Hank. Elle passa la corde autour de sa taille, et quelques instants après qu'elle eut trouvé le courage de lâcher le tronc, celui-ci fut emporté par le courant. Heureusement, la corde se tendit et la retint, écartant ainsi le danger, après quoi Nola se sentit tirée vers la terre ferme. Quelques secondes plus tard, l'eucalyptus acheva de basculer, avant d'être emporté par la fureur du courant.

Nola resta un moment allongée sans bouger, épuisée, croyant à peine au contact de la terre ferme contre son dos. Hank examina ses blessures. Par miracle, elle n'avait rien de cassé et ne souffrait que de quelques ecchymoses et écorchures superficielles.

— Il faut repartir, Nola, dit-il d'une voix douce. La nuit ne va pas tarder à tomber, et nous avons encore huit kilomètres devant nous.

Elle se leva en palpant ses côtes, puis baissa les yeux et constata que, en plus de porter une robe désormais en lambeaux, des branches et des feuilles étaient venues se ficher dans les ourlets, et sa peau était maculée de vase.

— Je vais faire forte impression à mon nouvel employeur, soupira-t-elle en esquissant tant bien que mal un sourire.

Hank s'étonna de ce trait d'humour, venant d'une femme qui venait d'échapper à la mort.

— Je suis désolé pour votre valise, mais au moins, la malle est sauvée.

— Les vêtements se remplacent facilement, observa-t-elle en balayant ses excuses d'un revers de main. En revanche, j'aurais eu beaucoup plus de mal à trouver de nouveaux manuels scolaires.

L'institutrice s'abstint de préciser qu'elle avait dépensé jusqu'au dernier sou des frais que Langford lui avait avancés pour acheter les précieux ouvrages. L'argent avait eu pour but de financer l'équipement et la nourriture nécessaires à la traversée, mais elle avait jugé le matériel pédagogique plus important.

— J'ai quelques habits dans ma sacoche si vous souhaitez vous changer, proposa Hank. D'accord, ce sont des pantalons et des chemises de travail, mais au moins, ils sont secs.

Cette attention émut Nola, qui sentit les larmes lui monter aux yeux.

— Merci de m'avoir sauvé la vie ! s'exclama-t-elle soudain.

— Tout le mérite vous revient : vous êtes une excellente nageuse ! Pour être honnête, quand je vous ai vue tomber à l'eau, j'ai cru que c'en était terminé !

— C'est ce que j'ai pensé aussi.

— Si les Anglais de la haute vous voyaient…

Nola se félicita de ne pas avoir de miroir sous la main. Repensant à Mme Gareth, recouverte de boue après sa chute spectaculaire sur le terrain de cricket, elle se mordit les lèvres.

— Ils ne seraient pas tellement surpris, Hank, croyez-moi.

Elle passa le dos de sa main sur son visage et y laissa une énième trace noirâtre.

— Vous savez, le fait de porter vos vêtements pourrait bien tourner à mon avantage. Peut-être qu'ils suffiront à berner M. Reinhart, lui qui s'attend à voir arriver un homme.

Hank jeta un regard aux courbes indéniablement féminines de Nola, révélées par la robe qui lui collait à la peau.

— Aucune chance, répliqua-t-il. Il est sans doute un peu gâteux, mais pas aveugle.

— Vous venez enfin de me lâcher une information sur lui.

Hank s'éclipsa et revint non seulement avec des vêtements de rechange, mais avec une autre trouvaille.

— Regardez ce qui était coincé sous la banquette.

— Mon sac de voyage ! Dieu soit loué, il me reste au moins quelques effets personnels.

Elle s'isola derrière la carriole pour se changer, tandis que Hank allumait une cigarette.

Nola se sentit mieux dès qu'elle eut enfilé des vêtements propres, même si elle avait une furieuse envie de prendre un bon bain chaud. Si la chemise et les bottes de Hank étaient trop grandes pour elle, son pantalon lui allait à peu près, et elle n'eut qu'à bien serrer la ceinture. Enfin, ne pouvant rien pour ses cheveux trempés et crasseux, elle les cacha sous un chapeau.

Cinq kilomètres après la rivière, ils arrivèrent devant un large portail, où une vieille pancarte battue par les vents indiquait « Domaine Reinhart ». Pendant que Hank l'ouvrait, Nola remarqua que la clôture de part et d'autre avait grand besoin d'être réparée. D'ailleurs, elle ne comprenait même pas pourquoi Hank prenait la peine de refermer derrière lui.

— Dans l'*outback*, la coutume veut que, après son passage, on laisse toujours une porte telle qu'on l'a trouvée, expliqua-t-il, lisant dans ses pensées. Nous sommes sur les terres de Reinhart depuis que nous avons traversé la Short Horn River. Elle délimite la frontière sud du domaine.

Alors qu'ils se remettaient en route, Nola, qui ne voyait toujours aucun bâtiment, s'interrogea :

— Quelle est la superficie en hectares ?

— En hectares ? Je ne suis pas très bon en calcul.

— Que voulez-vous dire ?

— Combien y a-t-il d'hectares dans treize cents kilomètres carrés ?

— Le domaine est gigantesque ! s'exclama Nola, ébahie.

— Et encore, il est relativement modeste. Dans l'ouest du pays, certaines exploitations s'étendent sur plusieurs milliers de kilomètres carrés, où vivent d'immenses troupeaux de taureaux ou de moutons – ou même les deux. Il faut au moins ça pour que le bétail se nourrisse correctement.

— Ce doit être un travail énorme que d'éviter la dispersion du bétail, observa Nola, qui avait du mal à visualiser de telles étendues.

— Pas avec de bons gardiens.

— Et ici, combien le cheptel compte-t-il de têtes ?

— Nous l'ignorons pour l'instant. Nous allions commencer le rassemblement quand le petit de Galen est tombé malade. Voilà trois ans que les bêtes n'ont pas été recensées.

À ces mots, Nola esquissa un mouvement de surprise.

— Avant le départ, on m'a fait parvenir une photographie de la propriété, dit-elle. Elle m'a paru somptueuse.

Hank lui coula un regard en coin.

— L'avez-vous apportée ?

— Oui, elle est dans mon sac de voyage, avec mes documents personnels.

Il ne lui fallut pas longtemps pour retrouver la photographie rangée avec la lettre de recommandation de M. Shelby, qui venait remplacer avantageusement les témoignages peu flatteurs de ses anciens employeurs, dans lesquels elle était qualifiée, entre autres, de « femme d'une désinvolture confinant à l'effronterie », d'« insoumise provocatrice », « donnant le mauvais exemple aux jeunes filles ».

Hank observa attentivement le cliché, qui montrait une grande demeure dont tout l'étage supérieur était doté d'un balcon orné d'une balustrade en fer forgé de style Art nouveau. À l'arrière-plan, on distinguait plusieurs dépendances ainsi que deux cabanes.

— Cette photographie doit dater, hasarda Hank, qui reconnut à peine la propriété.

— Dois-je comprendre que les lieux ont beaucoup changé ? demanda Nola, soudain méfiante.

— Jugez par vous-même.

Hank tira sur les rênes, arrêtant les chevaux au sommet d'une colline d'où la vue embrassait l'ensemble de l'exploitation. Nola ne pipa mot pendant un long moment. Plusieurs fois, elle compara la photographie avec le paysage qui s'étendait en contrebas.

Les bâtiments agricoles étaient toujours là mais, même à cette distance, leur état de délabrement avancé sautait aux yeux, et il était urgent de les rénover. Quant à la demeure principale, la rouille était venue à bout de la balustrade en plusieurs endroits, et la véranda semblait à l'abandon. Alors que la photographie montrait une demeure soignée et pleine de vie, entourée de pelouses et de massifs de fleurs, tout à présent exprimait la tristesse et la négligence.

Hank se pencha vers elle et désigna une cabane située à gauche de la maison.

— C'est là que vivent Galen et les enfants. Et la nouvelle institutrice aussi, j'imagine, indiqua-t-il, perplexe.

— Je suis sûre que nous trouverons un arrangement, affirma Nola, sans se départir de sa belle assurance.

— La petite bâtisse à droite tient lieu d'école. Elle servait encore il y a quelques années, quand le domaine accueillait de nombreux travailleurs et leurs familles. C'était la femme de M. Hartford qui enseignait aux enfants.

Il pointa d'autres bâtiments sur le cliché.

— Là, vous voyez le dortoir, la cantine, l'écurie et le silo à grains.

— C'est un domaine immense pour un exploitant qui vit seul, souligna Nola, tout en continuant d'étudier la photographie. M. Reinhart devait avoir pour projet de fonder une grande famille. Autrement, pourquoi se serait-il lancé dans la construction d'une demeure aussi imposante ?

— En effet, c'est la plus grande maison des environs. Aujourd'hui, M. Reinhart ne met jamais le nez dehors et ne reçoit pas de visiteurs, à ma connaissance.

— Comment peut-il gérer son domaine sans sortir de chez lui ? demanda Nola, stupéfaite.

— Galen s'occupe de tout. C'est à lui que reviennent les décisions.

— À lui seul ?

— La plupart du temps. Il ne parle pas volontiers de M. Reinhart, mais je sais que celui-ci vit pour ainsi dire en ermite. À ce qu'il paraît, il tient encore plus ou moins la compatibilité. Enfin, je doute qu'il ait été submergé de travail au cours des derniers mois. Tout repose sur Galen, qui doit également élever seul ses trois enfants. Cela ne doit pas être facile tous les jours.

Devant le silence de Nola, Hank baissa la tête.

— Je crois que je suis trop bavard.

— Au contraire, Hank, merci de m'avoir confié ces informations, le rassura-t-elle avec un sourire amical. Il est important que je connaisse le quotidien des enfants auxquels j'enseigne, surtout s'il est difficile.

— Galen me fait de la peine. Il se lève à l'aube et s'échine jusque tard le soir, pour rien. Tout ce qu'il gagne, il le réinvestit dans l'exploitation alors qu'elle ne lui appartient même pas. Si la sécheresse ne prend pas fin très vite, lui et M. Reinhart se retrouveront tous les deux sur la paille.

— Mais pourquoi Galen reste-t-il ? Un homme doué de telles compétences pourrait sans aucun problème travailler sur une exploitation plus rentable.

— Galen était tout jeune à son arrivée ici. Il venait de perdre ses parents, et M. Reinhart l'a pris sous son aile, comme un père. Le domaine Reinhart est plus qu'un lieu de travail pour lui, il aime cette terre et veut y voir s'épanouir ses enfants. Il rêve de rendre à l'exploitation sa splendeur d'antan.

Une attitude aussi déterminée ne put qu'inspirer un grand respect à Nola.

— Espérons que je puisse lui être utile dans cette entreprise.

— Cela soulagerait Galen d'un grand poids, mais j'ai peine à croire que M. Reinhart tolère votre présence chez lui. Quant à moi, je ne sais pas combien de temps je vais rester. Dès qu'on aura besoin de moi au domaine Boulia, je devrai partir.

— Pourquoi M. Reinhart n'embauche-t-il pas plus de main-d'œuvre ?

— Les gens ne veulent pas venir.

— Y a-t-il une raison particulière ?

Hank se rembrunit.

— J'ai déjà essayé d'en savoir plus, sans succès.

— Est-ce si difficile de travailler pour lui ?

— Je ne sais pas comment il était autrefois. Comme je vous l'ai dit, aujourd'hui, il ne s'occupe plus de grand-chose.

Nola réfléchit fébrilement. La mine sombre de Hank et le fait que personne n'acceptât de travailler pour Langford Reinhart n'auguraient rien de bon. Tandis qu'elle commençait à se demander ce qui l'attendait sur ce domaine, la carriole s'ébranla.

Nola fut surprise de voir, en quelques instants, le ciel changer de couleur, se parant de magnifiques traînées rouges, puis le soleil disparaître derrière l'horizon, sans vrai crépuscule comme en Angleterre. Alors qu'il faisait noir comme dans un four, ils s'arrêtèrent devant la maison principale, qui semblait inhabitée. Aucune lampe n'était allumée, pas même à l'étage, et il n'y avait pas un bruit à l'intérieur.

— Galen doit être en train de dîner, supposa Hank, penaud.

Nola descendit de la carriole. Même si elle ne s'était pas attendue à ce qu'on lui déroulât le tapis rouge, un semblant d'accueil aurait été appréciable. Hank entraîna la jeune femme un peu à l'écart. Entre son visage maculé de boue, ses cheveux crasseux et hérissés, ses bottes d'homme aux pieds, elle donnait à voir un drôle de tableau. Hank en aurait certainement ri, s'il n'avait pas tant redouté la réaction de Langford.

— Vous devriez peut-être attendre ici pendant que j'entre et que je parle à M. Reinhart, suggéra-t-il. Je vais lui expliquer ce qui s'est passé et lui dire que vous passerez le voir demain, une fois que vous serez fraîche et dispose…

Nola savait que la démarche de Hank partait d'une bonne intention, qu'il tentait de préparer le terrain au mieux. Or, même si elle lui en savait gré, ce n'était pas dans sa nature d'esquiver le conflit, et celui qui se profilait était de toute façon inévitable.

— Je risque de ne pas fermer l'œil de la nuit, si l'entrevue avec M. Reinhart est repoussée. Je préférerais que nous partions du bon pied dès maintenant.

Hank acquiesça, compréhensif.

Malgré l'obscurité, Nola ne put que constater le manque d'entretien de la véranda. Des toiles d'araignées pendaient de l'avant-toit, le sol disparaissait sous une épaisse couche de poussière et la peinture affadie par le soleil s'écaillait. Devant, les pelouses et les massifs de fleurs d'autrefois étaient désormais envahis par les mauvaises herbes.

Nola se dirigea vers l'imposante porte d'entrée en soupirant devant ce triste spectacle, puis frappa. Comme seule l'écho lui répondait, Hank tendit le bras par-dessus son épaule et abaissa la poignée.

— Dans le bush, on ne ferme jamais à clé.

Nola ouvrit la porte et s'annonça d'une voix qu'elle aurait voulue plus assurée. Toujours pas de réponse. Elle s'éclaircit la voix et avança, suivie de Hank, dans un vestibule spacieux. Sur leur gauche, une porte entrebâillée donnait à voir un bureau et un fauteuil, tous deux couverts de poussière, ainsi des étagères qui montaient jusqu'au plafond. Elles étaient quasiment vides, seuls quelques livres traînaient sur les rayonnages du bas.

Nola, attirée comme un aimant, en ouvrit un et se plaça près de la fenêtre qu'éclairait la lune. Il s'agissait des mémoires de Sheridan Reinhart, un pionnier australien. Sur la couverture, une illustration le montrait avec un jeune homme et une caravane de dromadaires. En le feuilletant, elle découvrit d'autres illustrations qui retraçaient le parcours des premiers émigrants. Alors qu'elle remettait le volume à sa place, ses yeux s'arrêtèrent sur un livre de comptes, dont la dernière entrée remontait à plus de six mois. Absorbée par les colonnes de chiffres, elle entendit à peine les voix qui approchaient dans le vestibule.

Langford Reinhart, qui venait de descendre l'escalier, une lampe à la main, rejoignit Hank, qui attendait nerveusement dans l'obscurité.

— Veuillez m'excuser pour cette arrivée tardive, monsieur Reinhart.

Hank jeta un coup d'œil vers la porte de la bibliothèque. Langford Reinhart suivit son regard et discerna une silhouette près des étagères.

— La Short Horn River était sortie de son lit, et là… enfin, votre nouvelle recrue a été emportée. Je crains que nous ne soyons pas très présentables, monsieur.

— Dans ce cas, allez vous changer, Bradly. J'aimerais parler à M. Grayson.

Hank blêmit, tout en se maudissant d'être trop lâche pour voler au secours de Nola. Si sa position au domaine avait été moins précaire, et si M. Reinhart n'avait pas été si ombrageux…

– Votre courrier, monsieur.

Hank lui tendit une liasse d'enveloppes. Comme il ne partait toujours pas, Langford éleva la voix.

– Bon, Bradly, du balai ! Au passage, vous préviendrez Galen que l'instituteur dînera avec lui.

– Oui, monsieur.

Hank lança un dernier regard vers la bibliothèque avant de repartir, le cœur serré. Pendant le peu de temps qu'il avait côtoyé l'institutrice, il avait apprécié son entrain et son optimisme. Seulement, il savait que rien de ce qu'il pourrait dire ne ferait changer Langford Reinhart d'avis. Il ne serait d'aucun secours à Nola, tout juste pourrait-il lui apporter un peu de réconfort une fois qu'elle serait congédiée.

Langford Reinhart entra dans la pièce et posa sa lampe sur le bureau.

– Avez-vous pour habitude de fouiner dans les documents confidentiels de personnes que vous ne connaissez pas ?

Remarquant enfin sa présence, Nola referma le livre de comptes, leva la tête et découvrit un petit homme voûté aux cheveux gris et aux yeux bleus pénétrants. Bien plus âgé qu'elle ne s'y était attendue, il marchait à l'aide d'une canne. Sa peau pâle, presque diaphane, s'étirait comme du parchemin sur son nez anguleux, et sa fine bouche aux lèvres toutes fines lui donnait un air mesquin.

– Pardonnez-moi, j'adore les livres et je ne peux pas résister à la tentation.

Le vieil homme plissa les yeux et grimaça d'un air dégoûté, se demandant qui était cette chiffe molle trop grande, trop maigre, à la voix tout sauf virile – le genre d'homme que l'on tolérait difficilement en Australie, surtout à la campagne.

Nola, assumant de n'être guère présentable, rejeta fièrement le menton en arrière et s'exprima avec politesse mais détermination.

— Veuillez excuser mon apparence, mais nous avons eu un accident en traversant la rivière. Ma robe est en lambeaux, j'ai également perdu ma valise, mais Hank a eu la gentillesse de…

— Vous êtes... une femme ! l'interrompit Langford avec animosité.

Nola se mit immédiatement sur la défensive.

— Tout à fait, monsieur Reinhart. J'ai une lettre de recommandation…

— Je refuse d'héberger une femme sur mes terres, lettre de recommandation ou pas !

Nola, sentant une bouffée de colère l'envahir, tenta toutefois de rester calme.

— Dans l'annonce que M. Hartford a envoyée à Londres, avec votre permission, je présume, il n'est stipulé nulle part que l'on recherche un homme pour cette place.

— La lettre de Galen est sans ambiguïté, c'est un homme dont nous avons besoin. Il faut être complètement simplet pour comprendre autre chose.

Nola, qui peinait de plus en plus à se maîtriser, déglutit avec difficulté.

— Vous avez conscience, j'en suis certaine, que rares sont les enseignants, hommes ou femmes, qui sont prêts à s'installer au fin fond de l'*outback*, monsieur Reinhart. Dans le cas contraire, vous seriez-vous adressé à une agence anglaise ? Je peux vous assurer que j'ai d'excellentes qualifications et que je serai une bonne institutrice pour les enfants de M. Hartford.

— Hors de question. Vous repartirez demain dans la première diligence pour Maryborough.

Nola rejeta les épaules en arrière. Par le passé, elle avait appris à utiliser sa stature comme moyen subtil d'intimider ses contradicteurs.

— Je reste !

Langford Reinhart avança le menton et la toisa sans ciller.

— Maintenant, écoutez-moi bien, jeune fille. Vous partez demain, un point c'est tout ! s'exclama-t-il en frappant le sol de sa canne.

Le coup retentit dans toute la maison. Pas impressionnée le moins du monde, Nola crut se retrouver face à l'un de ses anciens élèves particulièrement gâté qui tapait du pied à la moindre contrariété.

— C'est absolument exclu, répliqua-t-elle d'une voix posée. J'ai signé un contrat d'un an et je compte l'honorer jusqu'au dernier jour. Ensuite, libre à vous de le prolonger ou non. Dans ce dernier cas, je partirai – mais pas avant.

— C'est Nolan Grayson que j'ai embauché, pas vous !

Langford Reinhart ouvrit un tiroir et brandit un contrat.

— Je m'appelle *Nola* Grayson.

Elle s'empara du document et constata que Tilden Shelby, sans doute pas involontairement, avait laissé une rature après la dernière lettre de son prénom pouvant passer pour un « n ». Elle le félicita intérieurement pour l'astuce. Elle se remémora également les paroles d'Esther, qui avait mentionné le prénom « Nolan ». Elle comprenait à présent d'où venait la confusion.

— Je ne me laisserai pas escroquer par l'agence Shelby ! vociféra Langford Reinhart.

— Vous en aurez pour votre argent, croyez-moi. L'écriture de M. Shelby n'est pas des plus soignées, certes, cependant je suis certaine qu'il n'a pas cherché à vous berner.

Nola était consciente de ne pas dire toute la vérité mais, après tout, elle n'avait pas parcouru des milliers de kilomètres pour rebrousser chemin à peine arrivée ! Du reste, Tilden Shelby lui avait lu la lettre de Galen Hartford, qui n'avait, à aucun moment, réclamé *un* enseignant.

— En parlant d'escroquerie, poursuivit Nola avec aplomb, le choix de la photographie que vous avez envoyée est discutable. Vous avez voulu faire miroiter aux éventuels postulants une vie sur une propriété magnifique, rendant ainsi l'offre d'autant plus attrayante ! Reconnaissez que la ressemblance avec cette exploitation quasiment laissée à l'abandon est vague.

Langford écarquilla les yeux, tandis que son aversion pour cette femme grandissait encore. De son côté, Nola, sentant que la victoire était proche, lui agita le contrat sous le nez.

— Ce document sera considéré comme recevable par n'importe quel tribunal, monsieur Reinhart, même face à une femme qui n'est pas d'ici. Et la signature que vous voyez là, c'est la mienne !

— Si c'est une question d'argent, maugréa Langford Reinhart, je paierai la traversée jusqu'en Angleterre, pas un sou de plus !

— Je commence à vous trouver vexant, monsieur. Je me consacre corps et âme à mon métier, dont l'aspect financier m'est tout à fait secondaire. Je n'ai donc pas parcouru cette longue route pour repartir dès maintenant. Et puis, de toute façon, il n'y a plus de bateau au départ de Maryborough avant plusieurs semaines.

Le vieil homme la regarda fixement dans un silence de plomb.

— Dans ce cas, allez vous installer à l'hôtel Julia-Creek. Je ne veux pas de femme ici.

Nola réfléchit fébrilement. Si elle obtempérait, les enfants de Hartford ne recevraient pas l'aide dont ils avaient besoin. Elle tourna la tête vers l'escalier et songea que les chambres à coucher ne devaient pas manquer à l'étage.

— Enfin, c'est absurde, monsieur !

— Je refuse de vous héberger, siffla Langford Reinhart.

— Soit. De toute façon, je préfère dormir dans le lit asséché d'une rivière que sous le toit d'un vieillard aigri et obtus !

Le vieillard suffoqua d'indignation.

— À ma connaissance, il y a un bâtiment qui tient lieu d'école, poursuivit Nola. Je dormirai là-bas.

— À votre guise, rétorqua Langford Reinhart avec ironie. Vous vous rendrez très vite compte que vous n'êtes pas taillée pour notre mode de vie. Restez-y six semaines, enfin, si vous en êtes capable, mais vous n'enseignerez pas. Puis vous prendrez le premier bateau pour l'Angleterre. En attendant, restez hors de ma vue !

— Vous de même, monsieur !

Nola comprit à la mine impassible du vieil homme qu'il ne céderait pas. Or elle-même n'entendait pas baisser les bras, tout en gardant à l'esprit que la situation pouvait changer radicalement en six semaines. Après tout, elle serait peut-être ravie de repartir.

— Et j'enseignerai ! Vous ne pouvez pas m'en empêcher, alors ne vous avisez pas d'essayer !

Soudain, Nola subit le contrecoup des contrariétés accumulées tout au long de la journée. Elle avait frôlé la mort, le domaine ne correspondait pas du tout à ses attentes, et l'accueil de Langford Reinhart était franchement hostile. En temps normal, aucune de ces circonstances prises isolément ne l'aurait fait vaciller mais, conjuguées, elles étaient tout bonnement dévastatrices. Sentant les larmes lui monter aux yeux, elle se félicita que la pièce fût si faiblement éclairée. Ainsi, Langford ne constaterait pas son état de fatigue avancé. Elle rassembla ses dernières forces et s'éclaircit la voix.

— Je peine à croire que vous soyez si… si inhospitalier ! déclara-t-elle avec tout l'aplomb dont elle était encore capable. J'arrive au terme d'une traversée pénible de plusieurs semaines, j'ai enchaîné avec un voyage de deux jours en train, puis une journée de diligence puis encore une journée en carriole sur une route chaotique, j'ai failli me noyer dans une rivière en crue, j'ai perdu ma valise…

Elle inspira profondément et se ressaisit, avant de poursuivre :

— … et je meurs d'envie de me laver. Heureusement, votre employé s'est montré prévenant et m'a prêté des vêtements secs. Alors que vous, monsieur, vous n'avez même pas eu la courtoisie de me proposer une tasse de thé, sans parler d'une bassine d'eau chaude !

Langford Reinhart en resta bouche bée. La tête haute et aussi dignement que le lui permirent ses bottes trop grandes, Nola sortit d'un pas raide et claqua la porte de la maison derrière elle. Alors qu'elle prenait le temps d'inspirer et d'expirer profondément, Hank la rejoignit sous la véranda.

— Si vous avez un instant, Hank, accepteriez-vous de porter ma malle jusqu'à l'école, s'il vous plaît ? lui demanda la jeune femme, ravalant sa colère et ses larmes.

Hank ouvrit grand la bouche.

— Vous restez ?

— Bien entendu ! répondit Nola avec un entrain forcé. Et je serai honorée que vous me présentiez à M. Hartford et à ses enfants.

Voyant que Hank baissait les yeux, Nola crut qu'il y avait encore un problème.

— Ne comptez pas non plus sur M. Hartford pour vous accueillir à bras ouverts, murmura Hank à regret après un silence.

Nola tressaillit intérieurement. Elle n'avait pas la force d'affronter une nouvelle discussion peut-être aussi houleuse que celle qu'elle venait de vivre.

— J'ai pour habitude de ne pas compter sur les autres. Ainsi, je suis rarement déçue.

Face à la mine déconfite de son sauveur, Nola regretta ses paroles. Non seulement il n'y était pour rien, mais il s'était montré plus que correct à son égard.

— Ne vous inquiétez pas, Hank, les conflits ne m'atteignent pas. Et puis, comparé à certains de mes anciens employeurs, M. Reinhart est somme toute assez inoffensif.

Ce n'était pas tout à fait exact, mais Nola était bien décidée à ce que Langford Reinhart ne sût jamais – et surtout pas par l'intermédiaire d'un employé – combien elle s'était sentie humiliée. En la voyant sourire, avec un air tout de même un peu forcé, Hank se détendit.

— Nola, je commence à croire que vous êtes le genre de femme qui marque les esprits.

— Si Tilden Shelby vous entendait, il vous approuverait de tout son cœur ! Allons-y, je vous suis.

3

Maintenant que Nola s'était frottée à Langford Reinhart, elle préférait se débarrasser au plus vite des présentations avec Galen Hartford.

— Avez-vous prévenu M. Hartford que le nouvel instituteur est en réalité une institutrice ? demanda Nola, alors qu'ils se dirigeaient vers le domicile du régisseur.

— Non, j'ai tout juste eu le temps de rentrer les chevaux et de les nourrir. Il faut encore que je les sèche. Je n'arrive pas à croire que M. Reinhart vous autorise à rester ici !

Ils s'arrêtèrent devant une cabane construite en rondins de bois et pourvue d'un toit aux nombreuses tuiles manquantes. Derrière l'une des deux minuscules fenêtres de part et d'autre de la porte brillait une lueur jaune pâle, mais la vitre était trop sale pour que l'on pût voir à l'intérieur du logis.

— J'ai six semaines pour le convaincre que je suis parfaitement capable d'honorer mon contrat, nuança Nola. Mais je suis confiante.

Malgré l'assurance qu'affichait Nola, Hank crut percevoir un soupçon de doute dans sa voix. Il se demanda à quel point le ton avait monté entre elle et M. Reinhart en son absence.

— J'espère que vous réussirez, murmura-t-il tout en frappant à la porte.

— Entrez, lança une voix grave d'homme.

Nola prit une profonde inspiration. Hank faillit lui prendre la main, lui expliquer que Galen n'était pas un mauvais bougre, même si la présence d'une femme sur l'exploitation lui était au moins aussi insupportable qu'à Langford. Finalement, il renonça et se contenta d'ouvrir la porte en lui faisant signe de passer devant, avant de lui emboîter le pas.

La modeste cabane comportait quatre pièces, ainsi qu'une petite annexe à l'arrière, qui servait de cabinet de toilette. La pièce principale était la cuisine, où Nola trouva trois enfants assis autour d'une grande table, certainement confectionnée dans du bois local. Le tout était pour le moins spartiate, les seuls éléments de confort consistant en deux imposants fauteuils à bascule. À la vue de la poussière omniprésente et de la saleté dans les coins, Nola songea que l'endroit manquait cruellement d'une maîtresse de maison.

Devant un poêle noir de suie, un homme aux larges épaules plongeait une louche dans une grande marmite de soupe, dont le fumet rappela à la jeune femme qu'elle n'avait rien avalé depuis le sandwich du déjeuner.

— Galen, j'aimerais te présenter la nouvelle recrue, annonça Hank d'un ton prudent.

Nola lui décocha un regard perplexe et redressa le menton. Hank pouvait ne pas se montrer très courageux si cela lui chantait, elle n'entendait pas avoir honte de sa présence.

Galen posa une assiette de soupe devant le plus jeune des enfants et leva les yeux. Nola sentit tous les regards braqués sur elle, tandis qu'un silence pesant s'installait.

Elle avança d'un pas, de façon à être éclairée par la lampe à huile.

— Mademoiselle Nola Grayson, je vous présente Galen Hartford, poursuivit Hank d'un ton que Nola aurait voulu plus affirmé.

— Je suis enchantée de vous connaître, monsieur Hartford, dit-elle avec d'autant plus d'aplomb.

Elle lui aurait volontiers tendu la main, mais elle se souvint juste à temps qu'elle était toujours couverte de boue.

— « Mademoiselle » Grayson ? répéta Galen.

Il fronça les sourcils à la vue de cette femme aux vêtements bien trop grands et au visage maculé de boue séchée. Mais avant que l'institutrice n'eût le temps de se lancer dans une explication pour justifier cette apparence peu présentable, Hank prit la parole.

— Le voyage a été fatigant, Galen. Après avoir essuyé la pluie dans le sud, nous avons eu un accident à la Short Horn River, qui était en crue. Nola a perdu sa valise lors de la traversée, et elle-même a failli y rester.

— Je vois, répliqua sèchement Galen.

Nola sentit que sa mésaventure le laissait sceptique quant à sa débrouillardise.

— Hank exagère un peu, souligna-t-elle. Je me suis octroyé une petite pause fraîcheur, ce n'était pas si dramatique.

Hank, stupéfait, écarquilla les yeux.

— J'ai prêté quelques affaires à Nola parce qu'elle n'avait plus rien à se mettre. En ce qui concerne l'accident, elle est beaucoup trop modeste. La rivière était tellement déchaînée qu'il s'en est fallu d'un cheveu pour que nous perdions aussi les chevaux. Je lui ai dit de rester dans la carriole, mais elle a insisté pour descendre et m'aider à les faire traverser, ce qui était déjà en soi un acte de bravoure !

Galen ne sembla pas impressionné outre mesure. Alors qu'il toisait la nouvelle venue, semblant jauger la véracité de ce récit, Nola se sentit particulièrement mal à l'aise face à ce regard inquisiteur. Elle était bien consciente que Hank la présentait comme une héroïne dans le simple but d'amadouer son patron – sans grand succès.

— Je vous en prie, Hank, murmura-t-elle en rougissant.

— Vous auriez mieux fait de l'écouter, l'interrompit Galen sur un ton agressif. Votre désinvolture aurait pu vous coûter la vie.

— Je…

L'espace de quelques secondes, Nola ne sut plus quoi dire.

— Bien sûr, vous avez raison, concéda-t-elle.

Hank, lui aussi gêné, toussota. Nola se tourna vers les enfants. Les deux aînés baissèrent la tête, tandis que le plus jeune la regardait droit dans les yeux, sans pour autant lui rendre son sourire.

— Vous devez avoir faim, lâcha Galen en posant deux autres assiettes sur la table.

— Une faim de loup ! confirma Hank.

Soulagé de cette diversion, il tira une chaise et invita Nola à s'asseoir.

— Moi aussi, dit-elle. Mais je ne peux pas me joindre à vous pour l'instant.

Hank et les enfants la regardèrent avec perplexité, tandis que Galen peinait à contenir son agacement.

— J'aimerais d'abord faire un brin de toilette, monsieur Hartford, si c'est possible.

Il acquiesça, prit une bouilloire posée près du poêle et, d'un geste, lui intima l'ordre de le suivre à l'arrière de la cabane.

— Mes excuses, Nola, murmura Hank. J'aurais dû vous le proposer avant de venir ici. Je n'y ai pas pensé et…

— Ce n'est pas grave, Hank. Je peux comprendre que vous n'ayez pas l'habitude des…

Nola faillit dire « femmes » mais se reprit juste à temps.

— … des visiteuses. Je reviens tout de suite. Les enfants pourront alors me dire comment ils s'appellent.

Par cette phrase, elle entendait souligner combien elle trouvait Galen impoli de ne pas lui avoir présenté sa famille. Bien sûr, le régisseur ignora l'allusion.

— Va t'occuper des chevaux, Heath, dit-il à son aîné. Hank doit être épuisé, après ce long trajet.

Dans le cabinet de toilette, Galen versa le contenu brûlant de la bouilloire non pas dans la baignoire, mais dans une bassine posée sur une petite table, à côté d'une savonnette et d'un pichet à moitié rempli d'eau trouble.

— Merci mille fois, monsieur Hartford.

Nola retroussa ses manches en avisant la baignoire, ce qui n'échappa pas à Galen.

— Je vais mettre de l'eau à chauffer, mais vous comprendrez que nous devons être parcimonieux.

Visiblement, la situation le gênait au point qu'il pouvait à peine la regarder dans les yeux.

— Bien sûr, la sécheresse, dit Nola.

Galen lui décocha un regard sceptique.

— Il ne m'en faudra que très peu, je vous le promets.

— Tant mieux. Vous prendrez votre bain après dîner : les enfants ne vont pas tarder à aller se coucher, car la journée de demain s'annonce longue. Ensuite, quand vous aurez terminé, ne jetez pas l'eau. Nous la réutiliserons, soit pour la toilette, soit pour le potager.

Nola, choquée, n'avait pas imaginé que l'eau fût une denrée rare au point de la réutiliser plusieurs fois pour se laver.

— Naturellement, opina-t-elle toutefois.

Au moment de sortir, Galen s'arrêta sur le seuil, lui tournant toujours le dos.

— Quand avez-vous prévu de rencontrer Langford Reinhart ?

— Je viens de le voir, répondit Nola avec un détachement feint, tout en se munissant de la savonnette.

— Et il ne vous a pas…

— Nous avons trouvé un terrain d'entente.

— Il est d'accord pour que vous restiez ? s'exclama Galen, incrédule.

— Temporairement.

À ces mots, Nola sentit l'homme se crisper encore davantage.

— Mes enfants ont besoin de quelqu'un qui ne soit pas seulement de passage, mademoiselle Grayson. Il ne faudrait pas qu'ils s'habituent à vous et que vous décampiez dans la foulée.

Nola se retourna d'un bond.

— Je n'ai pas l'intention de repartir, mais au contraire de convaincre M. Reinhart de la nécessité de ma présence ici. D'ailleurs, vous pourrez peut-être plaider ma cause, pour le bien des enfants.

— Je doute fort que vous réussissiez à le faire changer d'avis, et ne comptez pas sur moi pour vous y aider ! s'exclama Galen avec presque autant d'animosité que son patron.

— Dans ce cas, je m'emploierai à vous convaincre vous aussi, monsieur Hartford.

À ces mots, elle vit les muscles de son dos se raidir.

— Et où allons-nous vous héberger ? demanda-t-il sèchement.

— L'annonce stipulait que l'enseignant habiterait avec vous, mais…

Lorsque Galen se retourna enfin, leurs regards se croisèrent longuement, et Nola se tut avant d'avoir achevé sa phrase. Les yeux du régisseur, d'un intense vert acier, semblaient la transpercer jusqu'au plus profond de son âme.

— « L'enseignant », oui. Pas l'enseignante, siffla-t-il entre ses dents.

Nola se ressaisit et ignora sa colère.

— Je m'apprêtais à vous dire que j'avais proposé à M. Reinhart de dormir dans l'école, répliqua-t-elle avec toute la légèreté dont elle fut capable. Je vais donc m'y installer confortablement et…

Galen la toisa avec mépris.

— « Confortablement » ! Personne ne connaît ce mot ici, ainsi que je l'ai expliqué dans ma lettre à M. Shelby. L'*outback* n'est pas un endroit pour une femme !

— Jusqu'à présent, je n'ai jamais vécu dans le luxe, monsieur Hartford.

— Vraiment ? Qui était votre dernier employeur ?

Nola, comprenant où il voulait en venir, soupira.

— C'est bien ce que je pensais, mademoiselle Grayson. Laissez-moi deviner, une famille d'aristocrates ?

— Certes, mais… cela ne signifie en aucun cas que je ne saurai pas m'adapter !

Galen haussa les sourcils d'un air narquois.

— Permettez-moi d'en douter !

— Pourquoi les hommes prennent-ils toujours les femmes pour des petites choses fragiles ? s'écria Nola, gagnée par la colère. J'ai justement accepté cette offre pour le défi qu'elle représentait, et parce que je la trouvais bien plus gratifiante qu'une place dans une maison cossue de Londres. Je vous pensais à même de comprendre !

— Ce qui me laisse pantois, c'est que vous, l'institutrice londonienne, croyez savoir à quel point notre quotidien est difficile. Mademoiselle Grayson. Vous n'êtes absolument pas taillée pour le « défi », comme vous dites, que représente la vie dans l'*outback*. Vous ne tiendrez pas un mois.

Lorsque le régisseur lui saisit le bras de sa main calleuse, Nola tressaillit.

— Vous n'avez pas l'habitude des travaux physiques, poursuivit-il sur un ton toujours aussi implacable. Il n'y aura personne pour laver votre linge ou préparer vos repas. Pour vous, cela va de soi de vous laver les cheveux dès que l'envie vous en prend. Or, dans cette région, c'est un privilège rare que de voir tomber la pluie. Voilà maintenant cinq ans que nous rationnons l'eau !

Nola décida de ne pas se laisser atteindre par le discours sombre du régisseur. « Vous ne pouvez pas », « Vous n'en êtes pas capable »... Combien d'hommes lui avaient déjà tenu ce discours ?

— Dans ce cas, je porterai les cheveux courts, rétorqua-t-elle du tac au tac.

L'espace d'un instant, une expression de stupéfaction passa sur le visage de Galen.

— Et je compte bien honorer toutes mes tâches, que ce soit le ménage, la comptabilité ou toute autre mission que l'on m'attribuera.

— Nous nous levons avant l'aube et nous nous couchons tard le soir. Même une journée calme à la ferme vous laisserait épuisée comme jamais vous ne l'avez été. Seulement, la nuit, vous seriez percluse de courbatures au point de ne pas tenir une minute allongée. Suis-je assez clair ?

Nola, sentant qu'il était inutile d'argumenter plus avant, hocha la tête en silence.

— Je vais donc vous laisser afin que vous puissiez vous laver, mademoiselle Grayson.

— Nola, rectifia-t-elle.

— Je vous demande pardon ?

— Pourquoi tant de cérémonie, alors que nous allons cohabiter ?

— Cet arrangement ne sera que provisoire, mademoiselle Grayson.

— Dans ce cas, il ne devrait pas trop vous en coûter.

— Je suis désolé, mais je ne suis pas d'humeur.

— J'espère que cela changera, monsieur Hartford.

Son regard vert acier s'assombrit encore.

— Ne vous faites pas trop d'illusions.

Alors que Nola se dirigeait vers la cuisine, elle entendit son prénom et s'arrêta sur le seuil. Hank était en train de parler d'elle aux deux enfants encore attablés. Elle avait beau savoir que ce n'était pas joli d'écouter aux portes, elle ne put s'en empêcher, se demandant quelle première impression elle avait laissée aux petits. Après tout, eux aussi s'étaient attendus à avoir un instituteur, et non une institutrice.

— Si Mlle Grayson n'avait pas su nager, elle se serait certainement noyée. Elle a été très courageuse.

— Comment a-t-elle réussi à regagner la terre ferme ? demanda le cadet avec curiosité.

— Elle s'est cramponnée à un tronc d'arbre qui venait de tomber dans la rivière. D'abord, j'ai cru que la chute l'avait assommée. Mais elle a tenu bon jusqu'à ce que je lui lance le lasso, et puis je l'ai tirée jusqu'à la berge.

L'enfant ouvrit de grands yeux.

— Son pantalon lui donnait un drôle d'air, observa le benjamin.

— Elle n'avait rien d'autre à se mettre, ses vêtements ont été emportés par le courant.

— Et les habits qu'elle portait ?

— Les branches de l'arbre ont déchiré sa robe.

— Où s'est-elle changée ? demanda le plus jeune en toute innocence.

— Derrière la carriole.

Galen lança un regard surpris à Hank, qui s'empourpra.

— Le courant était si fort que ça ? s'enquit le cadet. Il n'a pas plu par ici.

— Dans le sud, nous avons essuyé une sacrée averse. Malheureusement, tout se sera évaporé d'ici à demain matin !

Galen finit par remarquer la présence de Nola, dont le visage et les mains étaient désormais propres. La jeune femme avait retrouvé sa peau blanche et immaculée, à l'exception de quelques égratignures sur sa joue. Dès qu'elle croisa le regard de Galen, le visage de celui-ci se durcit. Ils se toisèrent pendant quelques secondes, puis l'homme se leva et tira une chaise. Lorsque Nola s'arrêta à sa hauteur, elle constata qu'il était à peine plus grand.

— C'est très aimable à vous, monsieur Hartford, lança-t-elle fraîchement, en avisant la marmite d'eau qui chauffait sur le poêle.

Galen, toujours debout, lui servit une assiette de soupe.

— Merci.

Elle leva la tête vers lui, mais il lui tournait déjà le dos. Des tranches de pain australien appelé « damper », qu'il avait réchauffées sur le poêle, étaient disposées sur une assiette au centre de la table. Alors que Nola se servait, l'aîné des enfants revint dans la cuisine.

— Cela sent très bon, dit Nola.

Tout le monde guetta sa réaction tandis qu'elle portait une première cuillerée à ses lèvres. La soupe était chaude et revigorante, mais fade. Nola ajouta un peu de sel et mélangea tout en observant les enfants, qui la dévisageaient avec une curiosité non dissimulée.

Constatant que Galen n'avait toujours pas l'intention de passer aux présentations, Hank prit l'initiative.

— Nola, voici Heath, dit-il en désignant l'aîné – qui, d'après Tilden Shelby, avait douze ans.

— Bonjour, Heath.

Le jeune adolescent, déjà grand pour son âge, ressemblait beaucoup à son père: la même carrure, les mêmes yeux vert acier, la même chevelure épaisse et rebelle.

— Bonjour, murmura Heath en fuyant son regard.

Puis Hank lui présenta Keegan, le cadet, qui était assis en face d'elle. Tout de suite, le garçon, aux traits plus fins et aux yeux plus clairs que son frère, sourit chaleureusement à Nola. Celle-ci sentit qu'elle saurait l'apprivoiser plus facilement que Heath, qui semblait très réservé. Elle aurait besoin de temps pour gagner sa confiance.

— Et ce petit coquin, c'est Shannon.

Le benjamin à la tignasse blonde et bouclée, dont Nola savait qu'il n'avait que quatre ans, sourit à son tour, dévoilant un grand trou entre ses deux incisives. Par un heureux hasard, Galen n'avait eu que des garçons.

— Ravie de te rencontrer, Shannon, le salua Nola en lui serrant la main.

— Moi aussi, je pourrai aller à l'école ? Papa dit que je suis trop jeune, mais j'ai presque cinq ans !

Nola lança un regard en coin à Galen, qui contemplait sombrement le contenu de sa tasse de café.

— Tu seras le bienvenu, Shannon, promit-elle. On n'est jamais trop jeune pour apprendre. Ni trop vieux, ajouta-t-elle avec une légère pointe d'ironie.

Galen, comprenant que cette pique lui était destinée, leva brièvement la tête. Nola planta ses yeux dans les siens, fidèle à son habitude de ne jamais fuir le regard d'autrui, raison pour laquelle la plupart des personnes qui la rencontraient la trouvaient intimidante de prime abord. Galen l'esquiva, sous prétexte de se resservir une tasse de café. Quant à Shannon, il avait le sourire jusqu'aux oreilles et bombait le torse.

Sur ce, Nola se tourna vers Heath.

— J'ai apporté quelques livres qui pourraient t'intéresser. Ce sont les ouvrages les plus récents que l'on étudie dans les écoles et les universités de tout le pays.

— Je n'en ai pas besoin, répondit l'adolescent avec indifférence. Je travaillerai à la ferme, comme mon père.

Nola fut consternée d'une telle réponse.

— Ton père dira certainement, comme moi, que tu as encore besoin d'apprendre. L'époque évolue, et tu dois t'y préparer. Moi-même, avant de partir, j'ai lu des livres sur l'élevage bovin afin d'assimiler quelques notions. C'est une science à part entière.

— Mon père m'enseigne tout ce que j'ai besoin de savoir.

Nola espérait que Galen viendrait appuyer son propos, or il ne pipa mot, visiblement décidé à ne pas lui faciliter ce premier contact avec les enfants – une attitude qui renforça encore sa détermination : elle parviendrait à ses fins, avec ou sans aide !

— Et toi, Keegan, es-tu curieux d'en apprendre davantage sur le monde ?

Keegan lança un regard hésitant à son frère. Heath l'ignora et demanda à sortir de table, prétextant une selle à nettoyer à l'écurie. Galen l'y ayant autorisé d'un signe de tête, l'adolescent s'éclipsa.

— Je préfère voir les livres avant de me décider, murmura Keegan.

— L'ouverture d'esprit est un trait de caractère appréciable et un signe d'intelligence, souligna Nola.

Keegan, surpris, leva le nez de son assiette et sourit.

— Vous êtes institutrice, mademoiselle Grayson. Pourquoi lisez-vous des livres sur l'élevage bovin ?

Nola trouva curieux que la question vint précisément de Galen. Quant à son refus de l'appeler par son prénom, c'était de toute évidence sa manière de maintenir une distance.

— Avez-vous l'intention de nous dispenser quelques précieux conseils ? persifla-t-il, le regard toujours aussi glacial.

Keegan pouffa, tandis que Nola rejetait fièrement le menton en arrière.

— J'arrive dans un pays et un environnement qui me sont totalement inconnus, monsieur Hartford. J'estime donc normal de m'informer un minimum.

L'homme haussa les sourcils d'un air goguenard.

— Ainsi, j'ai beaucoup appris sur la pleuropneumonie bovine, une maladie contre laquelle il existe désormais un vaccin. Ou encore sur la maladie dite de l'eau rouge, transmise par les tiques, qui a décimé la moitié du cheptel de la région en 1882, avant une résurgence en 1888 dans le nord du Queensland. Il est possible de renforcer le système immunitaire d'un troupeau, seulement, pour éradiquer totalement l'infection, les éleveurs doivent brûler les pâturages dans un périmètre très vaste et abattre les animaux atteints. En outre, si j'ai bonne mémoire, le convoyage du cheptel depuis les plaines du nord a pour conséquence que les animaux arrivent souvent en piteux état sur les marchés du sud, raison pour laquelle leur prix, à l'heure actuelle de deux livres et vingt-cinq shillings par tête, est souvent revu à la baisse.

Alors qu'elle cherchait à impressionner Galen par l'étendue de ses connaissances, seul Hank ne perdait pas une miette de son discours.

— Les bovins sont plus résistants que les moutons, poursuivit-elle. Ils peuvent parcourir jusqu'à cinquante kilomètres par jour pour changer de point d'eau, survivent dans le désert en se nourrissant d'herbe à piquants et se défendent mieux face aux prédateurs. Quant à leur cuir, il sert à la fabrication de cordes, de courroies, de literie ou encore de fauteuils. Dans certains pays, des expériences ont permis de créer de nouvelles races plus robustes telles que le brahmane. D'après moi, celui-ci serait adapté au climat australien, en particulier celui du golfe de Carpentarie. Pourquoi ne pas envisager de le croiser avec la shorthorn, que l'on trouve ici ?

— Vous avez retenu une foule de choses, souligna Hank avec une admiration non dissimulée, tandis que le front de Galen se barrait d'une ride profonde.

— Prétendez-vous êtes experte en élevage bovin, mademoiselle Grayson ?

— Bien sûr que non. Toute innovation paraît radicale, de prime abord. Un intervenant extérieur peut apporter un éclairage différent.

— Sauf que le prétendu savoir d'un intervenant extérieur ne repose sur rien. Il ne dispose pas de ce qu'on appelle l'« expérience ». Entre vos connaissances théoriques et la vie que nous menons ici, il y a un gouffre !

— Je m'en doute, reconnut Nola bien volontiers.

— Vous n'avez même pas idée ! s'exclama Galen de plus belle.

— Galen, laisse-lui au moins une chance, intervint Hank.

Nola posa une main sur son bras et lui adressa un sourire discret, lui signifiant ainsi qu'elle ne se laisserait décourager ni par son patron, ni par ce que les jours à venir lui réservaient.

— Bon, sur ce..., murmura Hank. Les chevaux m'attendent à l'écurie, je dois les préparer pour la nuit.

— Merci pour tout !

— Si vous avez besoin de quelque chose, vous me trouverez dans le dortoir des employés.

— Je veillerai à ce que Mlle Grayson ne manque de rien, lâcha Galen.

Si ce dernier semblait céder un peu de terrain, sa mine était toujours aussi renfrognée.

— Alors bonne nuit, répondit Hank en se levant.

Voyant qu'il hésitait à prendre congé, Galen posa une main sur son épaule, l'accompagna jusqu'au seuil et referma la porte derrière lui, le tout sous le regard de Nola.

— Terminez votre soupe pendant que je mets les enfants au lit. L'heure est trop tardive pour aménager l'école, donc vous dormirez dans la chambre de Shannon.

— Je ne veux surtout pas vous déranger, monsieur Hartford.

Nola lut dans son regard qu'il était trop tard, mais l'homme s'efforça de rester poli et marmonna :

— Ce n'est pas un problème, mademoiselle Grayson.

— Dans ce cas, j'accepte avec plaisir, répondit-elle en le gratifiant d'une esquisse de sourire, puis se tournant vers Shannon : J'ai entendu dire que tu avais été malade. Est-ce que tu es guéri ?

— Je fais encore des cauchemars, murmura l'enfant.

— C'est la fièvre, elle réapparaît la nuit, expliqua Galen.

— Ne t'inquiète pas, Shannon. Cette nuit, je dormirai dans ta chambre et je veillerai sur toi.

L'enfant sourit timidement, tandis que le visage de son père s'assombrissait à nouveau.

Lorsque Galen revint, Nola avait terminé de nettoyer la marmite et préparait de l'eau pour son bain.

— Auriez-vous une chemise de nuit ? lui demanda-t-elle.

Il la regarda quelques instants, perplexe.

— Je vais voir ce que je peux trouver.

— Je suis désolée d'avoir perdu mes vêtements et de vous importuner avec ce genre de trivialités.

— Ils n'auraient certainement pas convenu, bougonna Galen avec rudesse.

— Si vous sous-entendez par là que je ne jure que par le velours et la soie, je vous assure que ce n'est pas le cas.

Son sens de la répartie laissa le régisseur coi.

— Je recherche des choses pratiques avant tout, donc auriez-vous des habits tout simples ? Sinon, tant pis, je laverai les affaires que Hank m'a prêtées. Elles auront tout le temps de sécher cette nuit.

— Il y a bien les... les vêtements que ma... que ma...

Remarquant le trouble de Galen, pour qui il était toujours aussi pénible de mentionner sa défunte épouse, Nola regretta ses paroles.

— Veuillez m'excuser, je ne voulais pas vous blesser.

— Ce n'est pas le cas, dit-il d'une voix triste.

Sur ce, Nola sortit et se laissa guider par le clair de lune jusqu'au cabinet de toilette.

Galen venait de se retirer dans sa chambre lorsqu'un cri strident retentit. Aussitôt, il se précipita dehors.

— Quoi encore ? demanda-t-il en croisant Nola, qui regagnait la cabane à bout de souffle.

— Il y a quelque chose... là-bas ! balbutia-t-elle en désignant l'annexe.

— Quoi donc ? Un serpent ?

— Non, je... je ne crois pas...

Heath et Keegan, alertés par ses cris, arrivèrent à leur tour.

— Mais qu'est-ce que c'était, alors ? s'exclama Galen avec impatience. Faut-il que j'aille chercher mon fusil ?

Nola, pétrifiée, ne sut que répondre.

— Pour l'amour du ciel, écartez-vous !

Galen sortit d'un pas décidé, pour revenir quelques secondes plus tard.

— Tu as besoin d'une arme, papa ? demanda Keegan.

— Non, mon fils, inutile de gaspiller une balle pour une grenouille-taureau.

— Une grenouille, dites-vous ? s'écria Nola, incrédule. En Angleterre, ce sont de petites créatures inoffensives. Il s'agit forcément d'autre chose !

Galen se tourna vers ses fils, qui secouaient la tête avec perplexité.

— Je sais encore reconnaître une grenouille dans l'obscurité, mademoiselle Grayson. Les animaux sont plus gros ici. Devons-nous nous attendre à ce que vous ameutiez toute la maisonnée dès que vous croiserez la route d'une araignée, d'un serpent ou d'un lézard ?

— Bien sûr que non, s'agaça l'institutrice. J'ai été surprise, voilà tout.

Galen échangea un sourire narquois avec ses fils, puis lui tendit un balai.

— Tenez. Ceci vous aidera à la chasser, si vous en avez le courage.

— Vous êtes un vrai gentleman, monsieur Hartford, finit-elle par maugréer, après quelques secondes d'un silence stupéfait.

Nola prit le temps de se prélasser dans la baignoire afin de profiter, malgré le peu d'eau qu'elle avait à disposition, de ce premier moment de fraîcheur depuis plusieurs jours. Ce faisant, elle songea à Langford Reinhart et Galen Hartford, dont l'hostilité envers les femmes cachait forcément quelque chose. La rigueur des conditions de vie dans l'*outback* n'était qu'un prétexte, et elle doutait fort que seule la sécheresse pesât sur le moral des habitants du domaine. Langford était l'aigreur personnifiée, tandis que Galen lui avait paru renfermé et résigné. Que s'était-il passé autrefois pour que tous deux se comportent de la sorte ? Elle résolut de le découvrir avant qu'on la congédiât.

Lorsqu'elle retourna dans la cuisine, plongée dans l'obscurité à l'exception des braises encore rougeoyantes du poêle, elle trouva, disposés sur la table, quelques vêtements féminins ainsi qu'une bougie. Dans la chambre, Shannon dormait déjà. Nola rapprocha son lit de celui de l'enfant au cas où il se réveillerait. Pendant la nuit, elle sentit qu'il la rejoignait. Il ne leur fallut pas longtemps avant de se rendormir paisiblement.

Aux premières lueurs du jour, Nola se réveilla en sursaut, prise d'une étrange sensation d'inconfort. Elle ne tarda pas à comprendre pourquoi : en effet, Shannon était en pleurs car il venait de mouiller le lit. La jeune femme se leva, alluma la bougie et chercha parmi les vêtements d'enfant une chemise de nuit propre.

— Ne pleure pas, Shannon, murmura-t-elle en essuyant les larmes qui roulaient sur les joues du petit garçon. Une fois changé, tu pourras te recoucher ! Je ne suis pas fâchée contre toi, tu sais ? Tu es convalescent, après tout !

Nola entreprit de déshabiller l'enfant, sans se douter qu'elle s'apprêtait à faire une étrange découverte.

Après avoir profité de l'heure matinale pour laver les draps et la chemise de nuit de Shannon dans l'eau de son bain, Nola était en train de se bagarrer avec le poêle, qui dégageait une épaisse fumée, quand Galen sortit de sa chambre.

— Pourquoi cette chose ne veut-elle pas fonctionner ? grommela-t-elle entre deux quintes de toux.

— Vous voulez mettre le feu à la cabane ou quoi ? râla Galen.

— J'ai trouvé de quoi préparer des crêpes…

Le régisseur ne la laissa pas poursuivre.

— La cuisine ne fait manifestement pas partie de vos spécialités, mademoiselle Grayson. Vous êtes sans doute habituée à ce que les domestiques se chargent des tâches ménagères.

Nola se mordit la langue et réprima l'envie d'assommer Galen Hartford avec le premier ustensile qui lui tomberait sous la main. Décidément, rien de ce qu'elle entreprenait ne trouvait grâce à ses yeux.

Quelques minutes plus tard, le poêle fonctionnait parfaitement et Galen terminait de préparer le petit-déjeuner lui-même, tandis que Nola attendait à table, la mine sombre. Lorsque l'homme lui proposa une crêpe, elle prit son courage à deux mains et décida d'aborder le sujet qui la taraudait.

— Puis-je vous demander quelque chose, monsieur Hartford ?

Galen se mit aussitôt sur le qui-vive en songeant que, décidément, il n'avait jamais rencontré de femme qui ne fût pas curieuse.

— Pourquoi élevez-vous votre fille comme un garçon ?

— Ce n'est pas le cas ! protesta-t-il avec véhémence.

— Alors pourquoi Shannon n'a-t-elle aucun vêtement féminin ? Sans le petit incident survenu tôt ce matin, je n'en aurais rien su.

Galen soupira profondément, les yeux rivés sur son assiette.

— Je ne pensais pas à mal, murmura-t-il. J'imagine que… c'était plus simple.

— Il n'est pas possible de dénigrer les femmes au point de ne pas accepter Shannon telle qu'elle est ! Je prône l'égalité entre garçons et filles, sans que celles-ci aient à renoncer à leur identité. Tant que je serai ici, je ne le tolérerai pas.

— Je ne dénigre pas les femmes, rétorqua Galen, les lèvres pincées, seulement j'estime que leur place n'est pas dans l'*outback*. Quant à vous, je vous interdis formellement de vous lier d'amitié avec Shannon ou, pire encore, de vous substituer à sa mère. Vous enseignerez à mes enfants, un point c'est tout. Shannon est encore petite, elle risque de s'attacher à vous. Mes enfants ont déjà eu le cœur brisé à cause de leur mère, et il est hors de question que cela se reproduise !

À ces mots, Nola vit rouge.

— Je ne suis pas une vieille fille frustrée qui cherche à materner tous les enfants qu'elle croise. Et jamais il ne me viendrait à l'idée de faire souffrir vos enfants !

— Peut-être pas intentionnellement mais, quand vous repartirez…

— Et si vous m'expliquiez ce qui est arrivé à leur mère ? demanda Nola une fois calmée. Ainsi, je serai peut-être plus à même de les comprendre !

Lorsque Galen jeta un regard à la robe qu'elle portait et dont il avait toujours apprécié la sobriété, Nola lut la souffrance sur son visage.

— Je… je ne peux pas, articula-t-il avec difficulté.

Il repoussa sa chaise et se dirigea vers la porte.

— Vous auriez dû rester à Londres et y fonder votre propre famille.

Nola ouvrit la bouche, mais Galen sortit avant qu'elle n'eût le temps de répondre.

4

Nola se trouvait seule dans la cuisine lorsque Heath et Keegan entrèrent par la porte de derrière, apportant respectivement un pichet de lait et un panier d'œufs frais.

— Je pensais que vous dormiez encore, les salua-t-elle gentiment.

— Nous sommes debout depuis un bout de temps, protesta Keegan.

Heath, qui semblait la considérer comme une intruse, se contenta de lui décocher un regard maussade.

La remarque de Keegan suffit à faire comprendre à Nola la pression qui pesait sur les épaules des enfants. Dans un élan du cœur, elle faillit prendre les deux garçons dans ses bras et les câliner, mais préféra finalement s'abstenir, en grande partie à cause de la ressemblance entre Heath et Galen, qui la frappa encore plus que la veille. Elle eut l'intuition que ni lui ni son père ne tolérait le moindre signe de faiblesse, aussi bien chez eux-mêmes que chez autrui.

— Si vous cherchez votre père, il est parti depuis un moment, indiqua-t-elle. Il ne m'a pas dit où il allait.

— Je vais voir si je le trouve à l'écurie, marmonna Heath.

Quant à Keegan, il alla réveiller Shannon. Il revint quelques instants plus tard en tenant par la main la fillette encore tout ensommeillée.

— Tu peux aider Heath, pendant que je sers le petit-déjeuner à Shannon et que je l'habille, suggéra Nola.

Elle sentait que le garçon mourait d'envie de décamper mais qu'il hésitait – sans doute parce que, d'habitude, il s'occupait de la petite, qui se cramponnait à lui. D'une main, elle prit Shannon et, de l'autre, servit des crêpes sur une assiette.

— Heath et toi devriez manger un morceau. Va lui porter ceci à l'écurie.

Comme Keegan hésitait encore, elle ajouta :

— C'est votre père qui a préparé les crêpes. Il n'apprécierait certainement pas que nous soyons obligés de les jeter.

Le garçon prit l'assiette et sortit, manifestement déchiré entre sa responsabilité vis-à-vis de Shannon et sa hâte de rejoindre les hommes de la famille. Quelques minutes plus tard, il revint avec l'assiette vide et expliqua que tous trois allaient bientôt partir à la recherche de bêtes égarées. Même si Nola ne s'était pas attendue à ce que Keegan assistât à la classe dès le premier jour, elle fut un peu déçue.

En cherchant des vêtements pour Shannon, Nola constata que la fillette ne disposait que des vêtements élimés de ses frères. Elle dénicha toutefois au fond d'une caisse, enveloppées dans une couverture, plusieurs robes soigneusement brodées et entretenues, mais déjà bien trop petites. Elle en déduisit que les enfants avaient perdu leur mère au moins trois ans plus tôt. Finalement, elle découpa un ruban dans le tissu de l'une des robes et le noua dans les cheveux de Shannon – un signe de féminité discret et subtil qui ravit aussitôt la fillette.

Lorsqu'elles sortirent de la cabane, un grand calme régnait alentour. L'institutrice trouva reposant de ne pas entendre le bruit de la rue, les cris des cochers, le trot des chevaux. Elle s'arrêta un instant pour savourer le chant des oiseaux, le soleil et l'air pur, à mille lieues de la puanteur des rues londoniennes, qui empestaient les ordures et le crottin de cheval. Le tumulte de la ville ne lui manquerait pas ; restait à en convaincre son hôte.

— J'ai comme l'impression que tu vas me servir de guide, Shannon, constata-t-elle en riant.

La petite fille leva vers elle un regard interrogateur.

— Un guide, c'est quelqu'un qui te fait visiter et t'explique les différents bâtiments.

— Je crois que je peux le faire, acquiesça Shannon. Qu'est-ce que vous voulez voir en premier ? L'école, je suis sûre !

— Ce serait un bon début.

— Après, je vous montrerai les poules et la vache.

Devant le sourire désarmant de Shannon, Nola ne douta pas qu'elle viendrait à bout du plus endurci des cœurs – peut-être même celui de Langford Reinhart.

Justement, tout en longeant la demeure, elle leva la tête vers les fenêtres de l'étage supérieur et crut distinguer une silhouette derrière l'un des rideaux. Elle détourna la tête, mais son impression désagréable d'être épiée subsista.

Nola pénétra dans l'école, un petit bâtiment tout en briques, offrant une fraîcheur bienvenue après la chaleur de la cabane, et trouva sa malle dans la salle principale. Celle-ci comptait cinq pupitres faisant face à un bureau et à un tableau noir. De part et d'autre d'une petite cheminée se trouvaient deux bibliothèques chargées de manuels poussiéreux, ainsi que des cartons de craies et d'éponges.

En voyant la cheminée, Nola supposa que le bâtiment était un ancien lieu de vie reconverti en école. Peut-être même que Langford Reinhart y avait vécu, le temps que fût construite la demeure principale. Son intuition fut confirmée lorsqu'elle découvrit une seconde pièce, certainement une ancienne chambre à coucher désormais remplie de caisses, dont la plupart contenaient des livres. Après vérification, il s'agissait de romans d'amour qui n'étaient certainement pas destinés aux enfants, ce que l'institutrice trouva pour le moins curieux.

Pendant que Shannon s'amusait à dessiner au tableau avec les craies, Nola entreprit de passer un grand coup de balai et d'agencer les pupitres à sa convenance. Tout était recouvert d'une épaisse couche de poussière rougeâtre qui s'insinuait dans les yeux, le nez, la gorge et les cheveux, et même jusque dans les oreilles. Shannon, qui devait y être habituée, ne parut nullement dérangée.

Le ménage terminé, Nola traîna les caisses de livres dans la salle de classe. Quand Shannon lui demanda ce qu'elle faisait, elle lui expliqua qu'elle avait l'intention de s'installer dans la pièce du fond. La petite plissa alors le front et avança la lèvre inférieure.

— Quelque chose ne va pas, Shannon ? Tu pensais que j'allais dormir dans ta chambre cette nuit aussi ?

En voyant l'enfant baisser la tête, Nola comprit pourquoi elle était contrariée.

— Tu as peur que les cauchemars recommencent ? Ou qu'il arrive un malheur ?

Les grands yeux verts de la petite fille s'embuèrent de larmes. Nola hésita, se rappelant l'avertissement de Galen, puis s'accroupit devant Shannon et voulut la prendre dans ses bras. Aussitôt, l'enfant se dégagea.

Nola brûlait de la consoler, de lui assurer qu'elle veillerait sur elle, seulement, ne sachant pas ce que l'avenir lui réservait, elle préférait ne prendre aucun engagement, de peur de ne pouvoir le respecter. Elle sécha les larmes de Shannon et la regarda droit dans les yeux.

— Je tiens à être sincère avec toi, Shannon : on m'a autorisée à passer la nuit dernière dans ta chambre car je n'avais nulle part où dormir. Mais nous nous verrons tous les jours tant que je vivrai ici. Malheureusement, je ne sais pas encore combien de temps je vais rester au domaine.

Des heures, des jours, des semaines, des mois ? Nola n'en avait pas la moindre idée et se gardait de toute optimisme, étant donné les deux têtes de mule à qui revenait la décision.

— J'aimerais que tu me rendes un service. Tu sais ce que c'est, un service ?

Shannon secoua la tête.

— C'est quelque chose de très important que tu pourrais faire pour moi. J'aimerais que tu sois mon assistante personnelle à l'école.

— Ça veut dire quoi ? demanda la fillette en reniflant.

Nola prétendit réfléchir intensément.

— Hum, voyons. Sonner la cloche, nettoyer le tableau après la classe, distribuer le matériel, ranger les livres… Ce ne sont pas les occupations qui manquent, et je te le propose parce que je t'en sais capable.

— D'accord !

— Parfait ! Et en tant qu'assistante, tu auras évidemment ta place au premier rang.

Shannon, le sourire jusqu'aux oreilles, essuya ses larmes d'un revers de main.

Au cours de cette journée qui fila à toute vitesse, Nola enseigna à Shannon les premières lettres de l'alphabet, puis quelques comptines. L'enfant profita de la récréation pour lui montrer les poules, qui avaient chacune un prénom, ainsi que la vache, dont la maigreur choqua Nola. Cette vache avait à peine de quoi brouter, alors de quoi le troupeau se nourrissait-il ? Elle scruta l'horizon en se demandant où il se trouvait et, avisant le ciel d'un bleu profond, se remémora ce qu'avait dit Tierman : avec la sécheresse, on finissait par le détester.

Ensuite, Shannon la conduisit dans une maisonnette en bois qui abritait dix lits alignés le long d'un mur.

— Jimmy et Jack dorment ici. Et Hank aussi.

— Où sont Jimmy et Jack en ce moment ?

— Ils aident papa. Parfois, ils partent et on ne les voit plus pendant longtemps. Ils appellent ça « l'errance ».

La curiosité de Nola fut piquée – elle ne tarderait certainement pas à découvrir de quoi parlait la fillette. Ensuite, celle-ci lui montra, à l'arrière du dortoir, une grande cantine, qui ne servait plus depuis longtemps et dont l'institutrice déduisît que le domaine avait compté de nombreux employés autrefois. Le bâtiment comprenait également un espace de stockage, ainsi qu'une pièce qui avait visiblement tenu lieu d'abattoir. Comme dans l'école, tout était recouvert d'une épaisse couche de poussière.

Près du dortoir se trouvait l'écurie. Shannon, toute fière, s'arrêta devant la stalle de « Buttons », son poney.

— Papa dit que je suis bonne cavalière. J'ai le droit de l'accompagner quand il répare les clôtures, mais pas quand il va s'occuper du troupeau.

— C'est certainement trop dangereux, souligna Nola.

— Papa dit qu'un taureau peut tuer un homme.

— Et il a bien raison.

Même si, de toute la journée, elles ne croisèrent âme qui vive, dès qu'elles déambulaient d'un bâtiment à l'autre, Nola se sentait épiée depuis l'étage de la demeure.

— C'est vous qui allez nous préparer à dîner, mademoiselle Grayson ? s'enquit Shannon en fin d'après-midi.

— Oui, mais seulement, si tu m'aides, répondit Nola, qui avait encore en mémoire la bataille livrée avec le poêle le matin même.

Shannon acquiesça.

— Très bien. Tu sais comment allumer le feu ?

— Non, je n'ai pas le droit d'approcher du poêle.

Nola soupira intérieurement, regrettant d'avoir été trop vexée pour prêter attention aux gestes de Galen. Après avoir déniché un quartier de viande de bœuf qu'on avait salé et mis à fumer quelques jours avant son arrivée, elle se lança dans la préparation d'un grand ragoût. Elle l'accompagna de quelques carottes, pommes de terre et oignons trouvés dans un coin du potager derrière la cabane.

Alors qu'elle avait également eu l'intention de nettoyer les fenêtres et le sol, sa lutte avec le poêle l'accapara pendant toute la fin de l'après-midi. Lorsque, pour évacuer la fumée, elle ouvrit les portes et les fenêtres, la cuisine fut envahie de centaines de mouches en quelques secondes. Nola prétexta alors un jeu à Shannon pour que celle-ci l'aidât à les chasser. Quand Galen, Hank, Heath et Keegan rentrèrent à la tombée de la nuit, elles étaient tout bonnement exténuées.

Dès que le père de famille franchit le seuil de la cuisine, il se renfrogna puis, sans desserrer les dents, écouta Shannon lui raconter sa journée dans les moindres détails – chasse aux mouches comprises, ce qui gêna énormément Nola. Il n'échappa pas non plus à cette dernière que Galen fixait le ruban dans les cheveux de sa fille. Lorsque celle-ci lui demanda s'il le trouvait joli, il daigna à peine sourire.

Au moment de s'attabler pour le dîner, Nola prit Hank à part.

— Quand est prévu votre prochain passage à Julia Creek ?

Il la regarda avec étonnement, croyant comprendre qu'elle souhaitait repartir au plus vite.

— J'ai des choses à acheter, s'empressa-t-elle d'ajouter.

— Ah, d'accord ! D'habitude, c'est le samedi que je retrouve mes amis du domaine Boulia.

En effet, Phoebe Pillar avait dit à Nola que les employés de ferme avaient pour habitude de se donner rendez-vous en ville ce jour-là.

— Ne vous inquiétez pas, je n'abuserai pas de l'alcool, précisa-t-il avec une petite grimace.

— Il vaut mieux que je vienne et que je vous garde à l'œil.

Voyant que Hank haussait les sourcils d'un air surpris, Nola ajouta :

— Je plaisantais. J'ai besoin d'articles ménagers et d'effets personnels. Trouverai-je le nécessaire à Julia Creek ?

— Le magasin n'est pas aussi grand que celui de Winton, mais s'il vous manque quelque chose, Orval et Gladys pourront le commander à Charters Towers, Townsville ou même à Maryborough. D'habitude, je pars en carriole vers 8 heures du matin.

— Allons-y à cheval, ce sera plus simple.

Hank fronça les sourcils.

— Vous savez monter ?

— Préparez-moi un cheval, et je vous montrerai.

— Je ne crois pas que nous ayons une selle pour dame.

— C'est totalement superflu ! s'esclaffa Nola. Si vous n'y voyez pas d'inconvénient, je mettrai votre pantalon. J'achèterai des bottes et une culotte d'équitation à Julia Creek.

Nola retourna à son ragoût tandis que Hank, perplexe, se grattait la tête, l'air de se demander quelles surprises elle leur réservait encore.

— Le fumet de ce ragoût est un délice pour les narines, dit-il en s'asseyant entre Heath et Keegan.

— Je le servirai quand vous vous serez lavé les mains.

Hank et les enfants se consultèrent du regard, puis s'éclipsèrent dans le cabinet de toilette sans broncher.

Si le ragoût de Nola sentait bon, elle doutait de sa bonne cuisson, le poêle s'étant éteint à de multiples reprises. Elle goûta et constata que la viande était dure et trop salée, et que les légumes étaient encore quasiment crus. Toutefois, elle songea qu'elle était peut-être trop critique envers elle en voyant Galen, Hank et les enfants manger leur part avec appétit. En outre, même si elle n'avait pas changé d'avis à propos de Langford Reinhart, qu'elle considérait toujours comme un vieux goujat, elle pouvait difficilement le laisser mourir de faim, aussi lui gardât-elle une assiette de côté.

Au cours du dîner, Nola observa Keegan, qu'elle trouvait bien jeune pour s'acquitter des mêmes tâches que les hommes. Il paraissait d'ailleurs exténué par sa longue chevauchée.

— Comme j'ai aménagé la salle de classe, nous pourrons commencer les cours de lecture et d'écriture demain matin. Puis-je compter sur ta présence, Keegan ?

Elle surprit le regard peureux que le jeune garçon lança à Galen. Il était manifestement en proie à un dilemme et se sentait obligé d'aider son père, comme Heath.

— Rien ne t'oblige à décider maintenant, le rassura-t-elle. Réfléchis-y à tête reposée.

Les enfants se resservirent avec entrain, et très vite, la marmite fut vide, pour le plus grand plaisir de Nola. Alors que Galen mangeait dans un silence indifférent, Hank eut la gentillesse de la complimenter à plusieurs reprises sur son repas. Lorsque le père de famille les surprit en train d'échanger un sourire, il se dit que Hank tombait sous le charme de l'institutrice et fut alors saisi, sans qu'il pût se l'expliquer, d'un mauvais pressentiment.

— Je constate que vous avez presque épuisé la réserve de bois pour la semaine, lâcha-t-il enfin. À l'avenir, tâchez de vous montrer plus parcimonieuse. Le rassemblement des taureaux nous occupe toute la journée et ne nous laisse guère le temps de débiter des bûches.

Nola en resta bouche bée quelques instants.

— Je… Le poêle m'a donné du fil à retordre.

— Je m'en occuperai avant d'aller me coucher, s'immisça Hank, même s'il en reste tout de même un peu pour ce soir.

— Galen a raison, vous avez du travail par-dessus la tête. J'ai d'ailleurs réussi à couper un peu de bois avant votre retour.

— Vous finirez par apprivoiser le poêle, Nola.

La gentillesse de Hank lui mit un peu de baume au cœur. Soulagée, elle débarrassa la table et déposa la vaisselle dans l'évier, tandis que Galen partait avec l'assiette mise de côté pour Langford Reinhart.

Une fois la cuisine rangée, Hank aida la jeune femme à transporter son lit jusqu'à l'école.

— À quoi Langford Reinhart occupe-t-il ses journées ? demanda-t-elle alors qu'ils longeaient la demeure.

— Il ne bouge pas de son fauteuil et broie du noir.

Nola frémit en l'imaginant l'épier depuis sa fenêtre.

— À quel sujet ?

— Je ne sais pas. Galen le tient informé des affaires courantes du domaine, en espérant le sortir de sa dépression. Mais je doute qu'il y arrive, cela dure depuis trop longtemps maintenant. Si vous voulez en savoir plus sur M. Reinhart, vous devriez vous adresser à Galen.

Nola ne se voyait pas du tout discuter avec le régisseur comme avec Hank, qu'elle jugeait beaucoup plus accessible. Même s'ils ne se connaissaient que depuis peu de temps, elle avait l'impression de pouvoir aborder n'importe quel sujet avec lui.

– Quel était le programme de la journée ? demanda-t-elle une fois le lit posé, en prenant la taie d'oreiller et le drap que Hank lui tendait.

– Tôt ce matin, nous sommes partis chercher des taureaux qui s'étaient égarés. Nous les avons retrouvés embourbés dans la vase.

– Dans la vase ? Sur la berge de la rivière, j'imagine ? Ils auront au moins pu s'abreuver.

– La rivière est à sec, Nola.

Celle-ci eut peine à le croire, après avoir tant lutté la veille pour la traverser.

– Ce n'est pas la première fois que des taureaux vont là-bas après avoir flairé l'eau, seulement celle-ci s'évapore tellement vite qu'ils restent prisonniers de la vase, courant le risque d'être attaqués par des dingos ou des vautours. Nous avons pu en sauver quelques-uns, mais pour la plupart, c'était déjà trop tard.

– C'est affreux !

– Oui, mais cela arrive fréquemment, dans le nord de l'Australie.

Nola, effarée, secoua la tête.

– Puis, cet après-midi, nous avons renforcé la clôture d'un paddock pour le rassemblement du bétail, qui commencera demain.

— Le travail a l'air difficile pour vous et Galen, même si les garçons vous aident.

— Avec une demi-douzaine de gardiens, cela prend tout au plus quelques jours, mais nous, il va nous falloir des semaines. À quelques kilomètres d'ici, nous avons croisé Jimmy Jumpbuck et Jack Emu, qui nous aideront à partir de demain. Ce sont des hommes costauds et durs à la besogne. Jimmy est le meilleur cavalier de toute l'Australie ; quant à Jack, il est capable de capturer et ligoter un bœuf en moins de temps qu'il n'en faut pour le dire. Et il a la réputation de courir plus vite qu'un émeu !

— Shannon m'a parlé d'eux en mentionnant le mot d'errance, je crois. Qu'est-ce que cela signifie exactement ?

— Ce sont tous deux des gardiens de troupeaux aborigènes qui se déplacent au gré de leurs envies, et leur absence peut durer des semaines, voire des mois. Ce sont des semi-nomades dont le mode de vie n'a rien à voir avec le nôtre. Heureusement, ils reviennent toujours en septembre pour le comptage du bétail. Ce sont de grands connaisseurs du bush et de la survie dans le désert. Personne ne peut rivaliser.

— Ils devrait vous transmettre leur savoir.

— À vrai dire, c'est l'inverse qui se passe. C'est absurde, je sais.

— Ont-ils une famille ?

— Oui, mais elle ne vit pas à la ferme. M. Reinhart ne veut pas voir de femmes ici.

— Il n'est pas étonnant que Jimmy et Jack s'absentent pendant des mois. Ils ont certainement besoin de retrouver leurs proches ! s'exclama Nola, piquée au vif.

— Oui, d'ailleurs ils se déplacent en groupe. C'est toute une tribu qui part en errance.

— Je vois. Et ces tribus sont-elles nombreuses dans la région ?

— Il y en a quatre, cinq, je dirais. Peut-être plus.

— Et des conflits éclatent-ils entre tribus, ou entre tribus et fermiers blancs ?

— De temps en temps. Par le passé, il y a eu beaucoup de morts, des deux côtés, quand les Blancs chassaient les Aborigènes et que ceux-ci se vengeaient. Mais les tensions se sont apaisées depuis. La plupart des tribus locales sont pacifiques, du moment qu'on les laisse tranquilles.

Les propos de Hank laissèrent Nola à la fois inquiète et intriguée.

— J'aimerais en apprendre davantage sur les Aborigènes, leurs coutumes, leur religion.

— Vous pourrez demander à Jimmy et Jack, ils parlent bien anglais, l'informa Hank, quoiqu'un peu étonné. Tous deux ont grandi parmi les Blancs. Leurs mères travaillaient dans des fermes, il me semble. Qui sait ? Ils accepteront peut-être de vous conduire auprès de leur tribu.

— Vous croyez ?

— Vous pouvez toujours poser la question. Mais prenez garde à ce que cela n'arrive pas aux oreilles de M. Reinhart.

— La façon dont j'occupe mon temps libre ne le regarde en rien, s'agaça Nola.

— Je doute qu'il partage votre avis.

— Il m'a clairement fait comprendre que je devais rester hors de sa vue. Quant à moi, je n'ai pas l'intention de le tenir informé de mes allées et venues en dehors des heures de classe.

Hank haussa les sourcils.

— Vous oubliez qu'il a les moyens de le savoir !

— Vous n'allez pas me dénoncer, n'est-ce pas, Hank ?

— Moi ? Sûrement pas.

— Et Galen ?

— Je ne peux pas parler pour lui.

— S'il vous plaît, lisez-moi une histoire, mademoiselle Grayson !

Nola sourit en bordant Shannon.

— D'accord. Je vais chercher quelques-uns des nouveaux livres que j'ai apportés, et tu pourras choisir toi-même.

Comme Galen, Heath et Keegan nettoyaient des brides près du poêle, une odeur de cheval, d'huile et de cuir flottait dans toute la cabane. Lorsque Nola passa devant eux, elle sentit que Galen la suivait du regard avec méfiance.

À son retour, elle trouva le père de famille dans la chambre de Shannon. Il était assis au bord du lit, dos à la porte, et ne l'entendit pas approcher. Elle s'arrêta quelques instants sur le seuil.

— Mlle Grayson va me lire une histoire, dit la fillette.

— C'est vrai ?

Galen se pencha vers elle et l'embrassa sur le front.

— Je crois que je l'aime bien. Et toi, papa ?

Nola retint son souffle.

— Je ne crois pas…

L'institutrice interrompit Galen avant qu'il n'eût le temps d'achever sa phrase.

— Me revoilà, Shannon !

Quand elle approcha du lit, Galen se leva pour partir, l'air gêné, se doutant qu'il avait été entendu, alors qu'il s'apprêtait à dire : « Je ne crois pas la connaître assez bien pour la juger », seulement, au fond, il n'avait pas envie de la connaître, encore moins de l'apprécier. Plus jamais il n'accepterait la proximité d'une femme.

Une demi-heure plus tard, Shannon dormait à poings fermés. Nola souhaita une bonne nuit à Heath et Keegan, qui étaient encore assis près du feu à nettoyer consciencieusement les mors et les anneaux de leurs brides. À peine fut-elle sortie de la cabane qu'elle entendit quelqu'un la héler. Elle se retourna et vit Galen qui sortait de l'ombre de la véranda. L'homme l'avait visiblement guettée.

— Puis-je vous parler un instant, mademoiselle Grayson ?

Elle décida de lui répondre sur le même ton impersonnel.

— Bien sûr, monsieur Hartford.

— Je vous avais expressément demandé de ne pas sympathiser avec mes enfants, en particulier ma fille, maugréa-t-il, la mâchoire serrée. Et voilà que vous passez outre à mes consignes en jouant les mamans avec elle.

— Je ne joue pas les mamans, rétorqua Nola en tentant de garder son calme.

— Dans ce cas, pourquoi lui avez-vous lu une histoire ?

— Parce qu'elle me l'a demandé. Je ne peux pas rester insensible face à une petite fille qui recherche mon amitié.

— Ce problème ne se poserait pas si vous étiez un homme.

Nola faillit tomber à la renverse puis, une fois ressaisie, sentit la colère la gagner peu à peu.

— Il y a plusieurs choses que je n'aime pas chez moi, monsieur Hartford. Ma taille, par exemple, ou encore mon franc-parler, qui a tendance à me jouer des tours. Je me dis parfois que je devrais me consacrer à la couture et au tricot, plutôt qu'au poker et à la natation. Mais jamais je n'ai regretté d'être une femme. Et ce n'est pas demain la veille !

Galen plissa les yeux, tandis qu'elle poursuivait :

— Au sein de votre foyer, les hommes sont en supériorité numérique, c'est le moins qu'on puisse dire. Ne pensez-vous pas qu'une présence féminine serait bénéfique pour Shannon ? Je ne suis peut-être pas l'exemple idéal, mais si vous voulez qu'elle s'épanouisse dans un environnement sain, elle doit côtoyer des femmes et d'autres petites filles.

— Est-ce l'institutrice qui parle ?

— Non, monsieur Hartford, je vous donne ma conviction personnelle. Et si vous faisiez preuve un tant soit peu d'honnêteté, vous admettriez que j'ai raison.

— Je ne vous ai pas demandé votre avis, mademoiselle Grayson. Cependant, vous avez vu juste sur un point : votre franc-parler vous perdra.

— Je le juge nécessaire quand mes motivations sont remises en cause. Si M. Shelby m'a proposé cette place, c'est justement parce que je ne suis pas une femme comme les autres.

— Ah oui ? Et en quoi vous distinguez-vous ? demanda Galen avec un rictus narquois.

— Je n'aime ni cancaner ni flâner dans les boutiques, et je crois fermement à l'égalité entre les femmes et les hommes. Contrairement aux Londoniennes qui se prennent pour des « ladies », j'ai mes propres opinions et je n'hésite pas à les exprimer.

— Et cela suffirait à prouver votre différence ?

Nola s'efforça d'ignorer l'hostilité dans sa voix.

— Si vous preniez la peine de me connaître, monsieur Hartford, vous sauriez que je dis vrai.

— Je n'en ai ni le temps, ni l'envie.

— Décidément, Hank est le seul sur ce domaine à se montrer aimable et ouvert d'esprit. S'il n'était pas là, et s'il n'y avait pas les enfants, je ne ressentirais certainement pas le besoin de passer un seul jour de plus ici – et ce ne serait pas à cause de la chaleur !

C'en fut trop pour Galen, qui sortit de ses gonds.

— Cet endroit n'a rien à offrir à une citadine !

— Et pourquoi donc ? demanda Nola d'une voix posée, son interlocuteur ne devant pas croire qu'elle se laissait décontenancer.

— Je ne vous donne pas longtemps avant de vous ennuyer et de vouloir retrouver la civilisation !

— Je ne l'envisage pas une seconde !

— Bon, vous avez visiblement décidé de ne pas me prendre au sérieux. Ne comprenez-vous pas qu'ici, le quotidien brise les âmes ? L'esprit pionnier, indissociable de cette terre qu'il a fait fructifier, ne s'achète pas, tout comme il ne se trouve pas sous le sabot d'un cheval. On l'a ou on ne l'a pas, et cela, les gens de la ville ne peuvent pas le comprendre. À votre avis, pourquoi y a-t-il aussi peu de femmes dans la région ? Partez avant de faire souffrir mes enfants, en particulier Shannon, qui est si vulnérable.

À ces mots, il lui tourna le dos et voulut partir, mais Nola le retint.

— J'ai la conviction que je peux enrichir leur vie en leur apportant mon savoir, et ce tout autant qu'un homme. Je ne fuirai pas, et je ne laisserai pas non plus Langford Reinhart me chasser. Quelles que soient les conditions de vie que vous ayez à endurer ici, je les endurerai aussi. Je sais que je ne suis pas parfaite, mais vous allez devoir composer avec mes failles, comme moi avec les vôtres. En ce qui concerne vos enfants, je veux ce qu'il y a de mieux pour eux. Si l'un d'eux exprime clairement que ma présence est superflue, voire indésirable, j'accepterai de partir. Mais uniquement à leur demande, monsieur Hartford.

Galen se retourna une dernière fois, son regard exprimant soudain chagrin et désarroi. Il ouvrit la bouche mais, sa souffrance étant encore trop vive, les mots moururent sur ses lèvres. Il tourna brusquement les talons et regagna la cabane.

Une fois couchée, Nola repensa aux paroles de Galen, à l'expression de souffrance dans son regard, bouleversante, comme si le décès de sa femme ne remontait qu'à quelques jours. À l'évidence, il en avait été très épris.

Après une heure passée à chercher le sommeil, elle alluma une lampe et décida d'aller chercher un peu de lecture. Lorsqu'elle passa devant la porte de l'école, qu'elle avait laissée ouverte, elle distingua près de la cabane la silhouette d'un homme en train de couper du bois. Elle crut d'abord que c'était Hank, avant de constater qu'il s'agissait en réalité de Galen. Elle secoua la tête en soupirant. Décidément, cet homme était difficile à cerner, et il y avait fort à parier qu'elle n'y parviendrait jamais réellement.

Elle sortit trois livres de l'une des caisses. Après avoir feuilleté les deux premiers, elle les jugea inintéressants et les reposa. Quand elle ouvrit le troisième, une feuille de papier pliée en deux tomba sur le sol. Les quelques mots non signés avaient été écrits par une main féminine.

Mon chéri, je vis pour ton amour. Sans lui, cette vie me serait insupportable.

Nola relut ces lignes plusieurs fois en songeant qu'il était merveilleux d'aimer et d'être aimé avec une telle passion, une telle intensité. En repassant près de l'entrée, elle vit Galen manier la hache avec des gestes puissants et énergiques, comme pour extérioriser ses tourments. Hank lui avait dit que l'épouse de Galen avait enseigné dans cette même école, elle s'en souvenait à présent. Ces mots étaient-ils destinés au régisseur ? Si oui, ils s'étaient aimés éperdument, ce qui rendait la disparition de Mme Hartford plus tragique encore. Nola se sentit gagnée par le besoin irrépressible d'en apprendre davantage sur ce qui lui était arrivé. Cependant, celui-ci était certainement la dernière personne qui accepterait de lui en parler.

5

Le lendemain matin, Nola fut réveillée par un curieux vacarme au-dehors. Tout en se demandant quelle heure il pouvait bien être, elle se leva, alla à la fenêtre, écarta le rideau et poussa un cri d'effroi.

Dehors, des bourrasques de vent projetaient la terre par poignées entières contre la fenêtre ; la cabane de Galen et une partie de la demeure de Langford Reinhart disparaissaient derrière des colonnes vertigineuses de poussière rougeâtre ; et toute la plaine alentour baignait dans une étrange lumière ocre.

Nola secoua la tête pour s'assurer qu'elle ne cauchemardait pas, puis chercha à tâtons la montre que Tilden Shelby lui avait offerte au moment de son départ : 8 heures déjà ! Elle se demanda pourquoi elle avait dormi aussi longtemps, avant de se rappeler la lettre qu'elle avait découverte et qui l'avait tenue éveillée une partie de la nuit.

L'institutrice s'habilla à la hâte et sortit affronter le souffle du vent chaud qui charriait une puissante odeur de terre. Elle avança tête baissée en cachant son nez et sa bouche dans le creux de son coude pour se protéger de la poussière. Les quelques mètres qu'elle avait à parcourir jusqu'à la cabane lui parurent interminables, le vent ne cessant de la dévier de sa trajectoire. Très vite, elle perdit ses repères, tandis que ses yeux brûlaient et que la poussière venait se loger jusqu'entre ses dents. Alors qu'elle n'arrivait plus à respirer et que la panique la gagnait, elle discerna un mur, s'y appuya et comprit qu'elle avait atteint l'écurie.

Des voix lui parvinrent par-dessus les hurlements du vent. Par une fissure dans le mur, elle vit Galen et Hank qui parlaient avec deux Aborigènes en salopette, chapeau sur la tête et bottes aux pieds – certainement les gardiens de troupeaux dont Hank lui avait parlé la veille. Près d'eux attendaient quatre chevaux sellés qui, rendus nerveux par la poussière et le vent, hennissaient et frappaient le sol avec leurs sabots.

— J'espère que vous vous rendez compte de l'urgence, cria Galen pour couvrir la tempête. Si nous ne vendons pas le bétail dans les prochains mois, c'en est terminé du domaine Reinhart.

— Tu crois vraiment que nous réussirons à repérer ne serait-ce qu'un seul animal dans ces tourbillons de poussière ? demanda Hank.

— Il se pourrait bien que ceux-ci nous facilitent la tâche. Une fois que les bêtes auront trouvé un abri, elles ne bougeront plus. Je sais que les conditions ne sont pas idéales, mais il n'y a plus une minute à perdre !

— On est prêts, boss, affirma l'un des Aborigènes.

— Bien, Jimmy. Il est hors de question que Heath et Keegan m'accompagnent par ce temps, je ne veux pas prendre le risque qu'ils s'égarent. En outre, j'ai trouvé dans les environs des restes de feu de camp. Il semblerait que des voleurs de bétail traînent dans les parages. Hank, prends ce fusil. Jimmy et Jack, tâchez de repérer des traces de leur passage.

Les Aborigènes acquiescèrent et se saisirent à leur tour des fusils que Galen leur tendait.

— Surtout, ne tirez qu'en dernier recours !

Tous opinèrent du chef.

— L'un de vous a-t-il vu Nola ce matin ? demanda Hank.

Nola perçut dans sa voix une pointe d'inquiétude qui n'était pas pour lui déplaire. Sans cet homme, l'hostilité que lui témoignaient Langford et Galen lui aurait été encore plus insupportable.

— Non, il semblerait que notre nouvelle institutrice n'apprécie pas le vent ni la poussière, répondit le régisseur avec un mépris sans équivoque.

Hank prit aussitôt sa défense.

— Elle doit avoir peur, ce n'est pas le genre de phénomène qu'on voit tous les jours en Angleterre. Il faut lui laisser le temps de s'y habituer.

— Du temps, elle n'en a plus beaucoup, et très vite elle se rendra à l'évidence : aucun citadin ne peut s'adapter à la rigueur de la vie dans le désert. Encore moins une femme qui n'a travaillé que pour des enfants de la noblesse, gâtés, vivant dans des villas somptueuses. Imagines-tu un seul instant la vie qu'elle a menée jusqu'à présent ? À se déplacer dans de belles calèches, à dormir dans des appartements luxueux, à déguster des mets raffinés…

— Galen, j'ai cru comprendre qu'elle avait été employée par des riches et des moins riches. Si elle avait mené la vie que tu décris, je ne vois pas pourquoi elle aurait accepté ce poste.

Galen lui jeta un regard sceptique.

— Je suis sûr qu'elle ne sait pas monter à cheval. Tu ne la crois tout de même pas capable de vivre dans l'*outback* et de s'habituer aux conditions de vie qui sont les nôtres ?

Le cynisme avec lequel il s'exprima heurta Nola. Celle-ci commençait à croire que rien ne pourrait ébranler sa conviction, alors qu'elle n'avait aucunement l'intention de partir, encore moins d'abandonner les enfants. Certes, elle avait côtoyé l'aristocratie, certes, elle avait connu un certain confort. Mais elle avait également mangé son pain noir, au point de se retrouver sans toit. Seul le temps donnerait une bonne leçon à Galen. Elle allait devoir travailler dur pour lui prouver qu'elle était de taille à affronter la vie en Australie.

— Je suis persuadé qu'elle va rester, insista Hank. Nola est une dure à cuire. Sans sa force physique, sans sa volonté de fer, elle se serait laissé emporter par le courant de la Short Horn River, or pas une fois je ne l'ai entendue se plaindre…

— Volonté de fer ou pas, Langford est bien décidé à la renvoyer en Angleterre par le prochain bateau.

— Alors, essaye de le convaincre du contraire. Après tout, tes enfants ont tout à y gagner si elle reste, en particulier Shannon.

— Manifestement, cette Mlle Grayson ne te laisse pas indifférent, Hank. Que sais-tu d'elle au juste ?

Nola s'offusqua en silence. Que voulait insinuer Galen ?

— Pas grand-chose, en revanche, je me trompe rarement sur les gens. À mon avis, c'est une femme courageuse, exactement le genre de personne dont nous avons besoin ici. Ce ne sont pas mes affaires, mais je te trouve injuste avec elle. Elle serait parfaite pour les enfants !

— Aurais-tu par hasard un intérêt personnel à ce que Mlle Grayson reste ici, Hank ? demanda Galen après un silence pesant.

Nola, toute rouge, guetta la réponse de son ami à ce sous-entendu aussi gênant qu'absurde. Il allait certainement le balayer d'un revers de main.

— Je l'admets, j'apprécie Nola, répondit Hank contre toute attente. Si un sentiment plus fort que l'amitié venait à s'installer entre nous, j'en serais heureux, mais il est un peu tôt pour l'envisager.

La jeune femme secoua la tête, stupéfaite d'entendre Hank, qu'elle considérait comme un collègue et un ami, concéder une attirance à son égard. Avait-il déjà fait allusion à ce qu'il éprouvait pour elle ? Pas dans son souvenir. Son sens de l'hospitalité ne lui avait pas échappé, mais jamais elle n'aurait cru qu'il éprouvait des sentiments plus profonds envers elle.

La voix de Hank la tira de ses pensées.

— Nous avons beaucoup discuté lors du trajet en carriole, et j'ai eu la nette impression qu'elle prenait son métier très au sérieux. Et je pense que toute personne étant prête à s'aventurer jusqu'ici mérite au moins une chance.

Soudain, Galen perdit patience.

— Bon, ce n'est pas en ergotant sur les qualités de Mlle Grayson que nous sauverons le domaine. Allons-y et mettons-nous enfin au travail !

Troublée par la conversation qu'elle venait de surprendre, Nola partit de son côté et retrouva le chemin de la cabane tout à fait par hasard. Poussée par une bourrasque, elle entra et salua les enfants, qui prenaient leur petit-déjeuner. Peu après, Galen et Hank les rejoignirent.

— Je suis désolée d'arriver aussi tard, dit-elle en refermant la porte derrière eux avec difficulté. Impossible de fermer l'œil, hier soir.

— C'est étonnant que la tempête de sable ne vous ait pas réveillée ! s'exclama Hank en lui lançant un regard appuyé.

Gênée par ce qu'elle venait d'apprendre, Nola lui servit une tasse de thé, puis demanda évasivement :

— Avez-vous pris votre petit-déjeuner ?

— Oui, et nous devons partir, répondit Galen d'un ton brusque, qui cachait toutefois une réelle inquiétude. Aujourd'hui, les garçons ne viennent pas avec moi.

— Si, je t'accompagne ! protesta aussitôt Heath en se levant.

— D'accord, mais à condition que tu ne t'éloignes pas de moi, céda Galen après une hésitation puis, se tournant vers son cadet : Keegan, tu restes ici. Si nous ne sommes pas rentrés avant la tombée de la nuit, c'est que nous avons décidé de bivouaquer. Je compte sur toi pour nourrir les animaux.

Le petit garçon esquissa une moue boudeuse.

— Je ne peux pas venir aussi, papa ? S'occuper des animaux, Mlle Grayson peut le faire, plaida-t-il, semblant juger que c'était tout ce dont elle était capable.

Galen vit tiquer Nola, à qui le sous-entendu de Keegan n'avait pas échappé. Or elle savait également que le régisseur avait à cœur de ne pas exposer inutilement son fils au danger.

— Keegan, c'est vrai que je suis capable de nourrir les animaux, intervint-elle, mais tu connais leurs habitudes mieux que moi. Et puis je crois que ton père compte sur toi pour veiller sur la ferme en son absence.

Keegan consulta son père du regard, puis son visage s'illumina de fierté.

— Tu peux partir tranquille, papa, je m'occupe de tout.

Galen acquiesça avec un sourire, puis jeta un bref regard à Nola. Son animosité envers l'institutrice était en train de faiblir, mais il s'abstint de le lui dire.

Jugeant trop périlleux de s'aventurer jusqu'à l'école en pleine tempête, Nola préféra rester dans la cabane avec Keegan et Shannon. Comme les hurlements du vent n'étaient guère rassurants, elle s'efforça de les distraire en lançant une discussion sur les différences entre l'Angleterre et l'Australie.

Pendant une demi-heure, elle leur raconta des anecdotes sur les constructions de bonshommes de neige, les batailles de boules, les glissades sur le verglas… Au bout d'un moment, Keegan se dérida, finissant par oublier sa déception de ne pas avoir été autorisé à accompagner son père.

À son tour, Shannon parla des goannas, des varans parfois gros comme des chiens qui, quand ils paniquaient, se raccrochaient à tout ce qui leur tombait sous la patte – y compris à des humains. Nola n'en crut pas ses oreilles en apprenant qu'un goanna avait ainsi bondi sur le dos de Hank, et que celui-ci avait hurlé à pleins poumons jusqu'à ce que Jack chassât l'animal. Les enfants lui décrivirent aussi les kookaburras, des oiseaux dont le chant ressemblait à un éclat de rire, et les ornithorynques, des mammifères à fourrure doté d'un bec de canard, qui transportaient leurs petits dans une poche ventrale.

Alors qu'ils parlaient du quotidien en Angleterre, Keegan mentionna que leur père les avait déjà emmenés dans une grande ville, à Sydney.

— Moi, je ne m'en souviens pas ! protesta Shannon.

— Tu étais trop petite, observa Keegan.

Comme ce souvenir avait l'air de le rendre triste, Nola réprima sa curiosité et n'insista pas, supposant que ce voyage avait un lien avec leur mère.

— C'est quelle sensation, la neige ? demanda le garçon, désireux de changer de sujet.

Nola sourit.

— Je dirais que c'est comme de l'eau gelée, mais friable.

— Et la pluie, ça ressemble à quoi ? renchérit Shannon.

Nola resta bouche bée quelques instants.

— Tu n'as jamais vu d'eau tomber du ciel, Shannon ?

— Non. Papa dit qu'il a plu une fois quand j'étais toute petite, mais je ne m'en souviens pas.

Le choc passé, Nola sentit les larmes lui monter aux yeux.

— C'est… c'est merveilleux, balbutia-t-elle. À vrai dire, il pleut si souvent en Angleterre qu'on tient cela pour acquis, et il arrive même qu'on s'en plaigne. C'est affreux, quand on y pense. Pardonne-moi, Shannon, mais je n'en reviens pas. Mais je te promets que les premières gouttes tomberont, tu pourras sortir en profiter, et je viendrai avec toi. Toi aussi, Keegan, bien sûr.

Lorsque, le soir venu, le vent faiblit enfin, Keegan se posta à la fenêtre pour guetter le retour de son père. Shannon, elle, dormait déjà. Tout en préparant le dîner, Nola tenta de distraire le jeune garçon, qui se faisait visiblement du mauvais sang. Elle-même n'était pas tout à fait tranquille, mais après tout ce que Hank lui avait raconté sur les capacités des Aborigènes à survivre dans le bush, il y avait fort à parier que tous rentreraient sains et saufs. C'était surtout la présence supposée de voleurs de bétail qui la taraudait.

— Je suis sûre qu'ils vont bien, dit-elle d'une voix douce en rejoignant le garçon à la fenêtre.

— Il est facile de se perdre dans une tempête de sable, murmura Keegan. On n'y voit pas à plus de deux mètres, la poussière recouvre toutes les traces et le soleil est masqué.

Nola n'en doutait pas, elle qui, le matin même, avait cru se diriger vers la cabane pour finalement se retrouver à l'écurie, pourtant à l'écart des autres bâtiments.

— Je suis certaine que ton père a un excellent sens de l'orientation, et Hank m'a assuré que Jimmy et Jack connaissaient le bush comme leur poche.

Elle passa un bras autour de ses épaules mais, voyant Keegan tressaillir, le retira aussitôt.

— Je vais nourrir les animaux, annonça-t-il.

— Je t'accompagne.

— Je saurai me débrouiller tout seul !

À sa moue, Nola comprit qu'elle l'avait vexé.

— Restez plutôt avec Shannon, ajouta-t-il plus gentiment.

À la tombée de la nuit, tous deux s'attablèrent pour le dîner. Lorsqu'ils eurent fini de manger, Nola pensa à Langford Reinhart, seul dans sa maison sinistre, et décida de lui porter une assiette. Alors qu'elle traversait la cour à la lueur d'une lampe à pétrole, elle vit frémir un rideau à l'étage. Langford devait lui aussi guetter le retour de Galen.

Elle frappa à la porte, puis attendit quelques instants avant d'entrer. Entre les ombres que la lampe projetait sur les murs, le grincement lugubre du plancher et ses pas qui résonnaient dans toute la maison, elle ne put réprimer un frisson d'angoisse. Après avoir traversé le vestibule et jeté un coup d'œil dans la cuisine, une petite pièce sans intérêt, elle s'arrêta au pied de l'escalier. Quand elle appela Langford, elle eut l'impression que sa voix ricochait contre les murs. Toujours pas de réponse.

— Je sais que vous m'entendez, monsieur Reinhart. Je vous ai apporté à dîner, je laisse l'assiette dans l'escalier !

Nola s'apprêtait à repartir lorsqu'elle entendit un son étrange, une sorte de pas traînant. Alors que son cœur battait à tout rompre, elle se tança de cette réaction aussi peureuse. Cette demeure était déserte, à l'exception du vieillard chétif qu'était le maître des lieux.

Malgré la température encore élevée, Nola sentit un léger courant d'air, leva la tête et discerna une silhouette voûtée sur le palier au sommet des marches, à moitié tapie dans l'ombre. Elle retint son souffle, avant de se raisonner. Ce ne pouvait être que Reinhart qui, vêtu d'une longue chemise blanche, ressemblait à un fantôme. Elle se demanda un instant s'il ne cherchait pas à l'effrayer, avant de rejeter cette idée. Il n'était tout de même pas retors à ce point.

— Où est Galen ? éructa-t-il soudain.

Nola prit une profonde inspiration et se ressaisit.

— Lui et les autres ne sont pas rentrés, mais il avait prévenu qu'ils passeraient certainement la nuit dehors.

Comme le vieillard ne bronchait pas, elle se pencha et ramassa l'assiette.

— Je vous ai apporté à dîner, ajouta-t-elle en montant une marche.

— L'espèce de pitance que Galen m'a apportée hier soir, je ne la donnerais même pas à des chiens, bougonna-t-il. Je ne suis pas sénile au point de ne plus savoir cuisiner, alors épargnez-vous cette peine à l'avenir. En passant, voici votre salaire pour ce mois-ci.

Il leva le bras et jeta une enveloppe de billets qui termina sa course aux pieds de Nola. Celle-ci regarda fixement l'enveloppe, tellement furieuse qu'elle dut inspirer et expirer profondément afin de rester maîtresse d'elle-même.

— Dites-moi, monsieur Reinhart, êtes-vous bon à quelque chose, à part vous montrer odieux ?

— Que voulez-vous dire ?

— Êtes-vous capable de participer à la gestion du bétail ? De capturer un taureau à l'aide d'un lasso ? De monter à cheval ?

— Je ne suis plus de première jeunesse.

— Si vous n'êtes plus à la hauteur, pourquoi ne pas embaucher plus de personnel pour prêter main-forte à Galen ?

Langford la toisa méchamment du regard.

— Ce n'est pas si simple, lâcha-t-il enfin.

— Hank m'a dit que plus personne ne voulait travailler pour vous. Est-ce exact ?

Le vieillard pinça les lèvres, sa bouche ne formant plus qu'une fente.

— Cela n'aurait-il pas un lien avec le fait que vous ne puissiez pas vous aligner sur le salaire des autres domaines ? Je sais combien vous êtes durement frappé par la sécheresse.

Elle ramassa l'enveloppe et l'agita.

— Je veux bien renoncer à cet argent, s'il peut vous servir à autre chose.

En effet, Nola y était prête pour les enfants, mais certainement pas pour Langford.

— Ce qui se passe sur mon domaine ne vous regarde en rien, jeune fille. Maintenant, sortez de chez moi.

Nola, bouillonnante de colère, faillit lui jeter l'enveloppe à la figure. Elle se retint à temps, consciente qu'il aurait été trop heureux de la voir réagir avec puérilité à ses provocations. Seulement, elle enrageait de voir ses efforts pour apaiser la situation se heurter à une telle goujaterie.

— Vous rendez-vous compte que, si vous ne changez pas d'attitude, ce ne sera bientôt plus chez vous ?

— Je ne renoncerai jamais à mes terres ni à ma maison.

— Dans ce cas, pourquoi n'entreprenez-vous rien pour les sauver ? Votre père était un pionnier, donc sans doute incroyablement courageux. C'est ainsi que l'on triomphe de tous les obstacles !

Langford ne pipa mot. Bien que son visage fût dans l'obscurité, Nola imagina parfaitement le rictus méprisant qu'il devait être en train d'esquisser.

— Je sais que Galen travaille dur pour sauver l'exploitation, poursuivit-elle. D'accord, Hank l'aide, mais ils n'arriveront à rien tout seuls. Et si vous perdez le domaine, Heath, Keegan et Shannon n'auront nulle part où aller. Vous pourriez au moins agir pour eux, avant qu'il ne soit trop tard.

— De quel droit entrez-vous chez moi ? De quel droit me dictez-vous ma conduite ? Vous êtes une étrangère. Une femme ! Vous n'avez pas la moindre idée de ce qu'est la vie dans l'*outback*. Votre place n'est pas ici. Partez, avant de regretter d'avoir posé le pied sur mes terres !

Cette menace explicite stupéfia Nola.

— Qu'a-t-il bien pu se passer dans votre vie pour que vous soyez aussi froid et méprisant ? s'exclama-t-elle.

Elle pressentait qu'il y avait autre chose derrière cette attitude, que le vieillard cachait certainement un point sensible, voire un secret douloureux, et pourtant elle n'eut pas une once de pitié.

Bien qu'elle ne pût voir distinctement Langford, elle savait qu'il la toisait depuis l'étage, le regard empli de haine. Alors qu'il ne répondait pas, ses mains noueuses enserrèrent la rambarde de l'escalier si fort que le craquement de leurs articulations parvint jusqu'à Nola. Celle-ci tourna les talons et sortit, tandis qu'un frisson de dégoût lui parcourait l'échine.

Le lendemain matin, Nola se réveilla au lever du soleil. La veille au soir, comme Galen n'était toujours pas rentré à minuit, elle avait décidé de passer la nuit à la cabane avec les enfants. La journée s'annonçait calme, le soleil était de retour dans un ciel radieux. Seule une épaisse couche de poussière rougeâtre témoignait de la tempête de la veille. Il fallut une heure à Nola pour nettoyer grossièrement les meubles du logis, à l'aide d'une pelle et d'une balayette pour ne pas gaspiller l'eau.

Ensuite, préférant laisser dormir Shannon et Keegan encore un peu, elle alla chercher les œufs au poulailler, puis essaya de traire la vache, mais sans grand succès. L'animal, qui refusait obstinément de rester immobile, renversa plusieurs fois le seau d'un coup de sabot.

Comme on était samedi, Nola se demanda si, une fois rentré, Hank comptait toujours se rendre à Julia Creek. Cela lui paraissait improbable, d'après la conversation qu'elle avait surprise dans l'écurie. À l'heure actuelle, priorité était donnée au rassemblement du bétail, et chaque minute comptait. Alors qu'elle était en train de nourrir les animaux, elle remarqua un épais nuage de poussière qui se formait à l'horizon. Croyant d'abord à un willy-willy, elle distingua finalement trois cavaliers. Keegan lui avait expliqué qu'un campement avait été installé dans la plaine pour le comptage du bétail. Jimmy et Jack devaient donc être restés avec les taureaux rassemblés depuis la veille.

Arrivés devant l'écurie, où Nola les attendait, Galen, Hank et Heath, couverts de poussière rouge, mirent pied à terre.

— Nous avons bivouaqué à cinq kilomètres d'ici, lui annonça Hank.

— Comment se présentent les choses ? demanda Nola en remarquant la mine sombre de Galen.

— Pas très bien, répondit Hank. Pour l'instant, nous ne comptons que cinquante têtes. Comme le troupeau s'est éparpillé sur toute la plaine, le rassemblement risque de durer des semaines. Voulez-vous toujours aller à Julia Creek ?

— Oui, si cela tient toujours.

— Bien sûr. J'ai une lettre à poster de la part de M. Reinhart.

Hank se tourna vers Galen.

— Je n'en aurai que pour quelques heures. Ensuite, je retournerai directement au campement.

— Je peux aussi me débrouiller seule, proposa Nola. Donnez-moi la lettre, cela vous fera gagner du temps.

— Non, intervint Galen. Si vous devez absolument vous rendre à Julia Creek, Hank vous accompagnera.

Sans attendre de réponse, il se dirigea vers l'écurie.

Nola ne sut que penser de sa réaction : ne la jugeait-il pas capable de poster une simple lettre, ou la route présentait-elle un danger quelconque ? Des Aborigènes hostiles rôdaient-ils dans les environs ?

— Je vais préparer le petit-déjeuner, lança-t-elle enfin.

— Bonne idée, nous mourons de faim ! se réjouit Hank.

En passant devant l'étable, il remarqua le tabouret renversé et les éclaboussures de lait sur le sol.

— Ah, on dirait que la vache a été récalcitrante.

— C'était ma première tentative de traite, concéda Nola d'une petite voix.

— Le tabouret est du mauvais côté.

— C'est pour cela que la vache a envoyé valser le seau ?

— Exactement. Elle a ses petites manies ! Venez, je vais vous montrer.

Nola jeta un regard en direction de la cabane, où Galen les observait en fronçant les sourcils.

Après le petit-déjeuner, elle revêtit le pantalon que Hank lui avait prêté. Profitant que celui-ci était encore en train de se laver et de se changer, elle se dirigea vers l'écurie. Hank lui avait promis de lui seller un cheval, mais elle voulait lui montrer qu'elle en était capable, et elle entendait également faire ses preuves auprès de Galen.

Après avoir bridé un cheval bai à l'allure débonnaire, elle s'apprêtait à le seller lorsqu'elle remarqua Heath qui l'observait, assis sur une clôture.

— Pourquoi préparez-vous Wirangi ? demanda-t-il, adressant la parole pour la première fois à Nola depuis son arrivée.

— C'est son nom ? J'aimerais me rendre à cheval au village.

L'adolescent écarquilla les yeux.

— Vous êtes bonne cavalière ?

— Je me débrouille.

Elle serra la sangle, non sans surprendre le petit sourire malicieux qui se dessinait sur les lèvres de Heath.

Une fois Wirangi sellé, Nola ajusta les étriers et l'enfourcha. L'animal la laissa faire sans broncher, toujours sous le regard de Heath, qui ne perdait pas une miette du spectacle. Tout en ajustant les rênes, de façon à avoir la meilleure assiette possible, Nola vit du coin de l'œil l'adolescent descendre prudemment de la clôture et se placer derrière.

— Nous n'avons pas ce type de selle en Angleterre, expliqua-elle. Les nôtres sont beaucoup plus étroites et moins lourdes.

— C'est une selle typiquement australienne, répondit Heath, qui riait sous cape.

Il avait entendu parler des clubs d'équitation huppés et s'imaginait Nola apprenant à monter en robe d'équitation sur un shetland bien docile.

— Vous voulez vous éloigner un peu ?

— Non, merci. Je vais tourner un peu dans la cour, le temps de m'habituer au cheval et à la selle.

Heath baissa son chapeau sur son visage pour dissimuler son sourire, pendant que Nola décrivait des cercles dans la cour, d'abord au pas, puis au trot. Son style de cavalière, assise le dos bien droit sur sa selle, correspondait en tout point à l'image qu'il se faisait des poney-clubs pour filles.

— Wirangi, est-ce un nom aborigène ? demanda Nola en passant devant lui.

— Oui, il lui a été donné par le fermier qui l'a débourré. Il venait de Fingali, près de la frontière entre le Queensland et la Nouvelle-Galles-du-Sud.

— Et que signifie « Wirangi » ?

Heath connaissait pertinemment la signification de ce nom, mais il préférait attendre encore un peu avant de vendre la mèche.

— Je… Euh, je ne sais plus. Quelque chose comme « joyeux », il me semble.

Lorsque Nola talonna les flancs du cheval, celui-ci, au lieu de partir au galop, pila d'un coup, si bien qu'elle faillit passer par-dessus l'encolure. Puis il tourna la tête vers sa cavalière, révélant des yeux exorbités et injectés de sang. Comprenant que son allure tranquille, pour ne pas dire apathique, était un leurre, Nola pressa les genoux et tint fermement les rênes, se préparant à une éventuelle ruade.

— Avance, Wirangi, chuchota-t-elle à l'animal.

À ces mots, le cheval piaffa, les naseaux dilatés, et fonça tout droit vers la clôture qui délimitait l'autre extrémité de la cour. Pris de panique à l'idée qu'on le tînt pour responsable d'avoir laissé Nola monter Wirangi, si elle venait à se rompre le cou, Heath blêmit et regarda bouche bée le cheval bondir par-dessus la rangée supérieure de barbelés.

Hank et Galen, qui arrivaient juste à ce moment-là, retinrent leur souffle en s'attendant à voir Nola être désarçonnée. Par miracle, elle resta en selle, et Wirangi fila ventre à terre en direction de la plaine.

— Mais que fabrique encore cette fichue bonne femme ? pesta Galen, tandis que Hank ne pouvait articuler un mot.

Ils guettèrent un bon moment le retour de Nola, mais comme celle-ci ne semblait pas pouvoir – ou vouloir – rediriger le cheval vers la ferme, ils enfourchèrent à leur tour leurs montures et s'élancèrent à sa poursuite, pour finalement renoncer au bout de trois kilomètres. Galen arrêta son cheval près une forêt d'eucalyptus, bordée à l'ouest par une vallée sèche et broussailleuse, et à l'est par le désert qui s'étendait à perte de vue. Il repéra bien des traces dans la poussière, mais elles s'entrecroisaient, comme si le cheval s'était cabré ou avait tourné en rond.

Lorsque Nola chuta très lourdement dans une forêt d'eucalyptus, elle fut presque soulagée de se retrouver à terre plutôt que sur ce cheval absolument imprévisible. Après l'avoir désarçonnée, il se cabra encore plusieurs fois, la bave aux lèvres, décrivit des cercles autour d'elle, comme pour célébrer sa victoire, puis disparut soudainement. Nola, étendue sur le dos, gémit en songeant que, en plus de se trouver à des kilomètres de la ferme, elle s'était couverte de ridicule devant tout le monde.

Quand elle eut retrouvé ses esprits, elle palpa chacun de ses membres à la recherche d'une éventuelle fracture et grimaça en sentant une vive douleur lui vriller l'épaule. Même si les branchages ne faisaient pas obstacle au soleil de plomb qui l'aveuglait, elle pouvait s'estimer heureuse d'être tombée ici, et non dans des buissons épineux ou un ravin.

Soudain, alors qu'un hennissement tout proche parvenait à ses oreilles, elle tourna la tête et se trouva de nouveau nez à nez avec Wirangi. Voyant qu'il se cabrait au-dessus d'elle, elle poussa un cri et roula sur le côté afin d'éviter les sabots qui fouettaient l'air, brassant un nuage de poussière et de cailloux.

— Ce sera un miracle si ce fichu canasson ne la tue pas, maugréa Galen. Et toi, Heath, qu'est-ce qui t'a pris de la laisser monter Wirangi ? Tu sais comment il est.

— J'ai cru qu'il allait la jeter de selle tout de suite, balbutia l'adolescent livide en jetant un regard craintif à son père. J'ai voulu lui donner une leçon.

— Eh bien, c'est une leçon qui risque de nous coûter cher, tempêta Galen, blême lui aussi.

— Là-bas ! Je la vois ! s'écria soudain Hank en désignant le nord avec un soupir de soulagement.

Aussitôt, Galen et Heath secouèrent les rênes de leurs chevaux et les dirigèrent vers la forêt d'eucalyptus. Quelle ne fut pas leur surprise lorsqu'ils virent en sortir Nola, droite comme un I sur Wirangi ! Le cheval marchait d'un pas lent, la tête baissée, les flancs tachés de sueur séchée. Quand la jeune femme passa devant le petit groupe, le visage figé, visiblement sous l'effet d'un gros choc, Hank et Galen échangèrent un regard perplexe.

Nola, qui n'avait pas la moindre idée de la direction à suivre pour regagner l'exploitation, laissa le cheval avancer de lui-même, comptant sur son instinct pour retrouver le chemin de son écurie.

— Tout va bien? cria Hank lorsqu'elle les eut dépassés.

La jeune femme acquiesça presque imperceptiblement. Hank lança un regard à Galen, qui était aussi perplexe que lui.

Si son dos couvert de poussière, ses joues égratignées et ses cheveux ébouriffés indiquaient qu'elle avait été désarçonnée, elle ne semblait pas blessée. Tous se demandèrent comment elle avait réussi à rattraper Wirangi et à l'enfourcher de nouveau. En temps normal, il aurait regagné son écurie ventre à terre.

Sans piper mot, Hank, Galen et Heath emboîtèrent le pas à la cavalière, s'attendant presque à la voir s'évanouir à tout moment. Le régisseur aurait préféré s'emparer des rênes, mais l'attitude étrange de la jeune femme l'en dissuada.

Arrivée dans la cour, Nola mit pied à terre, toujours sans ciller.

— Êtes-vous blessée? s'enquit Hank en approchant.

— Seulement dans mon orgueil, murmura Nola.

L'homme lui prit la main et constata qu'elle était ensanglantée.

— Ce n'est qu'une égratignure, ajouta-t-elle en se dégageant.

Le soulagement de Galen laissa place à la colère.

— Laisseriez-vous un enfant monter un cheval qu'il ne connaît pas du tout, mademoiselle Grayson?

— Bien sûr que non, soupira-t-elle avec dépit.

— Alors quelle mouche vous a piquée?

Nola décida de ne pas réagir à son emportement, de peur de s'effondrer.

— Je suis une cavalière expérimentée, monsieur Hartford.

— Qui n'a aucune expérience des chevaux de bétail. Et cet animal-là n'est pas un cheval ordinaire.

Nola leva la main pour flatter la crinière noisette de Wirangi, mais grimaça lorsque la douleur vrilla son épaule contusionnée.

— Je suppose que, une fois de plus, vous croyiez avoir la science infuse, mademoiselle Grayson, maugréa Galen. Cette leçon nous aurait coûté cher, si vous y étiez restée ou si nous avions perdu l'un de mes meilleurs chevaux. À l'avenir, demandez-nous conseil, avant de vous mettre dans le pétrin !

Nola, qui avait les larmes aux yeux, préféra ne pas répondre. Galen lança un regard noir à Hank, puis s'éloigna d'un pas lourd. Elle eut l'intuition qu'il était certes furieux, mais aussi parfaitement conscient de la part de responsabilité de son fils – intuition confirmée par la mine piteuse de Heath.

— Je suis désolée que ton père soit fâché après toi, lui dit-elle après avoir pris une grande inspiration. Ce n'était pas ta faute. Il a raison : j'ai cherché, encore une fois, à vous prouver quelque chose – mes talents de cavalière, en l'occurrence. On peut parler d'un échec cuisant.

— J'aurais dû intervenir, murmura l'adolescent. Vous avez failli vous rompre le cou !

— Je suis souvent tombée de cheval, tu sais : dans des chardons bien piquants, des orties, des rivières, des marécages, et même une fois dans une fosse à purin. Wirangi a eu au moins la gentillesse de me désarçonner sur de la terre meuble.

Heath fronça les sourcils.

— Vous n'avez rien de cassé, vous êtes sûre ?

— Je ne pense pas. Je dois avoir tout au plus quelques bleus, mais rien de bien méchant.

Pendant que Nola et Heath discutaient, Hank, resté en retrait, prit Wirangi par la bride.

— Comment avez-vous réussi à remonter dessus, Nola ? demanda-t-il. Vous êtes bien la première à y arriver.

La jeune femme esquissa un sourire.

— À vrai dire, je crois bien que Wirangi m'a sauvé la vie.

— Il vous a sauvé la vie ? répéta Hank, éberlué. Que s'est-il passé ?

— Après m'avoir désarçonnée, il s'est mis à danser autour de moi. Au début, j'ai cru qu'il voulait faire le fier.

Hank et Heath se consultèrent du regard en contenant difficilement leur hilarité.

— Puis il a disparu, poursuivit Nola, et j'ai cru qu'il était rentré à l'écurie. Comme la chute m'avait un peu assommée, je suis restée un moment étendue par terre à vérifier que je n'avais rien de cassé. Le soleil filtrait à travers les branches et m'aveuglait. Soudain, j'ai entendu un bruit étrange. J'ai mis la main en visière et j'ai vu que Wirangi se cabrait au-dessus de moi. Croyant qu'il allait me tuer, j'ai roulé sur le côté pour me protéger. Lorsqu'il s'est enfin calmé, je me suis rendu compte qu'en réalité, il avait piétiné un serpent marron tout près de ma tête.

— Le venin de ces serpents peut tuer ! s'écria Heath.

— Je sais bien. Wirangi a encore raclé le sol un moment avec ses sabots, avant de me laisser l'enfourcher. Ensuite, vous l'avez vu, il a repris tranquillement le chemin de la ferme. Il se sent peut-être responsable de moi, à présent.

— Souhaitez-vous toujours aller au village ? s'enquit Hank, remarquant que la jeune femme tremblait encore.

— Oui. Je vais me débarbouiller un peu, puis nous pourrons nous mettre en route.

— Je vous selle un autre cheval. Nous avons une jument très placide.

— Ce ne sera pas nécessaire, Hank.

— Vous ne voulez quand même pas aller au village sur le dos de ce canasson ?

— Bien sûr que si. J'ai une confiance aveugle en Wirangi.

— Pas moi ! « Wirangi » signifie « fou » en langue aborigène, n'est-ce pas, Heath ?

L'adolescent vira à l'écarlate.

— Oui, enfin... « fou », « fougueux », quelque chose comme ça.

Nola sourit intérieurement.

— Jimmy lui tire les oreilles quand il sent que Wirangi est sur le point de s'emballer.

— Et cela fonctionne ?

— Presque à tous les coups !

Hank éclata de rire.

— Jimmy va être furieux, s'il apprend que tu as ébruité son astuce. Il prétend être le seul à pouvoir monter Wirangi, qui le déteste. Combien de fois je l'ai vu rentrer à pied !

— Il n'est quand même pas si terrible, dit Nola en caressant son chanfrein.

— Il est à la fois imprévisible et têtu comme une mule !

Comme pour démentir l'affirmation de Hank, Wirangi donna un coup de museau affectueux à Nola.

— Vous voudriez que je vous apprenne à capturer un taureau ? proposa Heath.

Nola fut à la fois surprise et très honorée.

— Tu es sérieux ? Je serais ravie d'apprendre et de participer à la gestion du troupeau.

— Bien sûr.

Sur ce, l'adolescent la salua d'un signe de tête et se dirigea vers la cabane.

Lorsque Nola et Hank arrivèrent à la Short Horn River, la jeune femme fut effarée de découvrir, dans le lit crevassé, les cadavres des taureaux pris au piège dans la vase, désormais livrés aux mouches et aux vautours. Ces carcasses, la végétation sèche et la plaine poussiéreuse rappelaient cruellement l'importance de l'eau pour la survie des hommes et des animaux.

— Hank, si je comprends bien, la majeure partie des problèmes vient de cette pénurie d'eau ?

— Pour sûr, répondit-il en pressant les flancs de son cheval. La sécheresse éprouve les corps et les cœurs.

Nola se remémora les propos que Galen avait tenus sur l'esprit des pionniers et les âmes brisées par la vie dans l'*outback*.

— Il est difficile de se l'imaginer, continua Hank, mais dès qu'il pleut, c'est comme si la terre ressuscitait. La végétation reverdit et, en l'espace de quelques instants, on oublie toute la souffrance que la sécheresse entraîne avec elle. Cette période est la pire que puisse vivre un agriculteur.

— Personne n'a jamais cherché d'eau sous terre ?

— En forant, vous voulez dire ?

— Je pensais aux puits artésiens. J'ai lu qu'il y avait des sources sur quasiment tout le territoire australien.

— Si vous connaissez la technique, n'hésitez pas à partager !

— Moi, non, mais quelqu'un en a forcément entendu parler.

— Il y a bien un vieux mineur qui se prétend sourcier, mais il n'a jamais obtenu le moindre résultat. Ces gens sont détestés des fermiers qui souffrent de la sécheresse.

— Pourquoi donc ?

— La plupart ne s'intéressent qu'à l'argent.

— Certains ont certainement un vrai talent.

— Possible, seulement ils ont été discrédités par les charlatans, et les exploitants n'ont plus envie de faire confiance à quoi que ce soit.

Nola décida de ne pas insister avant d'en savoir davantage.

Alors que Julia Creek n'était plus très loin, elle aborda un autre sujet qui la taraudait.

— Hank, hier, je vous ai entendu parler avec Galen de la vente du bétail, indispensable pour sauver le domaine. La situation est-elle si critique ?

— Hélas, oui. M. Reinhart a annoncé à Galen qu'il avait été approché par un acheteur potentiel.

— Ah oui ? Qui voudrait s'encombrer d'un élevage qui périclite ?

Hank regarda nerveusement autour de lui.

— Bon, à vous, je peux en parler. Après tout, Galen ne me l'a pas défendu. Il paraît que, depuis deux ans, les frères Janus essayent de s'accaparer l'exploitation.

— Ils sont de la région ?

— Non. Vous n'allez pas me croire, mais d'après Galen, il s'agirait de parents de l'épouse défunte de Langford.

Nola, surprise, haussa les sourcils.

— Son épouse défunte ? Il a été marié ?

— C'est curieux que personne n'en ait jamais parlé jusqu'à présent, mais il faut dire que Galen et Langford sont du genre taiseux. Je ne sais pas pourquoi, mais j'ai l'impression qu'un secret entoure la mort de Mme Reinhart.

Nola se tut, le temps d'assimiler l'information. Elle avait vu juste, il y avait une explication à l'aigreur de Langford. Fallait-il la chercher dans le décès de son épouse ?

— D'après Galen, Langford vient de recevoir une lettre de l'avocat des frères Janus, expliqua Hank. Elle devait être dans le courrier que j'ai rapporté de Julia Creek. Autrefois, ses beaux-parents lui auraient prêté une somme importante pour qu'il puisse acheter les terres. Ils sont morts il y a deux ans, à quelques semaines d'intervalle. C'est à eux qu'appartenait l'une des plus grandes bergeries de la région des Darling Downs, paraît-il. Seulement, comme Mme Reinhart n'a pas laissé de testament, aujourd'hui, ses frères estiment avoir droit à une part du domaine !

— Je doute que ce soit le cas. Langford, en tant que conjoint, reste le plus proche parent.

— D'après leur avocat, ils sont dans leur bon droit. M. Reinhart dispose de trente jours pour rembourser la somme investie. Sinon, l'affaire sera portée devant les tribunaux.

— Pourquoi agissent-ils de la sorte ? Par pure cupidité ? Ont-ils un quelconque moyen de pression ?

— Je ne suis pas plus avancé que vous. Peut-être que M. Reinhart sait à quoi s'en tenir, seulement, tel que je le connais, ce n'est pas auprès de lui que nous en apprendrons davantage.

Après quelques minutes passées à chevaucher en silence, Hank coula à Nola un regard en coin.

— Je suppose que vous avez également surpris une autre partie de la conversation. Ce que Galen a dit à votre sujet, par exemple.

— Je ne vous ai pas épiés à dessein, Hank. Je voulais me rendre à la cabane, mais je me suis retrouvée à l'écurie après m'être perdue dans la tempête de sable.

Hank acquiesça.

— Si les réflexions de Galen vous ont blessée, j'en suis désolé.

— Cela ne me touche pas, Hank, et puis il peut encore changer d'avis.

— En tout cas, vous lui avez prouvé que vous étiez une cavalière expérimentée. Même lui n'enfourcherait jamais ce cheval.

Il désigna Wirangi, qui avait l'air parfaitement calme et détendu.

— Êtes-vous sérieux ?

— Oui, mais ne lui dites pas que j'ai vendu la mèche.

Tandis que Nola retrouvait le sourire, Hank, gêné, se tortillait sur sa selle en l'observant discrètement.

— Si jamais ce que j'ai dit sur vous ne vous a pas non plus échappé, ne vous inquiétez pas, je ne compte pas vous courir ouvertement après. Nous… Hum…

Nous avons le temps de faire plus ample connaissance, n'est-ce pas ?

Nola, ne sachant que répondre, se contenta d'acquiescer avec un sourire. Hank s'absorba dans la contemplation du paysage, tout en se maudissant de ne pas être meilleur orateur.

Après plusieurs minutes d'un silence pesant, l'homme, brûlant de découvrir ce qui avait forgé cette femme déterminée, aventurière et sans attaches, se risqua à des questions plus personnelles.

— Avez-vous de la famille en Angleterre ?

— Non, personne de proche.

— Vos deux parents sont morts ?

— Oui, j'ai perdu mon père il y a cinq ans et ma mère peu après. Comme ils étaient malades, on leur avait conseillé de partir vivre sous des latitudes plus clémentes, mais ils n'ont pas voulu quitter l'Angleterre. Cependant, je ne pense pas qu'ils auraient supporté de telles températures, soupira-t-elle en contemplant l'horizon, qui semblait trembloter sous l'effet de la chaleur.

— Ils n'auraient pas été les premiers, concéda Hank en suivant son regard. Êtes-vous fille unique ?

— Non, j'ai deux frères plus âgés.

Hank éclata de rire.

— Qu'y a-t-il de si amusant ? demanda Nola en fronçant les sourcils.

— Cela explique pourquoi vous êtes si... différente !

— C'est-à-dire ?

— Pardon, je ne voulais pas être vexant, seulement... vous deviez former une sacrée bande de garnements. Non pas que vous soyez un garçon manqué, vous êtes féminine, mais… Enfin, ce que j'essaye de dire, c'est que vous êtes… particulière, voilà !

Comme Nola plissait les yeux, Hank, craignant de l'avoir blessée, piqua un fard.

— Vous feriez mieux de vous taire, Hank, car vous êtes en train de creuser votre propre tombe. J'ai parfaitement saisi. Du reste, vous serez surpris d'apprendre que je n'étais pas un garnement, comme vous dites, pour la bonne et simple raison que mes frères avaient tous les droits et que je n'en avais aucun. Évidemment, j'ai essayé de m'affirmer, m'attirant plus d'une fois les foudres de mon père. L'ironie de l'histoire, c'est que mes frères ressemblaient davantage à ma mère : petits, chétifs, souvent malades. Mes parents s'inquiétaient constamment pour eux, surtout mon père. J'étais naturellement douée pour le sport, alors que mes frères n'aimaient pas se dépenser. Dès que j'en ai eu l'âge, j'ai été envoyée dans un pensionnat de jeunes filles où l'on était censé faire de moi une « dame ». À mon retour, mes frères étaient partis pour l'Amérique. Sans doute en avaient-ils assez d'être sans arrêt comparés à moi. Aux dernières nouvelles, Henry était dentiste dans l'Iowa et William tenait une boutique de mode à New York. Nous ne correspondons plus depuis des années.

— C'est triste, observa Hank, regrettant ses conclusions hâtives. Ma famille vit à Melbourne, et j'ai souvent des nouvelles de mes frères et sœurs. Est-ce que vous vous entendiez avec votre mère ?

Nola soupira.

— C'était une femme difficile à vivre et, du fait de ma taille et de mon caractère indépendant, j'étais plus une honte pour elle qu'autre chose. Cependant, un jour, alors que j'étais rentrée pour les vacances, elle m'a confié : « Malgré tout ce que tu peux penser, Nola, je suis fière de ma fille. S'il y a bien une personne grâce à laquelle la condition féminine évoluera, c'est toi ! » À l'époque, j'avais seize ans à peine et je n'ai pas compris ce qu'elle voulait dire par là. Mais, aujourd'hui, ses mots me reviennent souvent en mémoire. Surtout quand un homme essaye de m'interdire telle ou telle chose sous prétexte que je suis une femme.

— Votre mère était clairvoyante, sourit Hank. Avez-vous déjà enseigné dans une école ?

— Non, car ma réputation de femme « non conventionnelle » s'étant vite répandue à Londres, aucune école n'a voulu m'engager. Mes idées étaient jugées trop radicales.

— Si vous aviez eu un fiancé susceptible d'user de son influence dans les cercles huppés…

— Vous n'imaginez pas le nombre de scandales que j'ai provoqués à Londres, Hank. Les messieurs de la haute société préféraient ne pas m'approcher.

À l'exception notable de Leith Rodwell, qu'elle avait pris pour un homme extraordinaire – du moins dans un premier temps. Celui qu'elle aurait épousé, si elle ne l'avait pas surpris en train de parler d'elle à son père en des termes peu flatteurs.

— Tout Londres ou presque savait que je prônais l'égalité entre les hommes et les femmes, or aucune de ces dernières ne m'a jamais soutenue. Elles étaient d'un ennui, vous n'imaginez pas. Or, curieusement, elles semblaient davantage plaire aux hommes. J'en ai déduit qu'une femme ayant ses propres aspirations devait leur paraître effrayante.

Hank s'esclaffa.

— Eh bien, j'aurais aimé vous voir tenir tête à tout ce beau monde !

Nola sourit, malgré le souvenir douloureux de son idylle avec Leith Rodwell.

— Si cela vous intéresse vraiment, je vous raconterai quelques anecdotes ce soir.

— Avec plaisir !

À Julia Creek, Hank remit la lettre de Langford à Orval et Gladys Hyde, dont le magasin général faisait également office de bureau de poste, puis il se rendit à l'hôtel, laissant Nola à ses courses. Celle-ci reçut un accueil particulièrement chaleureux de Gladys qui, ravie de voir enfin une nouvelle tête, la pressa de questions sur Londres, les boutiques à la mode et la famille royale. Nola répondit patiemment, tout en s'efforçant de se concentrer sur les rayons.

Le choix qu'offrait le magasin la surprit par sa diversité. On y trouvait de tout, contrairement à ce que laissaient penser les réserves pour le moins frugales de la cabane. Elle en profita donc pour passer une grosse commande comprenant du beurre, du fromage, du riz, des fruits et des légumes en conserve, de la cire pour meubles, de l'amidon et des pinces à linge. Quitte à rester au domaine, autant gagner un peu en confort, à ses frais naturellement. Quant aux vêtements, comme aucune des robes du magasin n'était à sa taille, Nola décida d'acheter plusieurs pantalons d'équitation, des chemises et des bottes, bien plus adaptés à la vie au domaine – sous le regard effaré de Gladys.

— Je repasserai samedi prochain pour récupérer le tout, promit Nola.

— Je peux vous livrer, proposa Orval.

— Vraiment ? Ce serait fantastique.

Une heure plus tard, Nola réussit enfin à échapper au moulin à paroles qu'était la commerçante et retrouva Hank, qui buvait une tasse de thé avec Esther sous la véranda de l'hôtel.

— Bonjour, ma petite ! s'exclama la tenancière, ravie de la revoir.

— Je ne vous attendais plus, observa Hank. Vous avez acheté tout le magasin ?

— Non, mais j'ai passé une commande, et Orval m'a gentiment proposé de livrer le tout directement au domaine.

— Il ne sera pas mécontent de souffler un peu. Ce que Gladys peut jacasser !

— Hank aurait dû te prévenir, ma petite, intervint Esther.

Au sourire complice qu'ils échangèrent, Nola se demanda si tous deux étaient plus que des amis.

— Je croyais que toutes les femmes aimaient papoter ! se défendit Hank.

Esther haussa les sourcils.

— Les hommes que je sers au comptoir ne sont pas en reste !

— Au fait, Hank, pourquoi n'êtes-vous pas avec vos amis du domaine Boulia ? demanda Nola.

— Ils sont tous à Winton.

— Tout le monde a fichu le camp là-bas, râla Esther en servant une tasse de thé à Nola. On se croirait dans une morgue !

— Y a-t-il un événement particulier ?

— Un bal. J'avais complètement oublié qu'il avait lieu aujourd'hui, répondit Hank sur un ton de regret.

— Dès qu'une soirée dansante est organisée quelque part, expliqua Esther, la nouvelle se répand comme une traînée de poudre, et c'est toute la région qui se déplace.

— Et toi, Esther, tu n'y as jamais songé ?

— Dans ce petit village isolé ?

— Il suffit de prévoir des affiches à coller un peu partout et des invitations par courrier. Tierman se déplace beaucoup, il acceptera certainement d'en distribuer.

— Mais oui ! s'exclama Esther, le regard pétillant. Je pourrais certainement compter sur Gladys, ce serait bon pour ses affaires. Seulement, je ne sais pas du tout comment procéder pour les affiches…

— Je m'y attelle dès ce soir, et tu auras un exemplaire que tu reproduiras comme bon te semble. Quelle date te conviendrait pour ce premier bal ?

— Oh là là, je ne sais pas… Noël, peut-être ? Personne ne travaillera ! Qu'en penses-tu, Hank ?

— Bonne idée.

— Alors va pour Noël, acquiesça Nola. Hank t'apportera l'affiche samedi prochain, ce qui te laissera deux mois et demi pour t'organiser. Et si je peux t'être utile en quoi que ce soit, n'hésite pas à me prévenir.

— Merci, ma petite !

Lorsque Hank et Nola reprirent le chemin du domaine, Esther échafaudait déjà mille projets pour la toute première soirée dansante de Julia Creek.

6

Après le dîner, Nola s'installa avec son matériel de couture sous la véranda, où des geckos couraient en tous sens, tentant de gober les moustiques et les papillons de nuit. Les garçons jouaient aux cartes avec Hank – pas au poker, malheureusement, sinon elle se serait jointe à eux –, Shannon dormait déjà, et Galen s'était éclipsé une heure plus tôt pour porter une assiette à Langford Reinhart. Il n'avait pas reparu depuis.

Les soirées à la ferme étaient agréables, si l'on faisait abstraction des moustiques qui se ruaient sur le moindre centimètre carré de peau laissé à découvert. Une fois le soleil couché, il soufflait une légère brise qui apportait un peu de fraîcheur bienvenue, après la chaleur écrasante de la journée. Nola aimait écouter le bruissement des feuilles des eucalyptus qui bordaient un ruisseau au lit asséché, rendant parfaitement inutile la pompe à vent installée sur la rive. La citerne à laquelle elle était reliée demeurait désespérément vide, comme celles prévues un peu partout sur la ferme pour collecter l'eau de pluie.

Après avoir passé le fil dans le chas de son aiguille, Nola tourna la tête vers l'étage supérieur de la demeure de Langford et s'interrogea sur ce dont il s'entretenait avec Galen. Le vieil homme mentionnerait-il son coup d'éclat de la veille ?

Il était tard lorsque le régisseur revint enfin.

— Les enfants dorment ? demanda-t-il de sa voix grave, que Nola trouvait agréable.

— Shannon, oui. Les garçons jouent aux cartes avec Hank.

— Au poker ? demanda Galen d'un ton taquin.

— Non, hélas ! rit Nola, en s'étonnant toutefois que Galen eût retenu ce détail à son sujet.

L'air inquiet et tendu, il s'accouda à la balustrade et contempla la plaine plongée dans l'obscurité. Nola se mordit les lèvres, songeant que, par un coup du sort, l'avenir de Galen ne tenait plus qu'à un fil, tout comme le sien. Cependant, sachant l'homme particulièrement secret, elle s'abstint de l'interroger. Elle était non seulement une étrangère, mais un être inférieur, une femme – pire encore, une citadine. Soit la dernière personne à qui Galen se confieraient. Elle retourna donc à sa couture, une petite robe d'été qu'elle confectionnait pour Shannon. Elle avait choisi un tissu vert pâle, assorti aux yeux de la fillette.

— Cela vous plaît-il ? demanda-t-elle en lui montrant son ouvrage.

Galen jeta un vague coup d'œil à la robe et fronça les sourcils sans piper mot.

— Je vais ajouter quelques rubans de soie et un col, c'est très à la mode, ajouta Nola. Ce ne sera pas du grand art, mais Shannon aura au moins une tenue légère pour l'été.

Nouveau silence.

— Êtes-vous fâché que je couse une robe pour Shannon ?

La franchise de Nola fit tressaillir Galen, qui la regarda fixement.

— Je ne comprends pas l'intérêt, voilà tout, grommela-t-il. Je sais qu'elle a besoin de se vêtir, mais…

— En effet, cependant, ce dont elle a encore plus besoin, c'est de se forger une identité.

— Ce n'est pas ce que je voulais dire…

Nola connaissait la suite. Il allait lui répéter que ses jours sur le domaine Reinhart étaient comptés, que Langford comptait toujours la renvoyer en Angleterre par le prochain bateau…

— Je ferai tout mon possible, peu importe la durée de mon séjour ici.

— Mais je vous rémunérerai pour le matériel et le temps que vous y passez !

— Hors de question !

— Décidément, vous êtes une femme très têtue, Nola Grayson, soupira Galen.

— Ce trait de caractère fait partie de mon charme si particulier, renchérit-elle, se réjouissant secrètement de l'avoir entendu prononcer son prénom.

Gênée par le regard intense qu'il lui lança, elle cousit quelques minutes en silence. Puis elle leva la tête et s'arrêta un instant de respirer, bouche bée.

— C'est la première fois de ma vie qu'il m'est donné de voir un ciel aussi magnifique, murmura-t-elle dans un souffle.

En effet, des millions d'étoiles étincelaient comme autant de joyaux dans un ciel noir d'encre, tandis que la lune à l'arrondi parfait projetait sa lumière argentée sur la plaine. Galen leva la tête à son tour en songeant que, englué dans les soucis du quotidien, il n'avait pas savouré ce spectacle depuis très longtemps.

— En Angleterre, le ciel est toujours couvert ou presque. Bien sûr, en été, les journées sont plus longues et nous avons de belles soirées, mais jamais je n'avais vu autant d'étoiles. C'est extraordinaire !

— D'après les astronomes, l'Australie est l'endroit idéal pour observer les étoiles, murmura Galen en remarquant l'éclat de la lune qui se reflétait dans le regard de l'institutrice.

— Je les crois sur parole. Je pourrais passer la nuit ici à les contempler !

— Toutefois, j'imagine que ce ne sont pas quelques étoiles qui pourront remplacer les lumières de la ville. Les théâtres et les restaurants raffinés doivent vous manquer.

Nola sentit la pointe de sarcasme dans la voix de Galen et préféra l'ignorer.

— Croyez ce que vous voulez, répondit-elle, le nez toujours en l'air, mais j'ai toujours mené une vie très calme. Par exemple, je suis allée une seule fois au théâtre. Ma mère, estimant que je manquais de culture, m'y a emmenée pour mon dix-septième anniversaire et je me suis endormie à la fin du premier acte. Elle était furieuse, car elle avait payé les places une petite fortune, et n'a jamais renouvelé l'expérience. Les lumières de la plus grande des métropoles ne peuvent rivaliser avec ce ciel étoilé. Par ailleurs, si vous connaissiez la vraie vie dans une grande ville comme Londres, vous sauriez que tout n'est pas que frivolités et fanfreluches.

— Qu'entendez-vous par « la vraie vie » ?

— Les cahutes misérables des pauvres, les mendiants dans les rues sales, la criminalité. Enfin, face à l'immensité de ce ciel constellé d'étoiles, je me sens toute petite, et je me dis qu'il est sans doute futile de croire que je pourrai contribuer à changer le monde.

— Vous exercez un métier honorable, souligna Galen. Vous êtes à même de changer la vie de vos élèves.

— Uniquement de ceux qui sont prêts à apprendre, dit Nola d'une voix résignée en reprenant son ouvrage.

Galen devina qu'elle pensait à ses fils.

— Keegan m'a dit qu'il voulait commencer l'école lundi, indiqua-t-il.

— Ah bon ? s'exclama Nola en écarquillant les yeux.

Galen, jugeant sa joie quelque peu enfantine, dut réprimer un sourire.

— Il semblerait qu'hier, vous l'ayez rallié à votre cause.

Soudain, les yeux de Nola brillèrent d'un éclat aussi vif que les étoiles.

— Il ne s'est rien passé de particulier, pourtant. Nous n'avons même pas mis les pieds dans la salle de classe à cause de la tempête de sable. Nous sommes restés à la cabane et nous avons parlé des différences entre l'Angleterre et l'Australie.

— Eh bien, il a apprécié.

— Quelle bonne nouvelle. Il y a tant de choses que j'aimerais lui enseigner.

Galen se tut un instant.

— Leur mère voulait les envoyer à l'internat, alors que moi, je préférais qu'ils apprennent à travailler la terre.

Nola tressaillit en l'entendant mentionner son épouse.

— Je suppose que la solution se trouve dans le compromis, répondit-elle. Personnellement, je pense que les enfants s'épanouissent davantage auprès de leurs parents. Ce n'est pas toujours possible d'éviter la séparation, mais ils la supportent mal.

Galen acquiesça presque imperceptiblement.

— Keegan m'a raconté que vous étiez déjà allés tous ensemble en ville, ajouta-t-elle, guettant sa réaction. À Sydney, je crois.

Même à la faible lueur de la lampe, Nola perçut le trouble de Galen. Se souvenant de l'excitation du garçon lorsqu'il avait mentionné ce voyage, elle se demanda si un événement particulier était survenu là-bas. Finalement, elle jugea le moment mal choisi pour le sonder et revint au sujet initial.

— Sans vouloir être indiscrète, je m'étonne que M. Reinhart ait consenti à embaucher une enseignante alors que le domaine périclite.

— Non seulement l'internat pour trois enfants coûte encore plus cher, mais ils n'auraient pas accepté et moi non plus. Il n'en reste pas moins qu'ils doivent recevoir une instruction. À ce propos, Langford m'a dit que vous aviez proposé de renoncer à votre rémunération. Voilà qui est très généreux de votre part, mais à la campagne aussi, les gens ont leur fierté.

— Certes, mais ce n'est pas elle qui sauvera le domaine Reinhart.

S'ensuivit un long silence.

— Nous avons bien cherché à embaucher, lâcha enfin Galen, mais quelqu'un s'est débrouillé pour que personne ne vienne travailler ici. Je soupçonne Hank d'avoir fait l'objet de menaces, même s'il refuse de l'admettre.

— Mais qui ferait une chose pareille ? s'exclama Nola, effarée.

— Si je le savais !

— Bon, admettons que vous parveniez à recenser tout le bétail. Quelle sera l'étape suivante ?

— Nous essayerons de le convoyer jusqu'aux marchés du sud.

— Hank m'a dit que le sauvetage du domaine passait par la vente du cheptel.

Galen haussa les sourcils avec surprise.

— C'est vrai. Nous pourrions alors repartir de zéro.

— En commençant un nouvel élevage ?

— Oui, sur des bases saines. Il est hors de question de s'avouer vaincu.

Son assurance forcée masqua difficilement un désespoir sous-jacent qui n'échappa pas à Nola.

— Quel dommage que M. Reinhart ne soit plus en mesure de participer à la gestion du troupeau.

— Il fait plus vieux que son âge, soupira Galen. En réalité, il n'a que trois ans de plus que Hank.

— Je donnais une cinquantaine d'années à Hank ! s'exclama Nola, incrédule.

— Il en a cinquante-sept.

— Ah bon ? Il est plutôt bien conservé.

Nola sentit que Galen l'observait à la dérobée. Croyait-il qu'elle aussi portait de l'intérêt à Hank ?

— Pardonnez-moi, mais j'ai du mal à croire que Langford n'a que soixante ans ! ajouta-t-elle. Je lui en donnais au moins soixante-quinze. Est-ce qu'il est tombé malade ?

— Il rêvait de posséder le plus grand élevage bovin de tout le golfe de Carpentarie, et il a construit cette exploitation à partir de rien. Avant, l'ambiance était formidable ici. Langford était très actif, surpassant de loin les dix employés que comptait le domaine à l'époque. C'est lui qui m'a appris tout ce que je sais sur l'élevage de bétail, et je lui en serai éternellement redevable. Seulement, après la mort de son épouse, il a eu de gros problèmes de santé et a vieilli d'un coup.

— Il devait beaucoup l'aimer, murmura Nola.

Elle songea que les deux hommes étaient liés par la même perte tragique, ce qui expliquait peut-être leur amertume. Mais pourquoi croyaient-ils tous les deux dur comme fer que les femmes n'avaient pas leur place dans l'*outback* ?

— Viviez-vous déjà ici lorsqu'elle est morte ?

Sentant que Galen se refermait comme une huître, Nola regretta aussitôt d'avoir posé la question.

— Excusez-moi, cela ne me regarde absolument pas.

Galen tourna les talons. Elle crut qu'il allait rentrer sans un mot, mais il s'arrêta au moment de franchir le seuil de la cabane.

— Voudriez-vous assister au rassemblement du bétail, demain, avec les enfants ? demanda-t-il soudain.

— Avec plaisir ! s'écria Nola, à la fois surprise et ravie.

— Je vous préviens, il vous faudra supporter la chaleur et la poussière.

— Je m'en doute.

— Et ce ne sera pas sans danger, surtout pour Keegan et Shannon !

Nola opina.

— Hank et moi partirons demain matin à la première heure, mais sans Heath, qui vous accompagnera plus tard. Nous emporterons quelques provisions, de l'eau, du sel et de la farine, mais si vous pouviez prendre une miche de pain et un peu de rôti pour le déjeuner, cela nous permettrait de gagner du temps.

Sur ce, il ouvrit la porte de la cabane.

— Galen !

Ce fut la première fois que Nola l'appela par son prénom.

— Oui ? dit-il en se retournant.

— Je vous promets de ne rien entreprendre qui pourrait mettre ne serait-ce qu'un seul de vos chevaux en danger. Je sais désormais qu'ils sont d'une valeur inestimable pour le domaine. J'ai été idiote de sauter par-dessus la clôture, au risque que Wirangi se blesse.

Galen secoua la tête.

— Wirangi, se blesser ? C'est un miracle qu'il n'ait pas essayé de vous tuer. Hank vous a-t-il raconté que Jimmy s'était cassé trois fois la jambe à cause de lui ?

— Non. J'ai monté Wirangi le temps de l'aller-retour jusqu'à Julia Creek, et il s'est montré très docile. Peut-être qu'il aime les femmes. J'ai connu quelques chevaux qui avaient leurs préférences.

Cette phrase rappela à Galen un événement de son enfance qu'il pensait avoir oublié. Starr, le cheval que sa mère montait, ne laissait personne d'autre l'enfourcher. Même pas son père, qui l'avait pourtant dressé. Nola vit passer un sourire fugace sur ses lèvres.

— Vous avez peut-être raison, dit-il avant de s'éclipser.

Avant l'aube, Galen et Hank se mirent en route pour le campement, situé à environ quatre kilomètres au nord-ouest. Quelques heures plus tard, Nola et les enfants partirent à leur tour, prenant soin de chevaucher à un rythme tranquille afin que le poney de Shannon suivît sans mal.

Au son des cacatoès perchés sur les eucalyptus rouges qui s'interpellaient d'arbre en arbre, ils traversèrent plusieurs cours d'eau asséchés, près desquels erraient des kangourous et des émeus qui cherchaient en vain un endroit où s'abreuver. Puis, alors que Nola et les enfants marquaient une pause, le temps d'admirer la terre brûlée par le soleil, quatre dromadaires sauvages surgirent des broussailles et effrayèrent les chevaux. Mais, encore plus terrifiés à la vue du groupe de bipèdes, ils s'enfuirent sans demander leur reste. Heath expliqua alors à Nola que les dromadaires avaient été utilisés comme animaux de bât par des colons coiffés de turbans pour transporter des vivres dans le désert. À l'instar des buffles, que les Chinois avaient introduits en Australie, les dromadaires étaient des animaux exogènes. Venus d'Afghanistan, ils s'étaient enfuis ou avaient été relâchés, avant de se reproduire dans l'*outback*.

Enfin, ils arrivèrent au campement, qui se résumait à des paddocks et une bâche installée sur le sol poussiéreux. Lorsque Jimmy vit Nola juchée sur Wirangi, il n'en crut pas ses yeux. Il s'éloigna de l'enclos où se trouvaient quelques bovins et s'approcha en agitant la main.

— Ce cheval est possédé par un mauvais esprit, mam'zelle ! prévint-il, pendant que Nola mettait pied à terre.

— Je ne crois pas, Jimmy.

L'Aborigène avisa l'animal avec scepticisme. Quant à Hank, il était assis près du feu et faisait infuser des feuilles dans une marmite. Nola, constatant qu'il s'agissait de thé noir, grimaça et sortit une petite flasque de la sacoche accrochée à sa selle. Lorsqu'elle en versa le contenu dans la marmite, Hank écarquilla les yeux.

— Du lait ? Ça alors, ces Anglaises…, murmura-t-il en secouant la tête.

— Hank, je peux supporter les moustiques, les mouches et les tempêtes de sable, mais certainement pas le thé noir.

Comme Nola entendait Keegan et Shannon partir dans un grand éclat de rire, elle alla voir ce qui les amusait tant. Jimmy tournait le dos à Wirangi, qui avait les oreilles en arrière et montrait les dents comme s'il s'apprêtait à le mordre. Avant que Nola eût le temps de le prévenir, le cheval l'attrapa par le fond de son pantalon. Jimmy poussa un hurlement de frayeur et lui flanqua des coups de chapeau jusqu'à ce qu'il lâchât prise.

— Je vous ai bien dit que ce cheval est fou, mam'zelle ! s'exclama-t-il en se frottant le postérieur.

Nola réprima un rire et sermonna avec fermeté Wirangi qui, ne se sentant nullement coupable, se contenta de piaffer avec mépris en frappant le sol. Puis elle suivit Heath jusqu'à un enclos un peu à l'écart où se trouvaient huit taurillons en attente de marquage, ainsi que quelques adultes relativement tranquilles. L'adolescent lui montra comment procéder pour séparer un spécimen du reste du troupeau – une tâche qui exigeait dextérité et capacité d'anticipation, aussi bien de la part du cavalier que de sa monture.

— Un bon cheval de bétail n'a pas besoin d'attendre les consignes de son cavalier, précisa Galen à Nola.

— C'est le cas de Wirangi ?

— Si nous le gardons, ce n'est pas pour sa bonne humeur, plaisanta le régisseur.

Nola fut émue de le voir sourire pour la première fois.

— Bonne humeur qui n'a d'égale que la vôtre, lança Nola, dissimulant ainsi son trouble.

Sur ce, Nola enfourcha Wirangi et écouta les consignes de Heath. L'adolescent désigna le taureau qu'elle devait capturer, précisa qu'il avait choisi un « coacher », un spécimen calme, puis recula.

— Comment Wirangi sait-il quel animal je dois séparer des autres ? demanda Nola, soudain nerveuse, par-dessus son épaule.

— Faites-lui confiance !

Les autres hommes, curieux, vinrent assister à la scène.

Nola hésita en voyant plusieurs bovins charger, puis reprit courage en sentant l'expérience de Wirangi, qui ne se laissa pas déconcentrer et réagit à la moindre pression de ses genoux et de ses talons. Instinctivement, il sut quel animal cibler, et dès que celui-ci cherchait à fuir, il lui barrait la route en esquissant des mouvements qui n'étaient pas sans rappeler des pas de danse. En un rien de temps, le taurillon fut isolé du reste du troupeau. Nola, enchantée, répéta la manœuvre plusieurs fois en poussant des cris de joie.

— Vous effrayez les autres bêtes ! s'agaça Galen.

Nola le rejoignit, penaude, tandis que Jimmy s'élançait à la poursuite de plusieurs animaux qui s'étaient effectivement échappés. À son retour, il confirma à Galen la présence d'une vingtaine de taureaux à un kilomètre au nord du campement. Il les avait déjà repérés la veille avec Jack mais, à eux seuls, ils n'avaient pas réussi à les capturer, car ces bêtes étaient particulièrement farouches.

Ils ne s'attardèrent pas au déjeuner, prenant tout juste le temps de boire une grande tasse de thé et d'engloutir une tranche de pain accompagné de rôti. Pendant qu'il mangeait, Nola remarqua que certains bovins s'agitaient dans leur paddock, s'attaquant entre eux ou se ruant contre les barrières.

— Le convoyage jusqu'au sud ne s'annonce pas facile, dit-elle.

— Nous savons comment les calmer, répondit Galen. Par exemple, quand ils sont particulièrement nerveux, nous les faisons marcher sur un chemin très rocailleux. Ainsi, ils se préoccupent surtout de regarder où ils marchent. Mais cela ne doit pas durer trop longtemps, ou ils risquent de se blesser au niveau des sabots.

— J'ai lu qu'il était plus facile de les guider avec le vent de face. Est-ce exact ?

— Oui. Et si vous avez lu qu'ils flairaient l'eau à des kilomètres, c'est vrai aussi.

— Les citadins n'ont pas la moindre idée du travail que représente un élevage, soupira Nola, pensant tout haut.

— Le comptage du bétail nécessite une grande organisation, acquiesça Galen, non sans un sourire narquois. Il ne s'agit pas simplement d'enfourcher son cheval, de chercher quelques vaches et de les ramener à la ferme.

— Il ne faut pas non plus en oublier de manger.

— Bien sûr, le labeur creuse l'appétit. Il faut penser à tout, aux repas, au bois… C'est la raison pour laquelle nous avons des ânes de bât qui transportent les provisions.

— Les bovins aussi doivent être assoiffés !

— Très juste, or si nous leur faisons parcourir de longues distances, nous ne devons pas les abreuver pendant la journée, autrement ils refusent d'avancer. Il faut contourner les points d'eau jusqu'à la tombée de la nuit, et ce n'est pas toujours facile, avec des bêtes qui flairent la moindre petite goutte.

Soudain, Nola entendit que Heath l'appelait.

— Jack a repéré deux taurillons derrière les arbres là-bas. Vous voulez essayer de les capturer ?

— Allez-y, je surveille Shannon, dit Galen. Mais attention à…

Avant qu'il n'eût achevé sa phrase, Nola sauta en selle et rejoignit Jack au galop. Le régisseur la suivit du regard, songeant combien elle était différente de sa défunte épouse, qui n'aurait jamais accepté de l'accompagner au campement.

Jack et Nola poursuivirent les taurillons sur près de deux kilomètres. Lorsque les animaux se séparèrent entre les arbres, ils les imitèrent, mais la végétation compliqua leur capture. Quand, enfin, Nola retourna au campement avec sa prise, elle remarqua au loin une mince colonne de fumée, qui signalait une autre présence que la leur dans la plaine. Elle était encore en train de l'observer lorsque Jack la rattrapa.

— Regarde, Jack. Ce sont les voleurs de bétail, tu crois ?

— Non, mam'zelle, je pense que c'est plutôt des nomades.

— Et si nous allions voir ?

— Non, mam'zelle.

La nervosité dans sa voix éveilla la curiosité de Nola.

— Que se passe-t-il, Jack ?

Comme il ne voulait pas répondre, elle ajouta :

— Devons-nous nous inquiéter ? S'agit-il d'une tribu qui pourrait nous attaquer ?

— Vous devez rien dire au grand boss, mam'zelle, murmura Jack.

Nola hocha la tête.

— Tu as ma parole !

— C'est le campement de la tribu Wana-Mara.

— Ta tribu d'origine ?

— Oui, enfin, mon père était blanc. Ma mère est restée avec les siens. Jimmy aussi est un Wana-Mara. Mais le grand boss n'aime pas les Aborigènes. Il se fâcherait.

— Tu veux dire M. Reinhart ?

— Oui.

Nola secoua la tête avec agacement.

— Ne t'inquiète pas, ça n'arrivera pas aux oreilles de M. Reinhart. Pas par moi, en tout cas. M. Hartford est-il au courant ?

— Il fait semblant de rien, mais il est intelligent.

— Et les cendres que Galen a découvertes ? Est-ce une trace du passage de ta tribu ?

— Ah non, mam'zelle. Ça, c'était un feu de Blancs.

— Et combien de membres la tribu Wana-Mara compte-t-elle ?

— Là, il n'y en a qu'une petite partie. Neuf adultes et quatre adolescents, pas de *lubras*.

— *Lubras* ?

— Ça veut dire « femmes ».

Soudain, Nola eut une idée.

— Accepterais-tu de me conduire un jour dans ta tribu ? J'aimerais beaucoup apprendre auprès d'elle.

— Pourquoi pas ? lança Jack avec un grand sourire.

Nola en profita pour aborder un autre sujet avec lui.

— Sais-tu comment on trouve de l'eau dans le bush ?

— Oui.

— En grande quantité ?

— Ah non, juste assez pour survivre. Il faut repérer là où les bovins et les moutons se reposent. Souvent, pas loin des eucalyptus rouges, il y a de l'eau sous terre.

— Et connais-tu quelqu'un qui serait capable d'en trouver, mais en grande quantité ?

— Je sais pas, mam'zelle. Un homme qui aurait un don, peut-être ?

— Comme un sourcier ?

Jack haussa les épaules, tandis que Nola le dévisageait discrètement, remarquant surtout son regard à la fois insondable et sympathique, avec ses petites ridules autour des yeux. Même s'il restait sur la réserve, elle sentit qu'il était solide et courageux.

— Pourquoi travailles-tu au domaine, au lieu de vivre avec ta tribu ?

Lorsque Jack tourna la tête vers Nola, elle vit, pour la première fois, une ombre passer dans ses yeux rieurs.

— Je suis pas le bienvenu, mam'zelle.

— Pourquoi donc ?

— Comme j'ai du sang de Blanc, je suis coincé, un peu comme dans un no man's land.

— C'est-à-dire ?

— Pour les Blancs, je suis aborigène, et pour les Aborigènes, je suis blanc. J'ai ma place nulle part.

Nola fut choquée de l'apprendre.

— Autrement dit, tu vis entre deux mondes ?

— Oui. C'est toujours compliqué, quand un bébé à peau claire naît dans une tribu. En général, on le ramène chez les Blancs pour qu'il grandisse parmi eux. Moi, j'étais au domaine Peterson, près de Charters Towers. C'était des gens âgés mais très gentils, qui ont élevé beaucoup de *piccaninnies*. Ils sont morts depuis.

Lorsqu'ils arrivèrent au campement, Heath et Jimmy placèrent les deux taurillons dans un enclos à part. Nola rejoignit Galen, qui donnait à boire à Shannon, assise à l'ombre d'un arbre.

— Combien de chevaux avez-vous ? lui demanda-t-elle.

— Dix, en comptant les chevaux qui tirent la carriole, et nous avons les deux ânes de bât. Pourquoi ?

— Y a-t-il des chevaux sauvages dans les environs ?

— Oui, des *brumbies*. Où voulez-vous en venir, mademoiselle Grayson ?

— Vous manquez de main-d'œuvre, n'est-ce pas ?

Galen plissa les yeux.

— Vous le savez aussi bien que moi mais, en l'état actuel des choses…

— À un kilomètre d'ici se trouvent des Aborigènes de la tribu Wana-Mara, chuchota Nola en l'entraînant à l'écart. Jack m'a parlé de neuf hommes et de quatre adolescents. Imaginons que vous capturiez des chevaux sauvages pour les dresser et qu'en échange, ces hommes vous aident en participant au rassemblement et au convoyage du troupeau : tout serait réglé. Et vous pourriez leur donner des quartiers de viande en guise de rémunération.

Galen en resta coi.

— Langford ne l'autorisera jamais. Il ne sait même pas qu'ils campent sur ses terres.

— Rien ne vous oblige à l'en informer ! C'est sur vos épaules que repose l'exploitation, c'est vous qui prenez toutes les décisions, et j'ai l'impression qu'il s'en accommode fort bien.

Galen haussa un sourcil.

— Tout ce qui lui importe, c'est que les bovins arrivent au marché à temps et que le domaine soit sauvé, insista Nola, qui ajouta, voyant qu'il secouait la tête : Où est le problème ?

— Peu d'Aborigènes savent monter à cheval. Et quand ils vivent en tribu, ils ont déjà tout ce qu'il faut comme viande à disposition.

— Ils apprendraient vite, avec Jimmy et Jack. Et concernant la viande, vous ne perdez rien à leur proposer.

— Les chevaux sauvages sont particulièrement difficiles à débourrer, et je doute que nous en ayons le temps. Nous nous contentons des chevaux que nous avons les moyens de nourrir. Normalement, chacun est dévolu à une tâche bien précise, mais les nôtres sont devenus polyvalents, par la force des choses. Même les poulains requièrent un dressage particulier pour qu'ils n'effrayent pas le troupeau en sautant partout.

— Je sais ce que vous pensez, murmura Nola.

— Vraiment ? Et qu'est-ce que je pense ?

— Vous me trouvez sans gêne de vous conseiller sur la gestion de l'élevage.

Galen resta quelques instants bouche bée devant tant de clairvoyance.

— Je dois reconnaître que cela m'a traversé l'esprit, en effet.

— J'essaie seulement d'aider !

— Aucun membre de la tribu n'acceptera de travailler pour nous, c'est une certitude, soupira Galen. Le petit groupe que vous avez repéré est en train de procéder à un rituel tribal de passage à l'âge adulte.

— Jack ne m'en a pas parlé. Dommage, j'aurais aimé y assister.

— Mademoiselle Grayson, les femmes n'en ont pas le droit. Les règles sont très strictes ! Rassurez-moi, ils ne vous ont pas repérés ?

Nola leva fièrement le menton.

— Non, nous nous sommes tenus à distance. À vrai dire, je n'ai vu que la fumée de leur feu de camp. C'est alors que Jack m'a expliqué qu'il s'agissait de sa tribu.

— Bon, espérons qu'ils n'ont rien remarqué. Il ne manquerait plus que nous ayons des problèmes avec eux. Nous pouvons déjà nous estimer heureux que Jimmy et Jack acceptent de travailler pour nous, et ce, uniquement parce qu'ils ont grandi dans une ferme.

— Si les Blancs avaient laissé les femmes de la tribu tranquilles, ils auraient pu grandir parmi les leurs. Jack a évoqué le no man's land. La vie doit être difficile, quand on se sent déraciné.

Comme Galen s'éloignait, elle lui emboîta le pas.

— Je n'étais pas en train de vous blâmer, précisa-t-elle d'un ton contrit.

— Merci, mademoiselle Grayson. En effet, tous les Blancs n'engrossent pas les *lubras* !

Sur ce, Galen héla Jack. Nola fut mortifiée à l'idée que le gardien apprît qu'elle l'avait trahi.

— Je vous en prie, ne vous en prenez pas à la tribu, l'implora-t-elle. Ce sont des nomades, ils n'ont pas les mêmes notions de propriété et de frontière. J'ai promis à Jack de garder le secret.

Galen secoua la tête.

— Ces gens vivent ici depuis des siècles, voire des millénaires, mademoiselle Grayson. Le domaine fait partie de leur territoire de chasse, ce serait irresponsable de les en expulser. La tribu nous exterminerait tous en quelques minutes. Certains éleveurs croient acheter la paix en fournissant de l'eau-de-vie aux Aborigènes, mais cela ne fait qu'empirer le problème, car l'alcool les rend imprévisibles. Et, au risque de me répéter, je ne veux pas de problèmes !

Nola rougit. Décidément, dès qu'elle ouvrait la bouche, elle se couvrait de ridicule et prouvait encore un peu plus son ignorance. Lorsque Jack, toujours juché sur son cheval, approcha, elle baissa les yeux.

— Oui, boss ?

— Les hommes de ta tribu accepteraient-ils de me prêter main-forte avec le bétail ? Sachant que, en échange, je n'ai que des quartiers de viande à leur proposer.

Le large sourire qui s'épanouit sur le visage de Jack laissa apparaître de belles dents blanches et régulières.

— Il faut que je leur demande, boss. En tout cas, la viande, ça changerait des racines.

Nola pouffa, ce qui lui valut un regard noir de Galen.

— Alors vas-y, Jack, lança-t-il, tout en doutant encore du bien-fondé de son initiative. Il nous faudra également plus de chevaux, demande-leur s'ils savent où on peut en trouver. S'ils veulent bien travailler pour moi, toi et Jimmy devrez leur apprendre à monter !

Galen se tourna vers Nola.

— J'aime autant vous prévenir, s'ils acceptent, ce dont je doute, je peux déjà vous assurer qu'ils ne resteront pas longtemps parmi nous. Vous l'avez dit vous-même, ce sont des nomades, dont la conception du temps n'a rien à voir avec la nôtre. Dès qu'ils le jugeront bon, ils partiront.

— Cela ne coûte rien de demander, observa Nola.

— J'espère simplement que nous ne sommes pas en train de perdre un temps précieux ! Il y a tant en jeu !

Nola pria le ciel en silence pour que les Aborigènes acceptent la proposition. Si la démarche n'aboutissait pas, elle s'en voudrait terriblement, et il y avait fort à parier que Galen lui ferait porter le chapeau.

Finalement, Jack revint avec deux bonnes nouvelles : cinq hommes avaient accepté, et on lui avait également indiqué un endroit où paissaient plusieurs chevaux sauvages.

— Ils veulent pas de la viande, boss, ajouta-t-il. Ils trouvent déjà que c'est un honneur d'apprendre à monter comme des Blancs !

— Hank et moi gardons un œil sur le troupeau pendant que Jimmy et toi allez capturer les chevaux, répondit Galen. Il n'est pas question de rentrer au domaine avec eux pour les dresser. Les tiens apprendront ici comment tenir en selle !

Le reste de la journée fila à la vitesse de l'éclair. Pendant que Jimmy et Jack allaient capturer les nouvelles montures, Hank, Galen et les deux garçons s'attelèrent à la construction d'un manège provisoire. La clôture fut confectionnée à partir de branches noueuses sciées sur les arbres alentour, dans le sens du vent et à distance raisonnable du troupeau, afin de ne pas l'affoler.

Lorsque Jimmy et Jack revinrent avec dix chevaux qu'ils tenaient en longe, cinq jeunes Aborigènes musclés surgirent des broussailles. Nola ne les avait même pas vus approcher du campement, tant ils étaient parfaitement camouflés.

Une fois les chevaux contenus dans le manège, Galen en choisit cinq à dresser, relâchant les autres. Nola l'écouta avec fascination jauger les qualités de chacun en les examinant sous toutes les coutures, des sabots au garrot en passant par la musculature. C'étaient les animaux les plus fougueux qu'elle eût jamais vus. Ils se cabraient, décrivaient des cercles au galop et se jetaient avec fureur contre la clôture en hennissant, les yeux écarquillés de terreur. Galen, Hank, Jimmy, Jack et les garçons prirent le temps de les observer attentivement, tandis que les Aborigènes qui venaient d'arriver se tenaient en retrait, intimidés, presque peureux. Quant à Nola, elle resta avec Shannon à bonne distance du manège pour que la fillette ne fût pas piétinée, si jamais l'un des chevaux réussissait à sortir.

Jimmy, le premier à se lancer, enfourcha avec succès un étalon noir qui, non content de ruer et de se cabrer, tenta de le mordre avec ses gigantesques dents jaunes, sans succès. L'Aborigène tint bon, ses jambes fines enserrant les flancs larges de l'animal, sous les encouragements de ses compagnons qui comptaient les secondes à voix haute. À cinq, l'étalon écumant de colère l'envoya valser sur le sol sablonneux.

À son tour, Jack approcha d'un cheval à la robe claire et tachetée, mais celui-ci se cabra aussitôt, manquant de l'assommer à coups de sabot. Jack passa finalement le relais à Hank, qui avait acquis au domaine Boulia une réputation de cavalier légendaire. Il prouva immédiatement qu'elle n'était pas usurpée en enfourchant deux chevaux dans un laps de temps très court. Mais même lui ne vint pas à bout de l'étalon noir.

Jimmy et Jack se mirent alors à scander « Boss ! Boss ! », signifiant que c'était au tour de Galen d'entrer en scène. Nola tressaillit en le voyant monter d'un geste leste sur le dos de l'étalon. Le cheval se cabra mais Galen ne lâcha pas prise, tandis que les autres égrenaient les secondes. Par deux fois, l'animal heurta de plein fouet la clôture du manège, faisant craindre à Nola que Galen finît avec une jambe cassée. Bien que ballotté en tous sens, il se maintint sur le dos de sa monture jusqu'à ce qu'elle se calmât et se soumît à son autorité. Nola fut impressionnée par la résistance et la dextérité du régisseur, tandis que les nouvelles recrues aborigènes considéraient avec respect l'homme qui avait su dompter cette créature aussi sauvage que majestueuse.

– Heureusement pour lui, nous avions épuisé le cheval avant, plaisanta Hank.

Galen expliqua à Nola que le dressage des chevaux se déroulait en temps normal sur plusieurs semaines, pour leur laisser le temps de s'habituer en douceur au port du harnais, de la selle et du tapis. Malheureusement, ils ne pouvaient pas se permettre ce luxe.

En fin d'après-midi, Nola servit du pain et du thé, puis Jack, qui était allé cueillir de l'igname, lui montra comment le rôtir au-dessus du feu. Les hommes étaient fourbus mais ravis du travail accompli avec leurs nouvelles montures, désormais prêtes à être sellées. Lorsque le soleil se coucha, les bovins somnolaient dans leur paddock, les chevaux sauvages s'étaient calmés, et les ânes attachés à des piquets broutaient quelques maigres touffes d'herbe. Après avoir pris un peu de repos, tous rentrèrent au domaine, à l'exception de Jimmy et Jack, qui restèrent au campement avec leurs nouveaux compagnons.

Nola, qui chevauchait au côté de Galen, le sentait toujours préoccupé. Elle pressentit que son inquiétude portait sur l'approvisionnement en eau.

— Combien de temps le troupeau peut-il tenir à ce point d'eau ? s'enquit-elle.

— Deux ou trois jours, pas plus. Nous risquons de devoir le déplacer vers le nord, jusqu'à la Flinders River.

— Comment savez-vous que cette rivière n'est pas à sec ?

— Nous ne le savons pas. C'est un risque à prendre.

— Pourquoi ne sondez-vous les environs à la recherche d'une source ?

— Pour forer dans vingt endroits différents et ne pas trouver une goutte ? Les cours d'eau dont dépend l'exploitation sont asséchés depuis une éternité. Nous ne tiendrons pas longtemps avec le peu qu'il reste dans la citerne. S'il ne pleut pas bientôt, nous perdrons tout.

— Avez-vous besoin qu'une cuisinière vous accompagne à la Flinders River ? risqua Nola.

— Non, mademoiselle Grayson. Heath nous accompagnera peut-être, mais vous devrez vous occuper de Keegan et Shannon.

Le soir venu, Nola se rendit au dortoir pour aborder avec Hank un sujet délicat, et elle voulait à tout prix éviter d'être surprise par Galen.

— Vous m'avez parlé d'un sourcier, Hank, vous vous souvenez ?

L'homme la considéra avec méfiance.

— En effet.

— En connaissez-vous un dans la région ?

— Pourquoi cette question ?

— Répondez à la mienne d'abord.

Il se gratta la tête.

— Il y en avait bien un du côté de Winton, mais il avait une sacrée réputation d'alcoolique. De toute façon, je vous l'ai dit, Nola, ces gens sont des charlatans en qui on ne peut pas avoir confiance ! Et surtout, n'en parlez pas devant M. Reinhart, ou il va piquer une colère. Il a eu une mauvaise expérience avec l'un d'entre eux, me semble-t-il.

— Le troupeau a besoin d'eau de toute urgence, et nous aussi. Qu'avons-nous à perdre ?

— Notre argent.

— Alors nous lui dirons clairement : pas d'eau, pas d'argent. Mais s'il trouve une source, je lui paierai la somme qu'il demandera.

Hank grimaça, dubitatif.

— Où puis-je trouver cet homme ?

— Vu comme il était porté sur la bouteille, il doit être mort depuis longtemps.

— S'il est encore en vie, je me charge de le sevrer, insista Nola, nullement découragée.

— Esther saura certainement vous renseigner, lâcha Hank avec un soupir de résignation. En avez-vous déjà parlé à Galen ?

— Non, j'attends de voir si cet homme trouve de l'eau. Je suppose que l'aller-retour à la Flinders River prendra deux jours, cela devrait suffire.

— Avez-vous pensé à Keegan et Shannon ? Vous n'allez tout de même pas les emmener avec vous.

— Je connais quelqu'un qui n'a rien de prévu demain et à qui un peu de compagnie ne nuira pas, rétorqua Nola avec un petit sourire.

Hank écarquilla les yeux, stupéfait.

— Vous ne pensez tout de même pas à…

— En personne.

— Enfin, Nola, il n'acceptera jamais !

— Il n'aura pas le choix.

— Je suis presque soulagé de m'absenter quelques jours, murmura Hank en se prenant la tête dans les mains.

— Froussard ! s'esclaffa Nola.

7

Bien qu'il fût presque minuit, Nola arpentait la salle de classe avec nervosité. Ravie d'agir enfin pour régler le problème de la pénurie en eau sur le domaine Reinhart, elle n'avait qu'une hâte, voir le soleil se lever et partir pour Julia Creek.

Elle avait également consacré une heure à l'affiche promise à Esther, sans toutefois parvenir à se concentrer pleinement sur sa tâche, le regard sans cesse attiré par les caisses qui traînaient au fond de la salle de classe. Ces volumes soigneusement rangés recelaient-ils d'autres messages mystérieux ? Mue par une curiosité insatiable, elle ouvrit une caisse et entreprit de feuilleter les livres qu'elle contenait. Elle l'avait vidée à moitié sans rien trouver d'intéressant lorsqu'un mot glissa d'un roman de Carolyn Whey. Nola était presque certaine d'avoir trouvé le premier dans un roman de la même écrivaine.

Le message en question disait :

> *Mon amour, de simples mots ne suffiront pas à dire combien la nuit dernière a compté à mes yeux. Je ne puis vivre loin de toi. E.*

Nola réfléchit intensément. Pourquoi la femme qui avait écrit ces lignes, s'il s'agissait de l'épouse de Galen, avait pris la peine de les cacher dans ce roman ?

Après une nuit troublée par d'étranges rêves, Nola se leva et rejoignit à la cabane Galen et Hank, qui étaient déjà sur le départ.

— Nous serons absents deux jours, peut-être trois, prévint Galen en fourrant des vêtements de rechange dans un sac de toile.

— Pas de problème, nous nous en sortirons très bien, assura Nola. Bon courage avec le dressage des chevaux et le rassemblement des bovins !

— Nous en aurons besoin, parce qu'en plus, il faudra apprendre aux Aborigènes à monter. Ils ne naissent pas cavaliers, malheureusement. Enfin, une fois qu'ils ont appris, ils sont excellents, comme Jimmy et Jack.

Nola sentit qu'à son tour, Hank voulait lui dire quelque chose, mais il sembla ne pas trouver ses mots. Elle lui adressa un sourire complice, auquel il réagit en levant les yeux au ciel. Puis Galen et lui se mirent en route.

Nola profita du petit-déjeuner pour informer Keegan et Shannon de ses projets.

— Je dois me rendre à Julia Creek aujourd'hui. Malheureusement, vous ne pouvez pas venir avec moi car je serai pressée.

— Vous allez là-bas pour quoi faire ? s'enquit Keegan en fronçant les sourcils.

Nola s'assit entre les deux enfants et passa ses bras autour de leurs épaules.

— Vous savez que nous avons absolument besoin d'eau.

Les deux enfants hochèrent la tête de concert.

— On m'a parlé d'un homme qui pourrait nous en trouver. J'espère le ramener ici.

— Papa en a cherché, il n'y est pas arrivé, objecta Keegan.

— Il faut avoir un don bien particulier pour détecter la présence d'eau sous terre. Le sourcier, c'est son nom, procède en utilisant une baguette de saule ou d'osier. Le problème, c'est que tout le monde ne croit pas en ce don.

— Papa y croit, lui ? demanda Shannon.

— Je n'en suis pas sûre mais, justement, je vais profiter de son absence pour donner une chance à cet homme. S'il trouvait une source, ce serait une belle surprise pour ton papa à son retour, n'est-ce pas ?

— Oh oui ! s'écria la fillette.

Nola pria intérieurement pour que son initiative aboutît.

— Vous serez absente combien de temps ? s'enquit Keegan.

— J'en aurai pour quelques heures, tout au plus. En attendant, je vais vous confier à M. Reinhart.

Keegan et Shannon ouvrirent des yeux ronds comme des billes.

— Papa dit que M. Reinhart n'aime pas les enfants ! s'exclama Shannon avec une moue boudeuse.

— Enfin, bien sûr que si, répondit Nola avec autant de conviction que possible. Tout le monde aime les enfants. M. Reinhart n'a pas l'habitude d'en côtoyer, voilà tout. Imaginez-vous vivre tout seuls, sans jamais recevoir de visite ? Ce serait affreux, n'est-ce pas ?

— On irait bien le voir, mais il ne nous a jamais invités, souligna Keegan.

La perspective de passer une journée avec Langford Reinhart ne l'enchantait pas du tout, et Nola pouvait difficilement lui en tenir rigueur.

— Il est tout le temps grognon, renchérit Shannon.

— Il vit seul depuis tellement longtemps qu'il ne sait plus comment communiquer avec les autres, en particulier les enfants, nuança Nola. Mais je suis sûre que votre présence sera comme un rayon de soleil. Une fois habitué à vous, je suis sûre qu'il finira par être moins… crispé.

Si Keegan ne semblait toujours pas convaincu, Shannon se dit curieuse de découvrir enfin ce qu'elle appelait « la grande maison ».

Nola lava la vaisselle du petit-déjeuner. Tandis que Keegan et Shannon l'aidaient à essuyer, elle réfléchit à une façon de leur faire lâcher le prénom de leur mère, sans toutefois réveiller des souvenirs douloureux.

— Vous savez, lança-t-elle enfin, j'enseigne depuis des années, et pourtant je n'ai jamais eu d'élèves qui portent d'aussi jolis prénoms que les vôtres !

— Papa dit que c'est maman qui les a choisis, expliqua Shannon, tandis que Keegan se renfrognait.

— C'est vrai ? répondit Nola avec entrain. Eh bien, je ne peux qu'approuver. Que pensez-vous des prénoms Hildegard ou Nelda ?

— Hildegard ? C'est affreux ! s'écria Keegan, retrouvant le sourire.

— Nelda, c'est amusant, gloussa Shannon.

— C'étaient des jumelles absolument horribles, dont la gouvernante s'appelait Zetta.

— Zetta ? s'écrièrent Shannon et Keegan en chœur, avant d'éclater de rire.

— Mes deux dernières élèves s'appelaient Magdalene et Georgina. Elles étaient terriblement gâtées et prenaient la mouche sans arrêt. Et avant elles, j'ai enseigné à deux fillettes qui s'appelaient Parnella et Philopena.

— Tout le monde porte un prénom bizarre en Angleterre ? s'étonna Keegan.

— Non, j'ai aussi connu des Evelyn, des Elizabeth, des Emily…

— Notre mère s'appelait Emily ! s'exclama fièrement Keegan.

— Eh bien, c'est très joli, abonda Nola, à présent certaine que les deux lettres avaient été écrites par feu Mme Hartford.

— Maman nous manque beaucoup, murmura Shannon. Mais on est contents que vous soyez là !

Nola, émue et touchée, sentit les larmes lui monter aux yeux. Elle enlaça les enfants par les épaules et les serra fort contre elle.

— Merci. Si vous saviez comme je me plais ici !

Nola était certaine que Langford Reinhart refuserait de veiller sur Keegan et Shannon, ne fût-ce que pour la faire tourner en bourrique, mais il en fallait plus pour la décourager. Si le vieil homme rechignait à participer au sauvetage de son domaine, il pouvait au moins surveiller les enfants, et elle ne se gênerait pas pour le lui faire clairement comprendre – sans pour autant révéler la raison de cet aller-retour à Julia Creek.

Sans frapper, Nola et les enfants entrèrent dans la demeure de Langford Reinhart par la porte de derrière, traversèrent la cuisine et avancèrent jusqu'au vestibule. Keegan se tenait tout contre elle et Shannon se cramponnait à sa main, tous scrutant la pénombre avec angoisse. Alors que l'institutrice pensait trouver Langford à l'étage, elle s'étonna de le voir installé à son bureau, devant une pile de documents. Absorbé par sa lecture, il ne les entendit pas entrer. À sa mine préoccupée, Nola sut que ces papiers émanaient peut-être de l'avocat des frères Janus. Soudain, il leva la tête et sursauta en découvrant leur présence sur le seuil.

— Bonjour, monsieur Reinhart ! claironna Nola en poussant ses petits protégés dans la pièce.

Langford, éberlué, suivit les enfants du regard, puis foudroya Nola de ses yeux bleu acier.

— Galen et Hank sont partis à la première heure ce matin, poursuivit Nola avant qu'il n'eût le temps de protester. Quant à moi, j'ai une affaire urgente à régler à Julia Creek, et j'ai promis aux enfants qu'ils pourraient rester avec vous.

Après avoir posé un regard incrédule sur Shannon et Keegan, Langford se leva et contourna le bureau, devant lequel Nola s'était campée.

— Il est hors de question que je m'occupe d'eux, aboya-t-il.

— Ce serait tout de même la moindre des choses, pendant que nous nous échinons tous pour sauver votre domaine. Et, croyez-moi, vous aurez la tâche la plus facile. J'ai apporté des livres et de quoi écrire. Les enfants ont des exercices de calcul auxquels vous pourrez apporter votre concours.

Langford Reinhart secoua vigoureusement la tête.

— Vous n'avez aucun ordre à me donner, mademoiselle Grayson ! C'est moi le chef ici, pas vous. Et vous avez été engagée pour vous occuper de ces enfants !

Nola enlaça Shannon et Keegan, qui la regardaient avec désarroi, et répondit, toujours sur le même ton léger :

— Sur ce point, nous sommes d'accord, et vous m'en voyez ravie, monsieur Reinhart. Vous noterez cependant que je ne vous ai donné aucun ordre. Quant aux enfants, ils se font une joie de vous tenir compagnie aujourd'hui. Vous n'allez tout de même pas les décevoir ?

Elle le provoqua à dessein, sachant qu'il fallait être l'homme le plus insensible du monde pour refuser. Elle espérait seulement ne pas être allée trop loin, étant donné que le problème de Langford n'était pas d'avoir un cœur de pierre, mais pas de cœur du tout.

Elle se dépêcha de prendre congé, ne laissant pas de temps pour réagir au vieillard, dont le visage blême était déformé par la colère.

Nola lança Wirangi au grand galop et ne s'arrêta qu'une fois arrivée à l'hôtel Julia-Creek, devant lequel stationnait un nombre important de chevaux et de carrioles. Elle entra et trouva Esther sur le seuil de la porte de derrière, qui donnait sur un grand jardin. Une assemblée y discutait avec animation des répercussions de la sécheresse. Nola se plaça à côté de la tenancière et tendit l'oreille.

— Nous perdons chaque semaine des centaines de têtes ! Nous ne pouvons pas mettre ainsi nos troupeaux en danger.

— Les familles souffrent aussi. Certaines sont déjà parties avec leurs cliques et leurs claques.

— Si nous prenons la décision de convoyer les troupeaux au sud, ils seront décimés avant même d'atteindre Charleville.

— J'ai toujours dit que nous aurions dû prendre les devants bien plus tôt, mais on ne m'écoute jamais.

Nola tapota l'épaule d'Esther, qui sursauta et se tourna vers elle. Aussitôt, son visage s'illumina.

— Je ne pensais pas te revoir si vite ! Qu'est-ce qui t'amène au village ? Il y a un problème ? Où sont Galen et Hank ? Ont-ils oublié la réunion d'aujourd'hui ?

— Tout va bien, Esther. Non, ils ne m'ont pas parlé de cette réunion, mais ils ont d'autres préoccupations.

— Elle porte sur la pénurie en eau, qui a atteint un seuil critique.

— En effet, Galen et Hank y pensent jour et nuit. Ils sont partis ce matin pour la Flinders River, en espérant que le troupeau y trouvera de quoi s'abreuver.

— Et toi, quel bon vent t'amène ?

— D'après Hank, tu pourrais peut-être m'indiquer où vit une personne que je dois voir de toute urgence.

— Ah bon ? Qui donc, ma petite ? demanda Esther en écartant une mèche de son front en sueur.

— Il s'agit d'un sourcier dont je ne connais pas le nom, et que Hank a traité d'ivrogne. Vois-tu de qui il parle, et sais-tu où je peux trouver cet homme ?

— Le seul qui corresponde à cette description, c'est Wade Dalton, mais je ne l'ai pas vu depuis des mois. Hank dit vrai, Wade a un beau lever de coude. C'est bon pour mes affaires, un peu moins pour les siennes. Je ne sais plus qui m'a raconté qu'il s'était cassé la jambe. Ça explique peut-être pourquoi on ne le voit plus. Il vit seul à Black Crow Ridge, où il exploite une mine d'opales. Non pas qu'il se tue au travail…

— Peux-tu m'indiquer le chemin, Esther ?

— Qu'est-ce que tu lui veux au juste, ma petite ?

— Lui demander qu'il détecte une source au domaine Reinhart.

Bien qu'Esther éclatât de rire, Nola ne se laissa nullement décontenancer.

— Wade Dalton ne trouverait pas d'eau quand bien même il tomberait au fond d'un puits ! s'écria son amie, une fois qu'elle eut repris son souffle. Certains anciens disent qu'il était doué autrefois, mais il faudrait avoir un sacré manque de jugeote pour s'adresser à lui aujourd'hui.

— Où puis-je le trouver ? insista Nola.

— Je ne voudrais pas qu'il abuse de ta confiance. Tu es une gentille fille, et cela se fait rare par ici.

L'attention de l'institutrice fut de nouveau attirée par la réunion.

— Pour l'instant, nous n'avons entendu que des jérémiades, constata un homme venu se placer au centre du groupe, et ce n'est pas ça qui va abreuver nos troupeaux. Donc si quelqu'un a une proposition intéressante à soumettre…

— Moi, j'ai une idée ! lança Nola en s'avançant, après un long silence.

L'homme se tourna vers elle, stupéfait.

— C'est qui, celle-là ? cria quelqu'un dans l'assistance.

— Je m'appelle Nola Grayson et je travaille au domaine Reinhart.

— Vous m'en direz tant !

— J'aimerais l'entendre, intervint l'homme qui animait les débats. Je m'appelle William Ashborne et je préside la coopérative des éleveurs bovins d'Australie du Nord. Allez-y, nous sommes tout ouïe !

Pendant qu'il levait la main pour mettre fin aux protestations, Nola faillit se raviser devant tant d'animosité.

— Chacun ici a le droit d'exprimer son opinion, mais à tour de rôle, martela William Ashborne. Cette dame a la parole !

Nola prit son courage à deux mains.

— Je sais que je ne vis pas dans l'*outback* depuis longtemps, mais même la nouvelle arrivante que je suis peut voir combien la situation est préoccupante. La sécheresse n'épargne personne. Si on souffre dans les exploitations, on souffre également dans les villages. Je suis sûre que Esther, Orval et Gladys Hyde vous le confirmeront.

Tous trois hochèrent vigoureusement la tête.

— Et si Galen Hartford n'est pas présent, c'est parce qu'il sue présentement sang et eau pour sauver son bétail.

— Galen n'enverrait pas une femme, qui plus est une étrangère, à sa place ! clama une voix d'homme.

Nola s'efforça de ne rien laisser paraître de la colère froide qui montait en elle.

— Il ne m'a pas « envoyée », je suis venue de ma propre initiative pour au moins tenter de l'aider. Je recherche un homme dont on m'a dit qu'il était capable de détecter de l'eau souterraine.

Un homme vint se camper juste devant Nola et croisa les bras.

— Son nom ?

Nola hésita.

— Je crois qu'il s'appelle Wade Dalton.

L'assistance retint son souffle un instant, puis partit dans un éclat de rire général.

— À votre place, je ne lui accorderais pas ma confiance et je lui donnerais encore moins mon argent, la prévint William Ashborne avec un haussement d'épaules. Vous seriez perdante dans les deux cas.

— Vous confirmez ce que j'ai appris au contact de Galen : dans la région, on n'écoute jamais l'avis des citadins ; on estime même que ceux-ci feraient mieux de garder leurs opinions pour eux, observa Nola.

— Il a bien raison ! Les gens de la ville n'ont jamais compris nos problèmes et ne les comprendront jamais.

— Certes, j'arrive tout droit de la capitale anglaise et je ne dispose que de très peu de connaissances pratiques en agriculture. Mais il se trouve que, par mon métier d'enseignante, je suis dotée d'une certaine curiosité d'esprit. Si vous, vous ne l'êtes pas, rien ne changera. Je suis prête à remettre mon argent et ma confiance entre les mains de Wade Dalton, ou de toute autre personne qui se dira en mesure de trouver de l'eau.

— Les sourciers sont tous des charlatans ! protesta un homme au fond du jardin.

— Il y en a dans toutes les professions, rétorqua Nola. D'après ce que j'ai entendu dire, Wade Dalton était un bon sourcier, fut un temps. Pourquoi cela aurait-il changé ?

— Parce qu'il boit comme un trou, ma petite ! railla une femme.

— Laissez-lui au moins une chance !

— Vous n'êtes pas la première à débarquer de la ville, la bouche enfarinée, et à nous dispenser des leçons de sagesse, bougonna l'homme campé devant elle. Et vous ne serez certainement pas la dernière !

— Nous survivrons à cette sécheresse comme nous avons survécu aux autres, affirma sa voisine.

— Vous, sans doute, concéda Nola. Mais avez-vous pensé au bétail ?

Sous les sifflets, elle reprit sa place aux côtés d'Esther.

— S'il te plaît, dis-moi où je peux trouver Wade Dalton.

Esther la dévisagea et comprit qu'elle était déterminée.

— Selon moi, tu perds ton temps, mais c'est ton problème après tout. Prends la route vers le sud, au bout de trois kilomètres, tourne à gauche et suis le chemin sur huit kilomètres. Tu traverseras deux ruisseaux asséchés : après le deuxième, tu verras un vieux panneau indiquant « Black Crow Ridge ». Suis cette direction sur cinq cents mètres jusqu'à ce que tu arrives à une fourche. La piste de gauche descend dans un ravin, l'autre te conduira à la mine. Mais attention, Wade n'aime pas les visiteurs. Si je sais qu'il vit là-bas, c'est uniquement parce qu'il m'a payé une somme rondelette après sa chute pour que je lui livre de l'eau-de-vie. Cela remonte à un an au moins, peut-être deux. À l'époque, sa mine rapportait encore. Aujourd'hui, il n'y a plus une opale là-dedans, mais il refuse de l'admettre.

— Merci, Esther.

Celle-ci retint Nola par le bras.

— Attends, prends du café. Tu vas en avoir besoin, si tu veux qu'il réussisse à aligner deux mots.

Nola eut beau se mettre en route avec détermination, elle redoutait ce qu'elle allait découvrir à Black Crow Ridge.

Elle suivit les instructions d'Esther et arriva à une mine qui paraissait abandonnée. Près de l'entrée, une cahute de guingois n'abritait rien de plus que quelques ustensiles de cuisine, une lampe, une table bancale et une chaise, le tout recouvert d'une épaisse couche de poussière – à croire que plus personne n'habitait ici.

Nola scrutait les environs dans l'espoir de trouver une trace de Wade Dalton lorsqu'un déclic retentit dans son dos.

— Pas un geste ou… ou je tire, articula difficilement une voix d'homme.

— Je ne suis pas venue vous voler, déclara Nola en se retournant tout doucement, les mains en l'air. Je cherche Wade Dalton !

Sur ce, elle se retrouva nez à nez avec le canon d'un fusil que tenait un homme titubant.

— Une… femme ! siffla-t-il, stupéfait.

— Une femme qui ne va pas tarder à passer de vie à trépas, si vous persistez à la mettre en joue de la sorte.

— Vous… vous êtes seule ?

— Oui.

À ces mots, l'homme baissa son arme et tomba les quatre fers en l'air.

Quand, une demi-heure plus tard, Wade Dalton reprit connaissance, Nola était en train de lui passer un chiffon humide sur le front.

— À boire…, gémit-il.

Elle lui redressa la tête et porta un verre à ses lèvres. Il en but goulûment le contenu et le recracha aussitôt.

— Vous voulez m'empoisonner ? aboya-t-il avec une grimace.

— Ce n'est que de l'eau, protesta Nola.

— Justement ! Je veux un breuvage digne de ce nom !

Nola se leva et planta les poings sur ses hanches.

— Si vous pensez à de l'eau-de-vie, vous en serez pour vos frais.

Wade Dalton la toisa en plissant les yeux.

— Vous êtes drôlement grande, pour une femme. Bon, à boire !

— Pendant que vous étiez inconscient, monsieur Dalton, j'ai jeté votre réserve d'alcool.

— Vous avez quoi ?

Il se redressa et chercha son arme à tâtons, avant de constater avec effroi qu'elle se trouvait entre les mains de Nola.

— Vous boirez à votre guise une fois que vous aurez accompli la mission que je m'apprête à vous confier. Vous ne vous êtes jamais rien cassé, je présume ?

Wade Dalton, perplexe, plissa le front.

— Pas à ma connaissance. Quelle genre de mission ?

— Détecter une source.

Il secoua la tête.

— J'ai arrêté il y a des années.

— Je suis sûre que vous savez encore comment procéder. Après tout, c'est un don – enfin, si vous n'êtes pas un charlatan.

L'intention de Nola était de le piquer au vif, et ce fut réussi, à juger par la colère qui se lut sur son visage.

— Je suis un authentique sourcier ! Et je travaillerai contre rémunération, mais pas avec une arme sous le nez !

— Pas de problème, je suis prête à vous payer grassement, mais uniquement *si* vous trouvez de l'eau. Pour cela, vous devez arrêter de boire !

— Vous êtes folle, madame. Je taquine la bouteille depuis des années, et ça n'est pas près de changer. Alors appuyez sur la détente ou fichez le camp !

À peine sa phrase terminée, il s'affaissa de nouveau.

— Monsieur Dalton, vous allez voir que je ne suis pas femme à baisser les bras aussi facilement, soupira Nola.

Elle alluma un feu et mit à chauffer un broc de café fort, tandis que Wade Dalton émettait des ronflements comme elle n'en avait jamais entendus. Une fois le café prêt, elle se pencha sur lui, lui pinça le nez entre le pouce et l'index et plaqua un chiffon sur sa bouche. Il ne réagit pas tout de suite, puis vira successivement au rouge et au bleu. Nola consentit enfin à le laisser reprendre son souffle.

— Bienvenue dans le monde des vivants. Tenez, buvez ! lui dit Nola en lui tendant le broc. Attention, c'est chaud.

— Quel horrible cauchemar, gémit Wade après avoir bu le café d'un trait. J'ai rêvé que je m'étouffais !

— Il est bien connu que l'alcool affecte les voies respiratoires, expliqua Nola le plus tranquillement du monde.

— Bizarre, c'est la première fois que ça m'arrive. Et vous, qu'est-ce que vous fabriquez ici ?

— Je vous l'ai dit avant que vous ne perdiez connaissance. Je voudrais que vous trouviez de l'eau.

— Ah oui, c'est vrai. Bon, si c'est la condition pour que je me débarrasse de vous et que j'encaisse un peu d'argent, alors soit. Dans quelle zone ?

— Sur le domaine Reinhart.

— Quoi ? Hors de question que je mette les pieds là-bas !

— Et pourquoi donc ? demanda Nola, interloquée.

— Vous êtes bien curieuse, comme toutes les femmes !

— Vous avez tout à gagner en acceptant ma proposition. On m'a engagée là-bas comme institutrice et je suis très bien payée. Que diriez-vous de deux semaines de salaire ?

Wade, dont la méfiance allait grandissant, prit tout de même le temps de considérer cette offre généreuse. Pendant qu'il réfléchissait, Nola se demanda quel âge pouvait avoir cet homme mal rasé aux yeux bleus injectés de sang, dont les cheveux gris hirsutes révélaient un crâne couperosé. Soixante ans, peut-être ?

— Je parie que vous auriez bien besoin d'argent pour vous… « ravitailler », insista-t-elle. La mine n'a pas l'air de rapporter beaucoup.

— Langford Reinhart est toujours de ce monde ? demanda Wade à brûle-pourpoint.

— Oui, mais il n'est pas en bonne santé. Il ne sort plus de chez lui depuis la mort de sa femme.

— Et Galen ?

— Vous connaissez M. Hartford ?

Wade hocha la tête.

— Il est actuellement absent. Il travaille dur pour maintenir le fonctionnement de l'exploitation mais, avant toute chose, c'est l'eau qui nous manque.

— Comment vous appelez-vous ?

— Nola Grayson.

— Pourquoi la femme de Galen n'enseigne plus ?

— Elle est décédée, je crois.

— Comme c'est triste ! s'exclama Wade, paraissant sincèrement touché. C'était une gentille dame.

— Vous l'avez côtoyée ?

— Je l'ai vue arriver au domaine Reinhart. Un joli brin de femme, très douce, mais elle ne se plaisait manifestement pas à la campagne. Ils ont eu un petit garçon, si ma mémoire est bonne.

— Vous devez parler de Heath. Il a un frère et une sœur, Keegan et Shannon.

Wade secoua tristement la tête en pensant à ces enfants qui grandissaient sans leur mère. La dernière fois qu'il avait vu Galen remontait à au moins dix ans. Enfin, il n'en était plus sûr, car ses souvenirs se perdaient dans les vapeurs d'alcool.

— Je ne lèverais pas le petit doigt pour Langford Reinhart, quand bien même il agoniserait sous mes yeux ! éructa-t-il soudain avec une véhémence telle que Nola sursauta. Ça, vous pouvez en être sûre.

— Je ne vous ai pas demandé d'aider Langford. Il se trouve que les frères de sa défunte épouse cherchent à lui voler ses terres.

— Tant mieux pour eux, j'espère qu'ils y parviendront.

Nola eut beau en vouloir au sourcier de ne pas penser à Galen et aux enfants, elle s'abstint de tout commentaire et entreprit de lui faire entendre raison.

— Si Galen échoue à convoyer le troupeau jusqu'aux marchés du sud, lui et les siens se retrouveront sans toit. Langford ne mérite aucune pitié, soit, mais pensez à Heath, Keegan et Shannon ! Sans le domaine, ils n'ont plus d'avenir. Sans parler de Galen : il ne s'en remettra pas, s'il perd tout après s'être donné tant de mal.

Wade Dalton l'observa en silence, l'air de peser longuement le pour et le contre.

— J'accepte, lâcha-t-il enfin, mais uniquement pour les enfants et Galen, car c'est un type bien. En revanche, Langford Reinhart peut rôtir en enfer, et si cela ne tenait qu'à moi, je l'y expédierais en deux temps trois mouvements.

Pendant que Nola s'interrogeait sur les raisons d'une telle haine, Wade, fort de la mission qu'il venait de se voir confier, se leva avec une vigueur et une énergie dont elle ne l'aurait jamais cru capable.

Après le départ de Nola, Shannon, Keegan et Langford Reinhart se regardèrent en chiens de faïence pendant un long moment. Puis le vieil homme, complètement désemparé, finit par retourner s'asseoir, les enfants sur les talons.

— Allons bon, maugréa-t-il. Qu'est-ce que je suis censé faire de vous ?

Son regard se posa tour à tour sur Shannon, qui se tenait tout près de sa chaise, et sur Keegan, qui disposait ses exercices de calcul sur le bureau sans le lâcher des yeux une seule seconde. Si Langford s'était écouté, il aurait cherché refuge à l'étage, seulement rien ne garantissait que les enfants ne le suivraient pas là-haut encore.

— Quand j'ai dit que vous étiez grognon, Mlle Grayson a répondu que vous vous sentiez seul. C'est vrai ? demanda la fillette.

— Vous ne devriez pas croire tout ce qu'elle raconte, grogna-t-il, hérissé par la seule mention de l'institutrice.

— Pourquoi ? Elle ne nous mentirait pas.

Langford Reinhart faillit rétorquer à Shannon que toutes les femmes étaient des menteuses, mais il se retint juste à temps.

— Mlle Grayson sait beaucoup de choses, souligna Keegan.

— Les femmes croient toujours savoir mieux que tout le monde ! Tu verras quand tu seras grand.

— Hank est grand et il l'aime bien, protesta Shannon. Et papa aussi, j'ai l'impression.

— Ah bon ? s'exclama Langford avec surprise, pourtant persuadé que, comme lui, son régisseur brûlait de voir l'intruse repartir.

— Oui. Elle m'a cousu une belle robe et aussi une nappe pour la cuisine. C'est beaucoup plus joli chez nous, depuis qu'elle est là.

— Vraiment ?

Cette Mlle Grayson s'était donc attiré la sympathie des enfants avec ses ruses de bonne femme !

— Je n'ai pas de chaise, monsieur Reinhart. Je peux m'asseoir sur vos genoux ? demanda Shannon.

— Je… euh…

Il n'eut pas le temps de l'en empêcher que la petite était déjà installée. Langford se crispa de plus belle en se demandant quoi dire et quoi faire, tandis que Shannon, toute à ses exercices de mathématiques, ne percevait aucunement son malaise.

— Vous pouvez m'aider ?

Comme Langford restait figé comme une statue de sel, elle le força à tourner la tête vers elle en lui prenant le menton. Il se pencha à contrecœur sur la feuille de calculs.

— C'est très facile, Shannon. Un, deux, trois…

Il tendit trois doigts. Un sourire illumina le visage de la fillette.

— Quand vous aurez terminé avec Shannon, vous pourrez m'aider aussi, monsieur Reinhart ? demanda Keegan.

À la vue des beaux enfants qu'avait eus Galen, Langford eut un pincement au cœur, se remémorant combien lui-même avait espéré devenir père un jour. Malheureusement, son épouse et lui n'avaient pu avoir d'enfant et ne s'en étaient jamais remis.

Peu à peu, il prit conscience qu'après sa mort, Heath, Keegan, Shannon et Galen, qu'il considérait comme son propre fils, seraient livrés à eux-mêmes sur le domaine Reinhart. Ils devraient composer avec un secteur en perpétuelle évolution, ainsi qu'avec les périodes de sécheresse, les inondations, les épidémies et les incendies de bush. Et, comme si ces fléaux ne suffisaient pas, ils devraient se prémunir de rapaces tels que Travis et Wendell Janus. Y étaient-ils préparés ?

Sur la route, Wade s'arrêta chez un voisin et ami avec qui il avait foré vingt ans plus tôt. Une fois tiré de son sommeil aviné, Ben Cranston accepta de lui prêter main-forte. Lui aussi avait tenté sa chance dans l'extraction d'opales – avec la même infortune.

— Avez-vous trouvé beaucoup de belles pierres ? demanda Nola, pendant que Ben s'habillait.

Wade éclata de rire.

— Non. Quelques fragments, mais rien qui n'ait beaucoup de valeur.

— Alors, pourquoi persistez-vous ? Vous semblez investir plus dans cette affaire qu'elle ne vous rapporte.

— Il faut bien que je vive, et c'est dans le bush que je me sens le mieux. En plus, comme les Aborigènes ont une peur superstitieuse des opales, ils se tiennent à distance. Dans le temps, ils m'ont fiché une lance dans la jambe, mais depuis que j'ai la mine, je suis tranquille.

Sur ce, Ben parut, encore un peu abruti mais prêt à se mettre en route.

— Tu confirmes ? l'interpella Wade.

— C'est vrai, nous pouvons nous estimer heureux qu'ils aient des peurs improbables. Enfin, improbables de notre point de vue. Pour eux, ça tombe sous le sens.

Ils attelèrent le cheval de Ben à une carriole chargée d'outils et s'élancèrent. Au magasin d'Orval Hyde, Wade acheta des tuyaux, une pompe à vent, un treuil, une cuve et une bâche immense, Nola s'engageant par écrit à régler le tout. Pendant que les deux hommes chargeaient ce matériel hors de prix dans la carriole, elle passa à l'hôtel pour commander des sandwichs à Esther.

La réunion des éleveurs venant de s'achever, Nola recroisa certains de ses interlocuteurs hostiles. Lorsqu'elle retourna à la carriole, ils la toisèrent avec scepticisme, voire animosité. Certains y allèrent même de leurs persiflages.

— Que se passe-t-il ici ? demanda Wade.

— Les exploitants des environs se sont réunis pour discuter des conséquences de la sécheresse, expliqua Nola.

— Galen était présent ?

— Non. Hank Bradly et lui sont partis vers le nord avec le troupeau en espérant y trouver de quoi l'abreuver.

— Et vous, vous y êtes allée ?

— Oui, en coup de vent.

— Vous ne leur avez tout de même pas suggéré de chercher de l'eau ! s'écria le sourcier.

— Pour vous dire la vérité, j'ai même annoncé que j'allais m'adresser à vous !

Wade secoua la tête avec incrédulité.

— J'imagine leur réaction. Personne ne me fait confiance à des kilomètres à la ronde !

— Et pourtant, c'était le meilleur, souligna Ben. Il l'est toujours, d'ailleurs.

— J'espère bien ! s'exclama Nola.

Une fois sur les terres de Langford Reinhart, Wade mit pied à terre et sortit de sa besace deux baguettes maintenues parallèles à l'aide d'un fil d'une quinzaine de centimètres de long. À plusieurs reprises, les baguettes se rapprochèrent l'une de l'autre en vibrant.

— Vous avez senti quelque chose ? finit par demander Nola, dont la patience s'émoussait.

Wade continua à avancer sans dire un mot, ne s'arrêtant qu'à l'approche de la ferme.

— Là, il y a de l'eau, affirma-t-il. À quatre mètres de profondeur, je dirais.

Nola se sentit pousser des ailes. Aussitôt, Ben sauta de la carriole et s'empara d'une pelle. Jamais elle n'aurait cru les deux hommes capables de travailler si dur. Trois heures plus tard, ils avaient creusé un trou de quatre mètres de profondeur et tapissé ses parois à l'aide de la bâche. Sentant qu'ils touchaient au but, ils redoublèrent d'efforts, sous les encouragements de Nola.

— Alors, cette eau ? lâcha-t-elle, n'y tenant plus et voyant que Ben, trempé de sueur, dégageait des pelletées de terre de plus en plus humide.

— Vous allez avoir de quoi faire ! s'exclama Wade.

Nola n'en revenait pas. Elle était impatiente de voir la tête de Galen à son retour ! Lorsqu'elle prit congé de Wade et Ben deux heures plus tard, la pompe à vent fonctionnait parfaitement. Après avoir remis au sourcier tout l'argent dont elle disposait, elle se dépêcha de rentrer à la ferme.

— S'il vous plaît, encore une histoire, monsieur Reinhart ! s'exclama Shannon.

La fillette était transportée par ses récits de jeunesse, en particulier sa traversée de l'Australie à dos de dromadaire. Le vieil homme, excellent narrateur, n'avait pas lésiné sur les anecdotes au sujet de ces animaux au caractère et au comportement si particuliers.

Sur un canapé recouvert d'une housse, les enfants étaient assis de part et d'autre de Langford, qui avait passé un bras autour de leurs épaules. Il devait admettre qu'il n'avait pas connu journée si agréable depuis des années, se surprenant même à sourire plusieurs fois, alors que, en temps normal, les minutes paraissaient des heures.

— Mlle Grayson ne va pas tarder à rentrer, soupira-t-il.

— Je me demande si elle a trouvé l'homme qu'elle recherchait, lança innocemment Keegan.

— Quel homme ? demanda Langford, soudain méfiant.

— Un homme avec un don spécial, répondit Shannon.

Langford fronça les sourcils.

— Un don ? Quel genre de don ?

— Il sait trouver de l'eau souterraine, expliqua Keegan. Mlle Grayson a dit que c'était un… un sourcier, je crois.

— Un sourcier ? Elle est allée chercher un sourcier au village ?

Langford se remettait à peine de sa surprise lorsque Nola entra par la porte de derrière en appelant les enfants, avant d'apparaître tout sourire sur le seuil du salon.

— Shannon, Keegan, j'ai une excellente nouvelle ! s'exclama-t-elle tandis qu'ils se jetaient dans ses bras.

Nous avons trouvé une source ! Votre père va être aux anges.

Alors qu'elle soulevait les enfants fous de joie et les faisait tournoyer dans les airs, Langford s'avança, bouillonnant de colère.

— Vous vous êtes permis de faire venir un sourcier sur mon domaine sans me demander l'autorisation ?

Si Nola s'était attendue à ce qu'il prît la mouche, jamais elle n'avait imaginé le voir trembler ainsi de fureur.

— Vous devriez être content, nous avons maintenant une chance de sauver l'exploitation !

— Comment s'appelle ce sourcier ? aboya-t-il, effrayant les enfants.

— Quelle importance ?

— Son nom !

Nola recula d'un pas.

— Je ne vois pas pourquoi vous me hurlez dessus de la sorte, qui plus est en présence des…

Il la saisit par les épaules, l'air menaçant.

— Je vous ai posé une question ! Répondez !

— Wade Dalton, souffla-t-elle.

Langford écarquilla les yeux, pâle comme un linge.

— Demain à la première heure, vous quitterez la ferme pour ne plus jamais revenir, est-ce bien clair ? Je veux que vous disparaissiez… pour toujours !

Shannon, blottie contre Nola, éclata en sanglots, tandis que Keegan se cramponnait à elle de toutes ses forces.

Lorsque Nola quitta la maison avec les enfants, la joie qu'elle avait ressentie à peine quelques minutes plus tôt s'était envolée. Langford Reinhart pensait ce qu'il disait. Demain, elle devrait partir.

8

Nola buvait une tasse de thé sous la véranda de la cabane quand les premiers rayons du soleil apparurent à l'horizon, nimbant d'une lumière diffuse la plaine et sa végétation desséchée qui s'étendaient à perte de vue. Lorsqu'une nuée d'oiseaux s'envola dans la brise matinale, elle leva la tête et contempla le ciel zébré de rose, tout en savourant le silence. Avant de connaître l'immensité des terres australiennes, elle n'avait jamais connu pareille quiétude – et elle ne la retrouverait sans doute nulle part ailleurs. Ici, point d'attelages dont les roues grondaient sur le pavé, point de marchands ambulants qui interpellaient les passants, point de cochers jurant contre tout ce qui pouvait leur barrer la route, point de mendiants, point de claquements de talons sur le trottoir.

Tandis que lui parvenait le chant d'un cacatoès dans un bosquet d'eucalyptus, bientôt suivi par le mugissement d'une vache et le piaffement d'un cheval, Nola, toujours sous le choc de la scène survenue la veille au soir, sentit sa gorge se nouer encore davantage. Les enfants et le domaine lui manqueraient terriblement, ainsi que la vie dans l'*outback*, qui la comblait. Ici, elle avait découvert quelque chose qui lui avait fait cruellement défaut jusqu'alors : un sentiment d'appartenance. Or Langford Reinhart était fermement décidé à y mettre fin, et elle préférait ne pas trop compter sur le soutien de Galen.

Chez les personnes fortunées, aussi bien dans leurs demeures en ville que dans leurs manoirs à la campagne, Nola s'était toujours sentie comme un élément de décor, un accessoire coûteux et ostentatoire. On ne lui avait jamais montré qu'elle était utile, tout comme on n'avait jamais reconnu la bonne influence qu'elle exerçait sur ses élèves. Les enfants gâtés de ses employeurs précédents suivaient des cours de musique, de danse, de dessin, d'équitation auprès de différents professeurs, et elle s'était sentie reléguée au second plan. Soudain, elle comprit pourquoi elle s'était si souvent rebellée, au grand dam de ses employeurs : c'était une façon d'exister.

Après des débuts difficiles avec Galen Hartford, qui s'était montré aussi déterminé que Langford Reinhart à la renvoyer en Angleterre, Nola avait eu l'impression qu'il commençait à fléchir, et elle avait tout mis en œuvre pour gagner son respect – celui-ci lui tenant curieusement à cœur. Elle qui avait tant voulu l'aider à sauver le domaine allait devoir en rester là.

Nola leva la tête vers l'étage de la demeure. Toute la nuit, elle avait réfléchi fébrilement à ce qui avait poussé Langford à réagir avec tant de véhémence en apprenant que Wade Dalton était venu sur ses terres pour y découvrir de l'eau. Elle aurait donné cher pour connaître la raison de cette haine entre les deux hommes. Malheureusement, il y avait fort à parier qu'elle ne l'apprendrait pas de leur bouche.

La voix de Keegan qui appelait Shannon lui parvint de la cabane. Quelques instants plus tard, le garçon se rua sous la véranda, le visage tordu d'angoisse.

— Mademoiselle Grayson, vous savez où est Shannon ?

— Elle dort encore, il me semble.

— Non ! Son lit est vide et je ne la trouve nulle part !

— Tu es sûr ? Pourtant, je n'ai pas…

Elle allait ajouter « fermé l'œil de la nuit », mais se retint juste à temps. Keegan, dont les yeux étaient cernés de noir, n'avait pas besoin de savoir à quel point les paroles de Langford Reinhart l'avaient atteinte.

— Je l'ai bordée hier soir et je ne l'ai pas entendue quitter la chambre ce matin. J'ai donc cru qu'elle dormait encore !

Nola s'accroupit à hauteur de Keegan et le regarda dans le blanc des yeux.

— Ne t'inquiète pas, nous allons la retrouver. Elle est sans doute sortie tôt ce matin pour aller chercher les œufs. Elle n'a pas pu aller bien loin.

— Mais elle était toute retournée hier soir et…

— Je sais bien. Vérifie le poulailler et le dortoir. Moi, je vais voir à l'école et chez Langford.

Ne trouvant aucune trace de Shannon dans la salle de classe, Nola entra en trombe dans la demeure plongée dans la pénombre, passa de pièce en pièce en appelant Shannon et n'eut pour réponse que l'écho de sa voix qui résonnait dans le vide du rez-de-chaussée. Arrivée au pied de l'escalier, elle leva la tête et vit Langford sur le palier. Visiblement, il n'avait pas dormi de la nuit.

— La gamine n'est pas là, lança-t-il d'un ton glacial.

Sans perdre de temps à lui répondre, Nola tourna les talons et sortit retrouver Keegan.

— Je ne l'ai trouvée nulle part, gémit-il, les larmes aux yeux.

— Allons voir à l'écurie.

Arrivés aux box, ils constatèrent l'absence de Buttons.

— Où peut-elle bien être ? murmura Nola.

Gagnée par l'angoisse, elle embrassa du regard la plaine qui s'étendait par-delà l'horizon. Comment retrouver un enfant dans une telle immensité ?

Sous l'ardent soleil de midi, Galen, Hank et Heath chevauchaient en tête du troupeau de plus de cinq cents têtes, tandis que Jimmy, Jack et leurs nouveaux compères fermaient la marche. Ils rebroussaient chemin après avoir trouvé la Flinders River complètement à sec et ses berges jonchées de carcasses. Galen pouvait s'estimer heureux de n'avoir perdu que vingt bêtes en chemin, pour la plupart des bovins relativement âgés.

Dans un épais nuage de poussière, les animaux marchaient tête baissée, la langue pendante et aussi sèche que la terre qu'ils foulaient, roulant des yeux avec désespoir. Certains avaient encore la force d'émettre des vagissements plaintifs, d'autres de dilater leurs naseaux en espérant humer de l'eau.

Soudain, à cinq kilomètres du domaine Reinhart, leur attitude changea du tout au tout. Ils relevèrent la tête et accélérèrent le pas en poussant des mugissements plus énergiques.

Jack pressa les flancs de son cheval et rejoignit Galen à la tête du troupeau.

— Les bêtes flairent l'eau, boss ! cria-t-il pour couvrir le grondement des sabots.

— Impossible, rétorqua Galen.

Jetant toutefois un coup d'œil par-dessus son épaule, il dut constater qu'un grand nombre de bêtes, sous l'effet d'une étrange tension, cherchaient à s'échapper. Il n'avait pas plu, pourtant !

— Pars devant, Hank, et va voir de quoi il retourne.

L'homme lança son cheval à bride abattue tandis que Galen, Heath et les Aborigènes s'efforçaient tant bien que mal de discipliner le cheptel.

Lorsque Hank revint, un large sourire fendait son visage.

— Tu ne vas pas le croire, Galen ! À deux kilomètres de la ferme, j'ai vu une pompe à vent et une citerne remplie d'eau fraîche !

Une fois remis de sa surprise, le régisseur se tourna vers Heath, Jimmy et Jack.

— On va diviser le troupeau ! Hank, prends deux Aborigènes et pars devant avec un premier groupe de bovins que tu abreuveras. Heath, Jimmy et le troisième Aborigène, vous suivrez plus tard avec le reste !

Tous savaient qu'un troupeau hors de contrôle piétinerait la citerne et la pompe jusqu'à les réduire en poussière, et l'eau indispensable à leur survie serait alors perdue pour toujours.

Deux heures plus tard, hommes et animaux étanchaient leur soif dans une ambiance de joie et de soulagement général. Pendant que Hank s'attelait à remplir les abreuvoirs du précieux liquide, Galen étudiait la citerne et la pompe à vent sans en croire ses yeux, tout en se doutant que Nola n'y était pas étrangère.

Après avoir laissé le troupeau se reposer à l'ombre des eucalyptus et des acacias, Galen, Heath et Hank prirent congé de leurs compagnons aborigènes et se dirigèrent vers la ferme. Ils venaient d'installer leurs chevaux à l'écurie lorsque Galen aperçut Keegan près de la porte de la demeure, Langford Reinhart derrière lui. Tout de suite, Galen fut alerté par l'expression de son cadet. Dès qu'il vit son père approcher, le garçon courut à sa rencontre en sanglotant.

— Shannon a disparu ! Nous ne la trouvons nulle part et…

— Comment ça, « disparu » ?

— Quand je me suis levé ce matin, elle n'était pas dans son lit. Elle a dû s'enfuir, Buttons n'est plus là.

— Et Mlle Grayson ?

— Elle est partie à sa recherche.

— Toute seule ?

Comme Keegan acquiesçait, Galen mit la main en visière et scruta la plaine inhospitalière et brûlée par le soleil.

— Que s'est-il passé ? demanda-t-il à Langford. Pourquoi Shannon se serait-elle enfuie ?

— Va savoir. Cette femme s'en sera prise à elle, sans doute.

Sur quoi le vieil homme tourna les talons et disparut dans la pénombre de sa maison.

Galen s'accroupit à hauteur de Keegan, qui tremblait comme une feuille, et posa les deux mains sur ses épaules. Il s'était forcément passé quelque chose de grave, aucun de ses enfants ne se serait aventuré au-dehors sur un simple coup de tête.

— Tu dois me dire tout ce que tu sais, mon fils. Cela pourrait m'aider à retrouver Shannon.

— Je crois qu'elle était très triste parce que… parce que M. Reinhart a ordonné à Mlle Grayson de partir aujourd'hui, répondit le garçon d'une toute petite voix.

— Est-ce qu'ils se sont disputés ?

— Mlle Grayson a fait venir un homme qui a trouvé de l'eau. Elle était tellement contente de t'aider, papa. Seulement, M. Reinhart l'a appris, s'est mis en colère après elle et l'a renvoyée.

Le père de famille se redressa. Tout s'expliquait : ce devait être Wade Dalton qui avait trouvé une source et, par la même occasion, sauvé le domaine. Or, même s'il avait découvert une mine d'or, Langford n'aurait pas pu faire table rase du passé.

Galen retourna chercher Jimmy, dans l'espoir qu'il identifierait des traces laissées par Buttons.

– Votre fille est partie par là, et la femme, par là, annonça-t-il rapidement en désignant successivement le nord et l'est.

Après avoir ordonné à Hank de partir à la recherche de Nola, Galen et Jimmy entreprirent de suivre la piste de la fillette.

L'Aborigène examina plus attentivement les empreintes de sabots et jugea que Shannon avait quitté la ferme huit à neuf heures plus tôt, avant l'aube. L'inquiétude de Galen redoubla. Dans l'obscurité, il avait pu lui arriver n'importe quoi, d'un accident à une attaque de dingos en passant par un rapt. Il lutta pour garder son calme et refouler les images d'horreur qui défilaient dans son esprit.

Ils suivirent la piste quelque temps puis, constatant que la piste s'arrêtait au bord d'un ravin, Galen, craignant le pire, lança un regard horrifié à Jimmy. Celui-ci entreprit de scruter attentivement le précipice.

– Je ne vois pas de corps de poney au fond, indiqua-t-il enfin. Pas de branches ni de buissons écrasés non plus.

– Si Buttons a pilé, Shannon a très bien pu passer par-dessus l'encolure, et ce ne sont pas ces quelques branchages qui auraient amorti sa chute ! s'écria Galen en épongeant son front livide.

— Le poney serait rentré à l'écurie, boss.

Lentement, Jimmy décrivit des cercles concentriques, passant au crible chaque centimètre carré de terre, de buissons et de branchages, tandis que Galen appelait Shannon sans obtenir de réponse.

— Boss, j'ai trouvé d'autres traces par là-bas !

Celles-ci menèrent les deux hommes jusqu'à un sentier qui descendait en pente relativement douce jusqu'au fond du ravin. Une fois en bas, Jimmy mit pied à terre et, très vite, repéra des traces de sabots et de pieds d'enfant dans les graviers qui avait autrefois formé le lit d'une rivière. Enfin, ils découvrirent le poney de Shannon. Après avoir examiné l'animal, qui était indemne à l'exception de quelques égratignures, Galen cria le nom de la fillette, sans succès.

— Par ici, boss ! s'exclama soudain Jimmy, les yeux rivés sur le sol.

À quelques mètres de là, ils découvrirent enfin Shannon qui dormait profondément, recroquevillée dans une petite cavité.

Lorsque Galen, ivre de soulagement, la souleva de terre, elle se réveilla et passa ses petits bras autour de son cou.

— Tu es blessée, Shannon ? demanda-t-il.

— Non, papa. Je ne trouvais plus le chemin de la maison, j'étais fatiguée, j'avais froid…

— Ce n'est pas étonnant, Shannon, ta robe est toute légère.

Une robe que Nola avait confectionnée et que la fillette portait quasiment en permanence. La chaleur avait beau être étouffante en journée, il faisait relativement frais tôt le matin, à plus forte raison au fond d'un tel ravin. Après avoir examiné la fillette pour s'assurer qu'elle n'était pas blessée, Galen lui tendit son outre d'eau.

– Qu'est-ce qui t'a pris de partir toute seule et aussi loin ? Nous étions fous d'inquiétude ! Tu sais pourtant que tu ne dois pas quitter la ferme sans être accompagnée !

De grosses larmes roulèrent sur les joues poussiéreuses de Shannon.

– Je te cherchais ! M. Reinhart veut renvoyer Mlle Grayson, papa, mais elle n'a pas le droit de partir. Elle peut rester ? Dis oui, s'il te plaît !

Shannon enfouit le visage dans la chemise de Galen, qui la serra fort contre lui. Lorsque ses pleurs diminuèrent d'intensité, il planta son regard dans celui de sa fille, désemparé face à son désespoir. Il n'avait pas mesuré combien Shannon s'était attachée à Nola, pendant le peu de temps que celle-ci avait passé au domaine. L'institutrice disait vrai, il n'aurait jamais dû tenir sa fille loin de toute compagnie féminine. Cette prise de conscience fut comme un coup de massue.

– Tu sais que Mlle Grayson finira par nous quitter, Shannon. Elle n'est pas vouée à rester au domaine Reinhart pour toujours. En Angleterre, elle a certainement de la famille, des amis à qui elle manque et qui aimeraient la revoir.

– Non, papa, elle me l'a dit. Je croyais qu'elle était venue pour que j'aie une maman. Je ne veux pas qu'elle parte. J'aime l'école, j'aime Mlle Grayson ! S'il te plaît, papa, s'il te plaît, tu ne peux pas convaincre M. Reinhart de la laisser rester ?

Shannon se blottit contre son père et pleura de plus belle. Galen se tourna vers Jimmy, qui assistait à la scène, les yeux humides.

— Mlle Grayson n'est pas ta mère, Shannon, même si tu l'aimes beaucoup. Il n'a jamais été question qu'elle s'installe définitivement chez nous.

— Elle pourrait, si tu l'épousais ! s'exclama Shannon en relevant la tête. Alors elle deviendrait ma maman. Keegan dit que c'est vrai !

— Je ne peux pas épouser Mlle Grayson seulement pour que tu aies une mère, Shannon. Essaie de comprendre, s'il te plaît. Et tu imagines comme ce serait ingrat pour elle ?

— Je suis désolée, papa, murmura Shannon d'un air navré.

— Moi aussi, je suis désolé, Shannon. Mlle Grayson est ton institutrice, mais aussi ton amie. Même si elle quitte la ferme, vous pourrez toujours vous écrire.

— D'accord, mais elle me manquera !

— Je sais bien. Allons, rentrons.

Galen enfourcha son cheval et installa Shannon devant lui, tout en priant intérieurement pour que Nola les attendît saine et sauve à la ferme.

Après avoir sellé Wirangi à la hâte, Nola s'élança au galop dans la plaine poussiéreuse, tout en prenant soin de se déplacer en cercles autour de l'exploitation pour ne pas se perdre. Du moins, elle le crut, car après plusieurs heures passées à chercher Shannon, à scruter le sol à la recherche du moindre indice, elle était complètement désorientée. Quant à Wirangi, il ruisselait de sueur et montrait d'importants signes de fatigue, baissant le museau et trottant de plus en plus lentement.

Même si Nola était à bout de forces et quasiment aphone à force d'appeler la fillette, elle n'entendait pas renoncer. Soucieuse de ménager Wirangi, elle se laissa glisser de selle et le mena au pas. Ce faisant, elle l'observait, à l'affût du moindre hochement de tête, du moindre mouvement d'oreilles susceptible de la mettre sur la piste de Shannon.

– S'il lui arrive quelque chose, Galen ne me le pardonnera jamais, et moi non plus, soupira-t-elle.

À ces mots, Nola s'arrêta et fixa l'horizon où ciel et terre semblaient se confondre. Aucun élément du paysage ne lui était familier, et il n'y avait pas âme qui vive. Se rendant soudain compte qu'elle s'était complètement égarée, folle d'angoisse à l'idée que la fillette errait elle aussi sans but, Nola fondit en larmes.

– Oh, Shannon, où es-tu ?

Écrasée par le soleil impitoyable qui dardait ses rayons sur la plaine, non seulement Nola était épuisée, mais elle avait tellement soif que sa langue était aussi râpeuse que le sable sous ses pieds. Évidemment, elle avait quitté la ferme sans eau ni provisions, s'illustrant une fois encore par son impulsivité et son inexpérience. Quand bien même elle retrouverait Shannon, toutes deux mourraient de déshydratation.

Avisant un petit bosquet, Nola décida de s'y réfugier quelques instants, le temps que Wirangi se reposât un peu. Elle s'adossa à un tronc, se laissa glisser jusqu'à terre et ferma les yeux, tandis que le cheval restait tranquillement à ses côtés, remuant la queue pour chasser les mouches.

Quelques minutes plus tard, Nola trouva la force d'entrouvrir les paupières. Alors qu'elle se perdait dans la contemplation du désert qui s'étalait devant elle, son regard s'arrêta soudain sur un petit monticule rectangulaire : une tombe. Malgré la chaleur étouffante, un frisson lui parcourut l'échine. Refusant d'interpréter cette apparition funèbre comme un signe du destin, elle épongea la sueur qui coulait jusque dans ses yeux et se releva.

— Ne nous attardons pas, Wirangi. Non seulement nous devons à tout prix retrouver Shannon, mais nous ne mourrons pas ici. Je m'y refuse.

Sur ce, elle avança sous le soleil d'un pas mal assuré en appelant la fillette de plus belle.

Hank avait presque perdu espoir de retrouver Nola vivante lorsqu'il la distingua au loin qui errait près d'un bosquet où Wirangi était allongé. Tous deux semblaient à bout de forces. Fou de joie, il lança son cheval au galop, pila devant Nola et la prit dans ses bras.

— Avez-vous retrouvé Shannon ? s'enquit aussitôt la jeune femme.

— Galen et Jimmy sont partis à sa recherche. Ne t'inquiète pas, Jimmy est le meilleur pisteur de la région. Dieu merci, tu es saine et sauve, Nola. Je commençais à croire que je ne te reverrais jamais. Tu aurais dû nous attendre. Et il ne faut jamais partir sans eau, c'est la mort assurée !

— Je n'ai pas réfléchi, Hank. J'avais tellement peur pour Shannon et je n'avais qu'une idée en tête, partir à sa recherche !

— Promets-moi de ne plus jamais t'aventurer seule dans le désert, d'accord ? Je perdais la tête, à force de penser à tout ce pouvait t'arriver !

Lorsqu'il l'étreignit avec passion, Nola se sentit submergé par les sentiments qu'il lui témoignait, tout en étant trop fatiguée pour appréhender correctement la situation. Il lui tendit une outre d'eau et en vida une deuxième dans son chapeau pour abreuver Wirangi. Pendant que Nola et son cheval étanchaient leur soif, Hank remarqua à son tour le monticule qui se trouvait à quelques mètres de là, un peu surpris de trouver une tombe anonyme dans un endroit aussi reculé.

– Rentrons, proposa-t-il. Shannon ne va certainement pas tarder.

Quand Galen, Jimmy et Shannon rentrèrent à la ferme, Nola les attendait à l'écurie, à bout de forces. En voyant le petit groupe approcher, elle ne put s'empêcher d'éclater en sanglots en reconnaissant Shannon, juchée sur le cheval de son père. Heureusement, le temps que tout le monde arrivât, elle eut quelques minutes pour sécher ses larmes et tâcher de faire bonne figure.

– Eh bien, Shannon, où étais-tu passée ? lança-t-elle à la fillette.

Elle s'efforça d'adopter un ton sévère d'institutrice, sans grand succès. Dans sa voix, c'était le soulagement qui prévalait.

Shannon se dégagea des bras de Galen et courut se blottir contre elle.

– Laisse-moi te regarder, poursuivit Nola en ravalant son émotion. Tu nous as fait une sacrée frayeur, surtout à ce pauvre Keegan. Tu n'as pas le droit de partir toute seule, c'est bien compris ? Est-ce que tu as faim ? Soif ?

Alors que Galen observait attentivement le comportement de sa fille vis-à-vis de Nola. sa conviction fut renforcée : elle avait bel et bien besoin de la présence d'une femme.

Après ces retrouvailles, Nola tourna la tête vers le régisseur en s'attendant à essuyer un nouveau torrent de reproches – reproches d'ailleurs amplement justifiés : elle avait la charge de Shannon et était donc la seule responsable de sa fugue.

— Tout est ma faute, balbutia-t-elle.

Avant que Galen eût le temps de la contredire, elle s'éclipsa dans la cabane.

Sans plus attendre, Galen monta quatre à quatre l'escalier de la demeure, s'arrêta devant la chambre de Langford et prit une profonde inspiration. En entrant, il trouva, comme souvent, le vieil homme assis dans un fauteuil près de la fenêtre et ressentit pour la première fois de la pitié à son égard.

— Je vois que tu as retrouvé ta fille, murmura Langford, sans daigner lui accorder un regard.

— Oui, répondit Galen en s'avançant dans la pièce.

— Elle n'est pas blessée ?

— Non, mais elle est bouleversée.

Langford continua à regarder par la fenêtre sans répondre.

— J'aimerais parler de ce qui s'est passé hier, poursuivit Galen.

Le vieil homme tourna la tête vers lui, le visage fermé et le regard glacial.

— Cette femme doit partir. Je ne veux plus la voir ici.

Galen acquiesça.

— Si ta décision est prise, je suppose qu'il ne sert à rien d'argumenter.

— Tout à fait.

— Dans ce cas, je vais devoir plier bagage, moi aussi.

— Comment ça ? s'exclama Langford, estomaqué. Tu n'as pas le droit d'abandonner le domaine !

Galen s'assit au bord du lit et croisa les mains.

— Aujourd'hui, j'ai compris l'erreur que j'ai commise en privant ma fille d'une présence féminine. Elle a besoin d'un modèle, et je ne puis remplir ce rôle. Si Mlle Grayson s'en va, Shannon et moi iront nous installer en ville.

— Et tes fils ? Ne sont-ils pas destinés à vivre dans l'*outback* et à devenir éleveurs, comme toi ?

— Eux aussi doivent recevoir une instruction. J'ai cru qu'en engageant un enseignant sur place, avec ton accord, tout serait arrangé, or il n'en est rien. Tu sais toi-même combien il est difficile de trouver quelqu'un qui accepte de vivre dans un endroit aussi reculé. Cela prendrait des mois, si ce n'est des années, de trouver un remplaçant à Mlle Grayson.

Comme Langford Reinhart ne bronchait pas, Galen poursuivit :

— En s'adressant à Wade Dalton, Mlle Grayson a sauvé le troupeau. La Flinders River est à sec, j'ai perdu une vingtaine de bovins en chemin, et les autres n'auraient pas tenu une journée de plus. Ne penses-tu pas qu'il serait temps de tirer un trait sur le passé ?

— « Tirer un trait ? » Comment pourrais-je oublier ce que cet homme m'a fait subir ?

— C'était il y a des années, murmura Galen. Il serait temps de pardonner, d'aller de l'avant.

— Les femmes n'ont pas leur place ici. Elles ne supportent pas la solitude, elle les rend faibles, et je ne pardonnerai jamais à Wade Dalton d'en avoir profité. Ne fais pas comme tes enfants, ne t'attache pas à cette femme. As-tu oublié ce qui était arrivé à Emily ?

Galen se leva, la mâchoire crispée, tandis que Langford ne le lâchait pas des yeux.

Lorsque le régisseur répondit enfin, ce fut avec calme mais détermination.

— Soit elle reste, soit je pars, Langford. Qu'est-ce que tu préfères ?

Langford s'affaissa dans son fauteuil, tandis que Galen tournait les talons.

— Tu es devenu fou, souffla le vieillard.

À ces mots, Galen, toujours hanté par le visage désespéré de Shannon, s'arrêta sur le seuil.

— Je dois penser à mes enfants, Langford. À ma fille comme à mes fils. Leur bien-être passe avant le mien.

Sur ce, il quitta la maison.

Langford se tourna à nouveau vers la fenêtre, le cœur lourd. S'il perdait Galen, il perdait tout.

9

Lorsque Galen revint à la cabane, il trouva Hank et les enfants en train de manger.

— Où est Mlle Grayson ? demanda-t-il.

— À l'école, l'informa Hank.

— Elle a déjà dîné ?

Keegan leva le nez de son assiette.

— Elle a dit qu'elle n'avait pas faim, mais nous lui avons tout de même mis une assiette de côté, si jamais elle change d'avis.

— Je vais la lui apporter, répondit Galen. J'ai quelque chose d'important à lui annoncer.

Il regarda Shannon, dont le visage exprimait une tristesse bien trop forte pour son jeune âge, et lui sourit.

— M. Reinhart autorise Mlle Grayson à rester, du moins pour l'instant.

— Oh, papa !

Shannon bondit de sa chaise et lui sauta dans les bras. Hank et les garçons étaient visiblement aux anges, eux aussi.

Lorsque Galen frappa à la porte de l'école, Nola lui dit d'entrer d'une voix qu'il trouva étranglée. Il la trouva agenouillée par terre en train de ranger ses manuels dans sa malle.

— Tenez, votre dîner.

— Merci, monsieur Hartford, mais je n'ai pas faim.

— Vous devriez tout de même manger un morceau, insista-t-il en posant l'assiette sur le bureau.

Nola continua à ranger soigneusement ses livres en silence.

— Êtes-vous très fâché contre moi ? demanda-t-elle après un long silence, sans oser regarder Galen.

— Absolument pas, pourquoi cette question ?

— Vous auriez toutes les raisons de m'en vouloir. Vous m'aviez confié Shannon et je n'étais pas censée la lâcher d'une semelle. De plus, je savais qu'elle était bouleversée. Dès que Keegan m'a prévenue de sa disparition, je n'ai plus eu qu'une idée en tête, la retrouver. Or, non contente de partir sans eau, je me suis complètement perdue. Même si je l'avais retrouvée, je ne lui aurais été d'aucun secours. Enfin, Langford vous a devancé en me renvoyant dès hier soir.

— Laissez-moi parler, s'il vous plaît. Vous avez encore beaucoup à apprendre, c'est vrai, mais ne soyez pas si dure avec vous-même. Nous commettons tous des erreurs…

— Certes, mais reconnaissez que je les cumule à un rythme vertigineux.

Comme Nola sentait que les larmes lui montaient aux yeux, elle jugea préférable de plonger le nez dans sa malle.

— Il ne sera pas nécessaire de plier bagage, lui dit Galen en la prenant par le bras.

— Que voulez-vous dire ?

Galen, se rendant compte qu'il la tenait fermement, retira sa main.

— Langford est d'accord pour que vous restiez.

— C'est incroyable. Mais comment… comment l'avez-vous fait changer d'avis ?

— En lui disant la vérité. En soulignant que mes enfants avaient grand besoin de vous, en particulier Shannon.

Il préféra passer sous silence sa menace de démissionner pour élever ses enfants en ville.

Nola en resta bouche bée. Si la nouvelle était surprenante, la franchise de Galen ne l'était pas moins. Elle le regarda prendre place derrière le bureau et fourrager avec ses mains puissantes dans son épaisse chevelure. Lorsqu'il releva la tête, Nola vit combien il était tourmenté.

— J'ai ouvert les yeux et compris les besoins de ma fille, soupira-t-il. Au décès de sa mère, je me suis voilé la face, j'ai cru que la vie continuerait comme avant. Je me suis jeté à corps perdu dans le travail pour m'occuper l'esprit, et le pauvre Keegan s'est retrouvé à devoir veiller sur sa sœur. Bien qu'il soit encore très jeune, il a dû mûrir du jour au lendemain. Quant à Heath, il ne m'a plus quitté, de jour comme de nuit, comme s'il redoutait de me perdre moi aussi. Il a cherché à me distraire car il sentait ma souffrance, il s'est démené pour apprendre tout ce qui concerne la gestion d'une exploitation agricole et me soulager un peu. J'ai essayé de leur rendre la perte de leur mère plus supportable, mais je ne peux en aucun cas la remplacer.

— Personne ne le peut, souligna Nola d'une voix douce.

Galen la regarda droit dans les yeux.

— En effet, seulement Shannon a besoin d'un modèle. Quand elle était toute petite, j'ai failli l'envoyer chez une tante à Adélaïde. Je ne l'avais vue qu'une seule fois à l'enterrement de mon père, et elle s'était proposée pour l'accueillir. Mais comme nous nous connaissions à peine – nous n'avions échangé que quelques lettres –, je n'ai pas pu me résoudre à lui envoyer Shannon. Même si je savais que c'était la meilleure solution, j'avais l'impression de l'abandonner.

— Je pense que vous avez pris la bonne décision, observa Nola. J'ai grandi dans un pensionnat et, croyez-moi, rien ne remplace la famille. Que Shannon ait perdu sa mère est déjà tragique, alors si elle avait dû en plus quitter son foyer, son père et ses frères…

— Vous avez sans doute raison, d'ailleurs ma tante n'a pas insisté non plus. Je vous en prie, restez, pour Shannon. Ce sont les derniers mots que vous vous attendiez à entendre de ma bouche, je le sais. Si on me l'avait dit il y a quelques jours, moi-même, je ne l'aurais pas cru. Mais en fuguant aujourd'hui, ma fille m'a fait prendre conscience de la réalité. Je sais que vous devrez partir un jour, votre contrat le stipulait depuis le début, mais laissez-moi au moins le temps de réfléchir à une solution pour Shannon.

Nola était à la fois consciente, connaissant la fierté de Galen, de l'effort que représentaient ces confidences, et honorée de sa confiance.

— Vous vous êtes plié en quatre pour vos enfants. Cela n'a pas dû être facile, surtout avec une petite dernière aussi jeune. Je suis toutefois d'accord avec vous : un jour, Shannon aura besoin d'une figure maternelle à qui parler et se confier. En attendant, j'aime à croire qu'elle se sent à l'aise avec moi.

— Cela ne fait aucun doute.

Galen hocha doucement la tête, puis se dirigea vers la porte. Le voyant s'arrêter sur le seuil, Nola crut qu'il allait ajouter quelque chose, mais il se contenta de refermer la porte doucement derrière lui.

Après un long moment passé à réfléchir à leur échange, un petit sourire se dessina sur les lèvres de Nola, tandis qu'une joie immense l'envahissait. Non seulement elle avait le droit de rester, mais elle avait été adoubée par Galen Hartford en personne ! Soudain affamée, elle dévora l'assiette qu'il lui avait laissée, puis replaça ses manuels sur les étagères. Son seul regret était que Langford Reinhart n'eût pas eu l'amabilité de venir lui annoncer en personne qu'il l'autorisait à rester. Autrement, elle en aurait profité pour lui demander pourquoi la présence de Wade Dalton sur ses terres l'avait rendu fou de rage. Ce n'était que partie remise. Pour l'heure, elle devait préparer les leçons de ses prochains jours.

La soirée n'était pas encore très avancée lorsque Nola eut terminé de travailler. Elle n'était pas d'humeur à coudre, et l'affiche pour Esther était quasiment terminée. Malgré sa bonne humeur retrouvée, elle se sentait agitée par le tourbillon de questions sans réponses qui défilaient dans son esprit. Ses pensées se tournaient sans cesse vers Galen, dont la franchise avait été aussi inattendu qu'inespérée, et à son épouse. Celle-ci n'avait certainement pas eu le moindre mal à s'éprendre d'un tel homme – beau, bien qu'un peu rustre, et à la personnalité secrète et fascinante, qui rendait d'autant plus précieux les rares moments où il se laissait aller à la confidence. Elle n'avait pas oublié les paroles de Wade Dalton, qui avait dépeint Emily comme une femme douce, qui n'avait pas supporté les conditions de vie dans l'*outback*. D'où était-elle originaire ? Et pourquoi ne s'était-elle pas plu au domaine ?

À la recherche de réponses, Nola ouvrit les unes après les autres les caisses dans lesquelles elle n'avait pas encore fouillé, et y dénicha d'autres romans d'amour signés Carolyn Whey. Avant même de les ouvrir, Nola eut le pressentiment qu'elle s'apprêtait à découvrir d'autres messages. En effet, elle en trouva trois.

Le premier :

> *« Je refuse de vivre ici plus longtemps. Fuyons ensemble ! E. »*

Le deuxième :

« Mon amour, si je reste ici, j'en mourrai. Partons, je t'en conjure ! E. »

Et le troisième, plus long et surtout plus alarmant :

« Trop tard, nous sommes découverts, et je crains désormais plus pour ta vie que pour la mienne. Je dois te demander de ne plus jamais revenir, mais ne sombre pas dans le désespoir pour autant : le souvenir de notre amour suffira à apaiser mon cœur. Ceci est une lettre d'adieu. E. »

Nola relut cette dernière note maintes et maintes fois en tentant de la comprendre, sans succès. Emily avait vécu dans la peur, mais de quoi, ou plutôt de qui ? À la lecture de ces lignes, une seule conclusion s'imposait, et elle était dévastatrice : Emily avait eu un amant, et Galen l'avait appris. Et si elle craignait pour sa vie et celle de son bien-aimé, cela signifiait que le tempérament ombrageux du régisseur cachait sans doute autre chose. Nola avait donc tout intérêt à rester sur ses gardes.

Une question demeurant sans réponse la taraudait. Qu'était-il arrivé à Emily ? Dans quelles circonstances avait-elle trouvé la mort ? À cause d'une maladie ? Heath et Keegan s'en seraient souvenus et l'auraient certainement évoquée. Nola frémit en songeant que tout indiquait un décès brutal. En tout cas, elle était sûre d'une chose : une fois ce mystère élucidé, le voile se lèverait sur toutes ses autres interrogations.

Nola déambulait dans la cour pour mieux réfléchir lorsque, passant devant le dortoir, elle aperçut Jack qui fumait, assis sur les marches.

— Toi non plus, tu n'arrives pas à fermer l'œil, Jack ? dit-elle en s'asseyant près de lui.

— J'aime pas être enfermé, je préfère dormir à la belle étoile.

— Oui, par cette chaleur, on est mieux dehors.

— Là d'où vous venez, il fait chaud comme ça, mam'zelle ?

— Non, Jack, le climat n'est pas aussi… étouffant.

— Vous venez de loin, mam'zelle ? D'une grande ville ?

— Oui, Jack, de Londres. Le voyage en bateau a été très long.

— J'ai jamais connu la ville.

— Tu as déjà vu un bateau à vapeur ?

— Non, mam'zelle. C'est plus gros que l'hôtel de Julia Creek ?

— Que tout Julia Creek, même !

Comme Jack écarquillait les yeux, Nola ne put réprimer un sourire.

— Toi, Jack, tu m'as dit que tu avais grandi dans une ferme. Est-ce que tu passes beaucoup de temps avec ta tribu, malgré tout ?

— Oui, mam'zelle. Quand elle part en errance, je l'accompagne aussi.

— Je serais ravie que tu m'en dises plus, car cela m'intéresse beaucoup.

— Qu'est-ce que vous voulez savoir, mam'zelle ?

— Eh bien… Par exemple, quel rôle les femmes jouent-elles au sein de la tribu ?

— Les *lubras* s'occupent des *piccaninnies*.

— Les *piccaninnies* ? Ce sont des enfants en bas âge ?

Jack sourit.

— Oui. Pendant qu'eux ramassent du bois, elles récoltent des racines, des baies, des noix... Elles connaissent toutes les plantes de la région, les animaux, même les insectes ! Elles sont toujours à l'affût, elles suivent les abeilles pour trouver leur miel à la hache, elles tuent aussi les lézards, les lapins...

— Mais comment procèdent-elles ?

À son tour, Jack sourit en voyant la mine perplexe de Nola, ses dents blanches contrastant avec sa peau ébène.

— Elles ont un bâton en bois dur et aiguisé aux deux bouts au-dessus du feu. Il sert à tout : creuser, tuer des petits animaux, combattre...

— Combattre ?

— Ça peut arriver ! Pendant ce temps, les hommes traquent le gros gibier avec des lances. Pour ça, il faut tenir compte du sens du vent, se camoufler avec de la vase ou de l'ocre, se déplacer vite et en silence pour pas effrayer les proies...

Jack gesticulait tout en parlant. Bien plus tard, Nola apprendrait que les Aborigènes accompagnaient volontiers leurs récits de danses. La jeune femme, qui l'écoutait avec fascination, voulut en savoir encore davantage.

— Avez-vous un médecin, un guérisseur dans votre tribu ?

— Oui, mam'zelle. Il est très puissant. Il se sert de fragments d'os, de cristaux de quartz ou de serpents pour guérir, ou au contraire pour rendre quelqu'un malade et le tuer !

— C'est comme un… un sorcier, alors ? Et qui le désigne ?

— Les anciens. C'est aux yeux qu'ils reconnaissent un bon guérisseur.

— Comment ça ?

— Les bons yeux voient là !

Jack pointa son torse, signifiant ainsi qu'un guérisseur lisait dans les âmes.

— Et est-ce qu'il se distingue physiquement des autres membres de la tribu ?

— Oui, par un trou dans la langue.

— Et sais-tu s'il y a d'autres tribus dans la région ? Pour l'instant, je n'ai entendu parler que de la tienne.

— Il y a les Workia à l'est et les Goa et les Pitta Pitta au sud.

— Et ces tribus cohabitent pacifiquement ?

— Oui, tant que chacune a son territoire de chasse. C'est pas le cas dans le nord, près de la Daly River.

— Les Pitta Pitta, les Workia et les Goa parlent-elles la même langue que les Wana-Mara ?

— Non, elle est différente, mais on se comprend quand même.

— Serait-il possible, un soir après le travail, de m'emmener dans ta tribu, Jack ? J'aimerais beaucoup voir tout cela de mes propres yeux.

Jack accepta volontiers, sentant que l'intérêt de Nola était sincère.

— Vous nous parlerez de l'Angleterre, mam'zelle, et nous, on vous parlera de ce qu'on appelle « le temps du rêve » !

— C'est d'accord.

Ils se serrèrent la main en souriant pour sceller leur accord.

Nola se réveilla à 5 heures du matin, alors que le soleil commençait déjà à poindre à l'horizon. Étant donné la chaleur étouffante qui régnait dans sa chambre, l'empêchant de dormir correctement, elle comprenait aisément que Jack préférât dormir à la belle étoile. Elle-même aurait volontiers installé son lit de camp devant l'école.

Comme l'institutrice avait grand besoin d'air frais et qu'on ne l'attendait pas à la cabane avant une bonne heure et demie, elle sella Wirangi et le laissa prendre la direction du campement, où les bovins étaient rassemblés. La brise matinale était rafraîchissante, même si son âme n'en était pas pour autant apaisée. Elle s'était habituée à Galen, qu'elle considérait comme un homme respectable, seulement les lettres découvertes la veille soulevaient mille questions, et le fait que le régisseur ne mentionnait jamais sa défunte épouse n'étaient pas pour apaiser ses doutes.

Soudain, à l'approche du campement, Nola entendit une série de claquements secs ressemblant à des coups de feu. Elle dit à Wirangi de s'arrêter et tendit l'oreille. De nouveaux tirs lui parvinrent. Oui, quelqu'un était bien en train de tirer avec un fusil ! Le cœur battant, elle pressa les flancs de sa monture et gravit une butte qui offrait une vue dégagée sur le campement. En contrebas, plusieurs individus chevauchaient parmi les bovins en tirant des coups de feu en l'air. Le troupeau affolé se dispersait, sous le regard impuissant des Aborigènes qui, eux, n'étaient pas armés. Jimmy et Jack enfourchèrent leurs montures et tirèrent à leur tour sur les indésirables. Nola se souvint alors des mises en garde de Galen au sujet des voleurs de bétail.

Pendant qu'elle observait la scène qui lui parut durer une éternité – en réalité, l'attaque fut très rapide –, le plus gros du troupeau bifurqua soudain dans sa direction. Si elle ne s'éloignait pas au plus vite, ces centaines de sabots allaient la réduire en poussière ! D'un geste vif, elle fit s'écarter Wirangi, mais trop tard : elle se retrouva prisonnière de centaines de bêtes affolées qui galopaient dans un grondement assourdissant.

S'efforçant de garder la tête froide, elle jugea sur l'instant préférable de se laisser porter par la cavalcade. Tandis qu'elle essayait tant bien que mal d'éviter les cornes qui lui frôlaient dangereusement les mollets, Wirangi poussa soudain un hennissement de douleur, blessé par un bovin affolé.

Quelques instants plus tard, elle sentit une intense brûlure au niveau du dos, comme si on la marquait au fer rouge. Une fois encore, le troupeau bifurqua, entraînant avec lui Nola et Wirangi. Comme ceux-ci se retrouvaient à présent en tête du troupeau, la cavalière en profita pour diriger sa monture sur le côté, puis tira sur les rênes pour la faire s'arrêter. Wirangi saignait effectivement au niveau du flanc, près de la sangle de la selle, et la souffrance se lisait dans ses yeux apeurés.

Lorsque le troupeau se fut suffisamment éloigné, Nola mit pied à terre, déchira un pan de sa chemise et l'appliqua sur la plaie pour calmer l'hémorragie. Après l'incident effrayant qui venait de se produire et face à tout ce sang qui coulait, elle fut prise d'un vertige, tandis que sa douleur au dos empirait. Soudain alors qu'un cheval approchait au galop, elle se retourna tant bien que mal et poussa un soupir de soulagement en reconnaissant Jack.

— Remontez à cheval ! lui cria-t-il.

— Impossible, Wirangi est blessé !

— Dépêchez-vous ! insista-t-il après un rapide coup d'œil à la plaie.

Consciente de l'urgence de la situation, Nola enfourcha Wirangi et suivit Jack, qui la mena jusqu'à un bloc de gros rochers offrant un abri providentiel. À peine eurent-ils mis pied à terre que Jack tira plusieurs coups de feu sur les intrus. Nola se baissa et tira Wirangi par la bride, mais celui-ci se dégagea.

— Laissez-le partir! cria Jack.

Wirangi prit la fuite sans demander son reste. Quelques minutes plus tard, bien que le calme fût revenu sur la plaine, Jack continuait à surveiller les alentours depuis les rochers.

— Ils sont partis, grommela Jack.

— Wirangi est blessé, il va mourir ! gémit Nola, tandis que ses jambes cédaient sous elle.

— Vous inquiétez pas, il va rentrer à la ferme tout seul.

Alors que Nola était prise d'un nouveau vertige, son regard se voila. Jack s'agenouilla à côté d'elle et examina son épaule.

— C'est pas profond, mam'zelle, mais il faut arrêter le sang.

— Ça peut attendre, Jack. D'ailleurs, ça va déjà mieux, j'ai retrouvé mes esprits. Tu as raison, ce n'est qu'une égratignure. Allons vérifier que les autres sont indemnes !

Galen et Hank se dirigeaient vers le campement lorsque Jimmy vint au-devant d'eux sur son cheval lancé ventre à terre.

— Que se passe-t-il ? s'alarma aussitôt Galen.

— Des… des voleurs de bétail ! articula difficilement Jimmy, à bout de souffle. Ils sont… ils sont armés !

Galen et Hank échangèrent un regard.

— Allons-y !

À leur tour, ils allèrent se poster au sommet de la butte, d'où ils aperçurent quatre voleurs à cheval qui encerclaient un Aborigène à terre et s'amusaient à tirer à quelques centimètres de sa tête. Tout à leur jeu odieux, ils ne remarquèrent pas tout de suite les trois cavaliers qui fondaient sur eux.

Sur son cheval lancé au galop, Galen dégaina son fusil, visa la main d'un des voleurs et, avec un tir d'une précision millimétrique, fit voler son pistolet dans les airs. Pendant que Jimmy le capturait avec son lasso, Hank blessa un autre individu à la jambe. Voyant leurs acolytes en fâcheuse posture, les deux autres voleurs prirent la fuite sans demander leur reste.

— Laisse-les filer, dit Galen à Hank, alors que celui-ci allait s'élancer à leur poursuite. Je suis sûr que les deux crapules que nous avons là vont se montrer bavardes.

Il mit pied à terre et aida Jimmy à ligoter son prisonnier, tandis que Hank s'occupait du blessé. Si Galen ne connaissait pas nommément ces individus, il se doutait de l'identité de leur commanditaire.

— Où est Jack ? demanda Hank à Jimmy.

— Je sais pas, boss !

— Vérifie les environs du campement ! ordonna Galen, qui commençait à s'inquiéter. Il est peut-être blessé, voire pire !

Tandis que Jimmy s'éloignait à bride abattue, Galen se tourna vers les voleurs.

– Qui vous envoie ?

Les deux hommes se consultèrent furtivement du regard sans desserrer les dents.

– J'ai comme l'impression qu'on n'a pas fini de s'amuser ,avec vous, maugréa Galen.

Sur ce, il envoya les Aborigènes, de nouveau sur pied, rassembler le bétail avant que celui-ci ne fût trop dispersé.

– Nous ne dirons rien ! décréta l'un des prisonniers avec un air de défi.

Galen et Hank échangèrent un regard sombre. Ces deux larrons agissaient pour le compte d'une personne influente, à en croire leur morgue et leur assurance.

– Vous n'êtes pas de la région, je me trompe ? lança le régisseur en se campant devant eux.

Comme il n'obtenait toujours pas de réponse, il ajouta, tout en confectionnant un nœud coulant avec son lasso :

– Si vous l'étiez, vous feriez moins les fiers. Parce qu'ici, la loi, c'est nous !

Les voleurs comprirent le sous-entendu mais ne pipèrent mot, croyant à une ruse pour les effrayer.

– Vous osez attaquer notre bétail en plein jour, donc vous savez qu'il n'y a aucun shérif à des kilomètres à la ronde. En revanche, ce que vous ignorez, c'est que nous autres éleveurs réservons un traitement bien particulier aux bandits de votre espèce. Au cas où je n'aurais pas été assez clair, cela signifie que votre vie est entre nos mains, messieurs. On ne saura jamais ce que vous êtes devenus et, de toute façon, je doute que cela intéresse grand monde. Les voleurs de bétail sont la lie de l'humanité, et votre châtiment sera à la hauteur du crime que vous avez commis.

Si Galen remarqua le regard teint d'appréhension qu'échangèrent les voleurs, il ne les sentit pas encore réellement inquiets pour leur vie.

— Vous-mêmes, ajouta-t-il, vous n'êtes pas éleveurs, vous n'avez pas idée des sacrifices qu'exige ce métier, ne serait-ce que pour maintenir le bétail en vie. Jamais nous ne laisserons quelqu'un nous dépouiller.

— Foutaises, marmonna le plus jeune des deux, qui parlait avec un fort accent français. Nous nous sommes amusés à effrayer vos bêtes, c'est tout ! Nous n'avons blessé personne !

— Cela reste à prouver, et Dieu vous protège si le contraire est avéré !

Constatant que sa brutalité affichée commençait à porter ses fruits, Galen se tourna vers Hank, et tous deux échangèrent un sourire narquois.

— Vous voyez cet arbre ? lança le régisseur en désignant un eucalyptus aux branches vigoureuses qui se trouvait à une dizaine de mètres de là. Que diriez-vous d'être enterrés dessous, après votre pendaison ?

— Notre pendaison ? Vous plaisantez !

L'homme prit un air bravache, mais son rire s'étrangla dans sa gorge.

— D'où je viens, c'est illégal ! On ne pend que les meurtriers !

Galen haussa un sourcil.

— Ah oui ? Et d'où venez-vous ?

— De..., commença le plus jeune.

Le plus âgé lui flanqua un coup de coude.

— Tais-toi, imbécile !

Les yeux de Galen allèrent de l'un à l'autre.

— Alors ? J'attends.

— Je ne dirai rien ! se rebiffa le plus jeune, non sans avoir consulté son acolyte du regard.

— Très bien. En tout cas, si j'apprends qu'un de mes gardiens de troupeaux a été tué, vous finirez au bout d'une corde. Si vous avez de la chance et s'ils sont tous sains et saufs, nous vous traiterons comme le bétail égaré que nous retrouvons à errer sur nos terres. Mais, ne vous inquiétez pas, mon collègue manie le fer rouge comme personne. N'est-ce pas, Hank ?

Ce dernier répondit par un rictus sadique.

— Vous bluffez, hasarda le plus âgé, qui clignait toutefois des yeux sous l'effet de la nervosité.

— Hank, va chercher le tison qui est dans ma sacoche de selle. Nous allons leur montrer que les éleveurs sont des hommes de parole.

Sous le regard inquiet des deux voleurs ligotés, Hank, l'air mauvais, jeta du petit bois dans le feu pour le raviver, puis mit le tison à chauffer. Pendant ce temps, Galen ne ménagea pas ses effets, revenant longuement sur les épreuves endurées avec le bétail, les kilomètres parcourus à la recherche d'un point d'eau, le long convoyage en perspective pour acheminer les bovins au marché.

— Qui veut passer en premier ? demanda enfin Hank d'un air détaché, en brandissant le tison incandescent sous le nez des deux hommes en sueur.

— Vous n'oserez pas ! s'écria le plus âgé, d'une voix mal assurée. C'est barbare ! Et puis je suis déjà blessé à la jambe !

— Il n'y a pas pire que de voler à un homme le pain qu'il a durement gagné. Je croyais m'être fait comprendre.

Sur quoi Galen prit le plus jeune par le bras et lui arracha sa chemise. Hank tint le tison assez près de sa peau pour qu'il en sentît la chaleur.

— Je te laisse une dernière chance de parler, mon ami, ou tu porteras la marque du domaine Reinhart jusqu'à ton dernier souffle !

À peine eut-il prononcé ces mots qu'il entendit des chevaux arriver au galop. C'était Jimmy et Jack, derrière lequel était assise Nola. Celle-ci faillit tomber lorsque son cavalier fit piler son cheval. Galen se précipita vers elle, la rattrapa juste à temps et prit peur en voyant son teint livide.

— On lui a tiré dessus, expliqua Jack.

— Tout va… Tout va bien, gémit Nola. La balle m'a seulement frôlée.

— J'en doute, rétorqua Galen, votre chemise est imbibée de sang. Que fabriquez-vous par ici ?

Au matin, ne la voyant pas à la cabane, il avait cru qu'elle dormait encore et avait confié Keegan et Shannon aux bons soins de leur frère.

— J'étais sortie à cheval quand, soudain, j'ai entendu des coups de feu. J'ai été emportée par le troupeau affolé, et Wirangi a été blessé par un coup de corne au niveau du flanc.

— Ne vous inquiétez pas pour lui, il en a vu d'autres. Laissez-moi vous examiner.

Le regard de Nola se posa alors sur l'homme agenouillé par terre, le dos dénudé, puis sur le tison incandescent que tenait Hank.

— Que se passe-t-il ici ? s'écria-t-elle en écarquillant les yeux. Vous ne songez pas à…

Prise d'un vertige, elle vacilla et ne put achever sa phrase. Galen voulut la soutenir, mais elle le repoussa.

À la façon dont la regardaient les deux criminels, il comprit qu'il devait à présent peser soigneusement chacun de ses mots, sous peine de ne pas atteindre son objectif.

— Ce sont des voleurs de bétail, maugréa-t-il, le visage sombre.

C'en fut trop pour Nola, qui comprenait à présent ce qu'avait tant redouté Emily. Soudain, elle se souvint de la tombe anonyme qu'elle avait découverte lorsqu'elle était partie à la recherche de Shannon.

— Vous... vous n'allez tout de même pas marquer ces hommes comme du bétail égaré ? Ce serait vous abaisser à leur niveau !

— Montrez-moi votre blessure, Nola, insista-t-il.

Au lieu de se réjouir d'entendre Galen l'appeler enfin par son seul prénom, elle en fut dévastée.

— Je vous interdis ! siffla-t-elle entre ses dents.

L'homme ligoté aux pieds de Galen décida d'utiliser l'indignation de l'institutrice à son avantage.

— Pas le fer rouge, je vous en supplie ! Épargnez-moi ! implora-t-il, tout en guettant sa réaction du coin de l'œil.

Galen voyait clair dans son jeu, mais le visage épouvanté de Nola lui indiqua que le voleur avait fait mouche.

— Jack, ramène-moi à la ferme, murmura-t-elle, les larmes aux yeux.

Jack consulta du regard son patron, qui acquiesça.

— Prenez mon cheval, dit-il sèchement.

Galen regarda Nola s'éloigner en s'efforçant de ne rien laisser paraître de son émotion. Soudain, il comprit que le regard qu'elle portait sur lui ne l'indifférait pas, bien au contraire. Or, à l'heure actuelle, il le savait, il n'inspirait plus à la jeune femme que mépris et écœurement.

– Bon, finissons-en, bougonna-t-il.

Hank acquiesça.

– À ton signal.

10

De retour à la ferme, Nola et Jack trouvèrent Wirangi qui les attendait près de l'écurie. Ignorant sa propre blessure, la jeune femme refusa d'aller à la cabane tant que Jack ne s'était pas occupé du cheval. Elle le tint par la bride et lui chuchota des paroles rassurantes, pendant que sa plaie était examinée et nettoyée. Ainsi que Jack l'avait supposé, ce n'était qu'une lacération superficielle qui n'entraînerait pas de séquelles.

Dans la cabane, Jack pansa la plaie de Nola, sous le regard inquiet de Heath, Keegan et Shannon. Si la balle ne s'était heureusement pas fichée dans son dos, elle y avait laissé une abrasion importante. Jack y appliqua un remède aborigène, une pommade à base d'herbes sauvages aux vertus désinfectantes et cicatrisantes. Nola insista pour que Wirangi en bénéficiât aussi.

Elle se reposait dans sa chambre en compagnie de Shannon lorsque Keegan entra. Il lui annonça que son père et ses hommes avaient rapatrié le troupeau dans les environs de la ferme afin de le garder sous surveillance.

— Sais-tu ce que sont devenus les voleurs ? demanda Nola avec appréhension.

— Ils ont été enfermés dans le dortoir.

Alors qu'une lueur brillait dans le regard de Keegan, pour qui cette capture devait être un événement extraordinaire, Shannon prit peur et se blottit contre Nola.

— Ils sont indemnes ? s'enquit prudemment cette dernière.

— Oui, répondit Keegan, presque déçu. L'un des deux est blessé à la jambe, mais Hank a extrait la balle et pansé la plaie.

Nola s'en étonna.

— Tu es sûr qu'ils n'ont pas de… de brûlures ?

Keegan, perplexe, secouait la tête quand Galen apparut soudain sur le pas de la porte, son chapeau à la main. Dès qu'elle le vit, Nola sentit le rouge lui monter aux joues.

— Keegan, j'aimerais parler seul à seule avec Mlle Grayson, annonça-t-il, le visage fermé.

L'institutrice se tourna vers les enfants, le cœur battant.

— Vous voulez bien aller nourrir les poules et traire la vache ?

— Nous repasserons plus tard, si jamais vous avez besoin de quelque chose, promit Keegan, tandis que Shannon embrassait Nola sur la joue.

— Quand vous aurez terminé, vous pourrez aller voir la pompe à vent et aider Hank à remplir quelques seaux d'eau, proposa Galen aux enfants lorsqu'ils passèrent devant lui.

— Merci, papa, répondit Keegan.

— Ce soir, je pourrai prendre un bain avec de l'eau toute propre ? demanda Shannon.

Malgré son humeur morose, Galen ne put s'empêcher de sourire face à l'enthousiasme de sa fille, dont les yeux verts pétillaient.

— Oui, ce sera eau propre pour tout le monde ! promit-il.

Les enfants sortirent en se disputant gaiement la première place dans le cabinet de toilette, puis Galen referma la porte.

— Jack m'a dit qu'il avait soigné votre plaie. Vous avez encore mal ?

— Non, ça va déjà mieux, merci. Mais je suppose que vous n'êtes pas venu vous enquérir de mon état de santé.

Galen ne put ignorer la froideur de son accueil ainsi que son regard lourd de reproches.

— Hier, je n'ai pas pensé à vous remercier d'être allée chercher Wade Dalton. Comme la Flinders River était à sec, votre intervention a certainement sauvé notre troupeau – et le domaine, par la même occasion. Langford et moi vous devons une fière chandelle.

Nola baissa les yeux.

— C'était une initiative risquée mais qui a abouti. Je trouve tout de même surprenant que vous ne vous soyez pas adressé plus tôt à Wade Dalton. Vous saviez pourtant qu'il était sourcier, n'est-ce pas ?

— Pour être honnête, je ne le croyais même plus capable de se déplacer. Il n'avait pas décuvé depuis des années.

— Je sais, on m'avait prévenue avant que j'aille le voir.

Galen se souvint que Hank avait dépeint Nola comme une femme particulièrement déterminée, aussi ne s'étonna-t-il aucunement qu'elle ne se fût pas laissé décourager par ces mises en garde.

— Comment vous y êtes-vous prise pour le faire venir ici aussi vite, qui plus est à jeun ?

— Cela n'a pas été facile, mais il a fini par accepter, pour vous et pour les enfants. En revanche, il ne porte vraiment pas Langford dans son cœur. Est-ce que vous savez pourquoi ?

— Une longue histoire sur laquelle je n'ai pas envie de m'étendre, répondit Galen en évitant son regard. À vrai dire, c'est un tout autre sujet qui m'amène.

— À savoir ?

— Je voudrais vous expliquer ce qui s'est passé cet après-midi. Vous avez dû vous imaginer des choses et...

— Vos intentions ne laissaient aucune place à l'ambiguïté.

— Vous avez vraiment pensé que nous allions marquer ces gens au fer rouge ?

— Je sais très bien ce que j'ai vu, mais vous allez me dire que les éleveurs de l'*outback* ont leurs propres lois. Eh bien, sachez qu'elles sont à vomir.

— Ce que vous avez vu, Nola, c'était un subterfuge. Hank et moi les avons menacés afin d'obtenir des informations.

La jeune femme, les lèvres pincées, observa la mine sombre de Galen. Elle l'aurait certainement cru, sans ces lettres qu'elle avait découvertes et qui ne plaidaient pas en sa faveur. Son épouse avait vécu dans la peur, et Nola n'avait aucune raison de douter de son jugement.

— Me jugez-vous vraiment capable d'une chose pareille ? insista Galen.

Refusant d'admettre qu'elle ne savait plus quoi penser, Nola se contenta de baisser les yeux.

— Qu'avez-vous décidé, concernant les voleurs de bétail ? murmura-t-elle après un long silence.

— Nous allons les conduire en ville et les livrer aux autorités. J'ai la quasi-certitude qu'ils ont été envoyés par les frères Janus ; reste à voir s'ils accepteront de témoigner contre eux.

— Combien de bovins avez-vous perdu ?

— Une soixantaine.

— Est-ce que vous allez essayer de les retrouver ?

— Non, ce serait une perte de temps. Nous devons poursuivre le comptage et partir dès que possible pour Sydney. Il nous reste suffisamment de bêtes pour sauver le domaine, mais cela dépend toutefois de leur état à l'arrivée sur les marchés aux bestiaux – en espérant que nous n'en perdions pas trop en route.

— Le convoyage vous prendra combien de temps ?

— Cela peut aller jusqu'à six mois, selon les conditions climatiques et l'état du troupeau.

Nola réfléchit quelques instants.

— Je ne promets pas de miracle, expliqua-t-elle le plus sérieusement du monde, mais j'aurais bien une suggestion à vous soumettre. Ensuite, à vous de voir si vous souhaitez la mettre ou non en pratique.

Galen, les yeux étincelants, réprima à grand-peine un sourire.

— Je vous écoute.

Nola le dévisagea longuement en se demandant comment interpréter ce sourire et ce regard. Était-il en train de se moquer d'elle ? Peu importe, elle irait au bout de son idée.

— À mon arrivée au port de Sydney, j'ai vu des moutons qui débarquaient d'un bateau, relativement frais et dispos. Je sais d'expérience que les conditions de voyage à fond de cale peuvent laisser à désirer, et elles sont sans doute encore pires pour des troupeaux de bestiaux. Mais ceux-là se portaient tout de même mieux que s'ils avaient marché pendant des milliers de kilomètres – sans compter le gain de temps.

— En effet, ce mode de transport est récent, souligna Galen en haussant les sourcils. Il me semble que cela n'a jamais été tenté avec des bovins. Je dois prendre en considération les coûts et les bénéfices d'une telle opération, avant de prendre une décision. Mais l'idée mérite réflexion, je le reconnais volontiers.

Si Nola se réjouit de voir qu'il prenait sa proposition au sérieux, elle comprit également qu'elle n'en avait pas envisagé tous les tenants et les aboutissants, loin de là.

— Je suis désolée, je n'avais pas pensé à ce qu'un acheminement par bateau impliquait au niveau du coût et de la logistique. Il faut prévoir le fourrage, la main-d'œuvre à bord… L'investissement ne sera pas négligeable.

Et Nola doutait que Galen ou Langford en aient les moyens.

— Il ne vous aura pas échappé que la demeure de Langford est aux trois quarts vide, répondit Galen, comme s'il avait lu dans ses pensées. Après le décès de son épouse, ne supportant plus de voir le mobilier qu'ils avaient choisi ensemble, il en a vendu une partie contre une belle somme. Il acceptera certainement de la réinvestir, si cela lui permet de sauver son domaine.

Nola acquiesça.

— En effet, j'avais remarqué l'absence de meubles, mais j'ai supposé qu'ils avaient été vendus pour maintenir l'exploitation à flot pendant la sécheresse. Jamais je n'aurais imaginé que le souvenir de sa femme lui était si douloureux !

Elle repensa à la photographie du domaine au temps de sa splendeur, aux belles pelouses, aux parterres de fleurs entretenus avec amour… L'état actuel de la propriété aurait brisé le cœur de Mme Reinhart, et celle-ci aurait certainement accepté que la vente de ses meubles contribuât à le sauver.

— Cependant, tout n'a pas été vendu. Pour une raison que j'ignore, Langford a fait monter le reste du mobilier à l'étage. À l'époque, il disait vouloir rénover le rez-de-chaussée, mais celui-ci est finalement resté en l'état. Il s'est également séparé d'effets personnels auxquels sa femme avait été très attachée. Des tableaux, des bijoux, des vêtements…

Nola eut beau hocher la tête, Galen sentit que ses explications ne la satisfaisaient pas entièrement.

— Depuis le décès de son épouse, Langford n'est plus le même homme, conclut-il.

Sur ce, il allait partir lorsque Nola le retint.

— Puis-je vous poser une dernière question ?

— Bien sûr.

— Hier, alors que je cherchais Shannon, j'ai découvert une sépulture anonyme. Savez-vous qui y repose ?

Galen, blême, contempla longuement la pièce tout en cherchant ses mots.

— Ce pourrait être n'importe qui, lâcha-t-il enfin. Au fil des ans, de nombreux saisonniers ont travaillé au domaine et…

— Et vous l'auriez enterré sans une croix, ou au moins une pancarte portant son nom ? J'ai du mal à y croire.

— Je… Êtes-vous sûre d'avoir bien vu ?

— Je pense être capable de reconnaître une tombe quand j'en vois une. De plus, Hank était là aussi, il vous le confirmera.

— Vraiment ? Très bien. Je me renseignerai, si j'ai le temps. Il se peut que ce décès soit survenu avant mon arrivée au domaine, ou bien qu'il s'agisse d'une tombe aborigène.

Nola devrait se contenter de cette explication pour l'instant. Mais il ne lui avait pas échappé que Galen avait blêmi à la simple mention de la sépulture ; il connaissait l'identité de la personne qui y reposait – certainement Emily.

Nola était en train de lire lorsque Hank passa la voir dans la soirée.

— Tu as repris des couleurs, constata-t-il, visiblement soulagé.

— Je t'en prie, ne t'inquiète pas pour moi, Hank. Assieds-toi, que nous discutions un peu !

— J'aimerais rester, Nola, mais je ne peux pas, malheureusement. Je dois me coucher tôt, car demain, Galen et moi partons pour Winton.

— Winton ?

Galen ne l'avait pas évoqué.

— Tout à fait. Il y a là-bas un magasin général qui dispose d'un télégraphe. Quand nous aurons livré nos deux voleurs aux autorités de Barcaldine, nous chercherons un bateau qui accepterait de transporter le bétail depuis Maryborough. Je suppose que l'idée vient de toi.

Nola jubila intérieurement.

— Vous partirez pour Winton avec les deux voleurs ?

— Oui, et nous les laisserons à l'hôtel, dont le sous-sol tient aussi lieu de prison. Ils y resteront enfermés jusqu'à ce que la justice s'occupe de leur cas. Nous en aurons pour la journée, car Galen veut attendre la réponse de Maryborough. Si nous trouvons un bateau, le convoyage pourra être repoussé. Bon, sur ce, je te laisse. Je voulais simplement de tes nouvelles.

— Merci, Hank, c'est très gentil de ta part.

Il lui jeta un regard chaleureux et tendre qui la déstabilisa, au point de lui faire baisser les yeux.

— Bonne nuit.

Sur ce, Hank s'éclipsa avant que Nola n'eût le temps d'aborder l'incident survenu avec les voleurs. Elle ne demandait qu'à croire Galen, et les éclaircissements de Hank auraient peut-être achevé de la convaincre.

Ce fut encore une nuit sans sommeil pour Nola qui, en plus de ressasser les derniers événements, tentait d'y avoir plus clair dans ses relations avec Galen et Hank, bien consciente que celles-ci se compliquaient un peu plus chaque jour. N'y tenant plus, elle décida de rejoindre Jack au campement, non sans prendre quelques précautions. Deux des quatre voleurs de bétail n'avaient pas été capturés, ils rôdaient peut-être encore dans les environs.

Hank était profondément assoupi lorsque Nola se faufila dans le dortoir par la porte laissée ouverte, le clair de lune soulignant les contours du fusil posé près de son lit de camp. Elle s'en empara puis ressortit à pas feutrés. Toujours sans un bruit, elle sella Buttons, le poney de Shannon, et s'élança dans la plaine.

À son arrivée au campement, elle trouva les gardiens qui patrouillaient autour du troupeau.

— Qu'est-ce qui vous amène, mam'zelle ? demanda Jack.

— Comme je n'arrivais pas à dormir, j'espérais que tu accepterais de me conduire auprès de ta tribu, mais seulement si tu n'es pas trop fatigué.

— Pas de problème, mam'zelle.

Un peu plus tard, Nola découvrit avec émerveillement une vingtaine d'adultes qui se racontaient des histoires assis autour d'un feu, pendant que des enfants jouaient près de huttes sommaires. Après lui avoir expliqué qu'ils aimaient occuper ainsi leurs soirées, Jack s'adressa dans sa langue natale à un vieil homme qui répliqua avec brusquerie.

— Qu'est-ce que tu lui as dit ? s'enquit-elle.

— J'ai expliqué à Mirijula que vous étiez une grande enseignante venue d'un pays lointain.

— Oh ! Et comment a-t-il réagi ?

— Il vous invite à vous asseoir à côté de lui.

Nola dévisagea Mirijula, dont la chevelure aux reflets argent contrastait avec une mine relativement juvénile. Lui aussi l'observa avec attention, le visage fermé.

— J'en serais honorée, répondit-elle.

Après avoir échangé encore quelques mots avec Jack, Mirijula signifia d'un geste que Nola pouvait approcher. Lorsqu'elle fut confortablement installée, Jack passa aux présentations. En apprenant, non sans surprise, que « Mirijula » voulait dire peu ou prou « esprit du dingo craintif », Nola se demanda si ce nom était bien adapté à la personnalité de l'homme qui fixait les braises incandescentes, le dos bien droit. Il semblait captivé, presque absent.

— Mon nom tribal est Jardijardi, ça veut dire « homme fort », expliqua Jack avec un sourire.

— Mon prénom signifie « connu », mais cela peut être en bien ou en mal, soupira Nola en roulant des yeux.

— Ah ! s'exclama Jack, impressionné, avant de traduire à Mirijula.

Celui-ci se tourna vers la jeune femme, la sonda du regard et dit quelques mots à Jack, qui traduisit aussitôt.

— Mirijula dit que vous êtes peut-être connue, mais que c'est la première fois qu'il vous voit.

Nola ne put réprimer un sourire.

Constatant que Mirijula acceptait sa présence, les femmes servirent à Nola ce qu'elles appelaient le « thé de roche », préparé dans une outre remplie de pierres brûlantes où on laissait longuement macérer un mélange d'eau et d'herbe. Lorsque Jack lui expliqua que ce breuvage était réservé aux grandes occasions, Nola se sentit très honorée. Tout en le dégustant, elle lui demanda quel matériau avait été utilisé pour confectionner l'outre, qui n'avait pas l'air d'être du cuir. Lorsque Jack lui indiqua que c'était une vessie animale, elle faillit avaler de travers.

Ensuite, une femme lui proposa de la viande. Bien qu'elle n'eût pas faim, elle ne voulut pas offenser son hôte et accepta en souriant. Malgré la pénombre, elle constata que le morceau était encore à moitié cru.

Jack remarqua son hésitation.

— Les Aborigènes trouvent que les Blancs font cuire la viande trop longtemps, expliqua-t-il.

— En effet, j'ai l'habitude de manger mes steaks bien grillés, répondit Nola en réprimant une grimace.

— La cuisson de la viande est un rituel tribal.

— Vraiment ? Et de quel animal s'agit-il ? De kangourou, peut-être ?

— C'est de l'émeu, indiqua Jack au moment où Nola remarquait, non sans un certain dégoût, un reste de plume encore fiché dans la peau.

— Comment attrape-t-on et cuisine-t-on un oiseau de cette taille ?

— Il suffit de taper du pied – Jack joignit le geste à la parole – pour que les émeus viennent voir ce qui se passe. Les hommes sortent de leur cachette, lui sautent dessus et l'assomment avec un *bundi*. C'est un plat de choix !

Les femmes éclatèrent de rire devant les gesticulations de Jack, tandis que Mirijula continuait à fixer les flammes.

— Ensuite, on creuse dans le sol, on allume un feu, et une fois qu'on a assez de cendres et de pierres chaudes, on enveloppe l'émeu plumé et enduit de sang dans des grandes feuilles, on le met dans le trou, avec le bec et les pattes qui sortent de terre, et on recouvre. Quand de la fumée sort du bec, c'est cuit !

Nola avait beau s'intéresser aux us et coutumes des Aborigènes, elle sentit son ventre se tordre.

— Existe-t-il un rituel particulier pour le partage de la viande ? demanda-t-elle en posant discrètement sa portion devant elle, dans l'espoir qu'un chien errant viendrait la chaparder.

Jack acquiesça.

— Le doyen a le meilleur morceau, la queue par exemple, et les enfants, la viande la plus dure. On dit aux enfants que manger de la queue rend les cheveux gris.

Nola regarda Mirijula à la dérobée.

— Alors il n'a pas dû bien écouter quand il était petit, murmura-t-elle.

Lorsque Jack s'esclaffa, Mirijula intervint, intrigué.

— Ne lui traduis pas ce que je viens de dire, l'implora-t-elle. Je t'en prie, Jack ! Il risque d'être vexé.

Jack l'ignora et répéta son propos à Mirijula. Voyant que celui-ci la toisait de ses yeux sombres et pénétrants, elle tenta de cacher sa gêne derrière un sourire crispé.

— C'était une plaisanterie, hasarda-t-elle, même s'il ne la comprenait pas.

Comme Mirijula partait dans un grand éclat de rire, la remarque de Nola se propagea rapidement à l'ensemble de la tribu, provoquant l'hilarité générale.

Nola fut transportée par les récits des Aborigènes, dont la vie était rythmée non pas par un calendrier, mais par les saisons et les quatre phases de la Lune, qu'ils voyaient comme la réincarnation d'un ancêtre revenant la nuit pour veiller sur les siens. Ils évoquèrent également leurs légendes, le « temps du rêve », celui des origines du monde, ainsi que leur conception de la terre. Pour eux, l'homme devait former un tout avec cet élément considéré comme sacré – raison pour laquelle aucune trace ne subsisterait du passage de la tribu, lorsque celle-ci aurait levé le camp. Tout l'inverse des colons blancs, songea Nola.

Au cours de la soirée, son regard se posa sur une hache de pierre près de Mirijula. Elle tendit le bras pour s'en saisir, mais Jack la retint.

— N'y touchez pas, mam'zelle. La *wilida* ne peut être maniée que par certaines personnes.

— Pourquoi donc ?

— C'est un outil magique qu'un esprit a confié à Mirijula. Il suffit d'un coup de la *wilida* pour tuer. Ceux qui s'en servent sans en avoir le droit sont maudits ou tombent malades.

Tombant de sommeil, Nola s'apprêtait à repartir lorsqu'elle entendit une toux d'enfant sèche et profonde. À sa demande, Jack la mena jusqu'à une hutte où elle trouva une jeune femme enceinte au visage dévasté qui veillait une fillette malade, allongée sur une peau de kangourou rembourrée de roseaux.

— Cet enfant a la coqueluche, indiqua Nola. Je peux lui venir en aide, si sa mère m'y autorise.

La femme répondit avec angoisse à la traduction de Jack.

— Qu'est-ce qu'elle a dit ? s'enquit Nola.

— Elle a peur de la médecine que vous allez utiliser.

— Certes, ce n'est pas la même que celle de leur guérisseur.

Elle approcha du feu où chauffait une marmite d'eau, la déposa près de la couche de la fillette et chercha un chiffon. Puis, en cherchant de quoi confectionner une compresse, elle eut la surprise de dénicher une robe chiffonnée qui lui parut étrangement familière – et pour cause, c'était la sienne ! La tribu avait dû retrouver sa valise emportée par la Short Horn River. Avec un sourire, elle déchira une bande de tissu, la trempa dans l'eau chaude et l'appliqua sur le front de l'enfant.

— La mère doit l'aider à inhaler la vapeur, dit-elle à Jack.

Lorsque Jack eut traduit, la mère montra à l'enfant comment procéder. Quelques minutes plus tard, la toux avait cessé, et la fillette s'endormit paisiblement.

Avec l'aide de Jack, Nola donna pour consigne à la mère de garder l'eau toute la nuit sur le feu et de renouveler l'opération, si la toux reprenait. La jeune femme, aux anges, assura à Nola qu'elle était une magicienne, une femme aux dons extraordinaires.

Nola repartit avec l'impression d'avoir énormément appris auprès de ses nouveaux amis. Elle promit qu'à sa prochaine visite, elle leur parlerait de l'Angleterre. En retour, la tribu proposa de lui inculquer quelques rudiments de médecine traditionnelle.

— Je n'ai pas de mérite, Jack, confia-t-elle sur le chemin de la ferme. Ce type de toux est répandu en Angleterre, et l'inhalation de vapeur d'eau aide à la soulager.

— Peut-être, mais les Wana-Mara n'ont pas une grande confiance en leur guérisseur. Mirijula veut le bannir, seulement il se défend en menaçant les membres de la tribu de leur jeter des sorts. Il se prétend capable de provoquer des inondations ou de retenir la pluie pendant très, très longtemps.

— Il est peut-être déjà passé à l'action, soupira Nola en songeant à la sécheresse.

— Possible, reconnut Jack.

Lorsque Nola arriva à la cabane le lendemain matin, ce fut Heath qui l'accueillit. Galen et Hank étaient déjà à l'écurie.

— Mademoiselle Grayson, il faut que je vous dise…

— Oui, Heath, je t'écoute.

— Aujourd'hui, en l'absence de papa et Hank, Keegan et moi devons aider Jimmy et Jack à garder le troupeau.

— Et si les voleurs de bétail revenaient ?

— Je ne pense pas qu'ils s'y risqueront, lança Galen en les rejoignant. Et si c'était dangereux, je ne les enverrais pas là-bas.

— Bon, si vous le dites…

Une fois encore, Nola se troubla à la vue de Galen. Son cœur lui disait que c'était un homme intègre, et pourtant, elle demeurait assaillie par le doute.

Avant de partir, le régisseur voulait parler à Langford. Il le trouva dans sa chambre à l'étage, assis dans un fauteuil près de la fenêtre. La veille au soir, il l'avait averti de la présence de voleurs sur ses terres. Ensemble, ils avaient également évoqué la possibilité de convoyer le troupeau par bateau jusqu'à Sydney. Comme Galen s'était bien gardé de préciser que l'idée venait de Nola, Langford l'avait accueillie avec enthousiasme.

— Je pars pour Winton, annonça Galen depuis le seuil.

— Quand seras-tu de retour ? demanda Langford en ne se retournant qu'à demi.

— Je veux attendre la réponse à mon télégramme, donc dans l'après-midi, j'espère, ou cette nuit au plus tard. Dans l'intervalle, Heath et Keegan iront surveiller le troupeau. Je suis à peu près sûr que les voleurs ne vont pas se montrer alors que nous détenons deux de leurs acolytes. Je pense au contraire qu'ils ne vont plus s'aventurer par ici.

– Et cette femme, Mlle Grayson, que va-t-elle faire en ton absence ?

– Elle restera ici avec Shannon. Sa blessure cicatrise bien, mais je lui ai conseillé de se reposer quelques jours.

Langford opina.

– Je n'ai rien prévu à manger. Pourras-tu lui demander de m'apporter quelque chose, si d'aventure elle cuisine pour elle et la petite ?

– Veux-tu que je te monte un en-cas avant de partir ?

– Non. Vas-y, plus tôt tu te mettras en route, plus tôt tu seras de retour.

– D'accord. Je penserai à te prendre quelques provisions en ville.

Si Galen s'étonna de la demande de Langford, il n'en laissa rien paraître. Il avait beau savoir que le vieil homme préférait encore mourir de faim que de se retrouver face à Nola, il se prit à espérer qu'il commençait à accepter sa présence au domaine. Une fois le convoyage derrière eux, Galen lui dirait que c'était à elle qu'ils devaient l'idée du transport par bateau. Alors, peut-être serait-il moins réfractaire à la présence de femmes sur son exploitation. Tout le monde gagnerait à ce qu'il changeât d'attitude, même provisoirement.

L'étonnement de Galen ne fut rien comparé à celui de Nola lorsque celle-ci eut vent de la demande de Langford, mais elle s'abstint de tout commentaire devant Shannon, tout comme elle se garda de mentionner sa visite nocturne au campement des Wana-Mara.

Une fois que Galen et Hank eurent hissé les voleurs ligotés sur les chevaux, ils se mirent en route. Après les avoir regardés s'éloigner depuis la fenêtre de la cabane, Nola se rendit avec Shannon à l'écurie, où Heath et Keegan sellaient leurs montures.

— Je vous en prie, soyez prudents, les garçons ! leur martela-t-elle.

— Promis, répondit Heath. Et vous, reposez-vous.

— Promis aussi, sourit Nola, touchée par sa sollicitude.

Devant l'écurie, Nola passa un bras autour des épaules de Shannon et regarda les deux garçons prendre la direction du nuage de poussière qui indiquait au loin l'emplacement du troupeau. Peu après, Orval arriva avec sa commande. Pendant qu'elle l'aidait à décharger les marchandises, il se lança dans un long exposé des derniers événements notables survenus dans la région. Encore mieux qu'une gazette, songea Nola. Elle n'en perdit pas une miette, tant elle était curieuse de savoir ce qui se passait dans les exploitations alentour. Lorsque Orval eut terminé, elle lui confia combien la compagnie d'autres femmes lui manquait.

— Celles des environs ont prévu de se réunir au magasin samedi prochain pour parler de la sécheresse, l'informa-t-il. Il est prévu que des délégués se rendent à Brisbane pour interpeller le gouvernement sur les difficultés des exploitants. Certains sont sur le point de tout perdre, ils ont eu du mal à payer les factures et leurs familles ne mangent plus à leur faim.

— Tenez, voici une petite contribution, répondit Nola en lui donnant un peu d'argent. Vous offrirez quelques conserves à ceux qui sont dans le besoin.

— Merci, chaque don est le bienvenu. Essayez de venir samedi, si vous pouvez !

— Ce serait avec plaisir, mais je doute d'être la bienvenue. La dernière fois que j'ai participé à une réunion, l'accueil a été pour le moins hostile. Je suis une étrangère, après tout !

— Ne prenez pas ces réactions trop à cœur. De toute façon, personne n'est considéré comme du cru avant d'avoir vécu au moins vingt ans dans l'*outback* !

Une fois les dernières marchandises déchargées, Nola proposa à boire à Orval. À aucun moment elle ne se rendit compte que non seulement Langford les épiait depuis le premier étage de la demeure, mais qu'il entendait chaque mot qu'ils prononçaient.

— Orval, connaissez-vous des gardiens de troupeau qui cherchent du travail dans la région ?

Le commerçant gratta son crâne dégarni.

— Au débotté, non, mais je peux me renseigner. Je jetterai un œil au panneau où les gens affichent des annonces. J'en toucherai aussi un mot à Esther et je vous tiendrai informée.

— Merci.

Sur ce, Orval remonta dans sa carriole. Nola le suivit du regard tandis qu'il s'éloignait dans un nuage de poussière, puis retrouva Shannon à la cabane. Après avoir dégusté une conserve de prunes sucrées, elles pétrirent ensemble une pâte à pain, que Nola recouvrit ensuite d'un linge pour la laisser reposer.

— Aujourd'hui, tu vas dessiner un peu, Shannon, lui annonça l'institutrice alors qu'elles traversaient la cour. Il ne fait pas trop chaud, profitons-en pour nous installer dehors.

Shannon, ravie de cette suggestion, choisit un coin d'ombre avec une vue charmante embrassant le ruisseau asséché et les collines à l'horizon. Nola, qui était passionnée de peinture, constata avec ravissement que la fillette, en dépit de son jeune âge, faisait déjà preuve d'un certain talent. Elle la regarda dessiner un moment puis, vers 11 heures, retourna à la cabane pour mettre la pâte à cuire sur le poêle. Elle venait à peine de rejoindre Shannon lorsque des bruits étranges, comme des coups de marteau, lui parvinrent de la demeure de Langford. Celui-ci s'était-il attelé à quelques menues réparations ? Même si cela lui paraissait peu probable, Nola nourrissait toujours l'espoir que, un jour, le vieil homme sortirait de la vie d'ermite dans laquelle il s'était enfermé.

Lorsqu'elle crut entendre un objet chuter, elle se décida à aller voir avec Shannon, mais à peine furent-elles entrées dans la cuisine par la porte qu'un mauvais pressentiment l'assaillit. Nola se ressaisit, se martelant intérieurement qu'elle n'avait aucune raison d'avoir peur, malgré la pénombre qui régnait dans la maison. Une fois dans le vestibule, elle s'arrêta au pied de l'escalier et héla Langford.

— Monsieur Reinhart ? Est-ce que tout va bien ?

Remarquant le regard inquiet de Shannon, elle lui sourit pour la rassurer.

— Peut-être qu'il dort.

— Est-ce qu'on ne devrait pas monter voir dans sa chambre ? chuchota la fillette.

Nola hocha la tête. Bien que l'idée lui déplût, elle n'avait pas le choix, ou elle passerait pour une froussarde devant Shannon. Son pressentiment persistait, bien qu'elle s'entêtât à le nier. Et si elles trouvaient Langford mort dans son lit ? Non, quelle idée saugrenue : dans ce cas, qui aurait causé tout ce raffut ? Le vieil homme s'était peut-être blessé en tombant et se trouvait dans l'incapacité de lui répondre. Elle avait beau se raisonner, une angoisse sourde l'étreignait, comme si un danger la guettait, là, tout près.

Tout en montant l'escalier avec Shannon, Nola balaya du regard la pénombre, n'y remarquant pas de trace de quelconques travaux de bricolage, mais de la poussière et des toiles d'araignées partout. Si elle s'était écoutée, elle serait allée chercher de quoi récurer cette maison de fond en comble, seulement il y avait fort à parier que Langford ne le tolérerait pas. Sa demande concernant le repas avait déjà de quoi étonner.

La première porte qui donnait sur le palier était légèrement entrebâillée. Nola la poussa doucement et découvrit une chambre, visiblement celle de Langford, à en croire les draps froissés et le fauteuil installé près de la fenêtre. Nola frémit en pensant que le vieil homme, de ce poste d'observation, épiait ses moindres faits et gestes.

— On va voir dans les autres pièces ? demanda Shannon après que Nola eut appelé plusieurs fois Langford, sans succès.

La jeune femme acquiesça en silence, puis entreprit de lorgner dans chaque pièce de l'étage. Elle put en ouvrir trois, qu'encombraient des meubles protégés par des housses. Lorsqu'elle abaissa la poignée de la dernière porte, elle constata que celle-ci était fermée à clé et, déduisant qu'il s'agissait de la chambre conjugale, se demanda si Langford y était retourné ne fût-ce qu'une fois depuis le décès de sa femme.

Elle redescendit l'escalier, alla voir dans les pièces du rez-de-chaussée et héla le maître des lieux, n'obtenant pour toute réponse qu'un silence angoissant. Comme il ne lui restait plus que la véranda à vérifier, elle se dirigea vers la porte d'entrée et tenta de l'ouvrir, en vain. Elle était verrouillée, et aucune clé ne traînait à proximité. Or Nola entendait encore Hank lui dire que personne dans l'*outback* ne prenait jamais cette peine. Et, en effet, le soir de son arrivée, elle était entrée dans cette maison comme dans un moulin. Elle s'efforça d'inspirer profondément, tandis qu'un frisson lui parcourait l'échine.

– Où est M. Reinhart ? demanda Shannon, percevant son inquiétude. Il ne sort jamais !

– Je n'en ai pas la moindre idée. Bon, il ne lui est sans doute rien arrivé. Nous repasserons plus tard.

Nola ressentit soudain le besoin aussi instinctif qu'impérieux de quitter cet endroit au plus vite. Elle prit fermement la main de Shannon et l'entraîna vers la cuisine, pour trouver là encore une porte verrouillée. Priant pour qu'elle fût seulement coincée, Nola la secoua, en vain, puis, prise de panique, alla à la fenêtre et constata avec effroi que des planches la condamnaient. Elle se rendit dans le bureau : même constat. Voilà qui expliquait les coups de marteau entendus plus tôt. Son esprit avait beau se révolter, les faits étaient là, aussi insensés qu'indéniables : Langford les retenaient prisonnières.

Comme Shannon la tirait sur sa manche en réprimant tant bien que mal un sanglot, Nola prit la fillette dans ses bras. Elle réfléchissait fébrilement à un moyen de les extraire de ce piège lorsque Langford apparut sur le seuil du bureau, les poings plantés sur les hanches. Si sa silhouette émaciée et son visage taillé à la serpe étaient les mêmes, sa canne avait disparu et, avec elle, son allure de vieillard fragile. Ses yeux luisaient dans la pénombre tandis qu'il scrutait ses proies tel un rapace, semblant presque espérer qu'elles tentent une manœuvre de fuite pour mieux savourer leur détresse.

11

Nola et Langford se dévisagèrent pendant ce qui parut durer une éternité. La jeune femme voulut parler, lui demander pourquoi ils les avaient enfermées, mais aucun son ne sortit de sa bouche. Finalement, ce fut Langford qui rompit le silence.

— Je ne tolérerai pas que vous me preniez Galen, déclara-t-il d'une voix étonnamment douce.

Nola crut qu'elle avait mal entendu.

— Vous prendre Galen ? Enfin, de quoi parlez-vous ?

— Vous venez d'arriver, et Galen parle déjà de quitter le domaine Reinhart.

— C'est la première fois que j'entends une chose p…

— Sa place est ici, et je ne vous laisserai pas semer la zizanie entre nous ! s'emporta Langford. Emily n'y est pas arrivée, alors vous non plus. Je considère Galen comme mon successeur, l'héritier que je n'ai jamais eu. Il est hors de question que je le perde lui aussi.

Nola était complètement perdue : tout cela n'avait aucun sens ! Elle s'efforça de garder son sang-froid, bien consciente qu'elle devait à tout prix éviter de provoquer cet homme dont le comportement confinait à la folie. Au contraire, elle devait le rassurer, l'amener à exprimer ses craintes et lui démontrer qu'il se trompait.

— Qu'est-ce qui vous amène à penser que Galen souhaite partir ? Il est attaché à ce domaine et se plie en quatre pour le sauver. C'est ici qu'il envisage l'avenir de ses enfants, en particulier de ses fils. Heath nourrit déjà une véritable passion pour l'élevage, vous ne pouvez l'ignorer !

— Je sais pertinemment ce que vous complotez, rétorqua Langford. Vous me prenez pour un imbécile, comme Emily autrefois. Et comme mon Ellen.

Nola sentit son cœur s'accélérer encore à l'évocation de ce prénom. Le nom de sa défunte épouse était « Ellen » ? Soudain, toutes ses certitudes vacillèrent.

Langford avança dans la pièce et se posta derrière le bureau.

— Les femmes sont toutes des menteuses ! s'exclama-t-il en tapant du poing si violemment que Shannon fondit en larmes.

Nola attira la fillette contre elle et répondit sur un ton qu'elle voulut le plus neutre possible pour ne pas attiser la fureur de Langford.

— Je n'ai aucune raison de vous mentir, monsieur Reinhart. Je suis venue ici pour enseigner, un point c'est tout. Je ne sais rien de votre histoire ni des événements survenus au domaine par le passé. Pourquoi ce parallèle entre moi, la défunte épouse de Galen et la vôtre ?

— Parce que vous êtes toutes les mêmes. Ellen et Emily ne supportaient pas la vie ici. Les femmes n'ont pas leur place dans l'*outback*, elles souffrent trop de l'isolement. Je n'ai eu de cesse de l'expliquer à Galen, et je pensais qu'il avait fini par comprendre !

— Justement, cet isolement, moi, je l'apprécie. Après avoir connu le tumulte de la ville, je savoure le silence, la paix…

— Foutaises. C'est ce qu'Emily prétendait, elle aussi. Puis elle est partie pour Winton et on ne l'a plus jamais revue. Galen est parti à sa recherche… Si vous disparaissez, Galen m'abandonnera de nouveau.

Sa voix s'étrangla tandis que Nola le regardait sans comprendre, éberluée. Pourquoi Galen voudrait-il quitter le domaine ? Et qu'était devenue Emily ? Ces questions lui brûlaient les lèvres, or elle ne pouvait décemment pas les poser devant Shannon, qu'elle serrait toujours contre son cœur.

— Laissez la fillette retourner à la cabane, plaida-t-elle. Une fois seuls, nous pourrons discuter tranquillement.

— Hors de question ! tonna Langford.

Shannon, tremblante de peur, se dégagea et partit en courant. Lorsque Nola voulut la rattraper, Langford lui barra le passage.

— Qu'avez-vous en tête, monsieur Reinhart ? lui demanda-t-elle avec un aplomb feint.

Maintenant que quelques centimètres à peine les séparaient, Nola devait se rendre à l'évidence : Langford, les yeux vitreux, le souffle court, n'était plus maître de lui-même.

— Laissez-moi aller voir Shannon, implora Nola en entendant la fillette pleurer dans la cuisine. Elle est bouleversée !

Langford ignora sa supplique.

— Pourquoi a-t-il fallu que vous débarquiez ici et que vous gâchiez tout ? Galen était plus heureux sans vous ! Il commençait justement à comprendre que sa vie était plus simple sans femme à ses côtés.

Shannon ayant pris la fuite, Nola put enfin poser la question qui lui brûlait les lèvres.

— Qu'est-il arrivé à Emily ?

— Je vous le répète, elle a disparu. Galen a dit qu'elle était partie pour toujours.

Nola déglutit. Elle avait donc vu juste. C'était la tombe d'Emily qu'elle avait découverte, et Galen… Galen devait l'avoir tuée ! Ses pensées tournoyaient dans son esprit à une vitesse vertigineuse.

— Pourquoi avez-vous fait venir cette crapule de Wade Dalton sur ma propriété ? maugréa Langford Reinhart, de plus en plus menaçant.

Son ton fielleux ramena Nola à la réalité.

— Et vous, pourquoi le détestez-vous à ce point ?

— Ellen et moi menions une vie simple et paisible, avant son arrivée. Nous avions tout sacrifié pour le domaine, notre argent, notre labeur, nos espoirs, jusqu'à nos âmes, et il a tout réduit à néant. Venu ici sous prétexte de trouver de l'eau, il s'est mis en tête de séduire mon épouse bien-aimée, avec qui je devais former un couple éternel !

— Et qu'est devenue Ellen ?

— Je ne pouvais pas la laisser partir, balbutia Langford en ravalant un sanglot. Je l'aimais tellement, alors que ce maudit sourcier n'avait rien à lui offrir…

Nola prit une profonde inspiration.

— Comment ça, vous ne pouviez pas la laisser partir ? Ne me dites pas qu'elle est séquestrée ici, dans cette maison !

À ces mots, elle le repoussa, monta l'escalier quatre à quatre et se précipita vers la chambre conjugale.

— Ellen, vous êtes là ? cria-t-elle en tambourinant à la porte.

Elle actionna frénétiquement la poignée, sans succès, puis tenta d'enfoncer la porte d'un coup d'épaule.

— Ellen, répondez-moi !

— Elle n'est pas là.

Nola pivota brusquement et se retrouva nez à nez avec Langford, dont le visage s'était apaisé. Pris dans une sorte de transe, il sortit une clé de sa poche, la glissa dans la serrure et ouvrit la porte en grand. Nola planta son regard dans ses yeux sans expression, consciente qu'au premier faux pas, l'homme l'enfermerait dans cette pièce. Et pourtant, elle finit par tourner lentement la tête, partagée entre la curiosité et la crainte de ce qu'elle allait découvrir.

Dans la pièce restée en l'état, de la poussière et des toiles d'araignées recouvraient les meubles ; une brosse, un peigne et un miroir étaient posés sur une coiffeuse, à côté d'une boîte à bijoux ouverte et d'un collier brisé, dont quelques perles avaient roulé à terre.

— Où est Ellen ?

— Rendez-vous compte, elle était enceinte de lui, murmura Langford, les yeux embués de larmes. Alors que je n'avais pas pu lui donner d'enfant, lui, il…

— Mais de qui parlez-vous ?

— De Wade Dalton ! J'aurais pu pardonner cet écart, seulement elle en a voulu encore plus, toujours plus ! Elle a voulu me quitter, fuir avec lui !

En voyant deux grosses larmes couler sur ses joues, Nola ressentit soudain de la pitié pour le vieillard.

— Les romans entreposés dans la salle de classe... ils appartenaient à Ellen ?

Il baissa la tête sans répondre, mais cela ne fut pas nécessaire pour que Nola comprît. Comme les meubles, les bijoux et la porcelaine, la vue de tous ces livres l'avait insupporté.

Hanté par le souvenir de ce jour fatidique, Langford avança lentement sur le palier, sans quitter des yeux le bas de l'escalier. En le voyant soudain si pâle, si voûté, Nola craignit qu'il ne se jetât dans le vide pour en finir.

Tandis qu'elle était à l'affût d'un geste, d'une réaction, d'une expression, des petits pas retentirent au rez-de-chaussée. C'était Shannon qui accourait, en larmes.

— De la fumée sort de la cabane, mademoiselle Grayson ! J'ai peur, je veux mon papa !

— Mon Dieu, j'ai oublié le pain sur le poêle ! s'écria Nola. La cabane doit être en train de brûler !

Langford ne l'écouta pas, se contentant d'agripper la rambarde jusqu'à en avoir les articulations des doigts blanches.

— Tu n'as pas le droit de partir, je te l'interdis ! siffla-t-il, l'air absent.

— Vous ne comprenez donc pas ? Il y a un incendie ! protesta Nola.

— Je ne te laisserai jamais partir avec lui ! vociféra Langford. Jamais !

Ces paroles emplirent d'effroi Shannon, qui se précipita vers la porte d'entrée. Elle la martela de ses petits poings serrés et tenta en vain d'actionner la poignée. Nola voulut la rejoindre, mais le vieil homme, refusant de la laisser passer, l'empoigna par les épaules avec une force quasi surhumaine. Alors qu'elle regardait la fillette paniquée, elle vit une ombre longer la maison et s'arrêter.

— Nola ! cria une voix d'homme, qui n'était pas celle de Galen ni de Hank.

Shannon tambourina de plus belle contre la porte.

— Tu n'as pas le droit de partir ! tonna Langford en serrant Nola encore plus fort.

— Lâchez-moi, espèce de vieux fou ! La cabane est en train de brûler, et je dois absolument contenir l'incendie avant qu'il ne se propage !

Tandis que l'homme à l'extérieur entreprenait de briser la serrure à coups de pied, Nola, affaiblie par sa blessure de la veille, tenta de se dégager, en vain. La douleur devenait tellement intense qu'elle était au bord de l'évanouissement.

— Je t'aime, Ellen ! clama Langford. Tu n'as pas le droit de me quitter. Je ne te laisserai pas partir !

Lorsque la porte céda enfin, la lumière crue du dehors détoura la silhouette de Wade Dalton.

— Toi !

Langford vacilla, le visage empourpré et le front trempé de sueur. Ce fut comme si le passé se rejouait avec le même cortège d'angoisse, d'émotions et de souffrance. Non, cette fois, il ne perdrait pas la femme qu'il aimait plus que sa propre vie.

— Dehors ! tempêta-t-il. Dehors ! Tu ne me prendras pas Ellen !

— Lâche-la, Langford ! La cabane est en flammes !

Alors que le regard de Nola se posait tour à tour sur les deux hommes, Langford blêmit soudain. Il tituba jusqu'au sommet de l'escalier, puis ses genoux cédèrent sous lui. Alors que Nola cherchait à le retenir, elle trébucha et faillit être emportée. Se raccrochant juste à temps à la rambarde, elle ne put qu'assister, impuissante, à la scène d'horreur qui se déroulait sous ses yeux. Wade n'avait eu le temps de ne gravir que quelques marches lorsque Langford bascula en avant, l'entraînant dans sa chute.

Nola dévala l'escalier et trouva Langford étendu sans connaissance sur Wade Dalton, qui gémissait de douleur. Avec d'infinies précautions, elle le souleva et l'allongea doucement sur le sol.

— Êtes-vous blessé ? demanda-t-elle au sourcier.

— Je crois bien que je me suis démis l'épaule !

Nola grimaça à la vue de son bras atrocement tordu.

— Oh, Wade, vous devez beaucoup souffrir !

— J'ai eu ma part de fractures, mais je souffrais moins, peut-être grâce à l'alcool. Comment va Langford ?

— Il a un bel œuf de pigeon au front et son genou gonfle à vue d'œil.

Wade se releva lentement en évitant de bouger son épaule blessée et avisa le vieil homme.

— Il faut lui bander la jambe pour freiner le gonflement. Mais d'abord, il faut éteindre l'incendie à la cabane, et je vais avoir besoin de vous !

Alors qu'ils s'apprêtaient à sortir, Shannon se précipita dans les bras de son institutrice, qui lui chuchota des paroles rassurantes.

— M. Reinhart est mort ? demanda la fillette entre deux sanglots.

— Non, ma chérie. Il s'est fait mal, mais ce n'est pas très grave, répondit Nola en espérant dire vrai. Va dans la salle de classe et restes-y jusqu'à ce que je vienne te chercher.

— Nous allons prendre l'eau des chevaux ! cria Wade.

Ils couraient vers la cabane lorsque Galen et Hank arrivèrent au galop.

— Nous avons vu la fumée, dit Galen en mettant pied à terre, le souffle court. Que se passe-t-il ? Où est Shannon ?

— Dans la salle de classe, en sécurité. J'ai oublié le pain sur le poêle et la cabane a pris feu, balbutia Nola.

Galen ouvrit la porte, laissant s'échapper un nuage de fumée noire du logis, puis entra, suivi de Hank, qui s'était muni d'un seau d'eau. Nola voulut leur emboîter le pas mais en fut empêchée par Wade qui, à en juger par sa pâleur extrême, souffrait le martyre.

— Le toit risque de s'effondrer, la prévint-il.

Les minutes qui suivirent parurent durer une éternité. Des cris étouffés leur parvinrent, puis des bruits d'éclaboussures – les deux hommes se servaient certainement de l'eau de la baignoire pour éteindre l'incendie. Lorsqu'ils réapparurent enfin, ils étaient couverts de suie et secoués par de violentes quintes de toux.

— Nous en sommes venus à bout, annonça Galen, dont les yeux pleuraient, irrités par la fumée.

— Êtes-vous indemnes ? s'enquit Nola avec angoisse.

Les deux hommes hochèrent la tête.

— Y a-t-il beaucoup de dégâts ?

— La cuisine a brûlé et le toit est très endommagé. Dans les autres pièces, la fumée a noirci les murs, c'est tout. Mais comment est-ce arrivé ?

— Accompagnez-moi chez Langford et nous vous expliquerons tout, dit Nola.

— Qu'est-ce que vous avez à l'épaule ? demanda Galen à Wade, surprenant une grimace de souffrance sur son visage. Vous ne vous êtes tout de même pas bagarré avec le vieux ?

— Langford est mal en point, insista Nola. Dépêchez-vous, je vous en prie !

Galen fut saisi d'effroi en découvrant Langford inerte au pied de l'escalier. Alors que Wade revenait sur les événements de l'après-midi, il ausculta soigneusement le vieil homme. Pendant ce temps, Nola se mit en quête de draps propres et changea le lit de Langford. Lorsqu'elle eut terminé, elle fit signe aux autres de le monter dans sa chambre.

— Je suis vraiment navrée pour la cabane, balbutia-t-elle, une fois seule à son chevet avec Galen.

Ils avaient installé le vieil homme aussi confortablement que possible et pansé son genou gonflé. Ne restait plus qu'à attendre qu'il reprît connaissance.

— D'après ce que m'a raconté Wade, vous n'avez rien à vous reprocher, dit Galen à Nola. D'ailleurs, c'est peut-être même à moi de vous présenter des excuses. Je n'ose imaginer ce que vous avez ressenti, lorsque vous vous êtes retrouvée séquestrée ici. J'en ai touché un mot à Shannon, la pauvre petite est dans tous ses états. Je ne sais pas quelle mouche a piqué Langford ; j'aurais dû me méfier, quand il a demandé que vous lui apportiez son repas.

— Je ne vous reproche rien du tout. Et maintenant que je sais ce qui s'est passé autrefois, je comprends mieux pourquoi il se conduit de la sorte.

— J'aurais tout de même dû vous parler d'Ellen. Vous auriez su à quoi vous en tenir.

— Ce qui est fait est fait. N'y pensons plus et concentrons-nous sur son rétablissement… physique, tout du moins.

Lorsqu'un hurlement de douleur leur parvint depuis le rez-de-chaussée, ils dévalèrent l'escalier et trouvèrent Hank posté devant Wade, qui se tordait de douleur.

— Que se passe-t-il ? demanda Galen.

— Je lui ai remis l'épaule en place, expliqua Hank.

— Parce que vous savez comment procéder ? demanda Nola.

— Bien sûr, ce n'est pas une première. Mon frère a une épaule fragile. Malheureusement, Wade, vous allez devoir patienter un moment avant que la douleur ne se calme.

De retour à l'école, Nola borda Shannon dans son propre lit et disposa la moustiquaire tout autour. Comme, quelques minutes plus tard, la petite dormait à poings fermés, Nola retourna dans la demeure pour veiller Langford et trouva Wade à son chevet.

— Vous pensez qu'il va se remettre ? lui demanda-t-il.

— Certainement. Une fois qu'il aura repris connaissance, il sera toujours le même vieil aigri, surtout quand il se rendra compte que je l'ai soigné. Avec le temps, ses blessures physiques guériront. En revanche, je préfère ne pas me prononcer quant à sa santé mentale.

Wade opina, puis tous deux sortirent.

— Maintenant, si vous voulez bien m'expliquer ce qui s'est passé, je suis tout ouïe, dit Nola en s'asseyant sur la première marche de l'escalier.

— Ce n'est pas une histoire dont je suis très fier, soupira Wade.

— Prenez votre temps. Commencez par me dire ce qui vous a amené ici cet après-midi.

— Je voulais vous rendre l'argent, murmura Wade en sortant une liasse de billets de sa poche.

— Mais pourquoi ? Vous le méritez amplement, et j'étais ravie de vous le donner ! La source que vous avez découverte a sauvé le troupeau.

Nola brûlait que Wade entamât son récit. Elle-même était complètement perdue et avait grand besoin que quelqu'un l'aidât à y voir plus clair ! Langford Reinhart était alité, inconscient, un épais mystère entourait la disparition d'Emily, et tout portait à croire que la femme de Langford avait tenté de s'enfuir avec Wade. Qu'étaient-ils devenus, elle et l'enfant qu'elle portait ? Tous ces éléments étaient autant de pièces de puzzle qui ne semblaient pas vouloir s'emboîter.

— La première fois que j'ai mis les pieds au domaine Reinhart, c'était il y a quatorze ans. Langford et moi nous sommes rencontrés à l'hôtel Julia-Creek, et il m'a demandé de sonder sa propriété, en espérant que j'y trouverais de l'eau. Comme j'étais débordé à l'époque, j'ai promis de venir avec ma baguette de sourcier dès que j'en aurais le temps. Presque un mois a passé avant que je réussisse à me libérer un après-midi. Je ne me suis pas présenté à la demeure car Langford m'avait prévenu qu'il devait s'absenter, le temps de convoyer un troupeau au sud. Je ne savais même pas qu'il était marié. Un jour, j'ai rencontré Ellen alors qu'elle sortait se promener à cheval. Langford était parti depuis trois semaines, j'ai tout de suite su qu'elle se sentait terriblement seule. Elle était très belle, et je suis tombé sous le charme. J'avais parfaitement conscience que mes sentiments étaient déplacés, j'ai tout fait pour ne rien laisser paraître, mais cela s'est compliqué quand elle s'est mise à sortir tous les jours pour venir me voir. J'ai commencé à prendre volontairement du retard pour rester plus longtemps au domaine. Quand j'ai trouvé de l'eau pas très loin de la maison, j'ai traîné pour creuser, installer la pompe, la citerne…

Au profond soupir qu'il poussa, Nola perçut combien il avait honte.

— Nous nous sommes avoué nos sentiments, puis Langford est rentré. Il a continué à m'inviter chez lui, à me confier d'autres travaux que j'ai acceptés pour être auprès d'Ellen. J'avais beau savoir que cela allait forcément mal finir, mon amour pour elle a relégué mes scrupules au second plan. Ellen passait beaucoup de temps sur la véranda à lire. Il me semble que son écrivaine préférée était… Carolyn…

Il s'interrompit, le temps de fouiller dans ses souvenirs.

— Carolyn Whey, souffla Nola.

— Exactement. Comment le savez-vous ?

— J'ai trouvé quelques livres…

Nola préféra ne pas s'étendre.

— Certains soirs, nous étions assis tous les trois sur la véranda, poursuivit Wade. Comme j'aimais lire moi aussi, Ellen me recommandait des romans. Parfois, elle me glissait des mots d'amour entre les pages sans que Langford n'en sache rien. Je ne voulais pas le trahir, seulement il était totalement aveugle à la tristesse d'Ellen, à sa solitude.

Pris par l'émotion, Wade se tut un long moment. Nola patienta en silence.

– Deux mois après que nous nous sommes déclaré notre amour, Ellen est tombée enceinte. Pour elle, cette grossesse tenait du miracle. Nous avons décidé de fuir ensemble, mais notre liaison a fini par arriver aux oreilles de Langford. Il nous a alors espionnés pendant un temps.

Il baissa la tête et fixa le bout de ses bottes, tandis que Nola se remémorait le billet d'Ellen disant qu'ils avaient été découverts.

– Nous nous sommes donné rendez-vous pour partir mais, ne voyant pas Ellen venir, j'ai eu un mauvais pressentiment et je me suis rendu chez Langford. J'ai entendu des cris depuis la véranda, je me suis précipité à l'intérieur et je les ai vus en haut de l'escalier. Ellen était en larmes, à bout de nerfs. Quand elle s'est tournée et qu'elle m'a vu, l'effroi qui se lisait dans ses yeux m'a rendu tellement fou de rage que j'aurais pu tuer Langford. Elle a voulu me rejoindre, mais il l'a agrippée, comme vous aujourd'hui, en hurlant que je ne la posséderais jamais, qu'il ne la laisserait pas partir avec moi. Elle s'est débattue comme une furie, elle a réussi à se dégager, seulement elle a trébuché et est tombée dans l'escalier. Je n'ai pas pu la sauver…

Des larmes coulaient sur le visage dévasté de Wade.

– Avant de mourir, elle a chuchoté mon nom et dit qu'elle m'aimait, balbutia-t-il en s'essuyant les joues de sa main ridée.

Nola, touchée par cette histoire tragique, posa une main sur son bras. Il avait perdu non seulement la femme de sa vie, mais leur enfant à naître.

– Ensuite, Langford m'a sauté dessus, prêt à me tuer. J'étais comme paralysé, incapable de bouger ou de me défendre. Galen, qui avait entendu les cris lui aussi, était entré par la porte de derrière et avait assisté à la chute d'Ellen. Il a maîtrisé Langford le temps que je m'enfuie. Plusieurs heures plus tard, Galen est venu me voir à l'hôtel Julia-Creek pour me faire jurer de ne parler de l'accident à personne et de ne plus mettre les pieds au domaine. Vous connaissez la suite : je me suis mis à boire et Langford s'est retranché chez lui. Aujourd'hui, si je suis venu vous rendre l'argent, c'est parce que je me sens redevable envers Galen et que je n'aurais jamais dû accepter cette somme. Quand j'ai entendu crier la petite, j'ai cru revivre le drame. Dieu me pardonne, mais tous les jours, je me dis que c'est Langford qui aurait dû se rompre le cou, pas Ellen !

– D'une certaine façon, il est mort depuis des années, murmura Nola en descendant lentement l'escalier, suivi de Wade qui geignait de douleur. Il s'est cloîtré avec ses remords et sa culpabilité.

Nola, remarquant seulement maintenant que Wade était complètement sobre, s'interrogea sur ce revirement soudain. Lorsque leurs regards se croisèrent, le sourcier lut dans ses pensées.

– Je n'ai pas touché une goutte d'alcool depuis que je suis revenu prospecter ici, expliqua-t-il d'une voix douce. J'ai sombré la nuit où Ellen est morte, or j'avais beau boire, je ne pouvais pas oublier – ni Ellen ni l'accident. Aujourd'hui, je lui dois d'aller de l'avant et de vivre les quelques années qu'il me reste dans la décence et la dignité.

— C'est exactement ce que je pense, acquiesça Galen en les rejoignant sous la véranda.

— Avec tout ce qui s'est passé, j'ai complètement oublié de vous demander si vous aviez des nouvelles de Maryborough, s'enquit Nola.

— La réponse est oui. Il y a actuellement trois bateaux amarrés là-bas qui sont en mesure d'acheminer le bétail.

— C'est formidable !

— À vrai dire, je profite du malheur d'un autre, nuança Galen. Un bateau devait lever l'ancre avec une cargaison de moutons, mais l'éleveur a perdu la majeure partie de son troupeau à cause de la sécheresse. Je vais au campement prévenir les autres qu'il va falloir remettre le départ à plus tard.

— Pourquoi donc ?

— Je ne peux pas laisser Langford seul.

— Vous ne pouvez pas reporter le comptage du troupeau et le convoyage jusqu'à Maryborough, rétorqua Nola. Je pourrai m'occuper de Langford – avec votre aide, Wade, peut-être ? Vous n'êtes pas en état de monter à cheval.

— Comptez sur moi, confirma Wade.

— Vous êtes sûrs ? insista Galen.

— Oui, nous nous en sortirons très bien tous les deux. L'élevage est presque sauvé, ce serait idiot de tout arrêter maintenant.

— Très bien. Je vais demander au médecin de Julia Creek de venir vous examiner, Wade, ainsi que Langford.

— Je vais bien, Galen.

— Attendons de voir comment l'état de Langford évolue. S'il ne va pas mieux dans quelques jours, j'irai moi-même quérir le médecin de Julia Creek, promit Nola.

Galen acquiesça.

— Je vous en prie, dites-moi où est enterrée Ellen, lui demanda Wade. J'ai toujours voulu voir sa tombe pour lui rendre un dernier hommage et lui dire adieu…

— Je ne sais pas du tout où elle se trouve, répondit Galen. Quand Ellen est morte, Langford l'a tenue dans ses bras pendant des heures, refusant que je l'inhume. Il a profité que j'aille vous voir à Julia Creek pour s'en charger lui-même. Comme il avait perdu la tête, je crains qu'il ne sache plus où se trouve sa tombe. Il m'a fait jurer de jamais la chercher et, de toute façon, étant donné l'étendue des terres, cela revenait à chercher une aiguille dans une botte de foin. Langford a dit aux autres employés qu'Ellen était partie, puis s'est retranché dans sa maison et n'en est plus ressorti.

En cet instant, Nola comprit deux choses : ce devait être la sépulture d'Ellen qu'elle avait aperçue en cherchant Shannon, et elle s'était lourdement trompée au sujet de Galen. Si elle ne savait toujours pas ce qu'était devenue Emily, elle avait désormais la certitude qu'il n'avait rien à se reprocher.

— Vous savez peut-être où se trouve la tombe, observa Galen en se tournant vers elle.

Elle acquiesça.

— Mon Dieu, si j'avais su la vérité… !

— Accepteriez-vous de m'y conduire ? demanda Wade.

— C'est une sépulture anonyme, murmura Nola, les yeux embués de larmes. Si je ne suis pas certaine de retrouver le lieu exact, Hank, en revanche, le pourra sans doute.

— Ce serait un honneur pour moi d'ériger une stèle, affirma Wade qui, se tournant vers Galen, ajouta : Enfin, seulement si vous êtes d'accord, bien sûr…

Le régisseur hocha la tête en silence.

Galen et Hank descendirent un des lits de l'étage et l'installèrent dans la bibliothèque pour que Wade prît un peu de repos. Celui-ci ne se le fit pas dire deux fois, car il souffrait beaucoup. Ensuite, Nola alla voir Shannon et constata avec soulagement qu'elle dormait à poings fermés. La fillette avait eu une journée riche en émotions et ne se réveillerait certainement pas avant l'aube.

Pendant que Galen et Hank repartaient au campement, Nola entra dans la cabane pour constater elle-même l'ampleur des dégâts causés par les flammes. En effet, la cuisine noire de suie et le trou béant en plein milieu du toit rendaient le logis inhabitable. Quant aux réserves, si le beurre, le fromage et le riz étaient immangeables, les boîtes de conserve qu'elle avait achetées n'avaient heureusement pas souffert de l'incendie.

Ensuite, Nola flâna dans la cour, profitant de ce moment de tranquillité pour réfléchir à cette succession d'événements qui l'avaient ébranlée au plus profond de son être – même si elle n'était pas près de l'admettre devant ses compagnons. Ses pas la menèrent ainsi jusqu'à l'écurie, où elle passa un long moment à contempler les chevaux. Soudain, sentant une main sur son épaule, elle fit volte-face et se retrouva nez à nez avec un Aborigène hirsute, à peine plus âgé que Heath, qui s'était approché sans un bruit.

– M'dame, venez, on a besoin de vous ! répéta-t-il à plusieurs reprises, tel un perroquet qui aurait appris la phrase par cœur.

Nola hésita, à bout de forces après cette dure journée.

– Jardijardi vous demande, m'dame !

– Jack ? Est-ce que Jack… Jardijardi est blessé ?

– Venez, m'dame ! insista-t-il en la tirant par la manche.

La jeune femme aurait préféré aller chercher de l'aide, mais Wade souffrait trop pour lui être d'un quelconque secours ; quant à Galen et Hank, ils étaient repartis au campement, où Jack devait se trouver lui aussi. Pourquoi la réclamait-il ?

– Je dois prévenir que je m'absente, expliqua-t-elle.

Comme le garçon ne la lâchait pas, elle n'eut pas d'autre choix que de harnacher le poney de Shannon à la hâte. Elle l'enfourcha à cru et emboîta le pas à l'adolescent, qui la précédait en courant.

Au bout d'un moment, Nola se rendit compte qu'ils prenaient non pas la direction du troupeau, mais celle du campement de la tribu Wana-Mara. Elle supposa que Jack était allé rendre visite aux siens et qu'il avait eu un accident, ou alors que l'état de la fillette malade s'était aggravé. En tout cas, elle ne pouvait qu'admirer la vitesse à laquelle courait son guide, qui ne montrait aucun signe de fatigue alors que même Buttons avait du mal à tenir la cadence.

Quand ils arrivèrent à destination, l'adolescent fit signe à Nola de la suivre dans la hutte où elle avait ausculté l'enfant. Elle y trouva sa mère, âgée d'à peine seize ans, enceinte et pliée en deux, manifestement en proie à d'atroces souffrances. En la voyant approcher, la jeune fille l'implora du regard, espérant sans doute un nouveau « miracle » de sa part.

Sans Jack pour lui servir d'interprète, Nola n'était pas sûre de bien comprendre ce que l'on attendait d'elle. Sans grande conviction, elle s'agenouilla près de l'Aborigène et lui palpa le ventre, tandis que les autres femmes de la tribu observaient la scène depuis le seuil en scandant « Dubi Deringa », les yeux levés vers le ciel. Nola comprit que, pour elles, le sort de la jeune femme était scellé.

Poursuivant son examen, elle constata que le bébé se présentait par le siège. Elle réfléchissait fébrilement à la suite lorsque des claquements de sabots retentirent à l'extérieur de la hutte. Quelques instants plus tard, Jack la rejoignit.

— Vous êtes là, mam'zelle, merci ! Le troupeau était trop agité, je pouvais pas partir.

— Contente de te voir, Jack. Pourquoi m'as-tu fait venir ? Je ne suis pas sage-femme !

— Elle vous a réclamée, les autres voulaient pas l'aider. Elles disent que « Deringa » l'a envoûtée.

— Effectivement, elles répètent sans arrêt « Dubi Deringa ». Qu'est-ce que cela signifie ?

— « Dubi » veut dire « sorcier », et « Deringa », c'est son nom. Il s'est disputé avec Mirijula car il vous a autorisée à soigner la *piccaninny*. Pour se venger, Deringa aurait jeté un sort au bébé !

— Oh, Jack, ne me dis pas qu'en plus de devoir aider une femme à accoucher, je vais devoir composer avec un sorcier.

Remarquant sa moue triste, Nola soupira et lui tapota la main.

— Je vais faire tout mon possible. Où se trouve Deringa ?

— La tribu pense qu'il s'est jeté dans un ravin. On a retrouvé sa besace de médecin et des totems.

— C'est-à-dire ?

— Ce sont de petites amulettes en cheveux. L'esprit du sorcier va maintenant errer dans toute la région.

Lorsque Mirijula entra à son tour, Nola remarqua à son poignet un bracelet qui semblait confectionné à partir de cheveux humains. Jack suivit son regard et lui expliqua de quoi il s'agissait.

— C'est une mèche de Deringa. Les Wana-Mara portent les cheveux des morts pour éloigner leurs esprits. Sinon, ils reviennent posséder les vivants…

Il jeta un regard lourd de sens à la femme pliée en deux.

Nola ne se le fit pas dire deux fois. Sous le regard stupéfait de l'assistance, elle arracha le bracelet de Mirijula et le passa au poignet de la jeune fille. Non pas qu'elle-même accordât un quelconque crédit à ces histoires d'esprits, mais sa patiente, elle, y croyait et avait besoin de se sentir protégée, par tous les moyens possibles et imaginables.

— Jack, renvoie tout le monde, ordonna-t-elle. Un accouchement par le siège est déjà assez difficile comme cela, inutile d'en rajouter. S'il te plaît, rassure-la, dis-lui que je vais faire tout mon possible pour les sauver, elle et l'enfant.

— Deringa a tué le bébé ! Il a enfoncé des cristaux de quartz dans le ventre de la mère et…

— Qu'est-ce que tu racontes ? Ce sont des sornettes, Jack ! Non seulement son ventre est intact, mais je sens le bébé bouger. Maintenant, si tu veux bien chasser ces gens !

Comme Jack hésitait encore, Nola prit les choses en main et poussa dehors les femmes ainsi que Mirijula, qui suffoqua d'indignation. Puis elle s'accroupit au chevet de la femme et lui sourit en lui prenant la main.

— Tout va bien se passer. Jack, traduis ce que je viens de lui dire et mets-y de la conviction !

Jack obtempéra. Même si elle continuait à se tordre de douleur, la jeune fille parut quelque peu rassurée.

— Si tu connais un remède pour la soulager, ne lésine pas sur la quantité.

Jack s'éclipsa et revint avec une potion à base d'herbes que Nola servit généreusement à sa patiente. Après quelques gorgées, celle-ci se détendit, bien que l'accouchement par le siège fût désormais inévitable ; il était trop tard pour changer la position du bébé, quand bien même Nola aurait su comment procéder.

Entre la fumée – censée chasser les mauvais esprits – qui emplissait la hutte, les litanies des femmes à l'extérieur et les hurlements de la jeune fille, les nerfs de Nola étaient mis à rude épreuve, cependant à aucun moment elle ne lâcha la main de l'Aborigène, tâchant de se montrer aussi calme et assurée que possible.

En attendant la délivrance, les minutes parurent des heures, et le spectacle de cette pauvre jeune fille en souffrance était de moins en moins supportable. Soudain, alors qu'elle poussait un hurlement à glacer le sang, les fesses et les hanches du bébé apparurent enfin. Nola saisit le petit corps maculé de sang et le tira doucement. La mère perdit connaissance.

— Réveille-la ! cria-t-elle à Jack. Elle doit encore pousser !

Jack secoua la malheureuse et lui jeta de l'eau au visage jusqu'à ce qu'elle rouvrît les yeux.

— Dis-lui de faire un dernier effort, le bébé est presque là !

Jack, qui assistait lui aussi à son premier accouchement, semblait sur le point de tourner de l'œil mais suivit ses consignes. Avec le peu de forces qu'il lui restait, la mère poussa une dernière fois, et ce fut une petite fille que Nola put enfin tenir dans ses bras. À peine eut-elle coupé le cordon ombilical que les femmes réinvestirent la hutte. Après s'être passé le nouveau-né en fronçant les sourcils, étonnées qu'il fût en vie, elles se penchèrent sur la mère à demi inconsciente et entreprirent de la laver.

Alors que Nola tombait de sommeil, Mirijula vint lui servir à boire avec déférence, semblant penser qu'elle venait d'accomplir un nouveau miracle. Lorsqu'il lui parla, elle consulta Jack du regard.

— Mirijula vous considère comme une femme courageuse, à la médecine très puissante, traduisit Jack.

Son visage décomposé trahissait que lui aussi avait été durement éprouvé par la scène.

— Tu t'es bien débrouillé aussi, Jack. Merci pour ton aide. Comme le dit ton prénom tribal, tu es un homme fort. Cependant, avant que Mirijula ne s'imagine des choses, tu veux bien lui expliquer que c'est à cette jeune fille que revient tout le mérite ? Après l'exploit qu'elle vient d'accomplir, elle triomphera de tous les obstacles qu'elle rencontrera dans sa vie.

Jack traduisit son propos. S'ensuivit un vif échange avec Mirijula auquel Nola assista, perplexe.

— Qu'y a-t-il, Jack ? s'enquit-elle, remarquant la mine soucieuse du jeune homme.

— Mirijula dit que vous êtes responsable de l'âme de la mère et de l'enfant, et que vous devez les prendre avec vous pour qu'elles échappent à la malédiction de Deringa.

N'en croyant pas ses oreilles, Nola fit les cent pas autour du feu.

— Ce n'est pas possible, Jack, M. Reinhart ne le permettra jamais. De plus, la cabane n'est plus habitable à cause de l'incendie, Galen va s'absenter longtemps, et puis il y a Langford et Wade, que je dois soigner…

Après avoir énuméré les mille raisons pour lesquelles elle ne pouvait accueillir les deux Aborigènes, elle se figea, comprenant qu'aucun de ses atermoiements ne justifiait de les laisser en danger.

— Mirijula dit que seule votre médecine les protégera, plaida Jack. Il propose que vous partiez avec d'autres *lubras* qui vous aideront à vous occuper d'elles.

Nola épongea son front et sa nuque trempés de sueur.

— Où se trouve le père de l'enfant, Jack ? Il a tout de même son mot à dire.

— C'est Mirijula le père, affirma Jack sans ciller.

— Pardon ? Il pourrait être son grand-père, et elle-même n'est encore qu'une l'adolescente ! Je préfère ne pas savoir à quel âge elle a eu son premier enfant.

Jack, ne sachant que répondre, se contenta d'un haussement d'épaules.

Nola appréhendait le retour au domaine. Elle quitta le campement de la tribu accompagnée de la mère, de ses deux enfants et d'une deuxième femme, ainsi qu'avec un grand sac rempli d'herbes aux vertus analgésiques pour Wade Dalton et Langford Reinhart. La mère et ses enfants s'installèrent sur une civière en feuilles tressées attelée au poney, tandis que l'autre femme montait derrière Jack sur son cheval. Nola remarqua qu'elle avait un chiot dans les bras.

— Pourquoi part-elle avec ce chien ? demanda-t-elle à Jack, puis, sans lui laisser le temps de répondre, elle maugréa : Tu es sûr que je ne devrais pas prendre encore quelques invités ? Des enfants, peut-être, pour remplir ma salle de classe ?

Encore une fois, Jack haussa les épaules.

— La mère de ce chiot est une grande chasseuse de crotales.

— Espérons qu'il a hérité de son talent, soupira-t-elle, songeant aux serpents qui avaient élu domicile dans la réserve de bois de la ferme.

Une fois les bâtiments de la ferme en vue, Jack dut les laisser poursuivre seules leur périple pour retourner auprès du troupeau – non sans répéter, au moment de prendre congé, que mère et fille devaient à tout prix rester auprès de Nola jusqu'à la disparition des mauvais esprits.

12

Galen et Hank, le visage encore noir de suie, trouvèrent le troupeau près de la pompe à vent installée par Wade Dalton et Ben Cranston. Certains animaux étaient allongés à l'ombre des arbres environnants pour se protéger de la brûlure du soleil sur leurs corps amaigris. En les voyant approcher, Heath et Keegan galopèrent à leur rencontre.

— D'où venait la colonne de fumée ? s'enquit Heath en arrêtant son cheval à hauteur de son père dans un nuage de poussière.

— Tout va bien à la maison ? renchérit Keegan, faisant écho à la question inquiète de son frère.

— La cabane a brûlé, leur annonça Galen.

Les deux garçons sentirent leur cœur se figer d'effroi.

— Et comment vont Shannon et Mlle Grayson ? Elles ont été blessées ? demanda Keegan.

— Elles sont saines et sauves. Mais il va falloir remettre la cabane en état avant de pouvoir à nouveau y habiter, et ce sera long !

— Comment le feu est parti ? demanda Heath en fronçant les sourcils.

— Le pain qui cuisait sur le poêle a pris feu, et l'incendie s'est propagé à toute la cuisine.

— Tu veux dire par là que c'est la faute de Mlle Grayson ? insista Heath, pressentant que son père ne lui disait pas toute la vérité.

— Bien sûr que non, répliqua sèchement Galen.

Les deux garçons échangèrent un regard perplexe.

— Mlle Grayson était chez Langford quand l'incendie a éclaté. Tu sais comme le poêle peut être imprévisible.

— Mais…

— Ce n'était pas sa faute, assena le père de famille.

Alors qu'il avait voulu épargner les détails à ses fils, il comprit soudain que ceux-ci apprendraient ce qui s'était passé tôt ou tard par Shannon. Mieux valait donc leur dire la vérité – du moins, une partie. Il consulta du regard Hank, qui se tortillait sur sa selle, mal à l'aise.

— Tu essaies de nous cacher quelque chose, papa, constata Heath, remarquant la gêne des deux hommes. S'il y a un problème, nous préférons le savoir !

Galen hésita encore. Connaissant ses fils, le moindre élément qu'il lâcherait entraînerait des questions par centaines, et il doutait qu'ils fussent en âge d'appréhender correctement les événements passés. Non seulement il préférait leur épargner les détails sordides du passé de Langford, mais l'arrivée de Nola Grayson les avait rendus avides d'informations sur le destin de leur mère. Si Galen jugeait cela tout à fait normal, il ne se sentait pas prêt à aborder le sujet pour autant.

— Après avoir mis la pâte à cuire sur le poêle, Mlle Grayson a voulu prendre des nouvelles de Langford. Elle est allée le voir avec Shannon. Langford les a enfermées dans la maison, le pain est resté sans surveillance, le poêle s'est embrasé et…

Le visage de Keegan se décomposa.

— Pourquoi M. Reinhart les a enfermées ?

— Ce n'est pas très clair. Toujours est-il que Wade Dalton, qui passait par là, a entendu Shannon pleurer et enfoncé la porte d'entrée. Langford et Mlle Grayson étaient en haut, sur le palier. En voyant arriver Wade, Langford a perdu l'équilibre et est tombé dans l'escalier. Comme il n'a toujours pas repris connaissance, je ne sais pas pourquoi il s'est comporté de la sorte.

— M. Reinhart va se rétablir ? demanda Heath.

Galen acquiesça.

— Il avait forcément ses raisons, insista Heath. Peut-être que Mlle Grayson a…

— Il n'est pas impossible que ce soit ma faute, l'interrompit Galen. Sans vouloir excuser Langford, il se peut qu'une parole malheureuse de ma part l'ait poussé à agir de façon aussi déraisonnable.

— Comme quoi, papa ? demanda Keegan.

— Je vais voir Jimmy et Jack, intervint Hank, supposant que Galen voulait parler à ses fils seul à seuls. Ils ont peut-être besoin d'un coup de main.

— Merci, Hank, j'apprécie.

Galen se tut un moment, le temps de réfléchir à la façon de présenter son récit.

— Comme Langford souhaitait renvoyer Mlle Grayson, je lui ai expliqué que s'il la forçait à partir, je n'aurais pas d'autre choix que de m'installer en ville pour que Shannon et vous receviez une instruction. C'est l'unique raison pour laquelle Langford a accepté qu'elle reste. Je n'exclus pas qu'il ait tenu Mlle Grayson pour responsable de mon ultimatum.

— Pourquoi lui as-tu dit une chose pareille ? s'écria Heath. Tu ne quitteras jamais le domaine, nous non plus, et M. Reinhart le sait sûrement.

Galen embrassa du regard la plaine poussiéreuse et brûlée de soleil qu'il aimait tant, tout en cherchant les mots les plus appropriés pour expliquer la situation à ses fils. Jamais il n'aurait cru que ce serait si difficile d'évoquer le passé ainsi que les raisons qui l'avaient poussé à ne jamais se remarier. À l'instar de Langford, il avait fini par se persuader que les femmes ne supportaient pas la solitude ni les difficultés du quotidien et que, à ce titre, elles n'avaient pas leur place dans l'*outback*. Seulement, ces dernières vingt-quatre heures l'avaient amené à la réalité – et la prise de conscience était douloureuse.

— Shannon s'est enfuie parce qu'elle a eu peur que Langford chasse Mlle Grayson du domaine. J'ai alors compris que la vie ici allait à l'encontre de ses besoins fondamentaux, qui sont de grandir avec une figure maternelle, de jouer avec d'autres petites filles… J'étais persuadé que la vie ici était trop rude pour une dame de la ville, or il se trouve que je me suis peut-être trompé.

Heath qui, en tant qu'aîné de la fratrie, avait des souvenirs plus nets de sa mère, saisit l'allusion de son père.

— Tu as changé d'avis concernant Mlle Grayson ? Maintenant, tu penses qu'elle pourrait s'adapter à la vie au domaine ?

— Je ne peux pas encore me prononcer, mon fils, mais elle se démène, indéniablement. Si certaines femmes ne supportent pas ces conditions de vie, je n'aurais pas dû présumer qu'il en allait de même pour toutes. Quant à Shannon, elle a besoin d'une compagnie féminine pour se forger une identité. Le jour viendra, et plus vite que je ne peux l'imaginer, où elle mûrira et deviendra une femme. Les enfants des exploitations environnantes grandissent avec leur mère, leurs sœurs, parfois même des enfants d'Aborigènes. En y repensant, Shannon ne côtoie que nous, des gardiens de troupeaux ; aucune autre petite fille, aucune femme.

— On a joué avec elle autant qu'on a pu ! protesta Heath.

— Je sais bien, mon fils, mais ce n'est pas suffisant. Nous l'avons traitée comme un garçon, par ma faute. Elle a presque cinq ans, et il a fallu que Mlle Grayson la change pour savoir que c'était une petite fille. Vous vous rendez compte ? Comprenez que je m'interroge, maintenant. Shannon a besoin de la présence d'une femme pour s'épanouir, d'un modèle. J'ai cru que je pourrais remplir un double rôle, paternel et maternel, or je me suis trompé. Il lui faut quelqu'un à qui se confier, quelqu'un qui la guide dans la vie, comme seule une femme peut le faire.

— D'accord, mais le jour où Mlle Grayson rentrera en Angleterre, est-ce que nous devrons partir vivre en ville ?

Galen, pensif, ôta son chapeau et s'épongea le front d'un revers de manche.

— Je ne sais pas ce que l'avenir nous réserve, Heath. Pour l'heure, nous devons consacrer tout notre temps et notre énergie à sauver le domaine.

Sur ce, Jimmy les rejoignit, un nerf de bœuf à la main.

— Ça tient toujours pour Maryborough, boss ?

— Oui, Jimmy, nous partirons tôt demain matin.

— Et M. Reinhart ? s'enquit Keegan. Qui va s'occuper de lui ?

— Mlle Grayson et Wade Dalton.

Les deux garçons échangèrent un regard perplexe.

— Il y a un problème, boss, souligna Jimmy.

Galen se tourna vers lui, tandis que des gouttes de sueur coulaient le long de ses tempes tannées par le soleil.

— Oui, Jimmy ? De quoi s'agit-il ?

— Les Aborigènes sont partis en errance. Jack les cherche. S'il les trouve, il les ramènera.

Galen, moins surpris que déçu, poussa un profond soupir. Et voilà qu'il se retrouvait avec cinq hommes de moins ; cela ne pouvait pas plus mal tomber ! Il était sur le point de se résigner lorsque les paroles de Nola lui revinrent en mémoire : après s'être tant battu pour le domaine, il ne pouvait pas abandonner maintenant.

— Je doute que Jack les retrouve, observa-t-il puis, se tournant vers ses fils : j'ai comme l'impression que mes deux gardiens en herbe s'apprêtent à vivre leur premier convoyage.

Si Keegan et Heath exultaient, Galen restait sur la réserve. Ce trajet de plusieurs centaines de kilomètres, déjà difficile en temps normal, s'annonçait particulièrement éprouvant, avec une main-d'œuvre aussi réduite. Ils devraient supporter les longues journées à cheval, la chaleur, les mouches, la poussière étouffante, qui s'insinuerait jusque entre leurs dents ; tout juste auraient-ils la force, le soir venu, de s'asseoir autour du feu. Dans une situation moins critique, Galen y aurait réfléchi à deux fois avant de les embarquer dans une telle équipée, en particulier Keegan.

Toujours plongé dans ses pensées, Galen se retourna et jaugea le troupeau. Ce serait un miracle, s'ils atteignaient Maryborough. Et encore, il n'était pas exclu que leurs efforts profitent aux frères Janus !

Lorsque Nola était rentrée de sa visite chez les Wana-Mara, elle avait retrouvé Wade en train de se ronger les sangs. Après l'avoir l'informé des derniers événements, elle avait installé les deux femmes, la fillette, le bébé et le chiot dans l'école. Cela n'avait pas été simple de faire comprendre à ses nouvelles compagnes qu'elles y étaient en sécurité, et qu'elles pouvaient rester le temps qu'elles voudraient. Elles semblaient persuadées qu'elles n'étaient hors de danger qu'en sa présence.

Le soir venu, Hank passa chez Langford pour annoncer à Nola et Wade que les Aborigènes étaient partis en errance. À son retour auprès de Galen, Jack avait confirmé que la tribu avait pris la direction du nord. Heureusement, les hommes qu'ils avaient recrutés n'étaient pas partis avec les chevaux nouvellement dressés. Leurs montures pourraient donc au moins se relayer au cours du convoyage. Cependant, Galen doutait encore d'avoir suffisamment de main-d'œuvre pour guider les bovins sur une telle distance. Comprenant son inquiétude, Nola pria intérieurement pour qu'Orval Hyde eût entendu parler de gardiens de troupeaux à la recherche d'un emploi saisonnier.

Lorsqu'elle monta voir Langford, elle vit Galen sortir de sa chambre en refermant doucement la porte.

— Comment va-t-il ? chuchota-t-elle.

— Il est très fatigué, et sa jambe le fait terriblement souffrir.

— Je me sens fautive, vous savez.

— Vous êtes aussi peu responsable de sa chute que lui de la mort de son épouse. La culpabilité le ronge depuis des années, et voilà le résultat. Ce sentiment peut détruire une vie. Langford et moi en sommes des exemples éloquents.

Nola espéra secrètement que Galen en viendrait à parler d'Emily, mais il préféra changer de sujet, une fois encore.

— Langford se plaint de voir trouble.

— C'était prévisible. Il va récupérer, mais nous devons nous montrer patients.

— Vous croyez ? insista Galen en fourrageant dans sa chevelure sombre et fournie. Son élocution est difficile aussi. Je me demande s'il n'a pas eu une attaque. Mon Dieu, pourvu qu'il n'ait pas de séquelles !

Nola posa doucement une main sur son bras musclé et bruni par le soleil.

— Il doit être en état de choc à cause de sa chute. Nous en saurons plus dans quelques jours. Partez sans crainte, je ferai tout mon possible pour qu'il se rétablisse. Vous avez ma parole.

Galen acquiesça. Il ne doutait pas que Nola serait aux petits soins pour le vieil homme – si celui-ci l'autorisait à l'approcher !

— Nous n'avons aucun remède contre la douleur, ici. Mais je peux demander à Jack ou Jimmy de…

— Ce ne sera pas nécessaire.

Nola sortit de la poche de son pantalon les herbes que les Aborigènes lui avaient offertes.

— Où avez-vous trouvé ça ? demanda Galen en haussant les sourcils.

Nola lui raconta tout depuis le début. Le régisseur fut stupéfait d'apprendre qu'elle s'était aventurée jusqu'au campement de la tribu, et encore plus qu'elle avait aidé une femme à accoucher. Comment réagirait-il à sa prochaine annonce ?

— En voyant le soulagement que la mixture procurait à cette jeune fille, j'ai demandé aux Aborigènes de m'en donner pour Wade et Langford.

— C'était très prévoyant de votre part.

Nola tressaillit en remarquant l'intensité avec laquelle il la regardait.

— Quelque chose ne va pas ? demanda-t-elle, quand elle finit par ne plus la supporter.

— À vous de me le dire, mademoiselle Grayson. Y a-t-il autre chose dont vous souhaiteriez m'informer ?

Elle fixa le bout de ses chaussures. Décidément, cet homme semblait lire dans ses pensées, songea-t-elle avec agacement.

— Eh bien…

Relevant la tête vers Galen, elle eut soudain envie de disparaître six pieds sous terre face à l'éclat froid et pénétrant de ses yeux verts. Elle prit une profonde inspiration et se ressaisit. Qu'avait-elle à se reprocher ? Non seulement elle n'avait pas à rougir de son initiative, mais elle était bien décidée à la défendre.

— Vous voudrez bien passer à l'école, une fois que vous aurez administré le remède à Langford ?

Galen la suivit du regard tandis qu'elle descendait l'escalier, le menton rejeté en arrière. Pourquoi tant de mystères ?

Alors qu'elle regagnait l'école, Nola sentit son cœur bondir de joie tandis que résonnait le rire de

Shannon, qui jouait avec la fillette et le petit chien. Elle allait s'occuper de la jeune mère quand Galen parut sur le seuil en plissant le front de surprise. Nola se figea dans l'attente de l'accès de colère qui ne manquerait pas de survenir. Ce fut donc avec étonnement et soulagement qu'elle vit un sourire se dessiner sur les lèvres du régisseur, ravi par la gaieté retrouvée de sa fille.

Mais dès qu'il aperçut les deux femmes au fond de pièce, il se rembrunit.

— Vous pouvez m'expliquer, mademoiselle Grayson ?

Nola lui expliqua rapidement que la tribu, craignant une malédiction de Deringa, lui avait confié tout ce petit monde.

— J'ai beau ne pas partager leurs croyances, leur angoisse, leur panique même sont indéniables et…

— Mademoiselle Grayson, l'interrompit Galen, qui peinait à contenir sa colère, je vis ici depuis assez longtemps pour savoir que les superstitions des Aborigènes ne sont pas une sinécure.

— Autrement dit, vous comprenez que je n'aie pas eu le cœur de les laisser à leur sort.

— Je n'ai pas dit ça, rétorqua Galen en fronçant les sourcils.

— Je n'avais pas le choix ! protesta Nola, piquée au vif. Qu'aurais-je dû faire ?

— Me consulter, J'aurais peut-être trouvé une solution plus adaptée.

Nola comprit qu'il était inutile d'argumenter plus avant. Elle devait adopter une autre stratégie.

— Vous avez certainement raison, lâcha-t-elle, feignant l'indifférence.

Ainsi sont les femmes, songea Galen. Elles cèdent quand on s'y attend le moins.

Nola fuit son regard inquisiteur et sourit en observant Shannon.

— C'est tout de même agréable de voir votre fille aussi heureuse, n'est-ce pas ?

Galen avait beau sentir que l'institutrice avait une idée derrière la tête, il ne put s'empêcher de s'adoucir.

— J'espère que la tribu et vos nouvelles recrues ne sont pas parties en errance à cause de Deringa et de la crainte qu'il leur inspire, avança-t-elle.

— Le départ des Wana-Mara a forcément un lien, et ils ne rentreront pas tant qu'ils ne se sentiront pas en sécurité. Mais le temps presse, nous ne pouvons pas les attendre. Nous devons prendre la route avec le troupeau maintenant, si nous voulons avoir une chance de sauver le domaine.

Il poussa un profond soupir.

— Langford sera fou de rage, s'il apprend que des femmes et des enfants aborigènes se trouvent sur sa propriété. Vous n'allez pas pouvoir les héberger en secret éternellement.

— Je suis vraiment désolée pour toutes ces tracasseries, je sais que vous avez déjà suffisamment à penser comme cela. Seulement, cette pauvre jeune fille a besoin de mon aide, et je peux difficilement la lui refuser, après tout ce qu'elle a traversé. J'ai beau ne pas adhérer à ses croyances, leur influence sur son état est indéniable. Je tâcherai de tout expliquer à Langford, et je finirai bien par le convaincre. Les enfants ne dérangeront personne, je vous le promets. Et peut-être même que ces deux femmes me seront utiles.

Galen secoua la tête. Il doutait fort que le vieil homme changeât d'avis.

— Comment s'appellent-elles ?

— Je ne sais pas. Et quand bien même je connaîtrais leur prénom, je n'arriverais certainement pas à le prononcer.

— Dans les autres exploitations, les fermiers donnent des noms anglais aux Aborigènes qui vivent chez eux. A priori, ils n'en prennent pas ombrage.

— Oui, Jack m'a expliqué que son nom tribal était Jardijardi.

Nola se tourna vers le petit groupe.

— Je crois que je vais appeler les femmes Lizzie et Mary, et la petite fille, Minnie.

— Son nom, c'est Tilly, elle me l'a dit ! claironna Shannon. Et le chien, comment on l'appelle ?

Nola réfléchit quelques instants.

— Comme sa couleur ressemble à celle du sable, que dirais-tu de Sandy ?

— Ça me plaît. Et le bébé ?

— Attendons de voir quel prénom Mary souhaite lui donner.

— Mademoiselle Grayson, intervint Galen, êtes-vous sûre de pouvoir vous débrouiller seule, entre Langford, Wade, les femmes *et* les enfants ?

Nola acquiesça en riant.

— Si vous saviez ! Certains enfants dont j'ai eu la charge étaient de vrais diablotins, et puis, de cette façon, Shannon et moi aurons un peu de compagnie en votre absence.

Galen suivit du regard sa fille, qui gambadait gaiement dans la pièce avec ses nouveaux camarades, le visage irradiant de bonheur. Pendant que Nola s'employait à ravaler des larmes de joie, il songea à sa chance d'avoir trouvé une personne aussi affectueuse et généreuse à laquelle confier ses enfants. Puis, craignant soudain que l'institutrice lût dans ses pensées, il s'éclaircit la voix et se tourna vers les *lubras*.

— Avez-vous au moins de quoi les nourrir, mademoiselle Grayson ?

— Je vais ouvrir quelques-unes des conserves que j'ai achetées au magasin. Pendant que j'y pense : j'ai demandé à Orval s'il avait entendu parler de gardiens saisonniers à la recherche d'un travail.

— J'en doute, la sécheresse les dissuade de venir dans la région. Ils savent que ça n'en vaut pas la peine, étant donné que les agriculteurs ont déjà du mal à joindre les deux bouts. Mieux vaut ne pas trop miser là-dessus.

Nola songea à la déconvenue que Galen venait de subir avec ses recrues aborigènes. Alors qu'il l'avait pressentie, il avait perdu par sa faute un temps précieux en dressage et en leçons d'équitation. C'était tout elle, de lancer une idée et de la suivre tête baissée, sans penser aux conséquences. Alors qu'elle avait toujours rechigné à reconnaître ses torts, en cet instant précis, elle s'en voulait terriblement, et elle aurait donné n'importe quoi pour soulager un tant soit peu Galen, dont l'opinion lui importait curieusement.

N'y tenant plus, Nola se tourna vers lui avec l'intention de présenter ses excuses, mais il était déjà reparti.

Dans la cuisine de la demeure, Nola réchauffa du corned-beef accompagné de légumes sur un poêle qui, s'il était moins récalcitrant que celui de la cabane, avait urgemment besoin d'être nettoyé de fond en comble. Langford s'était visiblement essayé à la cuisine mais sans grand succès, à en croire les restes de nourriture encore collés sur le métal.

Lorsque Nola retourna à l'école avec le dîner, elle constata que les Aborigènes avaient déjà sorti quelques provisions. Désireuses toutefois de ne pas froisser leur hôtesse, elles acceptèrent le repas qui leur fut proposé. À l'occasion de ce premier dîner, Nola se rendit compte de l'emprise qu'exerçait Deringa sur elles – au point qu'elle ne put sortir rejoindre Galen et Hank qu'au prix d'un long dialogue de sourds. En effet, les femmes considérant Nola comme l'ultime rempart à la malédiction du sorcier, elles refusaient de la laisser s'absenter plus de quelques minutes.

Dans la demeure, elle trouva Galen et Hank en train de parler organisation, le premier montrant une certaine réticence à s'installer chez Langford.

— La cabane est dans un tel état que les enfants ne peuvent pas y loger, souligna Nola, et vous non plus.

— Le fond de la salle de classe pourrait servir de dortoir, objecta Galen.

— Bien sûr, mais nous avons là une demeure vide, et vous êtes bien placé pour savoir que l'un des plus gros problèmes de Langford, c'est la solitude.

— Peut-être, mais j'ai l'impression de profiter de son état de faiblesse.

— Il sait qu'il y a eu un incendie. Est-ce qu'il l'a mentionné ?

Galen acquiesça.

— C'est même lui qui m'a proposé de venir vivre ici, mais je doute que le réagencement des meubles lui plaise.

Nola était bien décidée à ce que Langford se rétablît, aussi bien physiquement que mentalement, or cela passait par le retour à un quotidien normal.

— Il ne peut pas exiger que vous et votre famille mangiez ou dormiez à même le sol. Une maison qui reprend vie, des enfants heureux, voilà qui ne pourra que contribuer à son bien-être.

Nola eut beau sentir l'hésitation de Galen, elle préféra ne pas lui forcer la main, se rappelant que, ces derniers temps, elle avait souvent été de mauvais conseil.

— Une chose est sûre, Langford ne peut plus vivre comme il l'a fait ces dix dernières années, réfléchit Galen. Soit nous perdons le domaine et il se verra contraint de déménager, soit il reste ici mais devra prendre un nouveau départ.

Soudain, une ride barra son front.

— Et vous, qu'allez-vous devenir ? Vous vous retrouvez à l'étroit, avec toutes ces personnes que vous hébergez dans l'école.

— C'est vrai, je n'y avais pas pensé.

— Et si vous partagiez une chambre avec Shannon ? Elle sera non seulement ravie mais rassurée, après notre départ pour le convoyage. Et puis vous serez plus près de Langford, si jamais il a besoin de quelque chose.

— Oui, vous avez raison.

— Alors l'affaire est entendue, nous emménageons tous ensemble.

Nola ne fut pas peu surprise de voir un sourire apparaître sur le visage du régisseur.

Le temps de réagencer le rez-de-chaussée, le reste de la soirée passa à la vitesse de l'éclair. À la lueur des lampes à pétrole disposées dans les différentes pièces, Nola fut ravie de constater que la demeure de Langford semblait peu à peu revenir à la vie. Quant aux meubles, elle les trouvait d'un goût exquis, même s'ils avaient besoin d'une bonne couche de cire. Elle avait été bien avisée d'en acheter chez Orval et Gladys, et s'attellerait à la tâche dès le lendemain matin.

Pendant que Galen s'assurait que le maître des lieux dormait d'un sommeil paisible, ses compagnons s'attablèrent dans la cuisine autour d'une tasse de thé. Nola se plongea dans la lecture des mémoires de Sheridan Reinhart, ne s'interrompant de temps à autre que pour commenter les photographies avec Hank. Puis, lorsque Galen les eut rejoints, elle en profita pour l'interroger sur les origines du domaine.

Il entama son récit tout en se servant une tasse de thé.

— Sheridan et son épouse sont morts quelques années après avoir contracté la tuberculose. Ils vivaient alors à Victoria, je crois. C'est Langford qui a fondé ce domaine, et non son père.

— Cela n'a pas dû être une mince affaire, de bâtir l'exploitation et de lancer l'élevage, souligna Nola avec respect.

— À mon arrivée ici, Langford et Ellen vivaient dans l'école en attendant que la maison soit achevée. Langford consacrait ses journées au bétail et ses soirées à la construction de sa future demeure. Mes plus beaux souvenirs datent de cette époque. Langford était alors plein de vitalité, convaincu qu'un jour, le domaine Reinhart serait une exploitation florissante.

Alors que Galen parlait, ses yeux pétillaient d'excitation.

– Cela peut être difficile à croire aujourd'hui, mais aucun obstacle ne pouvait faire renoncer Langford, et pourtant il en a connu ! Je me souviens que son optimisme avait quelque chose de galvanisant. Il a changé ma vie, alors que je venais de perdre mes parents et notre petite ferme.

– Il avait aussi une bonne épouse à ses côtés, grommela Wade. Bon, je vais m'aérer un peu et m'occuper des chevaux.

Sur quoi il quitta la cuisine, accompagné de ses propres souvenirs.

Galen poursuivit en retraçant l'enfance de Langford au pays de Galles. La famille Reinhart, qui comptait plusieurs générations de mineurs, avait vécu à Aberfan jusqu'à ce que le frère aîné de Langford pérît lors d'un coup de grisou. Sheridan Reinhart avait alors décrété que son deuxième fils, âgé de quatorze ans, ne connaîtrait pas le même destin. Peu après, la famille avait émigré en Australie, alors un continent vaste et inexploré que Sheridan avait rêvé de découvrir. Après avoir traversé le pays à dos de dromadaire – une épopée que Sheridan avait relatée dans ses mémoires –, M. et Mme Reinhart avaient choisi de s'établir dans la ville minière de Bendigo et d'y fonder une gazette.

De son côté, Langford s'était pris de passion pour l'élevage. Gardant à l'esprit la devise de son père, « Toujours apprendre des meilleurs », il avait entrepris une tournée des exploitations les plus florissantes du pays. De passage dans la région des Darling Downs, il avait rencontré Ellen Janus, qui avait été aussitôt séduite par sa fougue et sa détermination, et ils étaient repartis ensemble s'installer dans le golfe de Carpentarie.

— Langford Charles Aloysius Reinhart s'est établi ici en 1886 avec le projet de se retrouver à la tête de l'une des exploitations bovines les plus prestigieuses de tout le Queensland, poursuivit Galen. Et ce fut le cas, pendant un temps. J'avais quinze ans quand il m'a pris sous son aile. C'est à ses côtés que j'ai tout appris, et je veux aujourd'hui transmettre ces connaissances à mes fils. Sans que je sache précisément à quel moment c'est arrivé, le rêve de Langford a fini par devenir le mien. Lorsqu'il a perdu Ellen et, avec elle, sa joie de vivre, je me suis juré de faire tout ce qui était en mon pouvoir pour sauver le domaine. Chaque jour, je prie pour que mes efforts ne soient pas vains.

À cet instant, Wade revint dans la cuisine, le teint blême.

— Les chevaux vont bien, murmura-t-il.

— Nom de Dieu, qu'est-ce qui se passe, Wade ? s'exclama Hank. On dirait que tu viens de croiser un fantôme !

Après avoir échangé un regard furtif, Nola et Galen se mordirent les lèvres pour ne pas rire.

— Je vous jure que je n'ai pas bu ! protesta Wade. Mais il se trouve que j'ai cru voir le visage d'une femme aborigène à la fenêtre de l'école…

Lorsque Nola s'esclaffa pour de bon, Wade haussa les sourcils avec perplexité, vite imité par Hank et les garçons.

— J'aurais dû te prévenir, Wade : Mlle Grayson reçoit des invités, expliqua Galen. Deux femmes aborigènes, une petite fille, qui est déjà la meilleure amie de Shannon, un nouveau-né et un chien. Je n'ai oublié personne ?

— Non, le compte est bon, confirma Nola.

Les deux garçons se regardèrent, intrigués, puis bondirent de leur chaise et sortirent en courant de la cuisine.

— À notre retour, vous aurez démarré une pension de famille et une colonie de vacances, sourit Galen en secouant la tête.

— Si cela peut rapporter un peu d'argent, j'y réfléchirai bien volontiers ! rétorqua Nola.

Le régisseur soupira.

— J'espère que ce convoyage sera une réussite et que nous gagnerons assez d'argent pour sauver le domaine.

À ces mots, Nola se perdit dans la contemplation de sa tasse. Puis elle releva la tête et dut s'y reprendre à deux fois avant de parvenir à articuler :

— Vous aviez raison.

— À quel sujet ? demanda Galen, un peu surpris.

— Vous m'aviez prévenue que les Aborigènes partaient en errance dès que l'envie les prenait, balbutia-t-elle. Et moi, je me suis obstinée, alors que j'aurais dû vous écouter. Et donc, je le répète : vous aviez raison.

À sa grande surprise, Galen lui lança un clin d'œil amusé.

— Les Aborigènes nous ont été très utiles lors du rassemblement et du trajet jusqu'à la Flinders River. Pour cela, je vous en suis très reconnaissant, mademoiselle Grayson.

— Dans ce cas, puis-je me permettre de vous demander ce qu'il y a de drôle ?

— Jamais je n'aurais cru vous entendre prononcer un jour de telles paroles !

Comprenant que Galen la taquinait, Nola sourit.

— Ne vous attendez pas à ce que cela se reproduise trop souvent.

Galen rit puis, redevenant sérieux, se tourna vers Wade. Sans qu'il eût à prononcer un mot, le sourcier devina ce qu'il avait en tête.

— Vous pouvez compter sur moi, Galen. Je saurai quoi faire, si jamais nous recevons la visite d'indésirables.

— J'apprécie votre présence et votre dévouement à leur juste valeur, opina Galen. Surtout que Langford sera diminué encore un certain temps.

— Oui, et une fois qu'il sera rétabli, je devrai prendre le large.

Lorsque Nola retourna à l'école, Shannon refusa tout net d'aller dormir chez Langford, insistant pour rester avec Tilly, les deux femmes et bien sûr le chien. Nola n'aurait rien trouvé à y redire, si elle avait été absolument certaine que « Dubi Deringa » ne représentât plus aucun danger. Seulement, une petite voix lui intimait de se méfier de cette histoire de sorcier. Bien qu'elle ne voulût pas contrarier Shannon, elle préférait ne pas s'éloigner de Langford et être présente, s'il avait besoin de quelqu'un pendant la nuit. Elle était en train de réfléchir au meilleur compromis lorsque Galen apparut dans l'encadrement de la porte.

— Tout va bien ? demanda-t-il.

— Shannon veut dormir ici cette nuit, répondit Nola. Je préférerais rester avec elle, mais il y a Langford.

Alors qu'ils pesaient le pour et le contre, les deux femmes sortirent avec leurs oreillers et leurs couvertures puis, après une longue discussion dans leur langue tribale, s'installèrent pour la nuit le long du mur extérieur.

— C'est vrai qu'elles ont l'habitude de dormir à la belle étoile, observa Galen.

— En effet, j'aurais dû y penser, répondit Nola. J'ai donc à nouveau de la place dans ma chambre.

— Je m'occuperai de Langford cette nuit. Vous, restez ici.

— Merci. Je trouverai une autre solution pour demain soir.

Le lendemain, Galen et Hank prirent la direction du campement avant l'aube. Après avoir servi une omelette à Langford pour le petit-déjeuner, Galen lui avait annoncé que Nola s'occuperait de lui en son absence. Le vieil homme n'eut apparemment aucune objection, du moins n'en fit-il pas part à Galen, qui partit en pensant qu'il s'accommoderait de la situation. Cependant, hors de question pour le vieil homme de boire la décoction aborigène.

— Les douleurs ont cessé ? demanda Nola à Galen avant son départ.

— Il souffre le martyre, j'en mettrais ma main à couper.

— Alors pourquoi se montre-t-il aussi difficile ?

— J'ai transvasé la préparation dans une bouteille que j'ai trouvée dans la cuisine, mais il ne s'est pas laissé berner. Il sait pertinemment d'où vient ce remède.

Nola secoua la tête avec agacement.

— C'est une vraie tête de mule quand il s'y met, poursuivit le régisseur. Attendez que la douleur devienne insupportable, et il reviendra à la raison. En tout cas je l'espère, pour lui comme pour vous. J'aime ce vieil homme comme un père, mais depuis qu'il se complaît dans sa vie d'ermite, il a tendance à me taper sur les nerfs. Quel gâchis…

— Dormirez-vous à la ferme ce soir ?

— Je ne pense pas, car les prochains jours s'annoncent chargés. En plus de lever le camp, nous devons voir nos voisins du domaine Hall's Gap, les MacDonald, dont le troupeau s'est mêlé au nôtre. Nous devons trier les bêtes et marquer celles qui ne le sont pas encore.

Après le départ de Galen, Nola prépara une tasse de thé et la monta à Langford.

— Bonjour ! claironna-t-elle joyeusement en entrant dans sa chambre.

Langford l'ignora.

— Comment allez-vous, ce matin ?

— Ce maudit sourcier est toujours là ?

En guise de réponse, Nola entreprit de réajuster ses draps.

— Crachez le morceau, jeune fille !

Nola croisa les bras et planta son regard dans celui du vieil homme.

— Wade s'est démis l'épaule en vous sauvant la vie. Il souffre autant que vous, mais lui, au moins, se montre raisonnable et boit son remède !

— Ne vous attendez pas à ce que je l'en remercie. Je ne veux plus le voir ici, il a une heure pour disparaître à tout jamais. Et apportez-moi donc un verre d'eau-de-vie, c'est le meilleur remède pour lutter contre la douleur.

— Quand bien même nous aurions de l'eau-de-vie dans cette maison, je refuserais de vous en donner. Je sais, c'est votre domaine, je ne suis qu'une employée et, en tant que telle, je dois vous vous obéir au doigt et à l'…

— Exactement, seulement la docilité n'est pas votre fort, hein, mademoiselle Grayson ? Vous aussi, je devrais vous mettre dehors !

— En effet, si j'avais ne serait-ce qu'un soupçon de jugeote, la diligence me ramènerait déjà à Maryborough. Je ne sais pas quelle mouche m'a piquée lorsque j'ai proposé de veiller sur vous pour soulager Galen et lui permettre de sauver votre domaine. C'est uniquement pour lui que je tiendrai parole. Je n'attends aucune reconnaissance de votre part, et Wade non plus. Mais il ne bougera pas d'ici, et je vous conseille de vous en accommoder. Non seulement j'ai besoin de lui, mais il a promis à Galen de nous protéger des voleurs de bétail, s'ils devaient revenir.

Le vieil homme fixa la porte sans piper mot.

— Sur ce, je suis débordée ce matin. Avez-vous besoin de quelque chose ?

— Oui : que vous sortiez de ma chambre !

— Avec plaisir !

Nola claqua la porte derrière elle puis retourna dans la cuisine, où Wade se servait une tasse de thé.

— Comment va votre épaule, ce matin ? s'enquit-elle.

— Tant que je prends le remède, ça peut aller. Et Langford ?

— Toujours aussi aimable, répondit Nola en sortant une tasse du placard.

— Il veut que je parte ?

— Si son état le lui permettait, il nous flanquerait tous les deux dehors. Il a réclamé de l'eau-de-vie pour calmer sa douleur à la jambe et n'a récolté qu'un refus catégorique. Soûl, il serait encore plus difficile !

Wade acquiesça.

— Il n'a jamais été porté sur la boisson, en plus.

— En tout cas, hors de question pour lui de prendre le remède des Aborigènes, du moins pour l'instant. Il changera certainement d'avis quand il ne supportera plus la douleur.

Lorsque Nola regagna l'école, les deux femmes avaient déjà ramassé les œufs dans le poulailler et cuisinaient sur un petit feu de camp. Mary était à nouveau sur pied, et son bébé plein d'énergie souriait à qui mieux mieux. Entre-temps, Nola avait décidé d'emménager chez Langford, et ses compagnes devraient s'en accommoder. Quant au maître des lieux, il accueillerait, à n'en pas douter, cette nouvelle avec fraîcheur, mais tant pis pour lui.

Après avoir ignoré Langford pendant trois heures, le temps de s'occuper des enfants et de se débarrasser de quelques tâches ménagères, elle lui monta son déjeuner – et ce fut tout juste s'il daigna lui accorder un regard. Au cours de l'après-midi, il se montra tout bonnement odieux, critiquant tout et n'importe quoi et formulant les exigences les plus extravagantes. Soit le pain était rassis, soit la soupe était trop salée ; il refusa que Nola l'aidât pour sa toilette, qu'elle passât le balai ou qu'elle touchât à ses affaires ; dès qu'elle avait le toupet de s'absenter, il martelait le plancher à coups de canne jusqu'à ce qu'elle apparût sur le seuil ; il réclamait qu'elle lui servît à boire, ouvrît ou fermât la fenêtre, ou encore lui lût quelques pages; son bandage était tour à tour trop serré ou pas assez; après avoir exigé que la porte restât ouverte, il décréta que Shannon était trop bruyante. Même si Nola était ravie de constater que le niveau de la décoction d'herbes baissait petit à petit, plus la journée passait, plus Langford éprouvait ses nerfs.

— Y a-t-il un chien dans cette maison ? demanda-t-il lorsqu'elle lui monta son dîner. Je suis sûr d'avoir entendu des aboiements.

Nola, qui s'était préparée à cette question, prit une profonde inspiration et se prépara à affronter son courroux.

— Oui, un chiot, pour être précise. Il s'appelle Sandy, et Shannon s'amuse beaucoup avec lui.

Nola fit mine de regarder par la fenêtre afin que le vieil homme ne lût pas la nervosité dans son regard. Si elle n'avait pas peur à proprement parler, elle n'était pas forcément d'attaque pour une nouvelle querelle et tenait à préserver la paix de la maisonnée, ne fût-ce que pour le bien des enfants.

— D'où vient-il ? demanda Langford d'un ton sec.

La jeune femme haussa les épaules.

— Peu importe.

— J'exige une réponse, mademoiselle Grayson !

Celle-ci se dirigea vers la table de chevet et entreprit de ranger les livres qui s'y trouvaient.

— Bien, puisque vous tenez à le savoir : c'est Lizzie qui l'a fait venir ici. La mère de ce chiot excellait à la chasse aux crotales, paraît-il.

Nola coula un regard en coin à Langford. Celui-ci haussa les sourcils.

— Et qui est Lizzie ? bougonna-t-il.

— Elle veille sur Mary et son bébé.

Encore une fois, elle guetta sa réaction du coin de l'œil. Langford resta coi un long moment.

— De qui diable parlez-vous ? Qui sont Lizzie et Mary ?

— Vous souhaiteriez les rencontrer ? Un instant, je vais leur dire de monter.

En quelques pas, Nola fut à la porte.

— Mademoiselle Grayson ! tonna Langford en se cognant le genou contre un montant du lit.

— En y repensant, je les ferai venir plus tard, car je dois d'abord coucher Shannon. Profitez-en pour vous reposer un peu.

Sur ce, elle quitta la pièce et referma la porte derrière elle. Le temps qu'elle regagnât la cuisine, Langford s'était remis de sa surprise. Alors qu'il tapait à présent comme un dément avec sa canne, elle décida de l'ignorer, sachant qu'elle ne réussirait jamais à lui faire entendre raison.

13

Nola borda Shannon dans l'un des lits jumeaux de la chambre de devant. Comme Lizzie et Mary insistaient pour rester près d'elle, tout en refusant de dormir enfermées, elle leur installa un matelas sur le balcon, balayé par une légère brise et offrant une vue dégagée sur le ciel étoilé. Seulement, les deux femmes ayant peur de la hauteur, Nola et Shannon durent se montrer persuasives pour qu'elles acceptent de sortir. Une fois rassurées, elles se couchèrent en riant gaiement.

Ensuite, Nola passa la tête dans la chambre de Langford. N'ayant aucune envie de se quereller encore une fois avec lui, elle poussa un soupir de soulagement en le trouvant assoupi. Elle se dirigea à pas feutrés vers la fenêtre et l'ouvrit sans bruit, de façon que la brise rafraîchît la pièce. Alors qu'elle allait ressortir, elle sursauta en voyant que Langford la fixait, assis dans son lit.

— Je… je ne voulais pas vous réveiller, bredouilla-t-elle, le souffle court.

— Comment pourrais-je fermer l'œil, alors que je ne sais même pas ce qui se passe sous mon toit ?

Nola, un peu honteuse, se dit que Langford n'avait pas entièrement tort. Après tout, en tant que propriétaire de la demeure, il avait un droit de regard sur ses occupants.

— Je vais vous expliquer, à condition que vous me promettiez de garder votre calme.

— Je ne vois pas pourquoi je vous promettrai quoi que ce soit, mademoiselle Grayson, alors cessez de me traiter comme l'un de vos élèves. Et asseyez-vous ; vous êtes trop grande, je ne supporte pas que vous me surplombiez ainsi.

Nola le dévisagea, tout en songeant à l'homme passionné que Galen avait dépeint. Elle-même avait le plus grand mal à l'imaginer autrement que comme un tyran domestique.

Elle prit place sur une chaise près du lit et resta silencieuse un long moment. Tout en se pétrissant les doigts, elle réfléchit à la meilleure façon de présenter les choses à Langford. Comme ce dernier était fragile, elle préférait ne pas le brusquer.

— Vous êtes d'une franchise qui confine à l'insolence, finit par lâcher le vieil homme, alors je ne m'attends à aucun ménagement de votre part.

— Très bien, comme vous voudrez, rétorqua Nola en rejetant le menton en arrière. Par deux fois, je me suis rendue sur le campement de la tribu Wana-Mara.

Langford lui jeta un regard glacial.

— Étrange, mais pas très surprenant, venant de vous.

— Saviez-vous que Jimmy et Jack appartenaient à cette tribu ?

— Certes, mais ils sont nés de pères blancs.

— En effet, c'est précisément la raison pour laquelle ils ne se sentent appartenir à aucune des deux cultures. Bref, lors de ma première visite j'ai vu une petite fille qui avait contracté la coqueluche, et j'ai montré à sa mère comment soulager ses quintes de toux. Alors que j'ai simplement reproduit les soins que reçoivent les petits Anglais atteints de problèmes respiratoires, la mère s'est mis en tête que j'avais des pouvoirs surnaturels. Hier après-midi, j'étais près de l'écurie lorsqu'un jeune Aborigène m'a abordée. Il a lourdement insisté pour que je vienne au campement, si bien que j'ai fini par céder. Une fois sur place, j'ai trouvé cette même femme sur le point d'accoucher, or le bébé se présentait par le siège, et il était trop tard pour le retourner – je n'aurais pas su comment procéder, de toute façon. Jack m'a alors expliqué que la mère m'avait réclamée car j'avais soigné son aînée. Selon lui, la tribu pensait que le guérisseur avait jeté un sort à cette femme enceinte pour se venger de mon intervention. Tous les espoirs de la mère reposaient sur moi, car personne n'était disposé à lui venir en aide. Les autres membres de la tribu croyaient dur comme fer que le bébé était déjà mort, alors que je le sentais encore bouger.

Nola se leva et arpenta la pièce de long en large, tout en se remémorant les psalmodies, la fumée, les hurlements déchirants de la mère et la peur qui s'était emparée des autres femmes de la tribu.

— L'accouchement a été un vrai supplice pour cette pauvre fille. Heureusement, grâce à Jack, qui m'a servi d'interprète, j'ai réussi à la convaincre qu'elle n'allait pas mourir. Sans le remède que votre gardien de troupeau lui a administré contre la douleur – le même que je vous ai rapporté –, elle aurait certainement succombé à la douleur. Après l'avoir entendue hurler pendant des heures, je commençais à perdre espoir, aussi bien pour elle que pour l'enfant, quand, soudain, celui-ci est apparu, les fesses en premier. Une petite fille en parfaite santé ! Le courage de cette jeune mère force l'admiration. J'étais à bout de force rien qu'en la regardant lutter pour sa survie et celle de son bébé.

Si Nola était émue aux larmes à la simple évocation des souffrances endurées par la jeune mère, ce récit ne sembla nullement toucher Langford. Comment pouvait-il se montrer aussi froid, aussi insensible, aussi indifférent aux coups du sort qui frappaient les personnes de son entourage ?

— Alors que je m'apprêtais à quitter le campement, Jack m'a annoncé que, selon Mirijula, le doyen de la tribu, cette jeune fille serait protégée de la malédiction de Dubi Deringa, le guérisseur de la tribu, à la seule condition qu'elle reparte avec moi. Elle était pétrifiée, et après le calvaire qu'elle venait d'endurer, je n'ai pas eu le cœur de l'abandonner.

— Alors vous l'avez ramenée ici ? demanda Langford, incrédule.

Nola opina.

— Avec une autre femme qui veille sur elle, son aînée et le bébé, pour me soulager un peu.

— Eh bien, elles vont retourner d'où elles viennent, et sur-le-champ !

— Impossible, la tribu est partie en errance ! Galen l'a compris, alors pourquoi pas vous ?

— Vous n'auriez jamais dû intervenir. Si cette jeune femme était morte, les Aborigènes vous auraient tenue pour responsable et se seraient vengés sur nous tous qui vivons au domaine. Je sais de quoi je parle, mademoiselle Grayson. Moi aussi, une fois, je me suis mêlé de la vie d'une tribu, et deux de mes gardiens de troupeaux ont été assassinés en représailles !

Nola en resta bouche bée quelques instants.

— Je doute que nous ayons quelque chose à craindre des Aborigènes, nuança-t-elle enfin. Après tout, je suis intervenue à leur demande.

Langford secoua la tête.

— Vous étiez déjà bien assez occupée comme ça, pourquoi diable vous encombrer de deux femmes et de deux enfants ?

— Au contraire, ces femmes sont parfaitement autonomes et ont l'habitude de participer à la vie en communauté. Elles pourront donc me prêter main-forte. Vous ne pouvez pas sérieusement attendre de moi que j'assume les tâches du quotidien tout en enseignant ?

— Quand Galen rentrera, il les chassera, rétorqua froidement Langford.

— Détrompez-vous, il est ravi que Shannon ait enfin une camarade de jeu. Savez-vous qu'il a failli l'envoyer chez une tante à Adelaïde pour pallier le manque de présence féminine ici ? La présence de la petite Tilly ne peut être que bénéfique à Shannon. Autorisez ces femmes à rester au moins jusqu'à ce que vous soyez à nouveau sur pied. Cette histoire avec « Dubi Deringa » sera bientôt derrière nous.

Langford ne répondit pas, se contentant de pincer les lèvres.

— Avez-vous des préjugés contre les Aborigènes, monsieur Reinhart ?

— Ne soyez pas ridicule, jeune fille, rétorqua-t-il sèchement. Si c'était le cas, je n'accepterais pas que Jimmy et Jack travaillent pour moi.

— Alors pourquoi ne montrez-vous pas ne serait-ce qu'un tout petit peu de compassion ? Je vais finir par croire que vous êtes mort à l'intérieur.

Comme le vieil homme évitait soigneusement de croiser son regard, Nola se leva, soudain envahie par une profonde lassitude.

— La journée a été longue. Je vais me coucher. Si vous avez besoin de quelque chose, appelez-moi.

— Fermez la porte derrière vous, se contenta de répondre Langford d'un ton cinglant.

Lorsque Nola regagna sa chambre, les femmes et les enfants dormaient déjà à poings fermés ; seul le chien, d'humeur joueuse, courait encore partout et sautait sur son lit. Comme il l'empêchait de dormir, Nola finit par l'enfermer dans l'école en lui laissant une vieille chaussure à mâchouiller. Elle retourna se coucher en tendant l'oreille, mais il n'y eut aucun appel de Langford.

En cette nuit particulièrement étouffante, Nola transpira encore plus qu'à l'accoutumée. Lorsque des démangeaisons la réveillèrent avant l'aube, elle remarqua qu'elle avait des boutons sur tout le corps. Après une toilette rapide qui ne soulagea pas sa peau, loin de là, elle lorgna dans la bibliothèque et trouva Wade déjà debout. À en juger par ses traits tirés et ses cernes sous les yeux, la nuit avait été agitée pour lui aussi, mais à aucun moment il ne s'en plaignit, ce dont Nola lui sut gré. Ils s'installèrent sous la véranda avec une tasse de thé pour profiter de la relative fraîcheur matinale, tandis que, à l'horizon, les premiers rayons du soleil perçaient le gris du firmament.

— Comme c'est brumeux ce matin, observa Nola. Je crois que je n'ai jamais rien vu de tel.

— C'est la poussière dans l'atmosphère, affirma Wade. Il a dû y avoir du vent cette nuit.

— Oui, je l'ai senti quand j'ai sorti Sandy. C'était un vent chaud et sec. Est-ce le tonnerre que j'entends au loin ?

— Ne vous emballez pas, il n'est pas près de pleuvoir. Le temps est un peu plus agité, c'est tout.

Ils restèrent ainsi de longues minutes à écouter le chant des cacatoès qui s'interpellaient d'un eucalyptus à l'autre.

— Avant mon arrivée, on m'a montré une photographie du domaine, reprit Nola, tout en contemplant la plaine pelée. Elle a été prise de la butte là-bas, sans doute il y a longtemps, car on y voit des bâtiments en bien meilleur état. Depuis que je l'ai vue, j'imagine cette véranda disparaissant sous les bougainvilliers, une belle pelouse, des parterres de fleurs, des azalées, des hibiscus rouge orangé…

— En effet, tout le long de la véranda, Ellen avait planté des fleurs dont j'ai oublié le nom mais qui, au printemps, donnait une véritable explosion de couleurs. Je me souviens également que le portail principal était flanqué de fauteuils en osier et de deux petites mares artificielles.

Nola tourna la tête vers Wade, qui repensait au passé avec nostalgie. Dans son regard, une étincelle exprimait tout l'amour qu'il avait ressenti pour Ellen. Se sentant observé, il esquissa un triste sourire.

— Maintenant que nous avons un bon approvisionnement en eau, reprit-il, on devrait pouvoir à nouveau irriguer correctement le jardin. Qui sait, je pourrais peut-être même trouver une source plus près de la maison.

Le visage de Nola s'illumina.

— Ce serait formidable, Wade. Je pourrais planter des fleurs, semer du gazon cultiver toutes sortes de légumes…

Cette perspective suffit à la revigorer.

— Je me demande comment se passe le tri du cheptel, murmura Wade, la ramenant à la dure réalité. Si je ne m'étais pas démis l'épaule, j'aurais pu prêter main-forte à Galen et aux garçons !

— Vous souffrez encore beaucoup ?

— La douleur est supportable, dans l'ensemble, à part quand je suis allongé. Non seulement j'ai du mal à trouver une position confortable, mais j'ai toujours eu le sommeil agité.

À cet instant, Sandy apparut au coin de la maison, sa vieille chaussure dans la gueule, et salua Nola avec des bonds de joie. Puis Shannon et Tilly arrivèrent à leur tour.

— Je connais un petit chien qui est heureux de retrouver sa liberté, s'exclama Nola en riant. Je suis surprise de le voir aussi énergique, après la nuit qu'il a passée à me faire courir partout !

Après avoir montré à Lizzie et Mary comment cuisiner des œufs au plat et des galettes sur le poêle, Nola monta un plateau à Langford. Dès qu'elle franchit le seuil de la chambre, elle comprit à la mine du vieillard qu'il était, aujourd'hui encore, d'une humeur massacrante.

— Comment peut-on dormir avec un chien qui couine du soir au matin ? vociféra-t-il. Quant à ce bébé, il n'a pas arrêté de…

— L'enfant s'est seulement manifestée ce matin parce qu'elle avait faim, l'interrompit Nola.

— Et mon genou m'a lancé toute la nuit.

— Vous aviez de quoi vous soulager sur la table de chevet, répliqua la jeune femme en examinant sa jambe. Toutefois, votre genou me paraît moins gonflé, c'est bon signe.

— Je ne peux toujours pas me lever et j'ai mal partout.

— Vous avez fait une belle chute, ce n'est pas étonnant que vous ayez des ecchymoses sur tout le corps. Ne vous inquiétez pas, elles guériront avec le temps. Vous pouvez vous estimer heureux de ne pas avoir été plus grièvement blessé.

— Je préférerais être six pieds sous terre.

C'en fut trop pour Nola. Après avoir passé une nuit blanche à cause de ses boutons de chaleur, elle n'était pas d'humeur à affronter une nouvelle journée de jérémiades.

— Vous n'arrêtez jamais de vous plaindre, n'est-ce pas ? J'ai du mal à croire qu'à une époque, vous ayez été un jeune pionner ambitieux, qui ne reculait devant aucun obstacle !

— De qui tenez-vous cela ?

— De Galen.

— C'était il y a longtemps, dans une autre vie…

— En effet, vous avez changé, et pas en bien. Wade a lui aussi passé une mauvaise nuit, et pourtant il ne s'est plaint ni de son épaule, ni du chien, ni du bébé, ni de je ne sais quelle autre source d'inconfort. Vous devriez en prendre de la graine.

Sans laisser à Langford le temps de répliquer, Nola sortit en claquant la porte. Une fois dehors, elle regretta de s'être emportée ainsi contre le vieil homme. Elle devait être plus patiente, mais il avait le don de la faire sortir de ses gonds. Si seulement il pouvait montrer un peu d'entrain et mettre la main à la pâte. Tout le monde ne s'en porterait que mieux !

Dans la matinée, Nola décida de se lancer dans un grand ménage. Après un moment de découragement face à la poussière rouge qui recouvrait les meubles et s'insinuait partout, jusque dans le nez et dans la bouche, elle s'attela à la tâche avec énergie, secondée par Lizzie et Mary. Ensemble, elles briquèrent les sols, lustrèrent les boiseries et nettoyèrent jusqu'à l'intérieur des armoires. Puis Nola entreprit de récurer le poêle, ne s'arrêtant que lorsqu'il fut rutilant, et chassa les fourmis qui couraient un peu partout dans la cuisine à la recherche d'eau, ainsi que le lui avait expliqué Galen. Pendant ce temps, ses deux compagnes passèrent un grand coup de balai sous la véranda, tout en surveillant Shannon et Tilly, qui jouaient non loin de là avec Sandy. De son côté, Wade effectua quelques réparations dans la cabane et jeta tout ce qui n'était pas récupérable.

Les femmes remarquèrent que Nola se grattait sans arrêt, et que Shannon avait elle aussi une poussée de boutons de chaleur au niveau des bras. Elles s'éclipsèrent quelques instants et réapparurent avec une pommade de couleur ocre dont elles enduisirent les bras de la fillette. Lorsque cette dernière assura à Nola que la pommade était rafraîchissante, elle se laissa convaincre et l'appliqua là où les boutons la grattaient le plus. Quelques instants plus tard, Lizzie et Mary éclatèrent de rire en voyant sa mine soulagée.

Après le déjeuner, Nola eut la surprise de voir arriver Orval Hyde avec deux chèvres adultes attachées à sa carriole.

— Bonjour, Nola, dit l'homme en sautant à terre. J'ai ces deux bestioles à vous proposer, si vous voulez du lait pour fabriquer du fromage. J'ai vendu leurs chevreaux à l'un de vos voisins, mais il n'a pas voulu des adultes. La chèvre blanche s'appelle Nanny. Même si elle n'est plus toute jeune, elle donne encore du lait. Et la noir et blanc, c'est Nelly. Elle a son caractère, mais elle produit du lait en quantité impressionnante. Ces deux-là mangent tout ce qui leur tombe sous la dent, alors évitez de laisser traîner de la nourriture !

— C'est très gentil à vous. Nanny et Nelly arrivent à point nommé, nous avons bien besoin d'un peu de lait.

— La famille s'est agrandie, à ce que je vois ! s'exclama Orval en désignant les femmes aborigènes et les enfants. Et Langford, comment va-t-il ?

Le sous-entendu de sa question n'échappa pas à Nola. Toute la région savait certainement ce que Langford pensait de la présence des femmes dans l'*outback*.

— Il s'est blessé au genou en tombant. À part cela, il reste fidèle à lui-même.

Orval haussa les sourcils en réprimant un sourire.

— Avez-vous trouvé des gardiens de troupeaux susceptibles de prêter main-forte à Galen et Hank ? s'enquit Nola.

— Non, hélas. Des étrangers sont bien passés à Julia Creek, mais ils n'étaient pas intéressés par le convoyage de bétail. Pour ne rien vous cacher, Esther les a trouvés bizarres. Apparemment, ils ont posé des questions sur le domaine Reinhart.

Nola prit note d'en toucher un mot à Wade dès qu'Orval serait reparti. Il s'agissait peut-être des complices des voleurs !

— Avant que j'oublie, la réunion dont je vous ai parlé a lieu après-demain après-demain, si vous êtes toujours intéressée. Elle débutera à midi dans le jardin de l'hôtel. Gladys et Esther seront présentes, bien sûr, ainsi que quelques femmes qui vivent plus vers Winton. C'est Mme Ellery, du domaine de Millers Hill, qui s'est chargée de l'organisation. Vous l'avez sans doute remarquée, la dernière fois : une forte personnalité, qui chapeaute la distribution de l'aide alimentaire aux victimes de la sécheresse.

— Je m'efforcerai de venir. Comme vous le voyez, je suis débordée.

— Je comprends. Avez-vous besoin de quelque chose ?

— La cabane a brûlé, et nous avons perdu la majeure partie des provisions que j'avais achetées chez vous. Si j'ai le temps de venir demain, je vous passerai une nouvelle commande. Il me faudrait également des fleurs à planter, sous forme de semis ou de graines, si vous en avez.

— D'accord, je mettrai quelques semis de côté. J'espère vous voir à la réunion mais, dans le cas contraire, je viendrai vous livrer.

— Merci bien, Orval ! Entrez donc boire quelque chose, avant de repartir.

Après avoir placé les chèvres dans un paddock vide, Nola rejoignit Wade à la cabane. Le trouvant blême et épuisé, elle décida d'attendre un peu avant de lui parler des étrangers de passage à Julia Creek.

— Vous devez vous reposer, l'exhorta-t-elle. Vous en avez assez fait pour aujourd'hui.

Le sourcier se laissa convaincre sans protester, signe qu'il souffrait le martyre. Alors qu'ils retournaient tous deux à la demeure, Nola leva par hasard la tête et s'étonna de voir Langford, debout à la fenêtre. Sa blessure devait donc être moins douloureuse qu'il ne le prétendait. Au lieu de s'en réjouir, elle fulmina, repensant au nombre de fois où elle avait monté et descendu l'escalier pour satisfaire ses demandes farfelues, alors que Wade travaillait si dur malgré son épaule démise, et sans jamais se plaindre !

Elle était en train de préparer une tasse de thé pour le sourcier lorsque Sandy se mit soudain à aboyer furieusement. Shannon accourut pour la prévenir que les chèvres s'étaient faufilées entre les barreaux de leur clôture, qui n'était en effet pas conçue pour de si petits animaux. Sandy décrivait des cercles autour d'elles avec force aboiements, auxquels les chèvres essayaient de répondre par des coups de corne. Nola, dépitée, apporta son thé à Wade puis monta un plateau à Langford, qu'elle trouva de nouveau allongé.

— Comment va votre jambe ? demanda-t-elle en se préparant à de nouvelles jérémiades.

— Wade fait un boucan de tous les diables dans la cabane. Pourquoi s'agite-t-il ainsi ?

Nola, sentant la colère monter, posa le plateau et se dirigea vers la porte avec l'intention de sortir sans piper mot, mais ce fut plus fort qu'elle ; il était temps de tenir tête à Langford. Son comportement, que Galen avait toléré pour des raisons qui lui appartenaient, n'avait que trop duré.

Elle se retourna et fixa le vieil homme dans le blanc des yeux.

— Je vais vous dire pourquoi Wade « s'agite », pour reprendre votre expression. Il se rend utile, au lieu de passer ses journées au lit à s'apitoyer sur son sort, et il serait sans doute temps que vous l'imitiez, car nous avons grand besoin de bras supplémentaires.

Lorsque Nola monta le dîner de Langford après le coucher des enfants, sa colère était encore vive. Si elle ne rechignait jamais à prodiguer des soins à quiconque en avait besoin, elle ne supportait pas que l'on profitât de son dévouement.

Sans un mot, elle posa le plateau sur la table de chevet et tourna les talons.

— Depuis quand avons-nous des chèvres ici ? demanda le vieil homme, alors qu'elle s'apprêtait à sortir. Je les ai entendues bêler.

— Je veux me servir de leur lait pour fabriquer du fromage. La vache n'en produit pas assez pour nous tous.

— Elles risquent d'attirer les chèvres sauvages, et celles-ci sont parfois dangereuses.

— En voilà, une excellente nouvelle ! Dans ce cas, Wade fera usage de son fusil, et nous servirons de la viande à table.

Sur ce, elle le laissa seul à son dîner.

Le lendemain matin, lorsque Nola descendit, elle poussa un cri d'effroi à la vue des milliers d'insectes qui grouillaient au rez-de-chaussée.

— Ce sont des punaises vertes, indiqua Wade, qui sortait de la bibliothèque en se bouchant le nez. Surtout, ne marchez pas dessus !

— Mon Dieu !

Nola, qui n'en croyait pas ses yeux, appela Lizzie et Mary à la rescousse. Équipées de balais, elles s'employèrent toutes trois à chasser les insectes, qui laissaient derrière eux une odeur pestilentielle. Elles s'en prémunirent tant bien que mal en se couvrant le nez à l'aide d'un tissu, mais impossible d'éliminer cette puanteur. Quant à Wade, il crut bon de prévenir qu'il n'était pas rare de voir une invasion de sauterelles succéder à une infestation de punaises.

— Cela pourrait être pire, soupira Nola, nous pourrions avoir des rats.

— Ah, ça, c'était il y a deux ans ! Ces sales bêtes s'attaquent à tout ce qui leur tombe sous la dent.

Combien de fois j'ai été réveillé en sentant qu'elles me mordillaient les orteils ! Et s'il finit par pleuvoir un jour, nous aurons certainement droit aux fourmis volantes !

En voyant Nola blêmir, Wade éclata de rire.

– Je peux m'accommoder des fourmis volantes, annonça-t-elle. Mais si les rats nous envahissent, je rends mon tablier !

La journée fut difficile pour la jeune femme, qui ne savait plus où donner de la tête, entre les punaises, les enfants qui s'amusaient à dévaler l'escalier, poursuivies par Sandy, sans oublier les chèvres, qui prenaient un malin plaisir à s'enfuir de leur enclos pour venir grignoter les rideaux et les rembourrages des fauteuils. Voyant qu'elle était à bout de nerfs, Wade tenta de renforcer le paddock de façon à contenir les chèvres, mais ce fut peine perdue. Le soir venu, il fut décidé de les enfermer dans un des box de l'écurie, pour offrir un peu de répit à Nola.

Après dîner, Wade s'installa dans un fauteuil sous la véranda tandis que femmes et enfants partaient pour une courte promenade – une escapade bienvenue, ne fût-ce que pour s'éloigner un temps de la pestilence des punaises. Sous le regard impressionné de son institutrice, Shannon identifia des points à l'horizon comme étant des wallabies, ainsi que des empreintes de dingo sur le sol terreux. Elles aperçurent également des pinsons et des perruches ondulées dans les arbres, sur le tronc desquels couraient des lézards. Si le bush semblait fourmiller d'animaux sauvages, Nola ne put que constater l'absence de bovins.

Le lendemain, Nola émergea aux aurores pour entreprendre une grande lessive. Elle espérait ainsi venir à bout de la puanteur des punaises, qui semblait avoir imprégné le moindre centimètre carré de tissu au point de lui donner la nausée. Bien sûr, Langford ne s'était pas privé de s'en plaindre toute la journée de la veille, en particulier lorsque les insectes avaient fini par trouver le chemin de sa chambre. La lessive terminée, elle l'étendit puis retourna à l'intérieur, où d'autres tâches l'attendaient. En ressortant une heure plus tard, elle constata que les chèvres s'amusaient à traîner dans la poussière tout le linge qu'elle s'était échinée à laver. Elle ne réussit à les chasser qu'en leur hurlant dessus tout en brandissant un bâton.

Cette nouvelle déconvenue laissa Nola au bord des larmes. Alors qu'elle désirait de tout cœur assister à la réunion organisée à Julia Creek, elle doutait désormais du bien-fondé de ce trajet. En plus d'avoir les nerfs à fleur de peau, depuis quelque temps, elle qui avait toujours eu une santé de fer était pâle à faire peur.

— Je dois m'absenter quelques heures, annonça-t-elle finalement à Wade. Shannon, Tilly et les femmes s'en sortiront très bien sans moi. Cela ne vous dérange pas de vous occuper de Langford ?

— Bien sûr que non. Vous pouvez partir tranquille, et le temps que vous voudrez !

14

— Comme je suis contente de te voir ! s'exclama Esther dès que Nola arriva à l'hôtel, avant d'ajouter, à la vue de ses traits tirés : Houlà, on dirait que tu as bien besoin d'un verre.

— Volontiers, soupira Nola en s'affalant dans le fauteuil le plus proche.

— Je suppose que tu es venue assister à la réunion ? demanda Esther depuis le comptoir.

— Oui, je veux offrir mon aide.

— J'ai sauté de joie quand Orval m'a dit que tu viendrais peut-être. Nous avons bien besoin de sang neuf ! Sinon, Bertha Ellery n'en fera qu'à sa tête, comme d'habitude.

Sur quoi Esther tendit une boisson à Nola et s'assit en face d'elle.

— Je suis la première ?

— Oui. Eartha Dove et sa belle-sœur viennent avec la diligence de la poste, mais elles devraient déjà être arrivées. J'espère qu'elles n'ont pas eu d'accident, car avec un cocher comme Tierman, tout est possible ! Josie Hughes, en revanche, ne peut pas venir. La pauvre, elle en voit de toutes les couleurs. Michael, son mari, l'a fait venir ici il y a deux ans quand il a reçu un domaine en héritage, et depuis, elle s'y morfond. Sa famille vit à Maryborough, et elle y retourne à la moindre occasion. Michael n'est pas ravi de ses absences répétées, ce que je peux comprendre. Leur couple est mis à rude épreuve. Si Michael ne se décide pas à vendre, le divorce sera inévitable !

— C'est triste. Josie ne serait pas une femme châtain aux traits anguleux, par hasard ?

Nola pensait à la femme accompagnée de ses fils avec qui elle avait effectué le trajet jusqu'à Julia Creek.

— Oui, ta description correspond. Ses rejetons ont le don de me mettre les nerfs en pelote. On dirait qu'il y a un willy-willy, quand ils sont dans les parages – jamais à court d'idées pour embêter le monde. L'autre jour, ils se sont amusés à jeter des cailloux sur mon toit ! Tu verras aussi Bertha Ellery, qui arrivera certainement à cheval et après tout le monde. Elle aime les entrées fracassantes.

Esther accompagna cette dernière phrase d'un geste théâtral.

— Enfin, ce n'est pas grave, cela nous laisse le temps de papoter un peu. Allons, crache le morceau, Nola. Pourquoi as-tu l'air aussi abattue ? C'est la première fois que je te vois avec une mine pareille. Les hommes sont partis compter le bétail, n'est-ce pas ?

— Oui, et les garçons sont avec eux.

Nola soupira et ferma les yeux un instant.

— Je ne sais pas par où commencer, Esther. Ces derniers jours ont été un enfer. Pour commencer, la cabane a pris feu. Ensuite, Langford s'est fait une entorse au genou qui a nécessité des soins, et Wade s'est déboîté l'épaule. Le premier râle du matin au soir, tout le contraire du second – fort heureusement, d'ailleurs. Deux femmes aborigènes, un nouveau-né et une petite fille se sont installés chez nous. Hier, Orval nous a offert deux chèvres : j'ai voulu les enfermer dans un enclos, mais elles n'ont pas arrêté de s'échapper. Ce matin, elles ont traîné tout mon linge fraîchement lavé dans la poussière ! Sans oublier le chiot, dont les jappements nocturnes m'empêchent de fermer l'œil. Et, pour couronner le tout, la maison est infestée de punaises vertes !

— Soit une semaine tout à fait ordinaire dans l'*outback*, rit Esther en secouant la tête. Ne te laisse pas abattre ! Les punaises sont une vraie plaie, je suis bien d'accord. Mais dis-toi qu'elles repartiront du jour au lendemain, comme elles sont venues !

— J'espère bien. Merci pour le verre, Esther, j'en avais besoin.

— Je te ressers ?

— Non, merci. Je ne sais pas ce que j'ai, je ne suis pas dans mon assiette, depuis quelque temps. J'ai du mal à garder mon calme et je manque de fondre en larmes à la moindre contrariété.

— Tu m'as tout l'air d'être surmenée, ma petite. Prends donc le temps de te reposer un peu, Nola. Tu es humaine, après tout !

Nola acquiesça.

— En me levant ce matin, j'ai eu comme un voile devant les yeux, alors que je ne me suis jamais évanouie de ma vie !

— J'espère que tu ne couves rien, ma petite.

— Je ne me sens pas malade à proprement parler. Pour tout te dire, mon cycle est sens dessus dessous. Je n'ai pas eu mes règles depuis que j'ai quitté l'Angleterre, mais j'ai mis cela sur le compte du voyage, et puis il en allait de même pour la plupart des femmes sur le bateau. Le médecin à bord disait qu'il fallait laisser faire le temps.

— Le Dr Mason passera au village dans deux semaines. Tu devrais peut-être en profiter pour le consulter.

— Ce ne sera certainement pas nécessaire. Tout va bientôt rentrer dans l'ordre, je dois seulement être un peu patiente.

— Il ne vient que tous les six mois, tu sais ! Enfin, si tu veux le fond de ma pensée… je trouve tes symptômes assez évocateurs.

— Évocateurs ? Que veux-tu dire par là ?

— J'étais dans le même état, pendant mes premières semaines de grossesse. Se pourrait-il que tu… ?

Nola blêmit.

— Ne parle pas de malheur, Esther !

— Désolée, ma petite, mais…

— Cela ne m'était même pas venu à l'esprit, murmura Nola, le regard perdu dans le vide.

— Tu veux dire par là que ce ne serait pas à exclure ?

Nola hocha la tête. Esther en eut le souffle coupé.

— Ce n'est quand même pas le vieux qui…

— Non ! s'offusqua Nola. Je veux bien t'en parler, Esther, mais à une condition : tu ne dis pas un mot à personne.

— Je serai muette comme une tombe, ma petite. C'est juré !

— J'ai eu une aventure à Londres avec un aristocrate. Elle a pris fin un mois avant mon départ pour l'Australie. Pour ne rien te cacher, cette liaison plutôt… passionnée n'a pas été sans provoquer quelques remous dans la haute société londonienne.

— Il n'était quand même pas de la famille royale ? demanda Esther avec des yeux ronds de curiosité.

— Non, mais son père était lord. Ne me juge pas, Esther. Ce n'est pas dans mes habitudes, de me laisser aller de la sorte, et puis j'étais persuadée que nous finirions par nous marier. Il était très bel homme, intelligent, plein d'humour, doté d'un charme incroyable... Je suis d'un naturel méfiant vis-à-vis des hommes, que je trouve souvent ennuyeux. Mais avec Leith, c'était différent. Je me suis complètement abandonnée à lui.

Esther écarquilla les yeux encore davantage.

— Je suppose que l'idylle a tourné court, sinon tu ne serais pas là, ma petite.

— En effet, admit Nola, qui préférait ne pas s'étendre sur le sujet pour l'instant. Mais c'est une longue histoire, que je te réserve pour une autre fois.

Sous le regard déçu de son amie, qui aurait aimé plus de détails croustillants, Nola se leva et arpenta la pièce, peinant à croire qu'elle pût être enceinte.

— Comment envisages-tu la suite si ta grossesse est confirmée, ma petite ? Cet homme aura-t-il assez d'honneur pour t'épouser ?

Nola voyait d'ici le scandale que susciterait un tel événement – sans parler de la réaction de lord Rodwell.

— Certainement, pour peu qu'on l'y autorise, murmura-t-elle.

Elle essaya de s'imaginer en épouse de Leith Rodwell, sans grand succès. Les sentiments qu'elle avait éprouvés pour lui jadis appartenaient au passé, et impossible pour elle de jouer la comédie. De plus, elle ne pouvait décemment pas devenir la fille de lord Rodwell, un homme qu'elle exécrait. D'un autre côté, si Leith s'apprêtait en effet à devenir père, n'avait-il pas le droit de le savoir ?

— Je vais tâcher de ne pas me ronger les sangs pour l'instant, Esther, conclut-elle enfin. Mon cycle fait peut-être des siennes, tout simplement. Il n'a jamais été régulier, de toute façon.

En attendant les autres femmes, Esther montra à Nola la table qu'elle avait installée dans le jardin, à l'ombre des arbres.

— Pour rien au monde Mme Bertha Ellery n'accepterait de mettre les pieds à l'hôtel, pas même dans le salon réservé aux dames, expliqua-t-elle à Nola en retroussant du bout de l'index son nez vers le haut. Elle trouve inconvenant que des femmes fréquentent un débit de boisson.

Nola soupira intérieurement en repensant aux trop nombreuses Bertha Ellery qu'elle avait côtoyées, et avec qui les relations avaient toujours été difficiles.

— Nous serons très bien sous les arbres, assura-t-elle à Esther sur un ton qu'elle voulut le plus détaché possible. J'ai hâte de rencontrer d'autres habitantes des environs. Avec tout le travail que j'ai, je suis curieuse de savoir comment les choses se passent ailleurs. Je sais d'avance qu'elles auront toute mon admiration.

— Ah, voilà Gladys, indiqua Esther. À partir de maintenant, nous n'allons plus pouvoir en placer une.

Toutes deux éclatèrent de rire tandis que la volubile Gladys approchait. Alors que celle-ci était déjà lancée dans un long monologue, la diligence s'arrêta devant l'hôtel. À la vue des deux femmes qui en sortirent, le visage décomposé, Nola compatit : le voyage n'avait pas été de tout repos, certainement du fait de Tierman et de sa façon bien à lui de manœuvrer l'attelage.

— Toutes nos excuses pour ce retard, la diligence a perdu une roue, dit la plus âgée des deux femmes en lançant un regard noir au cocher.

Ce dernier l'ignora, tout à sa joie de revoir Nola, puis fila au comptoir pour se tirer une bière, avec l'autorisation d'Esther. Il remplacerait la tenancière le temps de la réunion.

— Assure-toi que tout le monde paye sa note ! lui rappela-t-elle, avant de s'éclipser.

Lorsque les nouvelles arrivantes se furent rafraîchies, Esther passa aux présentations. Eartha Dove, une femme replète et joviale, n'était pas peu fière de vivre avec trois de ses enfants et huit petits-enfants sur le domaine Donella, à l'ouest de Winton. Nola se prit immédiatement d'affection pour cette femme pleine de bon sens aux yeux bleus et aux cheveux châtains, parsemés çà et là de quelques mèches grises. Sa belle-sœur, Mora, établie sur l'exploitation voisine de Lanton Ridge, était tout le contraire : très mince, très blonde, plus jeune et surtout plus sur la réserve – polie, certes, mais distante. Nola sentit toutefois que son attitude était imputable davantage à la timidité qu'à de la prétention.

Elles discutaient ensemble de la sécheresse et des difficultés auxquelles étaient confrontés les exploitants et leurs familles lorsque débarqua Mme Bertha Ellery, du domaine de Millers Hill. La matrone d'une cinquantaine d'années, aux cheveux sombres et à la peau tannée par le soleil, promena un regard autoritaire sur les personnes présentes, qu'elle connaissait toutes à l'exception de Nola. Son apparition mit instantanément fin à la discussion.

Lorsque Esther les présenta l'une à l'autre, les deux femmes ne tardèrent pas à se rendre compte qu'elles se connaissaient déjà – de vue, tout du moins.

— C'est vous qui avez pris la parole lors de la précédente réunion, observa Mme Ellery avec dédain.

— Tout à fait, et mon intervention n'avait pas emballé les foules.

— Votre proposition était tout de même radicale…

Combien de fois Nola avait-elle entendu cette phrase !

— … et les exploitants de la région ont pour habitude de suivre leurs propres idées, ajouta Mme Ellery.

— On m'avait prévenue que les suggestions émanant d'étrangers n'étaient pas les bienvenues. Alors, venant d'une femme…

— Mettez-vous à notre place. Ma famille vit depuis six générations à Millers Hill, dont quatre sous le même toit à l'heure actuelle : mon père, John Miller, moi-même et mon mari, mes fils, James et William, et leurs enfants, David, John Junior et Isabelle. Vous, vous venez d'arriver.

Nola hocha la tête, se sentant remise à sa place.

— Nous avons déjà traversé de nombreuses périodes de sécheresse et autant d'inondations, poursuivit Bertha. Je ne dis pas que nous sommes résignés, ou que nous rejetons toute nouvelle initiative. Je vous explique seulement pourquoi vous n'êtes pas accueillie à bras ouverts.

— J'avais bien compris, oui. Tout ce que je veux, c'est aider.

— Et c'est tout à votre honneur, mais vous n'allez pas tout régler en un claquement de doigts.

— Je sais bien, j'ai voulu parer au plus pressé car le cheptel mourait de soif. En tout cas, j'ai été bien avisée de m'adresser à Wade Dalton, car il a détecté une source et sauvé notre troupeau.

— C'est ce qui se dit. Vous avez réussi à le faire renoncer à l'alcool et à le remettre au travail – rien que pour cela, vous avez toute mon admiration. Je suis contente pour Langford et Galen. Cependant, cette source n'est qu'une solution provisoire. Le bétail doit bien paître, or, sans pluie, la végétation ne repousse pas. Sur ce, et si nous passions à l'ordre du jour ?

Il s'avéra que le but de cette « réunion » n'était pas de lancer de nouvelles idées, mais simplement d'opiner du chef tandis que Bertha assignait ses tâches à chacune. Elle avait déjà décidé depuis longtemps de la répartition des colis alimentaires aux exploitants dans le besoin. Les autres femmes se contentèrent d'acquiescer, soit parce que les décisions leur convenaient, soit parce qu'elles avaient trop peur de la contredire.

— J'ai une suggestion, annonça Nola, une fois que Bertha eut terminé.

Ses compagnes se tournèrent vers elle, tandis que la matrone affichait une mine consternée.

— Alors vas-y, ma petite, l'encouragea Esther. Nous sommes tout ouïe !

— Nous pourrions profiter du bal de Noël pour collecter des fonds, par exemple en organisant un concours de danse auquel les gens participeraient en échange d'une petite contribution. Ensuite, comme la plupart viendront de loin, ils voudront certainement passer la nuit ici, donc pourquoi ne pas prévoir un pique-nique et des jeux ? Là encore, les frais de participation iraient au fonds d'aide. J'ai bien d'autres idées, mesdames, si vous approuvez ce projet.

Pendant un long moment, personne ne pipa mot. Nola balaya la petite assistance du regard en se demandant si, une nouvelle fois, elle avait dit quelque chose de mal.

— C'est une idée formidable, Nola ! s'exclama enfin Esther.

À son tour, Eartha acquiesça, aussitôt imitée par Mora.

— Étant donné le monde qui est attendu au bal, nous devrions nous retrouver avec une belle cagnotte, observa Gladys. Qu'en penses-tu, Bertha ?

Celle-ci toisa Nola de la tête aux pieds.

— Il va nous falloir patienter encore jusqu'à Noël, or c'est maintenant que les exploitants ont besoin d'aide.

— Bien sûr, la distribution de l'aide alimentaire ne peut attendre, dit l'institutrice. Les difficultés financières perdureront, hélas. Si la saison des pluies se décide enfin à arriver, je suppose que le convoyage du bétail vers les marchés sera compromis.

— Tout à fait, confirma Eartha. Il faut se préparer à deux mois encore très difficiles.

— Il y a cependant un risque, nuança Bertha. Comme nous n'avons jamais organisé de bal à Julia Creek, il est impossible d'estimer le nombre de participants. Il ne faudrait pas que nous engagions beaucoup de frais dans les préparatifs pour que, finalement, personne ne vienne.

— Les échos que j'ai sont prometteurs, pour l'instant, objecta Esther.

— Et nous veillons à respecter un budget restreint, renchérit Gladys. L'orchestre sera bénévole, et Esther met ses locaux à disposition.

— Sur les affiches que j'ai fait distribuer un peu partout, il est indiqué que chacun doit apporter quelque chose pour le buffet, ajouta Esther. Donc la question de la nourriture est réglée.

– Nous pourrions donner un grand quartier de bœuf à faire rôtir à la broche, intervint Eartha. Cela devrait attirer du monde.

– Parfait, répondit Esther. J'aime aussi l'idée du pique-nique et des jeux. Ce ne sont pas les possibilités qui manquent : les hommes aiment les courses de chevaux, mais aussi de lézards, de poules et même de scarabées ! Organisons des paris et versons l'argent au fonds d'aide.

– Sauf que le bal se tiendra à Noël, nuança Bertha. Les gens préféreront être en famille.

– Vous avez raison, acquiesça Nola, pour le plus grand plaisir de son interlocutrice. Mais imaginez un Noël passé tous ensemble. L'ambiance serait merveilleuse !

– Et nous pourrions dire une messe avant le pique-nique, proposa Gladys.

– Oui, après l'année terrible que nous vivons, cela mettra un peu de baume au cœur, avança Eartha. Nola, vous avez des idées formidables.

– Pas étonnant ! s'exclama Esther. En tant qu'institutrice, elle est payée pour être futée.

– Une institutrice ? Ici, à Julia Creek ? s'étonna Eartha.

– J'ai été engagée au domaine Reinhart pour enseigner aux enfants Hartford. Pour l'instant, je n'ai que Shannon, car Heath et Keegan aident leur père à préparer le convoyage.

– Eh bien, les enfants Hartford ont de la chance, souligna Eartha, visiblement impressionnée. Et moi qui prenais ce Langford pour un vieux radin…

J'aimerais tellement en faire plus pour nos enfants, seulement les enseignants sont rares, même en ville. Nous avons dû envoyer les nôtres à l'internat de Brisbane.

— Y a-t-il beaucoup d'enfants sur les exploitations environnantes ? demanda Nola. Je pourrais organiser une journée de classe le samedi au village – bénévolement, cela va de soi. Tout enfant souhaitant participer serait le bienvenu.

— Ce serait merveilleux ! s'exclama Gladys. Une cinquantaine d'enfants vivent dans les domaines de la région, peut-être même plus. Une bonne vingtaine d'entre eux vient le samedi à Julia Creek, soit avec leur père soit avec leurs deux parents. Ce ne sont pas toujours les mêmes, car certaines familles ne se déplacent que toutes les deux semaines, d'autres une fois par mois, selon leur charge de travail ou la distance qu'elles ont à parcourir. Les domaines Reinhart, MacDonald et MacKenzie sont les plus proches, alors que d'autres se trouvent à deux cents kilomètres ! De ce fait, certains enfants deviennent de vrais sauvageons. Tenez, les fils Hughes, par exemple : non contents de commettre des méfaits, ils entraînent les autres !

— La vitre brisée sur la façade de mon hôtel, c'est eux, déplora Esther.

— Et ils s'amusent à patauger dans les abreuvoirs des chevaux, renchérit Gladys. Ils ont même mis du poil à gratter sous le tapis de selle du vieux Bill MacDonald. Sa jument est devenue folle !

— L'an dernier, ils ont allumé un feu dans les toilettes de l'hôtel. Quand ils y ont ajouté de la poudre noire, tout a explosé, raconta Esther avec une grimace de dégoût. Sans parler des serpents dans les lits des clients…

— Et des araignées dans les sacs des dames ! s'exclama Mora.

— Vous vous souvenez du jour où ils ont caché une termitière au magasin, entre deux sacs de riz ? gémit Gladys. Ils ont aussi volé un sac de farine qu'ils ont fait exploser. Nous en avons été quittes pour une sacrée frayeur.

— Nous n'en croyions pas nos yeux, confirma Mora.

— Puis le vent s'est mis à souffler et a fait s'envoler la farine, poursuivit Gladys. Tout le village s'est retrouvé avec les cheveux blancs, comme si nous avions pris cinquante ans d'un coup. Même si nous étions furieux, il faut reconnaître que c'était drôle à voir.

— Bref, Nola : tout ça pour dire qu'une journée de classe le samedi serait une bénédiction, dit Esther.

— Quel âge ont les enfants ? demanda l'institutrice, ravie à l'idée de pouvoir leur venir en aide.

— Cela va de cinq à quatorze ans, je dirais. Au-delà, ils travaillent sur l'exploitation.

— D'accord. Esther, cela te dérangerait que la classe se tienne ici, dans ton jardin ? Le temps que je trouve un local adapté.

— Pas du tout !

— Et Langford, comment va-t-il en ce moment ? demanda Bertha à brûle-pourpoint.

— Il va très bien, répondit Nola qui, se tournant vers les autres femmes, ajouta : Mesdames, puis-je compter sur vous pour passer le mot ?

— Entendu ! s'exclama Eartha en hochant vigoureusement la tête.

— Je placarderai une affiche à l'épicerie, promit Gladys.

— Et j'en parlerai aux clients du bar, assura Esther.

— Où enseigniez-vous avant d'arriver en Australie ? demanda Mora, sortant de sa réserve.

— J'étais gouvernante à Londres, prétendit Nola, désireuse d'impressionner Bertha Ellery, qui continuait à la scruter.

— J'ai toujours rêvé d'aller en Angleterre ! s'exclama Mora.

Se rendant compte qu'elle venait de confesser son vœu le plus cher, elle rentra aussitôt dans sa coquille.

— Si vous en avez tellement envie, vous devriez entreprendre ce voyage un jour, l'encouragea Nola. Il n'est jamais trop tard pour réaliser un rêve. Les pâturages verdoyants, les villages bucoliques…

À cette évocation, les yeux de Mora pétillèrent.

— Si vous voulez, un jour, nous nous réunirons pour que je vous parle de l'Angleterre. J'ai apporté quelques beaux livres illustrés.

— J'avais entendu dire que Langford voulait engager quelqu'un pour enseigner aux enfants de Galen, intervint Bertha. Mais je pensais qu'il préférait voir un homme à ce poste !

— Hélas, peu d'enseignants londoniens sont disposés à poser leurs valises ici, madame Ellery. Ils ont une famille, une maison, des enfants, bref, des attaches. Moi, j'étais disponible, sans contraintes, jeune et indépendante. Rien ne m'empêchait de me lancer dans ce long périple. Et puis, moi qui ai toujours eu soif d'aventure, je pouvais difficilement laisser passer l'occasion.

— Galen et Langford peuvent s'estimer heureux d'avoir trouvé quelqu'un comme toi ! souligna Esther, tout sourire, puis, se tournant vers les autres femmes : Je vous sers quelque chose à boire, mesdames ?

Bertha ignora sa proposition.

— Comme vous êtes la seule femme à travailler sur le domaine Reinhart, je suppose que vous êtes venue avec une chaperonne. Une compagne de voyage, peut-être ?

— Inutile, madame Ellery. J'ai l'habitude d'agir comme bon me semble, sans me soucier du regard des autres, en particulier des hommes. Que je sois ou non la seule représentante du beau sexe sur Reinhart ne me fait ni chaud ni froid, car seuls les enfants m'importent ! Cependant, puisque la question semble vous intéresser, sachez que j'ai de la compagnie féminine à la ferme, en ce moment.

Bertha eut un mouvement de surprise.

— Ils hébergent deux femmes aborigènes, expliqua Esther.

— Des Aborigènes ? Enfin, ces gens n'ont aucune décence, aucune morale, aucune valeur chrétienne…

Nola sentit la colère l'envahir. Peinant à croire que Bertha Ellery pût faire preuve d'une telle intolérance, elle espéra que les autres femmes n'abonderaient pas dans son sens.

— Mes amies ont peut-être des croyances différentes, mais elles n'en sont pas moins d'honnêtes femmes.

Esther, Gladys, Mora et Eartha suivirent sans piper mot le vif échange entre Nola et Bertha, que quelqu'un osait contredire pour la première fois. Son père avait été l'un des premiers éleveurs à s'établir dans le golfe de Carpentarie, et Bertha tenait sa dureté de lui. Elle en imposait à tout le monde, faisant trembler jusqu'à son époux qui, soucieux de préserver la paix de son ménage, lui obéissait au doigt et à l'œil.

— Méfiez-vous, mademoiselle Grayson : ce n'est pas en portant des pantalons que vous vous protégerez des ragots. Il en va ainsi, à la campagne. Comme il ne se passe pas grand-chose, dans un village tel que celui-ci, la vie privée d'autrui en devient d'autant plus intéressante.

— Pour moi, la vie à la campagne ne va pas forcément de pair avec l'étroitesse d'esprit, madame Ellery. Mais je suppose que vous parlez en connaissance de cause.

Les autres femmes, médusées par cette attaque frontale, retinrent leur souffle.

— En tout cas, ne vous inquiétez pas pour ma réputation, conclut Nola. Je suis connue depuis toujours pour mes opinions non conventionnelles, et ce n'est pas près de changer. Sur ce, mesdames, je dois malheureusement vous quitter, car ce n'est pas le travail qui manque au domaine. Eartha, Mora, ce fut un plaisir de vous rencontrer. J'espère que nous nous reverrons bientôt !

— J'espère aussi, Nola, répondit chaleureusement Eartha, tandis que Mora acquiesçait vigoureusement. Nous avons bien besoin de femmes comme vous dans le bush. Plein de bonnes choses pour la suite. Si je peux vous être utile en quelque chose, faites-le-moi savoir !

— Merci beaucoup, répondit Nola puis, se tournant vers Bertha : au revoir, madame Ellery.

Bertha hocha la tête, les lèvres pincées.

— Je te raccompagne, dit Esther. Il faut que je retourne m'occuper du bar.

— Je vais y aller aussi, annonça Gladys, déjà debout. Ben Cranston aide Orval en mon absence, mais avec le monde qu'il y a aujourd'hui, ils doivent être débordés.

— Ne prête pas attention à ce que dit Bertha, conseilla Esther à Nola, alors que celle-ci enfourchait son cheval.

— C'est vrai que les gens parlent de moi ?

— Je n'ai pas l'intention de te mentir, Nola. Depuis ton arrivée et ce verre d'eau que tu as jeté à la figure de Hank, ça n'arrête pas, mais il fallait s'y attendre. Ici, le quotidien n'a rien de palpitant. En plus, une femme libre, dans une région qui ne manque pas d'hommes célibataires… En tout cas, personne ne t'a jamais calomniée ; on n'oserait pas !

Nola ne put réprimer un sourire.

La jeune femme profita du trajet retour pour réfléchir. Elle s'était souvent demandé ce qu'elle ressentirait, le jour où elle deviendrait mère. Si sa grossesse se confirmait, elle ne pourrait pas rester au domaine, ou Langford Reinhart et Galen Hartford seraient à leur tour la cible des ragots. Elle devrait s'installer dans une grande ville ou même rentrer en Angleterre, pour que l'enfant connût son père. Et de quoi vivrait-elle ? À Londres, Lord Rodwell veillerait certainement à ce que personne ne l'engageât, et rien ne garantissait que Tilden Shelby consentirait à l'aider. Bien sûr, elle pourrait forcer Leith Rodwell à lui verser une pension, mais elle n'avait aucune envie d'en arriver là. Elle était bien trop fière et trop indépendante pour accepter son argent.

Lorsque Nola regagna le domaine en début de soirée, Wade était assis sous la véranda, Sandy endormi à ses pieds. Elle fut surprise de trouver le sourcier aussi calme et détendu.

– Alors, cet après-midi ? s'enquit-il en la voyant approcher, tandis que Sandy bondissait pour l'accueillir.

– Instructif. Et le vôtre ?

– Rien de particulier à signaler.

Nola en resta bouche bée.

– J'ai du mal à vous croire !

– C'est pourtant la vérité. J'ai même une bonne nouvelle : les punaises, c'est de l'histoire ancienne !

– Ah, me voilà soulagée d'un grand poids. Esther m'a assuré qu'elles repartiraient aussi vite qu'elles étaient venues, mais j'étais sceptique. Est-ce que je me risque à demander comment va Langford ?

– Pas trop mal, pour autant que je sache.

– Vous n'êtes pas monté, Wade ?

– J'ai supposé qu'il n'aurait pas très envie de me voir à son chevet, donc j'ai envoyé Shannon et Tilly lui apporter le repas que les femmes avaient préparé. Les filles ont passé quasiment tout l'après-midi avec lui.

– Et il s'en plaindra dès qu'il m'aura sous la main, gémit Nola.

– Je ne pense pas, j'ai entendu des éclats de rire. En ce moment, les femmes sont également à l'étage, et tout a l'air de bien se passer.

Nola sortit de sous la véranda, leva la tête vers le balcon et vit les femmes aborigènes lui sourirent du balcon, manifestement heureuses de la savoir de retour. Puis elle entendit Shannon et Tilly glousser à l'intérieur. Soulagée que rien de grave ne fût arrivé, elle s'assit par terre et caressa le poil ébouriffé de Sandy.

— Les chèvres se trouvent à l'écurie, indiqua Wade, et Lizzie et Mary se sont occupées du linge. Votre dîner vous attend sur le poêle.

— Wade, je vais finir par croire que je devrais m'absenter plus souvent ! Tout se déroule sans accroc, quand je ne suis pas là. Qu'est-ce que Lizzie et Mary ont cuisiné de bon ?

— Aucune idée, mais c'était délicieux.

— J'ai tellement faim que je mangerais n'importe quoi, lança Nola en se remettant debout.

Wade lui emboîta le pas.

— Au fait, Sandy a attrapé un serpent aujourd'hui.

— Vraiment ? C'est fantastique.

— Je crois qu'il sortait du tas de bûches. Les femmes étaient folles de joie en le ramassant. On se serait cru à Noël !

Nola se figea un instant, puis se tourna vers Wade, qui ajouta, non sans malice :

— Vous allez vous régaler.

15

— Bonjour ! lança gaiement Nola en entrant avec le plateau du petit-déjeuner dans la chambre de Langford, qui semblait l'attendre avec impatience.

— Pourquoi avez-vous passé tout l'après-midi d'hier au village ? maugréa le vieil homme.

— « Bonjour à vous aussi, mademoiselle Grayson », singea-t-elle, tout en s'interrogeant sur les raisons d'une telle curiosité. « Comment allez-vous, aujourd'hui ? Moi, je vais très bien, merci. »

Après avoir posé le plateau, elle se campa devant Langford, les poings sur les hanches.

— Shannon m'a raconté que vous aviez beaucoup ri, hier. Pourquoi ai-je autant de mal à le croire ?

Lorsque Langford détourna le regard, Nola crut voir un peu de couleur poindre sur ses joues blêmes. Elle aurait juré qu'il souriait presque en repensant aux moments de joie partagés la veille avec les enfants.

Cependant, le vieil homme ne toucha pas à son assiette, attendant une explication.

— J'ai participé à une réunion qui se tenait à l'hôtel, annonça Nola, consentant enfin à répondre, et nous avons discuté de l'aide à apporter aux victimes de la sécheresse. Une collecte de nourriture est organisée pour les familles qui sont le plus en difficulté. L'objectif de la réunion était de décider de la répartition des dons.

— Et qui était présent ?

— Esther, Gladys, Mora et Eartha Dove, sans oublier Mme Bertha Ellery, répondit Nola, prononçant ce dernier nom sur un ton théâtral.

Langford émit un grognement tout en s'emparant du plateau.

— Bertha est une vieille bique prétentieuse. Je parie qu'elle avait déjà décidé de tout dans son coin.

Nola esquissa une grimace.

— Tout juste. Qui, quand, où, comment…

Langford secoua la tête et mordit à pleines dents dans une tartine de confiture.

— Étant donné la place qu'elle daigne accorder aux autres, c'est une réunion à elle toute seule, souligna-t-il, la bouche pleine.

— Vous la connaissez bien ?

— Je la *connaissais* bien. À vous entendre, elle n'a pas changé.

— Elle s'est enquise de votre état de santé, sachez-le !

— Certainement pas par bonté d'âme. Elle veut seulement fourrer son nez dans mes affaires.

— Je l'avais déjà croisée lors d'une autre réunion consacrée à la sécheresse. Elle n'avait pas eu l'air ravie de mes propositions, et je crains qu'il en aille de même pour celles d'hier.

Langford, surpris, haussa les sourcils.

— Quelle mouche vous a piquée d'y participer ?

— Il se trouve que j'ai envie d'aider, dans la mesure de mes moyens. Avez-vous tant de mal à croire que je me soucie du sort des personnes vivant sur les autres exploitations ?

— Vous avez besoin de compagnie, ça ne fait pas un pli.

— Ah, mais j'en ai ! Seulement j'étais curieuse de savoir comment les autres habitantes des environs appréhendaient les choses. La vie si particulière dans l'*outback* exige de revoir ses priorités et ses sources de satisfaction.

— Comment en êtes-vous arrivée à cette conclusion ? demanda Langford, surpris par tant de bon sens et de lucidité venant d'une citadine.

Nola réfléchit quelques instants.

— L'accouchement de Mary a été une expérience que jamais je n'aurais vécue en ville. Qu'elle s'en remette totalement à moi pour sauver son enfant est ce que j'ai connu à la fois de plus terrible et de plus gratifiant. Et la responsabilité qui m'a été confiée d'enseigner aux enfants de Galen change ma vie, tout autant qu'elle change la leur.

Langford comprenait ce que la jeune femme voulait dire. En fondant le domaine, en lançant l'élevage, en transmettant ses connaissances d'éleveur à Galen, il avait découvert un tout nouveau monde, vécu un véritable rêve éveillé – rêve que le décès d'Ellen avait fait voler en éclats.

Remarquant que Langford ressassait ses souvenirs, Nola préféra détourner la conversation.

— Bon, et ce genou ? Comment va-t-il, ce matin ?

Nola l'examina et constata que l'œdème s'était quasiment résorbé.

— Vous devriez vous lever plus souvent et mouvoir votre jambe, pour éviter qu'elle se raidisse !

— Je ne peux pas, bougonna Langford.

En réalité, depuis quelques jours, il avait l'impression que sa vie prenait un virage différent, comme si le retour à un quotidien normal n'était plus très loin. Or il doutait d'être prêt – à vrai dire, il en avait même peur.

— Vous mentez, je vous ai vu à la fenêtre il n'y a pas si longtemps !

Alors que le vieil homme, pris en faute, s'empourprait, Nola s'assit au bord du lit, accentuant encore son malaise.

— Orval Hyde m'a raconté que deux hommes étaient récemment passés au village, et qu'ils avaient posé des questions sur le domaine. Selon lui, ce n'étaient pas des saisonniers à la recherche d'un travail. Pensez-vous qu'il puisse s'agir de nos voleurs de bétail ? Ou de complices, peut-être ?

Langford fronça les sourcils.

— Pas impossible, mais je doute qu'ils aient le cran de se montrer à nouveau sur mes terres.

— Il vaudrait certainement mieux prendre les devants. Le problème, c'est que Galen est parti avec les fusils entreposés dans le dortoir.

— J'en garde trois dans le tiroir inférieur de la commode. Vous y trouverez également des munitions.

— Je n'ai encore rien dit à Wade, mais il vaudrait mieux le prévenir, au cas où des intrus viendraient fouiner par ici.

— Galen est censé rentrer ce soir, mais je préfère que vous ne lui disiez rien, souligna Langford. Il est déjà débordé.

— Vous avez raison. Et je doute que ces hommes s'aventurent ici, alors que deux de leurs complices ont été livrés aux autorités.

— À votre avis, si quelqu'un s'introduisait ici de nuit, le cabot que vous avez ramené serait capable de donner l'alerte ?

— Il est jeune, comment le saurais-je ? En tout cas, il a de l'instinct : hier, il a attrapé un serpent.

Nola s'abstint de préciser que le serpent en question avait été servi à table. Dans un premier temps, elle avait refusé de toucher à son assiette. Puis la faim l'avait emporté, et Wade en avait appelé à son goût pour l'aventure. Et, elle devait l'admettre, elle avait trouvé ce mets délicieux.

Galen et Hank rentrèrent en fin d'après-midi. Si le comptage et le tri des bêtes se déroulaient à un bon rythme, il fallait tout de même prévoir une journée supplémentaire de travail.

— Tiens, Nola, ton premier veau de lait, dit Hank en descendant l'animal qu'il avait transporté sur sa selle. Nous l'avons sauvé juste à temps d'une attaque de dingos.

— Qu'est devenue la mère ?

Après avoir échangé un regard lourd de sens, les deux hommes choisirent de ne pas dire toute la vérité devant les enfants.

— Elle s'est cassé une patte, murmura Galen.

— Tu vas pouvoir la guérir, papa ? demanda Shannon en caressant le veau.

Lorsque Galen se tourna vers Nola, celle-ci comprit.

— Hum… Nous nous y emploierons. En attendant, tu aideras Mlle Grayson à prendre soin du petit. Tu trouveras un biberon au dortoir.

— Quel bel animal, dit Nola.

Elle se pencha pour grattouiller le pelage caramel du veau aux grands yeux marron, sous le regard attendri de Shannon et Tilly.

— Tu pourrais essayer de lui donner du lait de Nanny, proposa-t-elle à Shannon.

— Qui est Nanny ? demanda Galen en fronçant les sourcils.

— L'une des chèvres, répondit Nola avec détachement.

Galen regarda Hank et secoua la tête.

— Tu vois, dès qu'on la laisse seule…

— Combien de chèvres avons-nous ? demanda Hank, amusé.

— Seulement deux ! répondit Nola en prenant un ton faussement outré. Orval a eu la gentillesse de nous les apporter pour que je fabrique du fromage.

— Langford sait, pour les femmes ? demanda Galen en désignant la fenêtre à l'étage.

— Oui. Ne vous inquiétez pas pour lui. Son genou va beaucoup mieux, et il peut de nouveau se lever. Vous verrez, c'est un autre homme : non seulement il manifeste un semblant d'intérêt au monde qui l'entoure, mais il a joué avec les filles.

Galen eut du mal à en croire ses oreilles.

Shannon, qui caressait toujours le veau, leva la tête.

— Papa, M. Reinhart nous a montré des jeux de société. On a bien ri, surtout quand il s'est amusé à cacher nos pions !

Le régisseur, qui n'en revenait toujours pas, se tourna vers Nola. Langford, pourtant grand amateur de jeux, ne les avait pas sortis depuis des années !

— Je vois que vous avez opéré un véritable miracle, en notre absence.

— Wade m'a été d'une grande aide, argua Nola.

— Tenez, nous vous avons rapporté un peu de viande fraîche, intervint Hank.

Nola sourit.

— Merci. Cela nous changera du serpent…

Comme Galen et Hank, bouche bée, échangeaient un regard stupéfait, Nola partit dans un grand éclat de rire.

Dans la soirée, Nola, Lizzie et Mary préparèrent un grand ragoût de queue de bœuf qui, grâce à leurs efforts conjugués, s'avéra délicieux. À la surprise générale, Langford demanda même à être resservi.

Alors que le soleil disparaissait à l'horizon, rendant la chaleur un peu plus supportable, Nola entreprit de semer les graines et boutures qu'elle avait rapportées de Julia Creek. Pendant que Galen et Hank passaient un moment avec Langford, les femmes partirent pour une courte promenade avec Shannon, Tilly, et Sandy, en veillant à ne pas trop s'éloigner de la demeure. Le bébé, que Mary avait choisi d'appeler Allira, dormait sous la véranda, dans un berceau fabriqué dans une boîte à chapeau et protégé par une moustiquaire.

Un peu plus tard, Hank s'installa sous la véranda et fuma une cigarette, tout en regardant Nola arroser son futur jardin.

— Espérons que, dans trois semaines, nous voyions apparaître un peu de verdure, soupira-t-elle.

— Des plantes vertes, des fleurs, des arbres… voilà qui nous changera.

Hank, moins intéressé par la botanique que par Nola, se perdit dans la contemplation de sa peau dorée et de ses cheveux couleur de miel, que le soleil avait éclaircis.

— Est-ce que tu t'es ennuyée de moi ? hasarda-t-il, osant enfin la tutoyer.

— Désolée, mais j'étais trop occupée pour cela, et j'imagine que toi aussi.

— En effet, et pourtant j'ai trouvé le temps, répondit-il avec gravité.

Surtout le soir, près du feu de camp, sous le ciel étoilé, ajouta-t-il en silence.

— Tu peux t'estimer heureux d'avoir échappé à l'invasion de punaises vertes, avança la jeune femme.

Hank esquissa une grimace de dégoût.

— Nous en avons eu une l'an dernier à Boulia. L'odeur a failli nous rendre fous.

— Combien d'animaux avez-vous rassemblé ?

— Nous en sommes à sept cents têtes environ. Une partie pas négligeable de notre bétail s'était éloignée jusque sur les terres de Bill MacDonald, se mêlant à son troupeau. Une fois les deux cheptels séparés, il s'est avéré que nous avions beaucoup plus de têtes qu'escompté.

— Et les veaux qui ne sont pas marqués ? Comment savez-vous à qui ils appartiennent ?

— Ils ont été répartis équitablement.

— Où se trouve le troupeau, à présent ?

— Nous nous sommes arrêtés près du point de sonde que Wade a foré, pour que les bêtes aient de l'eau à disposition. Reste maintenant à les convoyer jusqu'à Maryborough, mais ce sera impossible si nous ne sommes que six. Le temps d'arriver, nous risquons de perdre tout le troupeau. Galen est justement en train d'en discuter avec Langford.

— Quelle solution envisagez-vous ?

— Bill MacDonald, qui aimerait vendre une partie de son cheptel, nous a proposé un marché.

— En quoi consiste-t-il ?

— Ses hommes aideraient Galen à convoyer le bétail si ses bêtes y sont incluses. Galen trouve que c'est une bonne idée, et Langford donnera certainement son accord. De toute façon, nous n'avons guère le choix. Et ici, quelles sont les nouvelles ? Les femmes ont l'air d'avoir pris leurs marques.

— Oui, Hank, elles se sont adaptées étonnamment vite, et je suis ravie de les avoir à mes côtés. Elles me manqueront, quand elles ne seront plus là. Quant à Shannon et Tilly, elles sont inséparables. Elles assistent aux cours ensemble, et Tilly suit bien. Elle a déjà assimilé quelques rudiments d'anglais, et Shannon dit parfois de drôles de mots que je ne connais pas – sans doute en langue aborigène.

Hank hocha la tête avec satisfaction.

— Et Langford ? Impossible, pour changer ?

Nola sourit.

— Nous avons bien eu quelques désaccords mais, depuis, nous entretenons des relations relativement civilisées, ce qui est fort appréciable. Jamais je ne nous en serais crus capables.

— Force est de constater que je ne l'ai jamais vu aussi en forme. J'ai même l'impression qu'il a grossi.

— En votre absence, il mangeait même plus que nous toutes réunies !

Lorsque Hank eut pris congé pour aller voir les chevaux, Nola s'installa sous la véranda et contempla fièrement son œuvre. Si l'absence de pluie avait rendu le sol crevassé et dur comme la pierre, au moins, les chèvres s'étaient chargées de brouter les mauvaises herbes. Elle avait hâte de voir les différentes plantes sortir de terre.

— Vous cultivez votre jardin ?

En entendant soudain la voix de Galen derrière elle, Nola sursauta et se retourna.

— Je m'y emploie, sourit-elle. Ce n'est qu'un début, Orval a commandé d'autres boutures à Maryborough. Et maintenant, je réfléchis à la meilleure façon de laisser les arbres et les massifs s'épanouir. J'ai du mal à contenir les chèvres, et je n'aimerais pas qu'elles dévorent tout !

— Vous auriez peut-être mieux fait de planter des cactus, nota Galen en s'asseyant à côté d'elle.

— Trop tard, j'ai choisi des bougainvilliers. Espérons qu'ils poussent correctement… ensuite, leurs épines les tiendront à distance.

— Je doute qu'elles dissuadent les chèvres. Il vaudrait mieux que nous construisions une clôture bien solide tout autour du jardin, plus tard, après le convoyage.

— Avez-vous de grandes planches de bois à disposition ?

— Oui, plus qu'il n'en faut.

— Je pourrais commencer à aménager cette clôture avec l'aide de Wade.

— Je lui montrerai où se trouve la réserve, et je lui donnerai des clous.

— Fantastique.

Pleine d'optimisme, Nola contempla l'emplacement de son futur jardin en imaginant déjà les arbres fruitiers et les parterres de fleurs colorés.

— Si je vois de jolies plantes à Maryborough, je vous en rapporterai, suggéra Galen.

— Avec plaisir ! Hank m'a dit que MacDonald allait peut-être vous prêter de la main-d'œuvre pour convoyer votre cheptel et le sien jusqu'à Maryborough.

— Exact. Langford trouve l'idée excellente.

— Comment l'avez-vous trouvé ? Il attendait votre retour avec impatience.

— J'ai l'impression qu'il va très bien. Il a l'air en meilleure santé, c'est sûr, mais c'est surtout son comportement général qui a changé… en bien. Il ne s'est pas plaint une seule fois des Aborigènes. Qu'en dites-vous ? Je n'aurais jamais cru qu'il accepterait leur présence aussi facilement.

— Cela n'a pas été le cas, du moins, pas au début. Il était contrarié que je me sois immiscée dans la vie de la tribu. Il ne s'est pas étendu sur le sujet, mais il a tout de même évoqué la mort de deux de ses gardiens de troupeaux, tués à la suite d'un désaccord, je crois.

Galen acquiesça.

— Très juste. Je vivais ici depuis quelques mois quand Langford a empêché un Aborigène d'éventrer une femme à coups de lance, sous prétexte qu'elle était volage. Langford avait mal évalué la situation. De son point de vue, il avait empêché la commission d'un meurtre de sang-froid. Or la femme, qui clamait son innocence, avait été condamnée à mort par la tribu, et les Aborigènes ont pris comme un affront cette contestation de leur sentence. Les autres exploitants se sont ligués avec l'intention d'en découdre, alors que Langford, traumatisé par la mort de ses gardiens, voulait à tout prix stopper l'escalade. Par l'intermédiaire de Jack, qui a joué les interprètes, il a promis aux Aborigènes que si la femme avait la vie sauve, ils n'auraient plus à craindre d'attaques de Blancs. On ne l'a plus jamais revue. Plus tard, Jack a dit à Langford qu'elle avait certes été épargnée, mais que la tribu l'avait bannie.

— Je comprends mieux pourquoi il a réagi aussi vivement en apprenant que j'étais allée au camp des Wana-Mara. Je lui ai bien expliqué que j'étais repartie avec les femmes à la demande du doyen, mais cela ne l'a pas empêché de protester contre leur présence sous son toit. Je lui ai donc demandé comment, selon lui, j'allais réussir à mener de front l'entretien d'une telle demeure et l'enseignement aux enfants. J'ai également souligné combien Shannon était heureuse d'avoir une camarade de jeu. Les premiers jours, il a essayé par tous les moyens de me faire tourner en bourrique, et je dois avouer qu'il m'est arrivé plus d'une fois de perdre patience. Finalement, il a changé du tout au tout quand je lui ai fait remarquer que Wade travaillait dur, sans jamais se plaindre de sa blessure. Il a dû comprendre que, au-delà de ses conseils avisés, nous avions surtout besoin de bras !

En entendant le veau donner de la voix dans l'écurie, Nola consulta sa montre et se leva.

— Vous m'accompagnez ?

— Où allez-vous ?

— À l'écurie. Je crois que notre nouveau « bébé » a très faim !

Ils entrèrent sans être vus de Hank, qui rangeait des brides au fond de l'écurie, et se dirigèrent vers le box où le veau avait été installé, en face de celui des chèvres.

— Le biberon que Shannon lui a donné remonte déjà à quelques heures. Voyons si Nanny l'autorise à la téter. Vous voulez bien m'aider ?

Une fois que Galen eut poussé Nanny jusque dans le box du veau, Nola guida celui-ci jusqu'à ses pis. Le jeune animal, flairant la bonne odeur de lait, se mit aussitôt à téter goulûment, tandis que Nanny ne bronchait même pas. Alors que Nola contemplait la scène en souriant, émue aux larmes, une ombre passa sur le visage de Galen. Il repensa à Emily, qui n'avait jamais réussi à se familiariser avec les animaux. Elle avait prétendu les aimer, et pourtant, elle avait pris soin de se tenir éloignée d'eux autant que possible – comme Ellen, d'ailleurs. En voyant Nola, si différente, le régisseur se souvint combien Emily n'avait pas été taillée pour la vie dans le bush.

— Je vois que vous appréciez les animaux, souligna-t-il, et ils vous le rendent bien.

— Ils réagissent à l'amour. En cela, ils ne sont guère différents des êtres humains.

Galen resta silencieux un moment, puis jeta un regard furtif vers le fond de l'écurie, où Hank ne semblait pas les avoir remarqués.

— Ma femme avait comme ambition de devenir comédienne. Nous avions beau nous aimer, nous étions finalement des étrangers l'un pour l'autre. Je n'aurais pas dû la faire venir ici, soupira Galen.

— Comment vous êtes-vous connus ?

— Je m'étais rendu à Sydney pour acheter du bétail. Au marché, j'ai rencontré le père d'Emily, un homme très intéressant qui possédait plusieurs élevages en Angleterre. Il m'a invité à dîner à son hôtel et m'a présenté sa fille. Je suis tout de suite tombé sous le charme de sa beauté, de sa délicatesse, de sa fragilité... J'aurais dû me douter qu'elle ne supporterait pas la vie ici, seulement, sur le coup, j'étais incapable de réfléchir posément.

— Quoi de plus normal, quand on est amoureux ? répondit Nola, se remémorant sa propre expérience.

— Le pire qu'il puisse arriver à une aspirante comédienne, c'est de rencontrer un agriculteur. Je l'entends encore me raconter sa tournée des théâtres de Sydney, où elle auditionnait pour de petits rôles. Elle me parlait également d'un agent qui la jugeait talentueuse. J'ai commis l'erreur de ne pas la prendre suffisamment au sérieux. Ses rêves, sa carrière, tout est passé à la trappe quand nous avons décidé de nous marier. Ses parents n'en revenaient pas, mais comme ils avaient à cœur que leur fille soit heureuse, ils ont accepté que je devienne leur gendre. La noce a été organisée très vite pour qu'ils puissent y assister avant de rentrer en Angleterre.

Galen se tut et resta un long moment plongé dans ses pensées.

— Puis je suis revenu ici, avec elle, nous avons eu trois enfants, et je n'ai jamais perçu à quel point la scène lui manquait. Pas un jour, pas un mois, pas une année ne passait sans qu'elle rêve de se retrouver face à un public. De mon côté, j'étais complètement absorbé par l'élevage, je m'absentais parfois pendant plusieurs semaines... Du vivant d'Ellen, Emily avait au moins un peu de compagnie féminine. Et puis elle s'est retrouvée seule avec les enfants.

— Même si cent personnes avaient vécu ici, cela n'aurait rien changé, répondit Nola, troublée par son regard empreint d'une vive souffrance. On peut se satisfaire de la compagnie des enfants et des animaux. C'est une question de tempérament, voilà tout.

— Vous avez raison. Combien de fois me suis-je retrouvé la nuit près d'un feu de camp, seul avec mon cheval, en songeant combien c'était agréable ?

Nola acquiesça.

— Vous n'avez pas à vous reprocher le sentiment d'isolement dont a souffert Emily.

Galen poussa un profond soupir.

— Un beau matin, elle est partie, reprit-il. Quand Langford et les enfants s'en sont étonnés, j'ai dit qu'elle était partie faire des courses à Winton. J'étais persuadé qu'elle reviendrait un jour, au moins pour les enfants, mais les jours ont passé sans qu'elle donne signe de vie. Comme je ne pouvais pas laisser les enfants seuls, j'ai envoyé un collègue à Winton. Il a découvert qu'elle était partie pour Rockhampton en diligence. J'ai cru que j'allais devenir fou d'inquiétude quand, enfin, une lettre est arrivée. Emily y écrivait qu'elle avait décroché un rôle à Sydney, qu'elle était heureuse et que nous étions invités à la première de sa pièce – le tout sans une explication sur son départ soudain, sans un mot pour les enfants, qu'elle avait abandonnés du jour au lendemain. Quelques jours plus tard, nous sommes partis tous les quatre pour Sydney. J'ai caché la vérité à Langford, qui ne m'a posé aucune question.

Nola comprenait à présent l'importance que ce voyage à Sydney avait revêtue pour Galen et les enfants.

— Une fois là-bas, nous nous sommes présentés à la salle de spectacle où elle avait dit qu'elle jouait, seulement personne là-bas ne la connaissait, et impossible de savoir où elle logeait. Nous avons frappé à la porte de tous les théâtres, sans succès. Au bout de quelques jours, je me suis adressé à un policier, Colin Rafferty. Il a réussi à retrouver l'agent d'Emily, qu'elle avait connu plusieurs années auparavant. Et il s'est avéré que ce sale type était en réalité proxénète.

Nola, abasourdie par ce récit, retint son souffle.

— Quand je l'ai enfin retrouvée dans l'arrière-salle d'un café-concert sordide, poursuivit péniblement Galen, le teint blême, elle avait complètement sombré. Elle était méconnaissable, amaigrie, battue… Son « agent », après lui avoir promis monts et merveilles, avait fait de sa vie un enfer. Je l'aurais étranglé de mes propres mains si Colin Rafferty ne s'était pas interposé. J'ai conduit Emily à l'hôpital, où elle est morte quelques jours plus tard. Les enfants ne l'ont vue que quelques minutes. C'est Heath qui s'en souvient le mieux. Je n'ai jamais compris comment sa vie avait pu prendre un virage aussi... aussi différent, comme si elle ne m'avait jamais connu !

— Vous n'avez rien à vous reprocher, Galen, assura Nola. Emily a couru après une illusion, un mirage. Elle était obsédée par l'idée de devenir comédienne, au point qu'elle en a perdu la raison.

— C'est ce que Colin n'a cessé de me répéter : Emily s'était fourvoyée et avait payé le prix fort. Juste avant de mourir, elle m'a expliqué qu'elle avait incarné Cléopâtre dans une petite salle, mais que celle-ci avait dû baisser le rideau au bout de deux semaines. Son rêve était devenu brièvement réalité.

— Elle devait être magnifique.

Galen s'enfouit le visage dans les mains, tandis que Nola caressait doucement son épaule. Quelques secondes plus tard, ils tombèrent dans les bras l'un de l'autre.

— Je suis heureuse que tu m'aies tout raconté, chuchota Nola, au bord des larmes.

— Moi aussi, répondit Galen d'une voix rauque.

Tandis que son corps tout entier était traversé par un long soupir, il se sentit, pour la première fois depuis tant d'années, soulagé d'un poids immense. Tous deux restèrent enlacés un long moment, sans remarquer que Hank les observait, le cœur brisé.

— J'ai été dur avec toi, quand tu es arrivée au domaine, reconnut Galen en regardant Nola droit dans les yeux.

La jeune femme sourit.

— Je ne t'en veux pas, et puis avec toutes les bévues que j'ai commises, j'aurais amplement mérité d'être renvoyée. Mes anciens employeurs n'ont pas hésité !

— Tant pis pour eux, tant mieux pour nous, sourit Galen.

Nola reprit son sérieux.

— Maintenant que tu m'as expliqué ce qui s'était passé avec Emily, je comprends mieux ta façon d'agir.

— Je ne peux pas m'empêcher de m'en vouloir. Mes enfants étaient inconsolables au décès de leur mère, et j'aurais fait n'importe quoi pour leur épargner cela une seconde fois. Maintenant que je te sais prête à partager notre vie ici, je sais qu'ils ne souffriront pas.

Nola songea alors à sa possible grossesse qui, si elle était confirmée, la contraindrait à quitter le domaine plus tôt que prévu. Comme elle se détournait, feignant de s'occuper du veau, Galen se demanda s'il avait dit quelque chose de mal. Il brûlait de lui confier qu'il abordait désormais chaque nouvelle journée avec sérénité ; que, depuis qu'il voyait l'*outback* avec ses yeux à elle, la vie avait pris une tout autre saveur.

— Penses-tu que nous puissions laisser le veau sans surveillance avec Nanny ? demanda Nola pour détourner la conversation.

— Oui, ils ont l'air de se tolérer l'un l'autre.

Nelly n'était pas de cet avis. Comme elle n'appréciait pas du tout d'être séparée de Nanny, Galen la fit venir à son tour dans le box. Une fois que le veau, repu de tout ce bon lait, se fut endormi avec contentement, les chèvres s'allongèrent dans la paille auprès de lui.

La nuit était tombée lorsque Galen et Hank repartirent au campement, dans un paysage baigné par l'éclat d'une magnifique pleine lune. Le régisseur venait d'annoncer qu'ils prendraient dans deux jours la direction de Maryborough avec un cheptel de mille têtes et onze hommes pour les convoyer.

– Heath et Keegan viendront avec vous ? s'était enquise Nola.

– Nous préférerions éviter, mais plus nous aurons de bras, mieux ce sera. Mille têtes, ce n'est pas rien, et les animaux ont tendance à se disperser. Et puis je ne peux pas le leur refuser maintenant, ils seraient beaucoup trop déçus.

Nola savait que Galen avait raison. Les deux garçons, qui passaient la nuit à la belle étoile avec Jimmy, Jack, les employés de MacDonald et les deux fils de ce dernier, à peu près du même âge qu'eux, étaient ravis de participer au convoyage, désormais au centre de toutes les conversations.

Il n'avait pas échappé à Nola que Hank, étrangement silencieux, n'avait pas daigné lui accorder un regard au moment de prendre congé – tout le contraire de Galen, chaleureux et tendre. Elle avait beau se réjouir que le fossé avec ce dernier se fût enfin comblé, la suite de leur relation était pour le moins incertaine, car le bébé qu'elle attendait peut-être venait soudain bouleverser toutes ses certitudes.

16

Nola n'avait dormi que quelques heures lorsqu'elle fut réveillée par les cris stridents de Lizzie. Elle se frotta les yeux, chercha à tâtons sa montre, avant de se souvenir qu'elle l'avait égarée depuis déjà un certain temps, puis rejoignit les Aborigènes sur le balcon. Près de Lizzie, Mary serrait son bébé tout contre elle, tandis que Tilly se cramponnait à sa jambe.

— Quelque chose ne va pas ? demanda-t-elle d'une voix ensommeillée.

— Dubi Deringa ! Dubi Deringa ! répéta Lizzie plusieurs fois, les yeux écarquillés d'épouvante.

Nola essayait de comprendre les balbutiements affolés des femmes lorsque Sandy, qu'elle avait laissé paisiblement endormi sous la véranda, se mit à aboyer furieusement.

— Je vais voir ce qui se passe, murmura-t-elle. Vous, restez ici !

Elle accompagna ses paroles de force gestes pour bien se faire comprendre.

— Tu restes ici avec Tilly et les femmes, c'est compris ? ordonna Nola à Shannon, qui venait tout juste de se réveiller. Promets-moi de ne pas quitter cette chambre !

La fillette hocha la tête, tandis que les Aborigènes trouvaient refuge sous son lit.

Nola descendit à pas feutrés et ouvrit tout doucement la porte d'entrée. À l'autre extrémité de la véranda, Sandy, éclairé par la Lune, grognait en montrant les dents, queue dressée et poil hérissé. Nola referma aussitôt la porte, monta l'escalier quatre à quatre et entra dans la chambre de Langford, qu'elle eut la surprise de trouver debout à la fenêtre.

Le vieil homme sursauta en l'entendant approcher par-derrière.

— Désolée de vous avoir effrayé, chuchota-t-elle pour ne pas inquiéter Shannon, qui se trouvait dans la chambre voisine, mais je crois que nous avons un problème. Le chien aboie, les femmes sont terrorisées… Lizzie prétend que le guérisseur est là.

— Et moi, j'ai aperçu deux hommes qui rôdaient près de l'école, siffla Langford. En ce moment même, l'un d'eux se dirige vers le dortoir. Prenez les fusils.

— Serait-il possible que Dubi Deringa soit venu chercher Mary ? demanda Nola en ouvrant le tiroir de la commode.

— Les Aborigènes ne portent ni pantalon, ni bottes, ni chapeau.

Nola trouva trois fusils, qu'elle se dépêcha de charger.

— Je descends réveiller Wade, dit-elle en en emportant deux.

— Soyez prudente ! Je reste ici pour surveiller leurs allées et venues. Restez à l'intérieur et verrouillez toutes les issues !

Nola se précipita dans la bibliothèque, qu'elle trouva vide, puis se faufila jusqu'à la porte de derrière, passa la tête dehors et appela discrètement Wade. Était-ce lui que Langford avait aperçu dans la cour ? Non, il avait mentionné deux hommes, et Sandy n'aurait pas aboyé sur le sourcier.

Après avoir laissé un fusil près de la porte à son intention, Nola sortit prudemment et siffla doucement le chien, qui accourut aussitôt, les oreilles dressées.

— Que se passe-t-il, Sandy ? Qu'est-ce que tu as repéré là-bas ?

Tout en frémissant, elle décida finalement de prendre le chemin de l'école, sous bonne escorte de Sandy.

Langford entendit un bruit de pas et, le cerveau en ébullition, courut se réfugier dans un renfoncement près de la fenêtre. Était-ce Shannon, qui descendait l'escalier le plus discrètement possible ? Peut-être l'une des femmes ? Ou alors Wade, qui montait le rejoindre ? Ce ne pouvait pas être Nola, il le savait. Elle s'était courageusement aventurée dehors avec Sandy, bien qu'il lui eût formellement interdit de quitter la maison. Quand une latte de plancher grinça juste devant sa chambre, il se figea, le cœur battant, attendit quelques secondes, puis pointa le canon de son fusil sur la porte.

Les secondes lui parurent durer des heures, tandis que les gémissements affolés des femmes lui parvenaient depuis la chambre située de l'autre côté du couloir. Soudain, sa porte s'entrevit lentement, dévoilant une silhouette gigantesque qui se tenait sur le seuil. L'intrus vit le lit vide, éclairé par la lune, mais pas Langford, toujours tapi dans l'ombre. Celui-ci se dit qu'il devait le neutraliser au plus vite, ou la cachette des femmes et des enfants serait bientôt découverte.

Seulement, quand Langford pressa la détente, ce fut non pas un coup de feu mais un simple clic qui retentit. Pris de panique, il appuya de nouveau – en vain ! L'arme s'était enrayée. L'intrus tourna aussitôt la tête dans sa direction et distingua le contour du canon, tandis que ses lèvres se retroussaient en un rictus cruel. Lorsque, d'un geste calme mais décidé, il le mit à son tour en joue, Langford, pensant sa dernière heure arrivée, crut voir toute sa vie défiler devant ses yeux.

Je ne veux pas mourir, songea-t-il soudain, comme enfin libéré du lourd chagrin qui l'accablait depuis des années. Pas ici. Pas maintenant.

Soudain, il y eut un grand fracas, et des éclats de bois volèrent dans toute la pièce. L'inconnu bascula en avant, lâchant son fusil qui glissa sous le lit et laissant apparaître Wade, qui tenait les vestiges d'une chaise brisée. Alors qu'il regagnait la demeure par la porte de devant, il avait vu l'homme monter à l'étage. Il avait ensuite gravi prudemment l'escalier, tout en se demandant comment intervenir en l'absence d'arme, puis avait avisé une chaise sur le palier.

L'inconnu, encore sonné, se releva en laissant échapper des cris de rage et de douleur. Il agrippa Wade comme une poupée de chiffon et le projeta contre un mur, tandis que Langford tâtonnait sous le lit à la recherche du fusil, sans succès. Finalement, se munissant de son arme enrayée, il tenta d'assommer l'homme d'un vigoureux coup de crosse, mais ne réussit qu'à heurter le chambranle de la porte. Alors que les femmes aborigènes poussaient des hurlements à réveiller les morts, l'intrus dévala l'escalier et sortit en trombe de la maison. Quant à Wade, même s'il retrouvait peu à peu ses esprits, sa vive douleur à l'épaule s'était réveillée, menaçant de le faire tourner de l'œil.

— Tout va bien, Langford ? réussit-il toutefois à articuler.

— Ce n'est pas pour moi qu'il faut s'inquiéter, répondit le vieil homme en fourrageant sous le lit. Nola est dehors alors qu'un autre homme rôde dans les parages.

Il trouva enfin le fusil sous le lit et le tendit à Wade.

— Tiens, prends !

En arrivant près du dortoir, Nola entendit du mouvement à l'intérieur et s'arrêta net.

— Ivan ! Jacques ! appela une voix.

Comme Sandy se remettait à aboyer, l'homme passa la tête par la porte restée ouverte.

— Pst, Sandy ! chuchota Nola en enlevant le cran de sûreté de son arme.

Les battements de son cœur résonnaient jusque dans ses tempes, elle avait la tête qui tournait, et pourtant, elle devait à tout prix empêcher l'intrus de s'en prendre aux enfants, restés sans défense à l'étage de la maison.

Millimètre après millimètre, elle avança jusqu'à la porte du dortoir, tout en tendant l'oreille aux crissements de bottes de cuir qui venaient dans sa direction. Sandy émit un grognement sourd et ne se tut que lorsque Nola lui tapota la tête pour le calmer. L'homme était à présent si près qu'elle entendait sa respiration sifflante et sentait sa sueur.

Soudain, elle fut distraite par une silhouette qui courait devant la maison. Au même moment, l'homme sur le seuil du dortoir tira dans sa direction, la balle frôlant sa tempe et se logeant dans une cloison en bois juste derrière elle. Paniquée, Nola tira à l'aveugle. Après avoir poussé un juron, l'homme partit en courant et disparut derrière l'école, poursuivi par le chien.

— Sandy ! cria Nola. Reviens !

Sur ce, Wade descendit l'escalier et rejoignit la jeune femme.

— Ils sont partis, articula-t-elle, le souffle coupé.

Alors que Wade et Nola regagnaient la demeure, quelle ne fut pas leur surprise de tomber nez à nez avec Langford, qui les attendait dans le vestibule !

— Dieu soit loué, j'ai cru que vous étiez..., balbutia le vieil homme, avant d'éructer de colère.

Mademoiselle Grayson, je vous avais formellement interdit de sortir ! Vous êtes bien une femme, à ne jamais obéir !

— Calmez-vous, je suis indemne. J'ai pensé que c'était peut-être Wade, que vous aviez vu dehors. Je ne voulais pas que vous l'abattiez par mégarde depuis votre fenêtre.

— Nous avons entendu deux coups de feu. Que s'est-il passé ? s'enquit le sourcier.

— L'un des hommes m'a tiré dessus. Quand j'ai répliqué, il a pris ses jambes à son cou.

Langford fut impressionné par le sang-froid de l'institutrice, qui avait mieux jaugé la situation que lui-même ou que Wade. En songeant qu'elle aurait pu se munir du fusil enrayé, il sentit son cœur s'arrêter de battre un instant.

Soudain, ils entendirent gratter à la porte.

— Sandy !

Dès que Nola eut ouvert, il se précipita à l'intérieur en haletant fortement.

— Ce brave chien leur a couru après sur une bonne distance, expliqua-t-elle avant de souligner, constatant que Sandy tressaillait au passage de sa main sur son dos : Il a dû prendre un coup de pied, mais à part ça, tout va bien.

Elle lui servit une grande gamelle d'eau dans la cuisine, tandis que Langford se laissait choir sur une chaise.

— Tu t'es bien battu, pour un petit cabot, lâcha-t-il en le grattant derrière les oreilles.

— Il a même été héroïque, compte tenu de son jeune âge, renchérit Nola. Et vous, comment allez-vous ?

— Ça va, mais laissez-moi souffler un peu. Allez donc chercher la décoction pour en donner à Wade. Son épaule en a repris un coup !

— Que s'est-il passé ? demanda Nola en se tournant vers le sourcier, qui grimaçait de douleur.

— L'un des types est entré dans ma chambre, raconta Langford. Il allait me tirer dessus quand Wade lui a fracassé une chaise sur le crâne. Cela l'a mis en rage, on aurait dit un fauve blessé ! Il a balancé Wade contre le mur puis est redescendu. Je ne sais pas du tout ce qui l'a fait fuir. Nous étions à sa merci !

— Ainsi que les enfants ! s'exclama Nola. D'ailleurs, il faut que je monte les voir.

Nola fut soulagée d'un grand poids en retrouvant Lizzie, Mary, Tilly et Shannon indemnes. Après de longues minutes passées à rassurer les femmes, persuadées que « Dubi Deringa » rôdait toujours sur la propriété, elle renonça à les faire sortir de la chambre et redescendit.

Dans la cuisine, Langford avait mis de l'eau à chauffer.

— Pourquoi n'allez-vous pas vous allonger un peu ? dit-il à Wade. Je vous apporte une tasse de thé.

Le sourcier ne répondit pas, son visage tellement tordu de douleur qu'il paraissait dix ans de plus. Nola lui tendit un peu de potion, qu'il avala d'une traite avant de regagner la bibliothèque.

— Pauvre Wade, son épaule commençait tout juste à guérir, murmura Nola.

Levant la tête vers la jeune femme, Langford constata que ses yeux étaient embués de larmes – certainement le contrecoup des derniers événements.

— Vous n'auriez pas dû sortir, répéta-t-il gentiment tout en la faisant s'asseoir. Ils auraient pu vous tuer.

— Je n'ai pensé qu'aux enfants. Et vous, pourquoi ne vous êtes-vous pas servi de votre fusil ?

— Parce que la maudite arme s'est enrayée ! Et quand j'ai voulu flanquer un coup à cette crapule, je l'ai ratée !

Une fois leur thé prêt, tous deux sortirent sous la véranda pour assister au lever du soleil.

— Ce soir, Wade m'a sauvé la vie, murmura Langford après un silence. Et je me dois de ne pas gâcher ce qu'il en reste. Quand je pense qu'on est venu me menacer dans ma propre maison…

— Au fait, l'homme qui s'est introduit dans le dortoir a appelé un certain Ivan et un certain Jacques, affirma Nola. Ce sont certainement les voleurs de bétail que Galen et Hank ont conduit à Winton.

— Ils ont peut-être cru que nous les retenions encore ici.

Langford se tut quelques instants, repensant à l'action de son employée, qui n'avait pas hésité à se mettre en danger pour des enfants qui n'étaient pas les siens.

— Vous êtes tout de même un sacré bout de femme, lâcha-t-il enfin.

— Qu'insinuez-vous ? demanda Nola, sur ses gardes, tout en s'étonnant de le voir sourire pour la première fois.

— Rien de particulier, jeune fille. Je suis content de vous avoir sur le domaine.

Nola sut qu'il n'en dirait pas plus. Dans la quiétude de l'aube, il embrassa du regard ces terres immenses qu'il aimait tant, savourant d'être dehors et de jouir à nouveau de la vue extraordinaire. Tandis qu'il se jurait de ne plus rater un seul lever ni un seul coucher de soleil, Nola l'observait du coin de l'œil. Elle pressentait qu'à partir de ce jour, Langford serait un homme changé, la proximité de la mort lui ayant appris à apprécier la vie.

Tandis que les femmes, à l'inverse de Langford, refusaient de mettre le nez dehors, préférant rester dans la demeure pour cuisiner, Nola et les enfants se réfugièrent à l'école, dont les murs en pierre offraient une fraîcheur bienvenue dans la fournaise de l'après-midi. Après avoir joué un peu, Shannon et Tilly s'allongèrent le temps d'une sieste. Quant à Nola, elle feuilleta quelque temps ses manuels scolaires, puis retira son pantalon et sa chemise, qui lui tenaient chaud, et s'assoupit à son tour.

Réveillée en sursaut par un bruit inhabituel, elle balaya la pièce du regard et constata que Tilly avait disparu – sans doute avait-elle rejoint sa mère – et que Shannon dormait d'un sommeil paisible, après cette nuit agitée. Supposant qu'il s'agissait de Wade qui longeait le bâtiment pour se rendre à la cabane, elle se rallongea.

Soudain, une main calleuse se plaqua sur sa bouche, Elle rouvrit les yeux et découvrit le visage le plus terrifiant qu'elle eût jamais vu, celui d'un Aborigène au front et au torse peinturlurés d'argile ocre, ses pupilles sombres et exorbitées transpirant la haine. Tandis qu'il la tirait hors de son lit et la traînait vers la fenêtre, tout en maintenant sa main sur sa bouche, Nola se débattit comme une diablesse, lui assenant des coups, le griffant, mais il était bien plus fort qu'elle. Puis, quand il la balança par la fenêtre, elle se cogna la tête si fort contre l'appui qu'elle s'évanouit.

Lorsque, au bout d'une centaine de mètres, l'Aborigène la jeta sous un arbre, Nola reprit connaissance et grimaça de douleur en sentant ses pieds et ses mollets nus meurtris par le sable ardent. Encore sonnée et désorientée, elle leva la tête et, voyant son ravisseur scruter les bâtiments de la ferme, pria le ciel qu'il n'eût pas repéré les femmes et Tilly. Il devait ignorer qu'elles se trouvaient là, car pourquoi l'aurait-il enlevée, elle ? Prise de panique, elle pensa à Shannon : comment allait réagir la fillette en constatant qu'elle avait disparu ?

— Je ne peux pas laisser Shannon toute seule, implora-t-elle.

Sans dire un mot, l'homme lui lia les mains, laissant libre une portion de corde sur laquelle il tira pour la forcer à se lever et à avancer. Quand Nola poussa un cri, il se retourna et se jeta sur elle pour la frapper, mais elle l'esquiva juste à temps.

— Je vous en prie, laissez-moi revenir auprès de l'enfant ! supplia-t-elle de nouveau, en larmes.

Comme le ravisseur vociférait en brandissant le poing, elle comprit qu'elle n'avait pas d'autre choix que d'obtempérer, si elle voulait être épargnée. Lorsque l'Aborigène se remit en route en traînant Nola derrière lui, elle sentit les épines des broussailles lui lacérer la plante des pieds jusqu'au sang, tandis que, en l'absence de chapeau, elle était quasiment aveuglée par la lumière du soleil. Plusieurs fois, elle trébucha et tomba à genoux, sans que cela ralentît son ravisseur. Dès qu'elle perdait l'équilibre, il tirait violemment sur la corde jusqu'à ce qu'elle se redressât tant bien que mal.

Dès son réveil, Shannon appela Nola, mais ne trouva sur le lit voisin qu'une plume maculée d'argile ocre. Aussitôt, elle courut la chercher dans la demeure.

— Où est Mlle Grayson ? demanda-t-elle à Wade, qu'elle croisa dans la cuisine. J'ai quelque chose à lui montrer.

— Je ne l'ai pas vue, Shannon. Je croyais qu'elle était avec toi !

La fillette rejoignit les femmes à l'étage, où Mary allaitait le bébé, tandis que Lizzie jouait avec Tilly. Langford, qui somnolait dans sa chambre, fut soudain réveillé par un cri perçant de femme. Au même moment, Wade gravit les marches de l'escalier quatre à quatre.

— Qu'est-ce qui vous prend, bon Dieu ? s'exclama Langford.

Lizzie et Mary passèrent devant sa chambre en hurlant de plus belle, sous le regard éberlué de Shannon.

— Quelque chose ne va pas ? demanda gentiment Langford, remarquant que la petite était au bord des larmes.

— Alors que je cherchais Mlle Grayson, Lizzie et Mary ont vu ma plume d'émeu et se sont mises à crier.

Langford prit la plume et l'examina attentivement.

— C'est une parure d'Aborigène, affirma Wade.

— Où l'as-tu trouvée ? demanda Langford.

— Dans l'école, là où Mlle Grayson dormait. Et maintenant, je ne la trouve plus !

Langford et Wade échangèrent un regard lourd de sens. Le pire était à craindre.

Wade Dalton rejoignit le campement au galop à bride abattue. Dès que Galen le vit approcher, il comprit qu'un événement grave était survenu.

— Nola est avec vous ? demanda Wade en arrêtant son cheval dans un nuage de poussière.

— Pas que je sache. Elle n'est pas à la ferme ?

— Non, nous avons cherché partout ! Elle a retiré son pantalon et sa chemise le temps d'une sieste, et ils sont encore sur le lit. Elle ne serait tout de même pas partie en sous-vêtements ! Langford pense qu'elle a été enlevée par le sorcier, car nous avons trouvé une plume d'émeu sur son lit. Les femmes aborigènes sont devenues folles dès qu'elles l'ont vue.

— Il manque des chevaux à l'écurie ?

— Aucun. Wirangi et Buttons sont bien dans leurs box.

— Sais-tu d'où cela provient ? demanda Galen à Jack en lui montrant la plume.

— Dubi Deringa, murmura-t-il, le souffle coupé, en écarquillant les yeux.

— Tu peux préciser ? Mlle Grayson a disparu. Cette plume a été trouvée sur son lit, là où elle a été vue en dernier.

— L'esprit de Deringa l'a enlevée !

— Son esprit ? Ne sois pas ridicule, Jack. Nous devons partir à la recherche de Mlle Grayson !

— Surtout pas, boss !

S'ensuivit un dialogue de sourds entre Galen d'un côté, Jack et Jimmy de l'autre, trop intimidés pour ne fût-ce que mentionner l'esprit de Dubi Deringa. Finalement, ils lâchèrent à contrecœur que des membres de la tribu avaient trouvé des totems du sorcier au bord d'un ravin, ce qui les avait amenés à conclure qu'il s'était jeté dans le vide. Son corps n'avait toutefois pas été retrouvé, personne n'ayant osé s'aventurer dans le précipice. Lorsque Galen émit l'hypothèse qu'il avait simulé sa mort, ni Jack ni Jimmy n'acceptèrent d'en parler plus avant.

Hank finit par entraîner le régisseur à l'écart.

— Ne les presse pas trop, ils sont terrifiés et très superstitieux. Tu veux qu'ils déguerpissent, comme nos autres recrues ? Nous ne pouvons pas nous passer d'eux !

Galen était à la fois furieux et terriblement inquiet au sujet de Nola. Cependant, Hank avait raison, et il le savait.

— J'ai besoin d'eux pour traquer ce Deringa. Nous devons localiser Nola avant que…

Hank, conscient que, plus le temps passait, plus leurs chances de retrouver Nola vivante diminuaient, se tourna vers les deux gardiens de troupeaux.

— Où votre tribu a-t-elle découvert les totems de Deringa ?

— Près des Montagnes noires, répondit Jack après un temps d'hésitation. Mais n'y allez pas, boss ! Cet esprit est très, très méchant !

— Y a-t-il une raison pour laquelle « l'esprit » de Dubi Deringa voudrait enlever Nola ? demanda Galen.

— Je sais pas, boss. Il est peut-être fâché qu'elle ait montré sa médecine aux femmes. La tribu croyait qu'il avait tué le bébé de Mary, mais elle a sauvé l'enfant !

Galen en avait assez entendu.

— Vous voulez bien rester avec le troupeau ?

Après s'être consultés du regard, Jack et Jimmy acquiescèrent de concert.

De retour à la ferme, Galen et Hank passèrent les environs au peigne fin dans l'espoir de découvrir au moins la direction qu'avaient prise Nola et son ravisseur. Il ne leur fallut pas longtemps pour repérer des traînées dans le sol poussiéreux laissant supposer que Nola avait été emmenée de force. Lorsqu'ils suivirent sa trace sur un kilomètre et demi, ils remarquèrent des lambeaux de sous-vêtements et des taches de sang qui les emplirent d'effroi.

— Il lui a attaché les mains et la traîne derrière lui, maugréa Galen, fou de rage.

— Où l'emmène-t-il, d'après toi ?

— Au ravin. Il sait que nous allons nous lancer à sa recherche, donc il a forcément prévu une cachette. Mais où ?

— Jack a mentionné les Montagnes noires.

Galen, concentré, se tourna vers les reliefs, qui se trouvaient à deux kilomètres à l'est.

— J'ai bien un ravin en tête, celui dans lequel nous avons retrouvé Shannon. Ce n'étaient pas les anfractuosités et les renfoncements qui manquaient.

Le régisseur s'efforça de réfléchir posément. En sauvant le bébé de Mary, Nola avait involontairement ridiculisé Dubi Deringa, qui n'était déjà plus en odeur de sainteté auprès de sa tribu. À l'idée qu'il n'hésiterait pas à tuer Nola pour se venger, le sang de Galen se glaça dans ses veines.

Au même moment, Deringa et Nola atteignirent le ravin. Le sorcier, écumant de rage, faisait preuve d'une cruauté sans bornes, allant jusqu'à rouer la jeune femme de coups et la tirer par les cheveux pour la forcer à avancer – peu lui importait qu'elle eût la peau brûlée par le soleil et les pieds en sang.

Après l'avoir entraînée sur une pente raide à la végétation rare, Deringa poussa Nola dans une étroite faille menant à une grotte et la jeta contre la paroi du fond. Elle resta immobile un moment, feignant d'être évanouie pour tâcher d'observer l'endroit à travers ses yeux mi-clos. Elle remarqua ainsi un petit tas de bois, une besace de médecin et divers objets rituels. Son ravisseur avait tout prévu.

Après avoir allumé un feu, l'homme sembla plonger dans une sorte de transe dont Nola profita pour se relever avec prudence. Comme une vive douleur lui transperçait le crâne, elle porta une main à sa tempe et sentit que du sang avait coagulé autour d'une plaie. Quant à l'Aborigène, il avait à présent les yeux vitreux, psalmodiait et tapait en rythme des deux pieds sur le sol sableux, ne bronchant même pas lorsqu'il marcha à plusieurs reprises dans les braises.

Parmi les plumes d'émeu, les fragments d'os et les cristaux de quartz que l'Aborigène avait disposés par terre, Nola fut effarée de découvrir sa montre, qui avait disparu depuis au moins deux jours. Elle l'avait cherchée partout, avant de conclure que l'objet avait glissé de son poignet lorsqu'elle était rentrée du campement des Wana-Mara. Elle comprit alors que son bourreau était « Deringa », le guérisseur banni par la tribu. Celle-ci le croyait mort, or personne ne connaissait précisément le moment et les circonstances de son décès.

Pour prendre la fuite, Nola n'avait pas d'autre choix que de braver la fumée de plus en plus épaisse et de contourner le feu en longeant la paroi rocheuse. Son seul espoir était que l'état second de Deringa l'empêcherait de la surprendre.

Nola commença à se mouvoir millimètre par millimètre sans jamais quitter son geôlier des yeux, se déplaçant uniquement quand il lui tournait le dos. Son cœur battait à tout rompre, elle avait la tête qui tournait, mais elle devait à tout prix rester consciente.

Soudain, l'homme cessa ses incantations, pivota dans sa direction et la fixa de ses yeux qui avaient retrouvé leur noir d'encre, avec une telle intensité qu'elle crut le sentir pénétrer son âme. Tout en lui était terrifiant : sa chevelure ébouriffée où deux mèches grises rebiquaient, semblables à des cornes, sa peau ébène luisante de sueur, ses narines dilatées. L'homme se figea quelques instants puis, reprenant ses psalmodies, fléchit les genoux et avança vers Nola tout en fendant l'air avec une lance à chacun de ses pas. Lorsque la pointe ne fut plus qu'à quelques millimètres de son visage, la jeune femme ne put réprimer un cri, ferma les yeux et bascula en arrière, son dos heurtant la paroi de la grotte. Comme le coup de grâce tardait à venir, elle rouvrit les yeux et constata que l'Aborigène était en train de lui couper une mèche de cheveux, qu'il alla ensuite déposer délicatement à côté des autres objets rituels. Puis, la voix de plus en plus grave, il revint vers Nola, l'empoigna et la projeta si violemment à terre, à quelques centimètres du feu, qu'elle resta étourdie de longues minutes.

Pendant que Nola tentait de reprendre ses esprits, Deringa dansa de plus belle en brassant la fumée en direction de son visage. Alors qu'il lui tournait le dos, il s'arrêta brusquement, renversa la tête en arrière et entreprit d'extraire avec des gestes lents quelque chose de son torse. Lorsque Nola comprit de quoi il s'agissait, son cœur s'arrêta de battre un instant : un serpent vivant ! L'Aborigène se tordait de douleur tout en continuant à chanter, tandis que l'animal se déroulait encore et encore. Puis, sans crier gare, l'Aborigène balança le serpent par-dessus le feu de façon qu'il terminât sa course aux pieds de Nola. Celle-ci faillit s'évanouir de terreur en le voyant darder sa langue à quelques centimètres d'elle.

Après s'être immobilisé quelques instants, l'Aborigène fouilla dans sa besace, en sortit un objet et se campa devant Nola. La jeune femme, les yeux écarquillés d'effroi, vit comme le sang traçait un sillon dans l'argile ocre sans qu'aucune plaie ne fût toutefois visible. Et le sorcier n'en resta pas là. Après avoir découvert le ventre de Nola, il y déposa des cristaux de quartz sur lesquels il appuya jusqu'à ce qu'ils s'enfoncent dans sa chair, le tout en tirant une langue percée d'un trou béant. Puis il recula, ramassa un os qu'il pointa sur elle et entonna ce qui ressemblait à une formule magique.

En ressentant une douleur inexplicable dans tout son corps, Nola, songeant que Deringa l'avait ensorcelée, pleura à chaudes larmes. Les paupières closes, elle resta un long moment à implorer le ciel de lui envoyer un signe lui indiquant que tout ceci n'était pas réel, qu'il s'agissait d'un cauchemar, que son bébé n'avait rien à craindre. Lorsqu'elle rouvrit les yeux, elle était toujours étendue dans la grotte, les mains liées, alors que Deringa semblait s'être évaporé. Seul le serpent était toujours enroulé à ses pieds.

À l'approche du ravin, Galen et Hank avaient mis pied à terre et scrutaient à présent le précipice. Soudain, ils repérèrent un panache de fumée qui s'échappait d'une faille à demi camouflée par des épineux.

– Galen, regarde en bas, murmura Hank. Quelqu'un est en train de gravir le sentier.

– Certainement Deringa. Allons cacher les chevaux. Nous essayerons de lui mettre la main dessus quand il sera remonté.

– Non. Moi, je le garde à l'œil. Toi, descends par un autre chemin et va chercher Nola.

Galen acquiesça et entreprit de descendre vers la faille.

À l'intérieur de la grotte, le serpent progressait sur la jambe gauche de Nola en direction de sa poitrine. La jeune femme, qui osait à peine respirer, ne quitta pas le reptile des yeux, même lorsqu'elle entendit un bruit près de l'entrée.

Sitôt dans la grotte, Galen se figea en la découvrant ainsi à la merci du serpent. Instinctivement, il leva son fusil, mais ne put se résoudre à tirer, de peur de tuer la jeune femme. Il fut d'autant plus désemparé en constatant que le reptile était un serpent à collier rouge, dont la morsure était potentiellement mortelle.

– Ne bouge pas, Nola, souffla-t-il en avançant avec d'infinies précautions. Ne cligne même pas des yeux.

Nola, prise entre effroi et soulagement, sentit une larme rouler sur sa joue. Elle s'employa à garder les yeux rivés sur le plafond de la grotte, tandis que le serpent approchait inexorablement vers son visage, ses écailles froides glissant sur sa peau nue. Lorsqu'elle ne put se retenir de battre des paupières, l'animal s'arrêta net.

– Reste parfaitement immobile, Nola, je t'en conjure, murmura Galen, qui n'était plus qu'à quelques centimètres. Pense à Shannon, qui t'attend à la ferme.

En apprenant que la fillette était indemne, Nola se sentit libérée d'un grand poids.

– Demain, nous partirons avec le troupeau. Ce sera le premier convoyage des garçons. Si tu les voyais, ils meurent d'impatience !

Soudain, percevant un mouvement vif du coin de l'œil, Nola crut que le serpent venait de l'attaquer. Elle voulut crier, mais aucun son ne franchit ses lèvres tuméfiées. S'ensuivit un choc sourd, puis le visage de Galen apparut au-dessus du sien.

– Tu es sauvée, Nola. Le serpent est mort.

– Est-ce qu'il m'a mordue ? demanda-t-elle en ravalant à grand-peine un sanglot. Est-ce que… est-ce que je vais mourir ?

– Non, je l'ai tué juste à temps.

Elle leva doucement la tête, juste assez pour voir le serpent à la tête écrasée. Près de lui gisait le bâton avec lequel Galen l'avait frappé.

Après avoir coupé la corde qui lui entravait les mains, il la porta hors de la grotte, tandis qu'elle éclatait en sanglots, tant elle était soulagée.

17

Une fois que Nola eut séché ses larmes, Galen ôta sa chemise et lui en couvrit les épaules. Encore sous le choc, elle ne se rendait pas compte qu'elle était à moitié nue.

— C'est terminé, Nola. Je suis désolé que tu aies eu à subir une chose pareille.

Elle secoua la tête.

— Ce n'était pas ta faute.

— Nous devons prévenir Hank que tu es saine et sauve. Je peux t'abandonner quelques minutes ?

— Ne me laisse pas seule, je t'en supplie !

— Très bien, je reste avec toi. Mais ne nous attardons pas trop. Nous devons regagner la ferme au plus vite.

— Je vais mourir, articula Nola. Il m'a jeté un sort avec ses cristaux de quartz et…

Elle passa une main sur son ventre, qui ne comportait aucune trace de blessure, pensa au bébé qu'elle portait sans doute et pleura de plus belle.

Galen haussa les sourcils.

— Tu ne vas tout de même pas croire ces sornettes !

— Mais j'ai vu les cristaux disparaître sous ma peau, et il a extrait ce serpent de son corps, protesta la jeune femme, secouée par de violents sanglots. Je l'ai vu !

Galen posa une main sur son épaule tremblante et la regarda dans le blanc des yeux.

— Tu ne vas pas mourir, Nola. Les guérisseurs savent comment provoquer des hallucinations.

Soudain, elle lâcha prise, appuyant la tête contre le torse de Galen, tandis que ce dernier lui caressait les cheveux.

— Je suis tellement fatiguée, murmura-t-elle.

Sur le chemin du retour, Hank raconta à Galen et Nola comment il avait surpris Deringa alors qu'il sortait du ravin. Dès qu'il l'avait vu, l'Aborigène avait sombré dans un état d'agitation extrême. Hank avait tenté de l'attirer loin du rebord, en vain – le sorcier avait sauté et s'était fracassé sur les rochers hérissés en contrebas.

De retour au domaine, Galen nettoya et pansa les pieds de Nola, qui dormit ensuite trois heures d'affilée. À son réveil, la nuit était tombée et Galen se trouvait à son chevet.

— Comment te sens-tu ? s'enquit-il. J'ai l'impression que tu as repris des couleurs.

— Je suis toute collante !

— Ah oui, excuse-moi. J'ai appliqué une pommade à base d'aloe vera sur tes coups de soleil. Cette plante a un incroyable pouvoir de guérison, elle évitera à ta peau de peler ou de cloquer.

Nola embrassa la pièce du regard. À son grand soulagement, elle n'était pas dans l'école – où elle n'était pas sûre de remettre les pieds un jour –, mais dans la chambre qu'elle occupait chez Langford. La porte qui donnait sur le balcon était ouverte, laissant passer une légère brise.

— J'espérais que tout ceci n'avait été qu'un cauchemar, murmura-t-elle, soudain rattrapée par l'horreur qu'elle venait de vivre.

— Tu as traversé une épreuve terrible, mais ça y est, c'est terminé.

Galen eut beau lui prendre la main, la rassurer, Nola était toujours terrifiée.

— Tu ne crois tout de même pas que tu vas mourir, n'est-ce pas ?

La jeune femme baissa les yeux.

— Non. Je n'avais plus toute ma tête, je crois.

— Ce n'est pas étonnant, tu étais sous le choc.

Galen le savait, Jimmy et Jack croyaient dur comme fer que Nola était malade et mourrait dans les trois jours. Il les avait exhortés à ne pas montrer leur peur, mais les Aborigènes risquaient toutefois de la regarder bizarrement, voire de la fuir.

— Je me suis comportée comme une idiote, soupira Nola. En arrivant ici, je suis partie du principe que je pourrais tout supporter, j'étais déterminée à ne pas me laisser vaincre par l'*outback*. Et aujourd'hui, je peux simplement m'estimer heureuse d'être en vie…

Quand elle prononça ces mots, des larmes perlèrent à ses cils.

— Qu'une chose soit claire : tu t'es battue avec un courage incroyable, souligna Galen en lui tamponnant les joues avec un mouchoir. Est-ce que tu as mal quelque part ?

— Des pieds à la tête !

— Tu sais, Langford est dans tous ses états à cause de ce qui t'est arrivé. Il culpabilise.

— Pourquoi ? Il n'y est pour rien.

— J'ai bien essayé de le raisonner, mais il se sent responsable de toi.

— Parce que je suis son employée ?

— Je crois qu'il y a plus que ça. J'ai comme l'impression qu'il t'apprécie beaucoup, à présent.

Dans un premier temps, Nola n'en crut pas ses oreilles. Puis elle jubila intérieurement.

— Il est vrai que nous avons fait plus ample connaissance au cours de ces derniers jours, souligna-t-elle. Non pas que nous ayons eu vraiment le choix, mais… Bref, toujours est-il que moi aussi, je me suis prise d'affection pour lui.

Galen poussa un soupir de soulagement. Il avait appelé une réconciliation de ses vœux, sans jamais imaginer qu'elle serait aussi rapide.

— Je me suis aussi laissé dire que vous aviez eu deux visiteurs, hier soir.

— Oui, c'était terrible, mais Dieu merci, il y a eu plus de peur que de mal. Enfin, sauf pour le pauvre Wade.

— Ce sont certainement les mêmes individus qui ont de nouveau tenté de semer la panique dans le troupeau. Deux des employés de MacDonald ont été blessés : l'un a chuté et s'est fait piétiner, l'autre a reçu une balle dans la cuisse. MacDonald a prévenu les autorités.

— Autrement dit, tu as deux hommes de moins pour le convoyage ? demanda Nola, effarée.

Galen acquiesça.

— À vrai dire, Bill MacDonald a également rappelé ses autres hommes. Il ne veut pas prendre le risque que d'autres soient blessés, et je peux difficilement lui en vouloir.

— Comment comptes-tu t'organiser ?

— Langford m'a dit qu'il voulait nous accompagner.

— Penses-tu qu'il soit en état ? demanda Nola, surprise.

— Il a l'air bien décidé, en tout cas. Ce n'est pas tout, il a demandé à ce que Shannon et toi veniez aussi. Il pense que vous ne serez pas en sécurité, ici. Je ne suis pas de cet avis, mais il a insisté. Et, bonne nouvelle : nos gardiens de troupeaux aborigènes sont revenus !

— Fantastique ! Mais, si Shannon et moi vous accompagnons, que vont devenir les femmes aborigènes ?

— Elles sont parties rejoindre leur tribu il y a quelques heures. Le Mirijula dont tu m'as parlé est passé à la ferme, les a appelées, et elles l'ont suivi.

Sans emmener Sandy, qui dormait roulée en boule sous le lit de Nola. Celle-ci ne savait pas quoi penser de ce départ. Lizzie et Mary lui manqueraient, tout comme Tilly manquerait à Shannon. Mais il valait sans doute mieux pour elles qu'elles vivent entourées des leurs.

— En notre absence, qui s'occupera de la ferme et nourrira les animaux ?

— Langford a proposé à Wade, qui a accepté. Et toi, Nola, est-ce que tu te sens la force de manœuvrer un chariot couvert jusqu'à Maryborough ? Shannon voyagerait à tes côtés.

— Je pense y arriver, et ce sera une distraction bienvenue pour ta fille. Je ne t'en avais pas parlé, mais il lui arrive encore de rêver qu'elle se perd dans le bush. Elle m'a également demandé plusieurs fois si les voleurs allaient revenir.

— Pauvre Shannon, elle a déjà connu tant d'épreuves dans sa courte vie. Quant à toi, Nola, c'est un miracle que tu aies encore toute ta tête, malgré tout ce que tu viens de traverser.

— Il m'arrive d'en douter, sourit-elle. Mais je me réjouis de participer au convoyage avec vous tous.

Lorsque Galen fourragea dans sa chevelure sombre, Nola sentit combien les événements de ces derniers jours l'avaient éprouvé lui aussi.

— Combien de temps durera le trajet jusqu'à Maryborough ? s'enquit-elle.

— Environ deux semaines. Nous emporterons des provisions, mais il ne faudra pas hésiter à compléter avec ce que nous trouverons en chemin. Des lézards, des serpents, des kangourous… Tous ces délices que le bush a à nous offrir !

En voyant Nola grimacer de dégoût, Galen ne put réprimer un sourire.

— Tu vas apprendre à la dure. À ta place, je m'habituerais tout de suite à boire mon thé noir !

— Là-dessus, tu te trompes, Galen, rétorqua-t-elle d'un ton taquin. Les vaches du troupeau ne verront certainement aucun inconvénient à ce que je tire un peu de lait pour mon thé.

Galen s'esclaffa. Bien que ravie de le voir enfin se dérider, Nola ne put s'empêcher de prendre la mouche.

— Qu'y a-t-il de si drôle ? demanda-t-elle.

— Une vache qui vit en liberté ne se laissera pas traire comme ça, même par des mains expertes !

Nola releva fièrement le menton.

— Hank m'a donné quelques astuces.

— Ce ne sont pas des animaux de ferme, comme les vaches que nous avons ici. Elles rueraient et t'enverraient valser à coups de sabot jusqu'à Maryborough !

— Nous verrons bien !

Galen, qui connaissait désormais assez Nola pour savoir qu'il était inutile d'essayer de lui faire entendre raison, secoua la tête en souriant, puis redevint sérieux.

— Sur la route, nous allons devoir improviser pour abreuver le bétail : réclamer quelques tonneaux aux éleveurs que nous croiserons en chemin, si eux-mêmes ont ce qu'il faut pour leurs bêtes, et surtout prier pour que les cours d'eau soient encore un peu approvisionnés. Mais la sécheresse dure depuis si longtemps que…

Sa voix s'étrangla, et Nola perçut son inquiétude. Le convoyage représentait un risque, mais un risque qu'ils devaient courir !

— À Maryborough, une fois que le bétail sera chargé sur le bateau, je rallierai Sydney en train et je l'attendrai là-bas. Ils arriveront un jour plus tard, je pense. Langford a proposé que tu rentres à Julia Creek en diligence, pendant que Jimmy et Jack s'occuperont des chevaux et du chariot.

— J'en toucherai un mot à Langford. Je préfère rentrer en chariot que subir le trajet en diligence avec Tierman Skelly. Avec lui, en trente kilomètres, on vieillit de dix ans !

Sur le palier, Galen faillit bousculer Hank, qui portait un plateau.

— J'ai réchauffé un peu de soupe pour Nola, chuchota-t-il. Comment va-t-elle ?

— Elle vient de se rendormir. Elle joue les dures à cuire, mais elle accuse le coup. Je ne l'ai jamais vue aussi… aussi bouleversée !

— Quand on pense à tout ce qu'elle a traversé…, dit Hank en secouant la tête. Je ne serais pas étonné qu'elle rentre en Angleterre.

Il guetta la réaction de Galen. Ce dernier se rembrunit aussitôt.

– Langford participera au convoyage, ainsi que Nola et Shannon, annonça le régisseur. Il pense qu'il est trop risqué de les laisser seules ici.

– Elle devrait rester alitée au moins une semaine, au lieu de s'embarquer dans un tel voyage ! s'emporta Hank.

Le lendemain matin, juste avant le départ, Langford confia à Wade de quoi commencer à construire la clôture autour du futur jardin de Nola.

– À notre retour, les premières plantes seront sorties de terre, lança le vieil homme.

Nola sourit en voyant les anciens ennemis jurés retrouver une relation apaisée. Tant de choses avaient changé, au cours des quelques semaines qu'elle avait passées au domaine Reinhart.

Ils s'élancèrent avant l'aube afin de profiter un peu de la fraîcheur, sous le regard de Wade et de Sandy. Nola, qui avait installé Shannon à côté d'elle, conduisait prudemment le chariot chargé de provisions, de duvets et de bidons d'eau. Comme elle n'avait jusqu'à présent voyagé que dans des attelages légers, l'encombrant véhicule, auquel Buttons et Wirangi étaient attachés, lui donna du fil à retordre.

Devant elle, les bovins formaient une vague gigantesque ondulant entre montagnes et vallées. À intervalles réguliers, Galen, Jimmy et Jack claquaient leurs fouets ou sifflaient entre leurs doigts, tandis que Heath et Keegan, placés sur les flancs, veillaient à ce qu'aucune bête ne tentât de prendre le large. Quant à Langford et aux Aborigènes, ils chevauchaient en tête.

Tout en contemplant le lever de soleil qui embrasait le ciel, Nola songea à son bonheur de participer à une telle épopée. Peu à peu, elle réussit à chasser de son esprit les événements effroyables de ces derniers jours et se laissa gagner par l'enthousiasme communicatif de Shannon. Cependant, la route était éprouvante. En plus de la chaleur et des mouches, la poussière soulevée par le troupeau était extrêmement gênante, si bien que Nola dut ralentir la cadence, tout en veillant à ne pas se laisser distancer. Heureusement, elle pouvait compter sur le soutien et la sollicitude de Galen, qui venait souvent aux nouvelles et veillait à ce qu'elle et Shannon s'hydratent correctement.

Après avoir cheminé à un rythme certes lent mais régulier, ils marquèrent une pause aux alentours de midi et se partagèrent une miche de pain, que Nola avait apportée. Faute de temps pour préparer du thé, ils burent de l'eau à leur outre avant de se remettre en route.

Dans l'après-midi, d'épais nuages s'amoncelèrent dans le ciel.

— On dirait qu'il va pleuvoir ! s'exclama Nola, ravie.

— Non, les nuages sont trop hauts, répondit Galen, qui chevauchait à ses côtés.

— Tu es sûr ?

— Absolument. Inutile d'espérer, c'est dans le sud qu'ils auront la pluie.

Sur ce, il s'élança à la poursuite d'un animal qui s'était écarté du troupeau.

Cet après-midi-là, Shannon dormit d'un sommeil très agité, malgré la moustiquaire que Nola avait installée pour tenir les mouches à distance. Lorsqu'ils s'arrêtèrent peu avant la tombée de la nuit pour bivouaquer, elle remarqua que Keegan tombait de fatigue, même s'il refusait de l'admettre. Langford aussi semblait épuisé, mais plus heureux que jamais de sillonner la région avec ses employés. Quant à Nola, elle était également fatiguée, mais satisfaite. Cette nuit, ils dormiraient tous à poings fermés, c'était une certitude.

Pendant que les hommes contenaient le bétail, Shannon aida Heath à rassembler du bois pour le feu. Nola se souvint alors de ce que Galen avait dit au sujet des serpents et des lézards – qu'ils amélioreraient l'ordinaire. Elle qui avait finalement apprécié la chair de serpent était prête à d'autres expériences culinaires. Alors qu'elle aménageait une couche à l'arrière du chariot pour elle et Shannon, elle vit du coin de l'œil Jimmy qui s'affairait près du feu, bientôt rejoint par Jack. Quelques minutes plus tard, un délicieux fumet de grillade vint lui chatouiller les narines. Après cette longue journée, la petite troupe avait l'estomac dans les talons.

Ils prirent place autour du feu et sirotèrent une tasse de thé, à l'exception de Nola qui, après avoir renoncé à son projet de traire l'une des vaches du troupeau, se contenta d'eau. Quand Galen eut procédé au partage du repas, Jack et Jimmy, qui assuraient la première ronde de nuit avec les recrues aborigènes, allèrent manger un peu à l'écart. Nola avait remarqué qu'ils lui jetaient des regards étranges, comme s'ils guettaient les premiers signes d'une maladie quelconque. Elle avait beau leur sourire à pleines dents, l'inquiétude que suscitait l'hypothétique sort jeté par Deringa subsistait dans leurs yeux.

À la vue de sa portion de viande, Shannon esquissa une moue dubitative et demanda de quoi il s'agissait. Nola elle-même n'aurait su dire si cet animal à la peau noire et à la chair blanche avait rampé, sauté, volé ou grimpé. Seule certitude, cette viande bien rôtie n'était pas de l'émeu.

— On dirait du poulet, hasarda la fillette.

Nola, soupçonnant qu'il s'agissait de serpent ou de lézard, n'en dit rien à Shannon, car celle-ci refuserait certainement de manger. Elle-même préférait d'ailleurs ne pas repenser à sa dernière expérience avec un reptile. Constatant que la fillette attendait qu'elle goûtât la première, Nola s'exécuta et mâcha avec prudence la chair étonnamment tendre et au goût certes inhabituel, mais pas rebutant.

— Hmmmm, murmura-t-elle, la bouche pleine, afin d'encourager la fillette.

Comme Shannon attaquait enfin sa part, Nola échangea un regard complice avec Galen, sans pressentir la fierté qu'elle lui inspirait en cet instant précis.

Après avoir bordé Shannon, Nola se joignit aux hommes, qui jouaient au poker autour du feu. Aussitôt, elle demanda à participer. Elle remporta alors presque toutes les parties et ne put s'empêcher de sourire à la vue de leurs mines défaites.

— Je t'avais prévenue que j'adorais ce jeu, dit Nola à Galen, qui n'en revenait pas.

— Heureusement que nous jouions des jetons et pas de l'argent, rétorqua-t-il avec un sourire.

Sur quoi Langford éclata de rire.

À plusieurs reprises au cours de la nuit, Nola fut réveillée par des bruits étranges. Dès qu'elle écartait la bâche pour jeter un coup d'œil dehors, elle voyait Galen ou Langford qui montait la garde sur le campement. Une fois, elle entendit même Jack chuchoter :

— Je crois que j'en ai vu un, boss.

— Ouvre l'œil, répondit Langford, visiblement tendu.

En le voyant armé d'un fusil, elle sut qu'elle n'allait pas trouver le sommeil avant un bon moment. De quoi ou de qui parlaient-ils ? Le convoi n'était tout de même pas suivi ? Soudain, elle s'inquiéta pour la sécurité de Wade, resté seul au domaine. Au moment du départ, elle lui avait demandé comment il comptait s'occuper en leur absence. Le sourcier ayant tiré un trait sur l'alcool, les journées risquaient de lui sembler longues.

— Pour commencer, je vais fabriquer une belle pierre tombale pour Ellen, avait-il déclaré. Hank m'a montré son emplacement. J'ai aussi repéré un certain nombre de réparations à effectuer dans la demeure. Elle était somptueuse et mériterait que nous l'aidions à retrouver son éclat d'antan. Et ne vous inquiétez pas pour ma sécurité.

À ces mots, Wade avait écarté l'un des pans de son gilet de cuir et désigné le pistolet qu'il portait à la ceinture.

— De toute façon, je ne serai pas seul. Ben passera certainement me voir, et nous bricolerons ensemble. Il y a de quoi faire, croyez-moi !

— J'ai hâte de rentrer et de voir ce que vous aurez accompli, avait-elle répondu.

Au troisième jour de convoyage, alors que la soif commençait à tourmenter le troupeau, ils s'apprêtaient à atteindre la Diamantina River, qui prenait sa source dans le sud. Galen était presque certain qu'elle ne serait pas tout à fait à sec. Ses espoirs se confirmèrent lorsque les bêtes commencèrent à humer l'air et à accélérer le pas. Toute l'après-midi, elles meuglèrent d'excitation, annonçant l'arrivée à un point d'eau.

Tandis que Shannon, protégée par la bâche, dormait à l'arrière du chariot, Nola se tenait le plus loin possible du troupeau et de la poussière qu'il soulevait, afin de ne pas inhaler trop de poussière. Alors qu'elle s'efforçait de ne pas le perdre de vue, le soleil aveuglant n'était pas pour lui faciliter la tâche.

Soudain, saisie d'un étrange pressentiment, elle jeta un coup d'œil par-dessus et découvrit avec effroi deux colonnes de fumée noirâtre, l'une derrière elle, l'autre à sa gauche. En tournant la tête encore davantage, elle constata que des flammes orange dévoraient la végétation aride sur tout un demi-cercle. Elle héla l'un des hommes devant, mais le grondement du troupeau couvrit sa voix.

Nola, le cœur battant, resserra ses mains moites et crevassées autour des rênes et lança ses chevaux au galop sur la piste caillouteuse. Enfin, sa cavalcade eut l'effet escompté : quatre bœufs affolés s'écartèrent du troupeau, alertant par la même occasion les hommes du danger.

— Continue comme ça ! l'encouragea Hank, qui avait enfin réussi à la rejoindre. Le feu nous cerne sur trois côtés. Nous allons essayer d'atteindre la rivière qui se trouve droit devant, en espérant qu'il y ait assez d'eau pour nous sauver !

— Les garçons vont bien ? s'enquit Nola, tout en lui tendant le fusil que Galen avait laissé par précaution dans le chariot.

— Ils sont en sécurité.

Voyant que quatre cavaliers les rattrapaient par-derrière, Hank les mit en joue et tira. Lorsque Nola se retourna, elle vit que les coups de feu avaient suffi à les disperser. Hank les aurait volontiers pourchassés, seulement il devait veiller à ce que l'affolement ne gagnât pas l'ensemble des bovins.

— Va aider les autres ! cria Nola. Je saurai me débrouiller.

Elle reprit le fusil à Hank qui, après une dernière hésitation, partit rejoindre la tête du troupeau.

Dès qu'elle le put, Nola se couvrit la bouche et le nez d'un foulard pour se protéger du mélange de poussière et de fumée qui la faisait suffoquer. Attisé par un puissant vent du nord, le feu se propageait à la vitesse de l'éclair et menaçait de les encercler. Devant eux, kangourous, lièvres, lézards et émeus détalaient, tandis que des nuées de cacatoès s'élevaient dans les airs, avant de disparaître dans la fumée grisâtre. Nola avait toutes les peines du monde à garder le contrôle du chariot, que Wirangi et Buttons suivaient tant bien que mal en hennissant de panique.

Le temps d'atteindre la berge de la rivière, le feu les encerclait, rendant toute fuite impossible. Heureusement, la Diamantina River demeurait accessible, et les premières rangées d'animaux se jetèrent sans hésiter dans ses flots clairs et frais. Galen veilla à mettre tout le cheptel à l'abri en le répartissant uniformément dans le lit. Le soulagement n'était cependant pas de mise, car il n'avait aucune idée de l'endroit où se trouvait le chariot de Nola.

Celle-ci, aveuglée par la fumée, distinguait à peine la piste devant elle. Soudain, en entendant des sabots claquer dans son dos, elle regarda par-dessus son épaule et vit un cavalier arriver à hauteur de Wirangi. Craignant qu'il ne tentât de sauter dans le chariot, elle agrippa Shannon, que le bringuebalement du chariot avait réveillée, et la serra tout contre elle. Quand elle se retourna de nouveau, son poursuivant, dont le cheval était grièvement brûlé, venait de sectionner la corde de Wirangi et s'apprêtait à l'enfourcher.

Nola se concentra sur la route, craignant que l'homme ne rattrapât leur chariot. Heureusement, Wirangi, qui ne l'entendait pas de cette oreille, se cabra jusqu'à ce que son cavalier, qui s'accrochait désespérément à sa crinière, chuta dans un bruit sourd. Sur quoi, Galen arriva au galop, mit en joue les trois autres poursuivants et tira plusieurs coups de feu dans leur direction pour les pousser à la fuite.

Pendant ce temps, le feu de brousse se propageait inexorablement, finissant par prendre les incendiaires à leur propre piège. Par clémence, Galen ordonna à Hank de circonscrire les flammes et de ménager un passage qui permettrait à leurs assaillants de trouver refuge en aval de la rivière.

Pour Nola, la traversée s'annonçait difficile. Une fois Shannon en sécurité sur la selle de Galen, la jeune femme entreprit de manœuvrer son chariot dans les flots. Après avoir peiné à tracter le véhicule lourdement chargé, les chevaux épuisés avaient presque atteint l'autre berge lorsque les roues s'embourbèrent dans la vase. Nola sauta de son siège et les tira par la bride.

— Remonte dans le chariot ! lui cria Galen, tandis que Hank s'emparait des rênes.

Voyant que Nola n'en faisait qu'à sa tête, le régisseur mit pied à terre et l'aida à escalader la berge boueuse.

— Tu n'aurais pas dû mettre les pieds dans l'eau, la sermonna-t-il. Tes blessures ne sont pas encore guéries !

— Je vais bien, répliqua Nola, une fois arrivée sur la terre ferme. Cette petite baignade était même un soulagement, après la chaleur des flammes. Où sont passés les voleurs de bétail ?

— Ils se sont échappés.

Pendant que Galen se demandait quels dangers les menaçaient encore d'ici à Maryborough, Nola remarqua que Hank, muni d'un couteau, décollait quelque chose du ventre de sa monture.

— Qu'est-ce que c'est ? s'enquit-elle.

— Je retire les sangsues, répondit Hank le plus calmement du monde. À vrai dire, ce n'est pas vraiment nécessaire, car une fois gorgées de sang, elles tombent toutes seules. Mais mon cheval me fait de la peine.

Étonnés que Nola ne trouvât rien à répondre, Galen et Hank se tournèrent vers elle.

La jeune femme, pâle comme un linge, avait le regard rivé sur ses bras et sa poitrine, dont la peau hâlée par le soleil semblait recouverte de bandelettes noires. Soudain, un voile tomba devant ses yeux.

18

— Je vous avais dit qu'elle mourrait, laissa échapper Jimmy. C'est le sort, boss !

— Elle a seulement perdu connaissance à cause des sangsues, rétorqua Galen en tapotant la main de Nola. Allez, réveille-toi.

Comme elle ne réagissait pas, Jack recula.

— Elle se réveille pas, boss. Elle est possédée par l'esprit de Deringa.

Nola battit des paupières puis ouvrit les yeux, tandis que les deux gardiens de troupeaux aborigènes retenaient leur souffle.

— Que s'est-il passé ? murmura-t-elle en se redressant.

— Tu t'es évanouie, répondit Galen, qui lui tendait son outre d'eau.

— C'est bien la première fois que ça m'arrive.

Puis, se souvenant des sangsues, elle inspecta ses bras et poussa un soupir de soulagement.

— Nous avons retiré toutes celles que nous avons trouvées, lui assura Galen.

Nola frémit de dégoût, tout en priant pour qu'elle n'en eût pas non plus sous sa chemise et dans son pantalon.

— Pourquoi personne ne m'a prévenue que cette rivière grouillait de sangsues ?

— Elles sont beaucoup moins fréquentes en période de sécheresse.

— Je n'arrive toujours pas à croire que je me sois évanouie !

Nola, mortifiée, porta instinctivement une main à son ventre.

— Hier, vous avez reçu un sacré coup sur la tête, au propre comme au figuré, dit Langford avec un sourire réconfortant. Ne soyez pas trop dure envers vous-même !

Les yeux de Nola se posèrent sur Jimmy et Jack, qui la fixaient comme si elle était revenue d'entre les morts.

— Retournez auprès du troupeau ! les tança Galen.

Les deux hommes s'exécutèrent aussitôt.

— Il ne faut pas leur en vouloir, dit Nola en se levant. Ces croyances sont profondément enracinées en eux.

— Je sais bien, mais après tout ce que tu as traversé, tu n'as pas besoin qu'on vienne jouer les oiseaux de malheur.

À mesure que la journée avançait, l'humidité de l'air devenait de plus en plus pesante, au point que Nola se sentait comme prisonnière d'un bain de vapeur. Si on ajoutait à cela la poussière et les piqûres d'insectes, les nerfs de tous, humains comme animaux, étaient mis à rude épreuve. La sueur coulait à flots, et aucun souffle d'air ne venait apporter un quelconque répit, même de courte durée.

Ils étaient partis depuis presque une semaine et se trouvaient encore à une journée de route de Barcaldine, qui marquerait la moitié du voyage. Au sein du troupeau qui n'avait pas bu une goutte depuis maintenant deux jours et demi, les bêtes avançaient en traînant la patte, affaiblies et au bord de la déshydratation. Dès qu'un animal s'effondrait, Galen et Hank sautaient de selle et tentaient de le remettre sur pied, souvent sans grand succès. Le régisseur préférait alors l'achever d'une balle, afin de lui épargner une agonie atroce. À chaque coup de feu, Nola savait que c'était un peu de l'avenir du domaine qui disparaissait. Quand le chariot longeait la dépouille d'un animal, elle couvrait les yeux de Shannon et détournait elle-même la tête pour cacher ses larmes.

De son côté, Galen priait pour que la Barcoo River ne fût pas à sec – dans le cas contraire, la moitié de son cheptel serait perdue. Même s'il avait pressenti que cette partie du trajet serait la plus pénible, la situation était plus dramatique qu'il ne l'avait anticipé, la sécheresse étant venue à bout du moindre cours d'eau, de la moindre touffe d'herbe. Sur chaque ferme devant laquelle le convoi passait, c'était le même spectacle de désolation, entre citernes désespérément vides, carcasses de moutons et de bovins, et pompes à vent ne brassant plus que de la poussière. Inutile de s'arrêter pour demander de l'eau.

Nola avait une chance toute relative, car la bâche du chariot venait s'ajouter à son chapeau et à sa chemise pour la protéger de la chaleur. Toutefois, cela ne l'empêchait pas d'avoir le crâne brûlant, les cheveux collés au front et aux tempes, la peau crevassée et les vêtements crasseux. Elle aurait donné n'importe quoi pour prendre un bain mais se garda de le dire à haute voix, pleinement consciente qu'il en allait de même pour tous ses compagnons.

Dans l'après-midi, alors que Shannon dormait profondément, Nola, bercée par le trot des chevaux qui avançaient sans enthousiasme, se prit à repenser à l'Angleterre, aux prairies verdoyantes et fertiles, au Lake District, aux bleuets, aux rouges-gorges, au brouillard, à la neige, au froid… Puis, alors qu'elle levait les yeux vers le ciel d'un bleu profond, les paroles de Tierman Skelly lui revinrent en mémoire. En effet, la sécheresse lui avait appris à détester ce ciel, et elle se languissait à présent de le voir se couvrir de nuages bien noirs et bien épais. Et dire que Shannon n'avait jamais vu la pluie de toute sa vie !

Lorsque Galen vint chevaucher à sa hauteur, elle lui tendit une outre d'eau. Il but une minuscule gorgée puis la lui rendit.

– Prends-en plus, dit-elle.

– Non, ça me suffit.

Leur tout dernier tonneau venant d'être entamé, Nola savait que leur réserve d'eau avait atteint un niveau critique.

De son côté, Galen était épuisé, pour ne pas dire abattu, et pourtant il n'avait de cesse de repousser ses limites. Le jour, il ne descendait jamais de selle, et la nuit, il ne fermait quasiment pas l'œil, craignant le retour de voleurs de bétail.

– J'essaye de me souvenir ce que c'est que de frissonner, dit Nola, espérant ainsi le distraire.

– J'ai du mal à imaginer avoir froid à ce point. Dois-je comprendre que le climat anglais te manque ?

– Non, car les désagréments du froid dépassent largement ceux de la chaleur. L'école où j'allais petite était à une bonne heure de marche de la maison de mes parents, si bien que je partais avant le lever du soleil et que je rentrais après la tombée de la nuit. J'arrivais là-bas la goutte au nez, tout engourdie par le froid, j'étais même incapable de tenir un crayon pour écrire. Et sur le chemin du retour, je n'avais qu'une envie, m'asseoir près du feu et me frictionner les doigts et les orteils. J'avais constamment des engelures.

Galen, qui entendait Nola évoquer son passé pour la première fois, fut curieux d'en savoir plus.

— Qu'est-ce qui t'a poussé à devenir institutrice ?

— Aussi loin que je me souvienne, j'ai toujours voulu enseigner, répondit Nola, ravie de son intérêt.

— Tu n'as jamais voulu fonder une famille, avoir des enfants ?

— Si, bien sûr, seulement je recherchais un homme qui me traite comme son égale, et je ne l'ai jamais trouvé. Dans la bonne société anglaise, les femmes mariées n'ont aucun droit. Cette perspective ne m'a donc jamais particulièrement enthousiasmée.

— Ce n'est peut-être pas partout pareil, avança Galen. Pour moi, un mari doit remplir un rôle de chef de famille, tout en étant à l'écoute de son épouse.

Intérieurement, Nola applaudit ce discours.

— Certes, mais rares sont les hommes qui adoptent cette ligne de conduite – raison pour laquelle j'ai été aussi souvent renvoyée.

Galen haussa les sourcils en feignant l'incrédulité.

— Êtes-vous en train de me dire, mademoiselle Grayson, que vous avez été renvoyée, et ce plus d'une fois, parce que vous aviez tenu tête à vos employeurs ?

Nola ne put retenir un rire en voyant son expression faussement éberluée.

— Je sais, c'est difficilement concevable ! Bref, toujours est-il que j'ai cette manie de vouloir enseigner aux filles ce que seuls les garçons ont le droit d'apprendre.

— Par exemple ?

— Le poker, le tir à l'arc, les travaux manuels… J'ai même fait jouer mes deux dernières élèves au cricket dans un club londonien guindé. Et elles ont gagné !

Galen partit dans un éclat de rire tonitruant et faillit tomber de cheval.

— Tu aurais dû voir leur mère, poursuivit Nola. Elle a couru sur le terrain, s'est pris les pieds dans les froufrous de sa robe et a fini les quatre fers en l'air, le tout sous les yeux de ses amies aux mœurs irréprochables ! Je doute qu'on l'ait invitée depuis à un bal ou pour le thé. J'avais aussi la réputation d'aimer le cigare et le tabac à priser. Voilà, maintenant, tu sais pourquoi Tilden Shelby tenait tant à m'expédier en Australie. Le pauvre, il était prêt à tout pour se débarrasser de moi, son argument de poids étant : dans l'*outback*, je pourrai enfin agir à ma guise, sans être surveillée par un lord ou une lady quelconque.

— Il a été bien inspiré, répondit Galen en lui décochant un sourire.

Tous deux restèrent silencieux un moment, tandis que les bovins marchaient devant eux d'un pas lourd, sous les coups de fouet de Hank, Jimmy et Jack. Quant à Langford et aux gardiens aborigènes, ils avaient disparu dans le nuage de poussière.

— Il y a autre chose que je dois t'avouer, reprit Nola, la mine grave.

Galen tourna vers elle son visage tanné et luisant de sueur.

— Dois-je me préparer à être choqué ?

— Je crois que oui.

— Très bien, je t'écoute.

— J'ai découvert des lettres cachées parmi les livres entreposés dans l'école. Aujourd'hui, je sais qu'elles sont de la main d'Ellen Reinhart, mais j'ai tout d'abord cru que ton épouse les avait écrites.

— Qu'est-ce qui t'a fait croire ça ? demanda Galen tout en surveillant le troupeau.

— Elles n'étaient signées que d'un E majuscule, et les enfants avaient mentionné le prénom de leur mère, Emily. Comme on m'avait dit qu'elle avait enseigné dans ce bâtiment, j'ai cru que ces livres lui avaient appartenu.

— Et maintenant, tu sais ce qu'il en est. Qu'est-ce que ça change ?

Nola le sonda du regard.

— Ça change que j'ai été injuste envers toi. J'ai cru que tu cachais de sombres secrets.

Au bref coup d'œil que lui lança Galen, Nola comprit qu'il ne voyait pas bien où elle voulait en venir.

— Pour être tout à fait honnête, j'étais presque convaincue que tu avais tué ta femme.

Le choc de Galen fut indéniable.

— Je sais maintenant que c'était complètement faux, s'empressa d'ajouter Nola, et je te prie d'accepter mes excuses.

— Je comprends mieux ta réaction, quand tu as cru que j'allais marquer les voleurs au fer rouge ? Tu me prenais pour un homme violent, capable de tout ?

Nola prit une profonde inspiration.

— Hélas, oui. La veille au soir, j'avais lu un passage particulièrement effrayant dans l'une des lettres. Tout paraissait cohérent. Je ne voulais pas m'y résoudre, je voyais que tu étais un bon père, mais…

En entendant Galen pousser un profond soupir, elle craignit de l'avoir énormément déçu. D'ailleurs, elle pouvait difficilement lui en vouloir.

— Avec le recul, je me demande comment j'ai pu être assez bête pour penser une chose pareille. Je n'aurais pas pu me tromper davantage à ton sujet !

— Tu n'avais pas tout à fait tort, murmura Galen en soupirant à nouveau. Je ferais n'importe quoi pour ma famille. Et qui sait jusqu'où je serais capable d'aller pour protéger le cheptel d'une nouvelle attaque.

— Alors que tu aurais pu laisser les voleurs se faire dévorer par les flammes, tu leur as permis de fuir.

— C'est vrai.

Galen baissa la tête.

— Je suis sûr que les frères Janus ont manigancé tout ça. S'ils en sont rendus à de telles extrémités, c'est certainement parce que le droit ne peut rien pour eux. Tant mieux, dans un sens, car je n'ai pas d'argent à perdre en frais de justice. Et, sachant que j'envisage une méthode un peu plus expéditive pour régler définitivement ce problème, tu n'avais pas totalement tort à mon sujet.

Avant que Nola eût le temps de répondre, Galen s'éloigna au galop.

Lors de cette nouvelle journée éprouvante, les hommes éprouvèrent de plus en plus de difficultés à garder le troupeau en mouvement, tant il était affaibli par la faim et la soif. Au cours des dernières heures, ils avaient encore perdu vingt bovins, et Nola transportait désormais quatre veaux dans son chariot, car elle avait refusé que Galen et Hank les abattent.

Justement, les deux hommes chevauchaient côte à côte.

— Il y a un problème, avança Hank. Les bêtes auraient dû flairer l'eau depuis longtemps. La Barcoo River se trouve à deux kilomètres, tout au plus.

Galen, mâchoire crispée, balaya du regard la terre crevassée par la sécheresse.

— On dirait qu'il n'a pas plu, depuis la dernière fois que j'ai effectué ce trajet avec un troupeau, et cela remonte à quatre ans. La rivière est certainement tarie. C'est terminé, Hank, nous sommes perdus.

Ainsi que Galen l'avait pressenti, les deux bras de la Barcoo River, séparés d'une cinquantaine de kilomètres, étaient à sec.

— Pensez-vous que je verrai la pluie un jour ? demanda Shannon d'une petite voix, après que Nola lui eut expliqué la situation.

— Bien sûr.

L'institutrice savait qu'elle manquait de conviction, seulement elle aussi commençait à perdre espoir. Elle comprit alors ce que les gens d'ici insinuaient, quand ils disaient que cette terre brisait les âmes. Galen et Langford en étaient des exemples éloquents.

Lorsqu'ils installèrent leur campement sur le haut plateau qui séparait les deux bras de rivière, le bétail s'effondra littéralement, à bout de force. Il était même inutile de le surveiller, seuls deux ou trois hommes patrouillaient autour pour parer à d'éventuelles attaques de chiens sauvages ou de dingos.

— Combien de kilomètres nous séparent du prochain cours d'eau ? s'enquit Nola.

— Cinq cents kilomètres, répondit Galen. Tout est fichu.

L'homme jeta un regard peiné à Langford, qui l'observait en silence.

— Ne serait-il pas possible de puiser de l'eau directement dans le sol ? demanda Nola à Jimmy.

— Ça suffira pas à abreuver le troupeau. Il y aura tout juste à boire pour un homme, peut-être deux.

— Nous aurions dû partir avec Wade, il aurait certainement trouvé une source.

— J'ai souvent parcouru cette route, Nola. Il n'a pas plu par ici depuis des années, et je doute qu'on trouve grand-chose sous terre.

— Tout n'est pas perdu. Je ne peux pas m'y résoudre. Je ne *veux* pas m'y résoudre.

À ces mots, Nola se leva et s'éloigna à grandes enjambées dans la nuit.

Appuyée contre le tronc d'un arbre décharné, Nola contemplait le troupeau. Sans leurs meuglements plaintifs, les bovins se seraient fondus dans le paysage obscur tels des blocs de pierre. De temps à autre, une des bêtes trouvait encore l'énergie de pousser un cri un peu plus fort qui résonnait comme un appel à l'aide.

— Vous n'avez pas le droit de mourir, murmura Nola dans l'obscurité, les joues mouillées de larmes. Vous ne pouvez pas. Pas comme ça. Ce ne serait pas juste.

En entendant un bruit dans son dos, elle se retourna et se retrouva nez à nez avec Galen. Après quelques secondes d'hésitation, elle se blottit contre son torse.

— N'y a-t-il vraiment plus aucun moyen d'agir ? articula-t-elle entre deux sanglots. Nous sommes responsables de ces bêtes, nous les avons amenées si loin. Nous ne pouvons pas les laisser mourir !

— Leur destinée n'est plus entre nos mains. Il faudrait un miracle.

Galen serra Nola dans ses bras, lui offrit tout le réconfort dont il était capable et se sentit par la même occasion un peu rasséréné.

Quelques instants plus tard, Nola leva la tête vers le ciel.

— Où sont passées les étoiles ?

Galen l'imita, puis leurs regards se croisèrent.

— Elles ont disparu derrière les nuages, murmura Nola.

Percevant l'immense espoir contenu dans sa voix, il la regarda droit dans les yeux.

— Nola, je te l'ai déjà dit, il ne va pas pleuvoir.

— Peut-être que si ! Cette sécheresse prendra forcément fin un jour !

— Si tu savais combien de fois nous l'avons cru, pour être finalement anéantis…

— Il faut toujours y croire. Autrement, à quoi bon vivre ?

Un grondement de tonnerre sourd retentit au loin, comme pour lui donner raison.

— Quand bien même nous aurions droit à une petite averse, cela ne suffirait pas à désaltérer le troupeau, encore moins à le sauver, objecta Galen.

Nola se rappela ce que Hank avait dit, lorsqu'il avait plu après leur départ de Julia Creek : ces quelques gouttes suffisaient à rendre le bétail incontrôlable et à décevoir les exploitants. À peine l'eau aurait-elle touché terre qu'elle serait absorbée par le sol parcheminé.

— Galen, tu m'as dit un jour que cette terre brisait les âmes. J'ai beau être une nouvelle venue, une citadine, je ressens ta souffrance et celle de ces bêtes, affirma Nola en désignant le troupeau. Mais je refuse de baisser les bras. Il *va* pleuvoir, et nous rallierons Maryborough. S'il faut un miracle pour cela, eh bien, il se produira. J'y crois, et j'ai besoin de savoir que toi aussi.

Le régisseur considéra tour à tour le troupeau et le ciel tout en soupirant. Lorsque ses yeux se posèrent à nouveau sur Nola, il sentit l'énergie avec laquelle elle se raccrochait à cet espoir, bien qu'il n'en subsistât plus aucun.

— Très bien. Si une citadine croit à ce genre de miracle, je peux sans doute essayer, moi aussi.

Cette fois, les larmes que Nola versa furent l'expression d'une joie et d'une espérance ravivée.

19

La nuit fut agitée pour Nola, qui ne cessait de se retourner dans son sommeil. Vers minuit, il faisait encore si chaud qu'elle avait rabattu la bâche de quelques centimètres, afin de laisser pénétrer un peu d'air frais dans le chariot.

Elle rêvait à présent qu'elle déambulait parmi les bêtes dont le museau pendait piteusement jusqu'à terre, tout en portant un seau dans lequel gouttaient les larmes qui roulaient sur ses joues. Dès qu'un animal la réclamait en vagissant de désespoir, elle allait vers lui et s'efforçait de le faire boire. Alors que, écrasée par l'ampleur de sa tâche, elle contemplait l'immense troupeau qui s'étendait à perte de vue, la pluie tomba soudain. Lorsqu'elle leva la tête vers le ciel, de grosses gouttes s'écrasèrent sur son visage, venant se mêler au sel de ses larmes.

— Merci, Seigneur, murmura-t-elle.

Comme dans son rêve, elle inspira profondément et emplit ses poumons de l'odeur caractéristique de la pluie tombant sur une terre brûlée, aussi apaisante qu'une pommade sur une peau crevassée. En entendant les bovins meugler, elle les imagina en train d'attraper à coups de langue les gouttes qui leur tombaient sur le museau – une vision qui la rendit tellement heureuse qu'elle en pleura de plus belle.

Puis, entrouvrant les paupières juste assez pour apercevoir le ciel, elle vit qu'il était gris, et non pas bleu ni noir. Tout en se demandant quelle heure il pouvait bien être, elle se passa une main sur la figure : dans la pénombre, ses doigts luisaient, mouillés non pas de larmes, mais de pluie. Stupéfaite, Nola se rallongea quelques instants, le temps de reprendre ses esprits, puis, folle de joie, secoua Shannon, qui dormait à côté d'elle.

— Shannon ! Shannon, réveille-toi ! Il pleut !

À ces mots, la fillette se redressa en sursaut et écarquilla les yeux. De sa petite main, elle toucha le visage mouillé de Nola puis le sien, tandis qu'un large sourire s'épanouissait sur son visage.

— Oh, mademoiselle Grayson, il pleut pour de vrai ! exulta la fillette.

Elle se précipita hors du chariot et avança en titubant, comme envoûtée, bras tendus vers le ciel.

L'averse de plus en plus forte s'accompagnait à présent de grondements de tonnerre, dont Nola profita pour expliquer à la fillette, un peu effrayée, le déroulement d'un orage. Lorsque Keegan et Heath les rejoignirent, tous les quatre se lancèrent dans une ronde endiablée, tout en poussant des cris d'allégresse. Quand Galen apparut à son tour, Nola s'immobilisa et le fixa avec intensité, tandis que les exclamations des enfants ne lui parvenaient plus que de loin.

Alors que le régisseur, abasourdi, levait la tête vers le ciel, Nola approcha, se détacha les cheveux et s'essuya le visage, le purifiant enfin de la poussière et de la sueur qui le maculaient depuis plusieurs jours.

— C'est une vraie pluie, Nola, murmura Galen avec incrédulité, tandis qu'elle posait une main sur son épaule. Pas juste une petite averse.

— N'est-ce pas merveilleux, Galen ? Je savais que cela finirait par arriver, que mes prières seraient entendues.

— C'est un miracle.

— Papa, papa ! Il pleut ! s'exclama Shannon en accourant.

Galen se rendit alors compte que sa fille assistait à ce spectacle pour la première fois. Dire que, la veille encore, il croyait cela impossible !

— Oui, c'est fantastique !

Il souleva la fillette et la fit tournoyer dans les airs, tandis que Nola riait aux éclats. Les garçons puis Langford les rejoignirent, et tous se réunirent dans une grande accolade pour célébrer ce moment magique.

Comme, derrière eux, les bovins se relevaient et se léchaient le museau, ainsi que Nola l'avait vu dans son rêve, elle sentit de nouvelles larmes couler sur ses joues. Les veaux, qui eux aussi découvraient la pluie, se mirent à gambader, semblant comprendre, à leur façon, que le moment était exceptionnel.

Lorsque Galen décida de conduire les bovins à la Barcoo River, où ils pourraient s'abreuver à loisir, ils s'élancèrent avec entrain, comme déjà régénérés. Une fois arrivés, ils purent enfin étancher leur soif, tandis que les hommes remplissaient leurs outres. Après avoir fait promettre à Hank et Galen qu'il n'y avait pas de sangsues dans cette rivière, Nola amena Shannon dans un endroit discret pour qu'elles puissent se laver. Le contact de l'eau sur leur peau était tellement divin qu'elles n'en ressortirent qu'à contrecœur.

Les hommes reprirent la tête du troupeau. Nola et Shannon, qui se sentaient revivre dans leurs vêtements propres et secs, les suivirent dans le chariot, abritées sous la bâche. En voyant que Shannon gardait le bras tendu à l'extérieur pour sentir la pluie, Nola songea que la fillette n'oublierait pas de sitôt sa toute première averse. De son côté, elle se jura de ne plus jamais tenir la pluie pour acquise.

Nola fut stupéfiée par la métamorphose de la nature alentour. En quelques heures, le paysage s'était comme paré d'un léger halo de verdure. À la pause de midi, les bovins eurent le plaisir de brouter de l'herbe de Mitchell qui, comme Tierman Skelly le lui avait expliqué, poussait dès la moindre petite averse. Nola le crut, maintenant qu'elle voyait l'herbe de ses propres yeux.

Dans l'après-midi, ils longeaient la ligne de chemin de fer quand Nola vit avec surprise un train s'arrêter à leur hauteur. Lorsque les voyageurs baissèrent les fenêtres pour leur crier quelque chose, Galen et Langford leur répondirent en agitant leurs chapeaux.

– Que voulaient-ils ? s'enquit Nola, une fois arrivée à leur hauteur.

– Nous annoncer qu'il pleut au nord, vers Winton ! exulta Langford.

– La sécheresse est officiellement terminée ! renchérit Galen.

Toute la troupe laissa alors libre cours à sa joie. Nola, qui serrait Shannon tout contre elle, fut émue aux larmes par ce train qui s'était arrêté le temps que ses passagers partagent la bonne nouvelle. Peu à peu, elle prenait conscience non seulement du retentissement dans tout le pays, mais aussi de la solidarité que se témoignaient les habitants de l'*outback*, unis par les liens étroits que permettait de tisser la survie dans ce milieu hostile. Tout l'inverse de Londres, où quelqu'un pouvait avoir un accident dans la rue sans que personne ne prît la peine de s'arrêter – sauf peut-être des voleurs, identifiant une proie facile à détrousser. Nola avait vu ces scènes de ses propres yeux.

Ils rallièrent Maryborough cinq jours plus tard. Le troupeau revigoré embarqua sur trois bateaux, où il fut confié à des gardiens expérimentés. Puis le groupe se trouva un hôtel pour la nuit et fêta, de fort belle humeur, la fin du voyage. Le lendemain, Galen monta dans la diligence qui l'amènerait à Brisbane, d'où il prendrait le train pour Sydney.

Lorsque Langford suggéra de rester quelques jours de plus à Maryborough, Nola, Shannon et les garçons acceptèrent aussitôt. Hank, Jimmy et Jack avaient désormais quartier libre ; quant aux Aborigènes, qui voulaient rejoindre leur tribu, ils furent très heureux d'apprendre, par l'intermédiaire de Jack, que Langford les autorisait à garder leurs chevaux, sur lesquels ils repartirent, pas peu fiers.

Le lendemain de leur arrivée, Langford proposa une partie de pêche à Heath et Keegan.

— J'adorais cela à votre âge, leur confia-t-il avec enthousiasme. Et j'aimerais vous apprendre les bonnes techniques.

Heath et Keegan, fous de joie, partirent acheter des hameçons et des cannes, tandis que Nola se réjouissait de voir Langford retrouver le dynamisme et la joie de vivre de sa jeunesse.

— Voulez-vous venir avec nous ? demanda-t-il à Nola.

— Non, merci. Je vais faire quelques courses en ville avec Shannon. Elle a envie d'une nouvelle poupée, et moi, j'aimerais trouver une tenue pour le bal de Noël !

Langford avait complètement oublié le grand événement organisé à Julia Creek.

— Achetez-vous quelque chose de joli, dit-il en lui pressant une liasse de billets dans la main.

— Je ne suis pas sûre d'y aller, avança Nola d'un ton hésitant.

— À d'autres, jeune fille. J'en connais qui vont se battre pour avoir l'honneur de danser avec vous.

Nola s'empourpra.

— Vous savez, je doute vraiment d'y participer et…

Langford ne voulut rien entendre.

— Allons, allons. Je compte sur vous pour vous trouver une belle robe. Pourrez-vous en profiter pour passer à la poste et relever le courrier ?

— Bien sûr. Nous nous retrouverons à l'hôtel.

Après le départ de Langford et des garçons, Nola et Shannon se promenèrent en contemplant les vitrines. Maryborough demeurait une petite ville pionnière où se côtoyaient calèches, carrioles et troupeaux de bovins ou de moutons, dans des rues que la pluie avait transformées en marécages. Toutefois, trois nouveaux magasins avaient ouvert depuis l'arrivée de Nola.

Après un passage dans une boutique de cadeaux, où Nola acheta à Shannon une poupée et un joli peigne en écaille, toutes deux s'arrêtèrent devant un magasin de prêt-à-porter pour dames appelée *Lady Lowell's*. En vitrine était présentée une robe dans laquelle Shannon serait magnifique, jugea Nola. La fillette, qui n'avait jamais vu pareille splendeur, n'en croyait pas ses yeux.

À leur entrée, une clochette au-dessus de la porte prévint la vendeuse. Quand celle-ci sortit de l'arrière-boutique et découvrit Nola en pantalon et chemise pour homme, l'effarement se lut sur son visage.

— Je travaille dans un élevage bovin, expliqua Nola.

— Avec des gardiens de troupeaux ? demanda Mme Lowell, la mine encore plus déconfite.

— Mlle Grayson est institutrice ! claironna Shannon.

À cette précision, la vendeuse se dérida.

— Je vois. Et vous cherchez une tenue pour une occasion précise ?

— Oui. Un bal de Noël est organisé à Julia Creek, et j'aimerais offrir une belle robe à Shannon.

— Vous m'en avez déjà cousu une très jolie, mademoiselle Grayson ! protesta la fillette.

Nola fut touchée, même si ses talents de couturière pouvaient difficilement rivaliser avec les créations qu'elle avait vues en vitrine.

— Merci, Shannon, mais là, il s'agit d'un grand événement, et je veux que ton papa et tes frères soient fiers de toi.

— Vous-même, vous ne comptez pas vous y rendre ? demanda Mme Lowell.

Comme Nola haussait les épaules, Elizabeth conclut qu'aucun homme ne l'avait encore invitée. Elle observa attentivement ses traits réguliers, son teint uniforme et ses cheveux couleur miel, maintenus en place par des épingles en un chignon sévère qui cachait leur beauté. Avec une coiffure plus féminine, ils souligneraient à merveille ses yeux noisette.

— Vous savez, vous pourriez être très belle, moyennant quelques efforts et une garde-robe appropriée.

Sur ce, Elizabeth exhiba une robe en satin ornée de brocart qui laissa Nola sans voix.

— Mais je ne porte que des vêtements pratiques, objecta-t-elle.

— Avant d'être « Mlle Grayson l'institutrice », vous êtes une femme, avec sa part de sensualité et de mystère.

— Et si nous nous occupions plutôt de Shannon ? implora Nola qui, en plus d'être terriblement gênée, commençait à avoir la nausée.

— Nous autres cumulons les rôles, insista Elizabeth, le regard étincelant. Institutrice, infirmière, mère, amante, amie, épouse… Or, avant toute chose, nous sommes des femmes.

Face à la détermination d'Elizabeth, qui disposait d'une alliée de poids en la personne de Shannon, Nola finit par céder et se retrouva à essayer une ribambelle de tenues toutes plus belles les unes que les autres. Elle finit par reconnaître qu'une belle robe de bal et une nouvelle coiffure faisaient d'elle une tout autre personne, dévoilant d'elle une nouvelle facette qu'elle-même n'avait jamais soupçonnée jusque-là.

Alors qu'elle sortait de la boutique avec ses achats, Nola eut l'un de ces haut-le-cœur qui la saisissaient aux moments les plus inattendus. Elle traversait la rue principale en tenant Shannon par la main lorsque, apercevant par hasard l'entrée d'un cabinet médical, elle se résolut enfin à consulter.

Le diagnostic fut vite posé : Nola était enceinte de quatre mois déjà. Même si son ventre s'était légèrement arrondi, elle avait refusé d'y croire, et cette confirmation la laissa sidérée. Tel un automate, elle récupéra le courrier à la poste et ramena Shannon à l'hôtel.

– Je dois m'allonger un peu, expliqua-t-elle à la fillette. Sois gentille et joue en bas avec ta poupée, d'accord ?

Shannon n'avait pas encore refermé la porte de la chambre qu'elle entendit Nola se jeter en pleurs sur son lit.

– Mlle Grayson est triste, annonça-t-elle à Langford quand celui-ci revint à l'hôtel avec Heath, Keegan et un seau rempli de poissons.

– Pourquoi donc ?

— Je ne sais pas, mais elle pleure.

Langford fronça les sourcils. Avant leur départ, Nola lui avait paru d'excellente humeur.

— Vous êtes allées vous promener ? demanda Langford.

— Oui, nous avons acheté une poupée et des vêtements pour le bal de Noël. Puis Mlle Grayson est allée chez le médecin. Pourtant, elle m'a dit qu'elle n'était pas malade !

Alors que la perplexité de Langford allait grandissant, Nola, toujours dans sa chambre, se releva et tamponna les larmes qui inondaient son visage.

— Ce n'est pas en m'apitoyant sur mon sort que je vais trouver une solution, dit-elle tout haut.

Elle devrait certainement rentrer en Angleterre et annoncer la nouvelle à Leith. Après tout, celui-ci avait des droits légitimes sur l'enfant ; peut-être même insisterait-il pour lui donner son nom. Et s'il demandait Nola en mariage, elle n'excluait pas d'accepter, pour le bien du bébé.

En parcourant la liasse de lettres qu'elle venait de récupérer, elle découvrit avec joie que Tilden Shelby lui avait écrit. Peut-être que Tilden avait parlé avec Leith et que celui-ci cherchait à la contacter.

Langford patientait dans un coin de la réception. Lorsque Nola descendit, elle réussit à esquisser un faible sourire, mais il était manifeste qu'elle avait pleuré.

— Shannon est là ? s'enquit-elle.

— Elle et les garçons sont partis ramasser des moules sur la plage. Voulez-vous vous asseoir et boire un verre avec moi ?

— Je vais prendre une limonade, merci, soupira Nola en s'affalant dans un fauteuil bien confortable.

Tandis qu'ils attendaient leurs consommations en silence, Nola se perdit dans la contemplation des bateaux et des dockers s'affairant sur le port, que l'on voyait depuis la fenêtre. Puis, quand sa limonade arriva, elle entreprit de la siroter à petites gorgées, tout en évitant de croiser le regard de Langford. Ce dernier, n'y tenant plus, se décida à lui demander ce qui la préoccupait tant.

— Pardonnez-moi mon indiscrétion, Nola, mais je vous sens bouleversée par quelque chose. Désirez-vous m'en parler ?

— J'ai pris une décision, annonça-t-elle en essayant tant bien que mal de contenir l'émotion qui menaçait de la submerger. Je ne rentrerai pas au domaine avec vous, Langford.

Ce dernier crut recevoir un coup sur la tête.

— Les dernières semaines ont été difficiles, Nola. Je comprends que vous ayez besoin d'un peu de repos. Nous pouvons rester ici un peu plus longtemps, si vous le souhaitez !

— Non, Langford, cela ne changera rien. Je dois regagner l'Angleterre.

— Mais pourquoi ?

— Vous aviez raison depuis le début, je suis trop fragile pour cette vie.

Même si Nola avait le mensonge en horreur, elle ne se sentait pas le courage de dire la vérité au vieil homme.

— « Trop fragile », vous ? Allons bon, rétorqua-t-il en secouant la tête. Récemment, vous n'avez pas été épargnée, et je ne connais personne, homme ou femme, qui aurait encaissé les coups mieux que vous. Vous avez de la force à revendre !

Langford la sonda du regard. Nola était tout sauf une menteuse ; au contraire, elle avait pour habitude de s'exprimer avec franchise et sans détour.

— Vous fuyez quelque chose. De quoi s'agit-il ?

Il remarqua alors la lettre qui dépassait de son sac.

— Avez-vous un prétendant en Angleterre ?

— Oui, il y a bien eu quelqu'un…

— Vous a-t-il demandée en mariage ?

À cette question de Langford, qui ne pouvait pas plus mal tomber, Nola éclata en sanglots.

— Il va… il va en épouser une autre, balbutia-t-elle, une fois qu'elle se fut un peu ressaisie.

— Eh bien, c'est certainement pour le mieux !

La jeune femme, interloquée, releva la tête. Comment Langford pouvait-il se montrer aussi impitoyable ?

— Je suis navré mais, à mon humble avis, ce serait une erreur de rentrer en Angleterre pour vous marier. Avec tout ce que vous avez enduré, vous méritez amplement votre place au domaine !

Nola secoua la tête.

— Je sais que vous n'auriez jamais imaginé que je puisse dire une chose pareille, poursuivit Langford, et je n'en ai peut-être pas le droit, au fond. Je commets souvent l'erreur d'exprimer mes opinions alors que personne n'a envie de les entendre. Dès le début, vous avez été honnête avec moi, alors expliquez-moi précisément ce qui vous tourmente tant. Vous ne deviez pas aimer cet homme, si vous avez tout quitté pour venir ici !

Les larmes de Nola redoublèrent, tandis que Langford ne savait plus quoi dire. Chacune de ses interventions semblait bouleverser encore davantage la jeune femme. Finalement, il s'accroupit devant elle et lui prit la main, comme l'aurait fait un père.

— Nous allons vous aider à surmonter cette peine d'amour, croyez-moi ! La fuite n'est pas une solution. Nous vous devons tellement, laissez-nous vous rendre la pareille.

Nola sécha ses larmes et le regarda droit dans les yeux.

— Je ne ferai qu'attirer la honte sur vous.

— La honte ? Mais pourquoi donc ?

Langford repensa à la visite chez le médecin qu'avait relatée Shannon, puis à cette lettre qu'elle avait reçue lui annonçant un mariage à venir. Nola ne pouvait aimer cet homme, sinon elle ne serait pas en Australie aujourd'hui. Et qu'il se mariât n'avait de l'importance que si… ? Tout cela n'avait ni queue ni tête.

— S'il en épouse une autre, c'est que c'est un idiot, avança Langford.

— Je sais.

Décidément, c'était à n'y rien comprendre !

— Mais, tout de même, vous ne l'aimez pas ?

Nola secoua la tête en signe de dénégation.

— Alors pourquoi ? Pourquoi cette nouvelle vous affecte-t-elle autant ?

Elle leva les yeux et renifla.

— Je… je…

Elle ne put aller au bout de sa phrase, craignant la réaction de Langford.

— Vous attendez un enfant, lâcha ce dernier d'une voix douce avant d'ajouter, comme Nola haussait les sourcils avec surprise : Pardonnez-moi, mais cela explique pourquoi une femme telle que vous se laisse ainsi gagner par l'émotion.

Nola acquiesça, les yeux toujours embués.

— Vous n'aviez certainement pas prévu d'engager une institutrice enceinte.

— C'est vrai. Je ne m'attendais pas à cela venant de « Nolan » Grayson.

Lorsque Nola osa enfin lever les yeux, elle ne découvrit ni mépris ni dégoût dans le regard du vieil homme, seulement de la compassion. Submergée par le soulagement, elle esquissa un sourire timide.

— Ah, je préfère ça ! s'exclama Langford. Ces derniers mois, nous avons énormément accompli, avec votre aide, et c'est maintenant à notre tour de vous prêter main-forte. Vous serez une mère formidable, et Shannon sera aux anges ! J'avais fini par m'habituer à la voir s'amuser avec la petite Tilly. Un peu de sang neuf ne fera pas de mal au domaine !

— Les gens vont parler de moi, souligna Nola, partagée entre joie et inquiétude. Je vais jeter l'opprobre sur vous et Galen. Je ne peux pas, je ne veux pas !

— Nola, la vie au domaine nourrit les ragots depuis des années, sans que Galen et moi y attachions une quelconque importance. Les gens trouveront toujours à commenter ; c'est comme ça à la campagne. D'ailleurs, avec tout ce que je sais de vous, j'ai peine à croire que vous vous souciiez du qu'en-dira-t-on.

À ces mots, les joues de Nola se mouillèrent à nouveau de larmes.

— La vérité, c'est que je n'ai aucune envie de rentrer en Angleterre. Mais je veux aussi ce qu'il y a de mieux pour mon enfant. Il ou elle doit connaître son père, n'est-ce pas ?

— Rien ne vous oblige à prendre une décision maintenant, observa Langford en fronçant les sourcils. Attendez la naissance du bébé, laissez-vous le temps de peser soigneusement le pour et le contre. Même si vous embarquiez demain pour l'Angleterre, le temps d'arriver, le père de votre enfant sera marié, de toute façon.

— Vous avez raison, et je doute qu'il accueille chaleureusement une ancienne maîtresse enceinte.

Elle n'oubliait pas non plus lord Rodwell, qui serait prêt à tout pour protéger son nom d'un nouveau scandale. Il n'hésiterait pas à faire courir le bruit qu'elle était enceinte d'un autre et qu'elle n'avait aucune morale ni décence. Elle ne pouvait exposer son enfants à de tels ragots et calomnies.

— Je ne suis pas prête à annoncer ma grossesse, Langford.

— Comptez sur moi, je serai muet comme une tombe. Et quand le moment sera venu, je vous soutiendrai du mieux que je peux.

— Merci.

À Sydney, surnommée « Big Smoke » par les habitants de l'*outback*, Galen loua une chambre dans un hôtel sur le port, en attendant l'arrivée du cheptel prévue pour le lendemain en fin d'après-midi. Cela lui laissait le temps d'organiser le transport jusqu'aux marchés à bestiaux.

Une fois renseigné sur les prix actuellement pratiqués, Galen était de fort belle humeur. Non seulement la sécheresse avait fait grimper le cours de la viande, mais ses bovins seraient parmi les premiers à arriver du nord. Il ne remercierait jamais assez Nola d'avoir eu cette idée géniale d'acheminer le troupeau à Sydney par bateau. Ce séjour à Sydney serait également l'occasion de consulter un avocat au sujet des voleurs de bétail, ainsi que des revendications des frères Janus concernant le domaine. Il était plus que jamais déterminé à ne pas lâcher cette terre.

Vers 9h30 le lendemain matin, il franchit le seuil des bureaux de « Hadwin, Manus & Son », dans le quartier de Pyrmont. Avec Lincoln Hadwin, qui put le recevoir aussitôt, Galen revint sur la position qu'il occupait au domaine, le décès d'Ellen Reinhart, la participation financière de ses parents à l'achat des terres, et enfin les demandes exprimées par ses frères. Hadwin prit des notes et demanda plus de précisions sur l'emplacement de l'exploitation.

— Elle se trouve à environ huit cent quarante kilomètres de Townsville, à l'intérieur des terres.

— Une région assez reculée, souligna l'avocat.

— En effet. La localité la plus proche est Julia Creek.

— Ellen Reinhart a-t-elle laissé un testament ?

— Oui. Elle avait nommé Langford légataire universel et unique bénéficiaire.

— Qui a établi le certificat de décès ?

Galen le regarda, gêné.

— Étant donné l'ampleur de l'héritage, la mort doit être confirmée par une tierce personne. Un médecin ? Un homme d'Église, peut-être… ?

— Non, il n'y a ni prêtre ni docteur à des centaines de kilomètres à la ronde. Mais Wade Dalton et moi avons été témoins de son décès suite à un tragique accident. Du fait de la chaleur, nous avons procédé à l'inhumation sans tarder.

Hadwin hocha la tête.

– M. Reinhart étant l'unique bénéficiaire, l'affaire peut s'avérer délicate, si M. Dalton et vous êtes les seuls témoins. En cas de contestation d'un testament ou de doute sur les causes de la mort, il est nécessaire de procéder à l'exhumation du corps.

– Une exhumation ? s'exclama Galen. Mme Reinhart est morte il y a plus de dix ans !

– Ah, vous n'aviez pas précisé, nuança Hadwin. Les frères Janus ne peuvent plus entamer aucune procédure.

Galen plissa le front.

– Vous êtes sûr ?

– Certain. Toute intervention juridique est désormais impossible. Si la partie adverse a prétendu le contraire, soit elle est mal informée, soit elle bluffe.

Galen était fou de joie. Il pouvait donc vendre le troupeau, rentrer au domaine avec l'argent et repartir du bon pied. Déjà soulagé d'un grand poids, il passa à son deuxième sujet de préoccupation : les attaques des voleurs de bétail et l'incendie qu'ils avaient provoqué.

– Je vous conseille d'aller voir la police immédiatement, monsieur Hartford, dit l'avocat. Si les hommes que vous avez livrés aux autorités ont bien été envoyés par les frères Janus, et s'ils acceptent de témoigner contre eux, vous pourrez porter plainte pour incendie volontaire, tentative de vol, tentative d'homicide et mise en danger de la vie d'autrui. Si cela donne lieu à un procès et que vous avez besoin d'une assistance juridique, je me tiens à votre disposition.

Galen réfléchit quelques instants.

– Je connais un policier qui m'a aidé il y a quelques années. Son nom de famille était Rafferty.

— Colin Rafferty ?
— Il est toujours en service ?
— Oui, au commissariat d'Ultimo. C'est à quelques minutes de marche d'ici, sur Harris Street.

20

Colin Rafferty, noyé sous une montagne de paperasse, consultait l'heure à la pendule de son bureau lorsque Galen parut sur le seuil.

— Bonjour ! Commissaire Rafferty, si je ne m'abuse ? demanda-t-il en promenant un regard impressionné sur la pièce.

Colin se leva aussitôt, le sourire aux lèvres.

— Galen Hartford ! Comme je suis content de te voir !

Son accueil chaleureux n'était pas une marque de politesse, il venait du cœur. Quatre ans plus tôt, les deux hommes s'étaient rencontrés à l'occasion d'un événement tragique, au cours duquel Colin Rafferty, alors jeune policier, avait fait preuve d'un grand tact. Ressentant l'inquiétude de Galen à son arrivée à Sydney, il s'était impliqué dans la recherche d'Emily plus que sa position ne l'eût exigé. Son amitié avait aidé Galen à surmonter son immense chagrin et à reprendre, tant bien que mal, le cours de sa vie.

— Entre, je t'en prie ! Tu as l'air en forme. Comment vont les enfants ?

— Ils ont tellement grandi que tu ne les reconnaîtrais sans doute pas. Heath est presque un homme !

Colin sourit à nouveau. Durant ces trois dernières années, il avait souvent pensé aux enfants, en espérant qu'ils surmonteraient la mort de leur mère. Si Galen n'avait pas habitué aussi loin, et si lui-même n'avait pas été débordé de travail, il n'aurait pas hésité à leur rendre visite.

— Malheureusement, ce n'est pas uniquement une visite de courtoisie, poursuivit Galen, la mine grave. Un avocat, Lincoln Hadwin, m'a donné l'adresse du commissariat.

— D'accord. En quoi puis-je t'aider ?

Galen expliqua rapidement à Colin la raison de sa présence à Sydney. Il relata les divers incidents impliquant les voleurs de bétail et dressa leur signalement. Pendant tout son récit, Colin prit des notes.

— La police de Barcaldine aura informé les autorités compétentes à Brisbane. Les suspects se trouvent certainement là-bas. Je vais téléphoner aux collègues pour savoir de quoi il retourne. Avant, tu devrais peut-être consulter nos fiches signalétiques.

Très vite, Galen s'arrêta sur la fiche d'un certain Jacques Lundy, recherché en Nouvelle-Galles-du-Sud pour vol de chevaux.

— La description correspond au plus jeune, même s'il manque la barbe. Il parlait avec un fort accent, j'en ai déduit qu'il était français.

Il rendit la fiche à Colin.

— Lundy ? De mieux en mieux. Le deuxième, ce ne serait pas un homme un peu plus âgé avec un début de calvitie, le teint rougeaud et de petits yeux de fouine, par hasard ?

— Exactement !

— Nous savons que Lundy a été vu plus d'une fois en compagnie d'un dénommé Ivan Lang, que je viens de te décrire. Si ma mémoire est bonne, il est recherché pour une attaque de train dans l'État de Victoria. Lang est intelligent, et Lundy, une tête brûlée : autrement dit, un duo explosif. Je vais me renseigner sur l'avancée des choses à Brisbane.

Quelques minutes plus tard, Colin Rafferty apprit que Jacques Lundy et Ivan Lang étaient déjà en route pour Sydney. Ivan serait ensuite livré aux autorités de l'État de Victoria.

— Leur arrivée est prévue demain matin. J'ai demandé aux collègues de les garder jusqu'à ce que nous les interrogions. Peux-tu revenir demain matin ?

— Bien sûr.

— Très bien. En attendant, je vais mener ma petite enquête sur les frères Janus. Qui sait, je trouverai peut-être quelque chose d'intéressant.

Galen, aussi soulagé que reconnaissant, serra la main de Colin et prit congé.

Le lendemain matin, lorsque Galen revint au commissariat à 8 heures précises, Colin l'accueillit avec un sourire jusqu'aux oreilles.

— J'ai du nouveau ! s'exclama-t-il. Tu sais certainement que John et Mary Janus sont morts il y a plus de deux ans.

Galen opina.

— À leur mort, Wendell et Travis ont hérité d'un bel élevage de moutons au cœur des Darling Downs.

— Tout à fait. Langford m'a dit que l'exploitation de ses beaux-parents était l'une des plus florissantes de la région.

— Le hic, c'est que, non contents d'être de piètres gestionnaires, Wendell et Travis ont le démon du jeu.

Ils sont donc criblés de dettes. Je suppose donc que, pour se renflouer, ils ont essayé de faire main basse sur le domaine Reinhart – au prétexte que John et Mary avaient versé une somme rondelette à leur fille pour l'achat des terres.

— C'est vrai, confirma Galen. Quand le domaine a commencé à engranger des bénéfices, Langford a voulu rembourser ses beaux-parents, mais ceux-ci n'ont rien voulu savoir.

— Edwin MacManus, leur avocat, me l'a confirmé. Les frères Janus ont voulu profiter de l'absence de trace écrite, en effet regrettable, au vu du montant concerné. Enfin, maintenant, tu connais le mobile : la cupidité pure et simple, saupoudrée d'une bonne dose de désespoir.

— Ils devaient savoir qu'ils s'y prenaient trop tard pour demander l'intervention de la justice mais ont tout de même tenté leur chance, tant ils étaient aux abois. Avant de rentrer au domaine, je veux m'assurer que tout ce petit monde sera sanctionné. Puis-je compter sur ton aide, Colin ?

— Bien sûr. Si les frères Janus peuvent difficilement être poursuivis pour leurs réclamations caduques, ils ont tout de même engagé ces voleurs qui ont essayé de faire main basse sur le troupeau. Concernant Ivan Lang et Jacques Lundy, je doute qu'ils acceptent de parler, à moins d'une contrepartie. Et justement, j'ai ma petite idée.

Pendant que Colin faisait monter Galen dans un fiacre et lui exposait son plan, Ivan Lang et Jacques Lundy étaient conduits dans une cellule de la prison désaffectée de Sydney.

— Pourquoi on nous amène ici ? demanda Ivan au jeune policier qui les avait escortés.

— Interrogatoire.

Sur quoi il sortit et tourna une énorme clé dans la serrure, laissant les hommes à leur découverte de la cellule crasseuse aux murs suintant d'humidité. Comme la couchette s'était décrochée de ses attaches rouillées au mur, ils voulurent s'asseoir par terre, avant de se raviser à la vue des rats qui grouillaient dans les coins.

Tandis que les pas du jeune policier s'éloignaient dans le couloir, Jacques se tourna vers Ivan.

— Tu penses à ce que je pense ?

Ivan, qui ne supportait pas les froussards, s'agaça en entendant la panique dans la voix de son acolyte.

— Ils nous ont descendus ici pour nous inciter à parler, voilà ce que je pense.

Il secoua les barreaux à la fenêtre, mais ceux-ci étaient bien scellés, malgré la vétusté du bâtiment. Remarquant ensuite une vieille grille d'aération, il lui assena un coup qui tordit le métal en son centre.

— Fuyons, avant qu'on revienne nous chercher !

Lui et Jacques entreprirent de tirer sur la grille déformée, avant de constater que le conduit était bien trop étroit pour leur permettre de passer.

— Je n'aurais jamais dû t'écouter ! pesta Jacques, fébrile. Le vol de bétail, ce n'est pas ma spécialité.

— Tu étais déjà recherché par la police, de toute façon, rétorqua Ivan, fulminant de colère. Et si je me souviens bien, tu as insisté pour en être. Tu pensais que c'était de l'argent facilement gagné. Alors maintenant, arrête de geindre !

Dans le bureau situé à l'étage au-dessus, Colin et Galen, installés de part et d'autre du conduit d'aération, échangèrent un sourire de connivence. Au signe de Galen, Rafferty se pencha encore un peu plus vers la grille.

— Nous allons descendre les interroger, monsieur Hartford, articula-t-il soigneusement, mais ne soyez pas déçu s'ils refusent de parler. Ce n'est pas pour rien que les frères Janus se sont adressés à ces deux durs à cuire. Ils suivent une sorte de code d'honneur : ils ne dénoncent jamais, car rien n'est pire que de se faire traiter de mouchard. Enfin, c'est idiot, car ils s'exposent à une longue peine de prison, alors que les frères Janus pourront dormir tranquilles.

D'un geste, Ivan intima le silence à Jacques, puis glissa la tête par l'ouverture et aperçut un faible rai de lumière.

— Ne pourrions-nous pas tenter de négocier avec eux ? demanda Galen.

— Ils sont là-haut, chuchota Ivan. Le conduit porte leurs voix jusqu'à nous.

À son tour, Jacques tendit l'oreille.

— Ils n'accepteront pas, dit Colin.

— S'ils se déclarent prêts à témoigner contre les frères Janus, j'accepterai de m'engager auprès d'eux par écrit à ne pas les poursuivre.

— Puisque je vous dis qu'ils ne voudront rien entendre ! Quoique, Lundy… Mais certainement pas Ivan Lang !

Ivan esquissa un rictus, tandis que Jacques était piqué au vif.

— Hormis la plainte pour tentative de vol et tentative d'homicide sur la personne de Nola Grayson, quelles sont les charges qui pèsent contre eux ?

Lundy écarquilla les yeux.

— Tentative d'homicide ? Mais j'ai…

Ivan lui plaqua une main sur la bouche, mais trop tard : Galen et Colin, qui avaient entendu, sourirent.

— Lang est recherché pour une attaque de train, et Lundy a volé un cheval, souligna le policier. Des broutilles, comparé à ce que nous leur reprochons !

— Et si je retire ma plainte en échange de leur témoignage contre les frères Janus ? proposa le régisseur.

— Monsieur Hartford, je connais ce genre de types ! On ne peut pas négocier avec quelqu'un comme Ivan Lang. Il préférera aller en prison que de dénoncer Wendell ou Travis.

— Dans ce cas, c'est un imbécile.

— Je ne vous le fais pas dire ! J'imagine qu'on lui a promis les meilleurs avocats, s'il venait à être arrêté. Ah, pendant que j'y pense : j'ai appris ce matin que Wendell et Travis ont réservé deux billets de bateau pour la Nouvelle-Zélande. Ils laissent leurs sous-fifres à leur triste sort !

Galen soupira bruyamment.

— Je suppose que je vais devoir me contenter de Lundy et Lang, qui croupiront en prison pour un bout de temps.

— Bon, si nous descendions ?

Alors que Galen et Colin avançaient dans le couloir désaffecté, l'impatience d'Ivan était palpable.

— Je crois que c'est dans la poche, chuchota le policier.

Galen, lui, pensait à Wendell et Travis, qu'il voulait également voir payer pour leurs méfaits.

Lorsqu'ils se postèrent devant la grille de la cellule, Ivan les regarda droit dans les yeux, tandis que Jacques demeurait en retrait.

— Si nous acceptons de tout déballer, qu'est-ce que nous aurons en échange ? lança Ivan, bille en tête.

Galen et Colin se consultèrent du regard en feignant la surprise.

— Nous ne sommes pas des imbéciles, s'empressa de poursuivre Ivan. Ces maudits frères Janus ne méritent pas que nous passions notre vie à l'ombre pour leurs beaux yeux !

Colin se tourna vers Galen.

— Je propose que vous vous rendiez chez Lincoln Hadwin pour lui demander d'entrer en contact avec l'avocat des frères Janus. En attendant, je m'occupe de régler quelques menus détails.

Nola souffrit de nausées pendant tout le voyage retour, au cours duquel Langford endossa le rôle de « père de substitution » avec une sollicitude touchante. De son côté, Hank, qui ne savait pas pourquoi Nola se sentait soudain si mal, se rongeait les sangs. Alors qu'ils étaient encore à une journée de route du domaine, il insista auprès de Langford pour qu'elle consultât un médecin. Devant son refus, Hank vit rouge.

— Et si elle meurt ? aboya-t-il.

— C'est passager, rétorqua Langford, qui peinait à garder son calme.

— Comment pouvez-vous en être aussi sûr ?

— Parce que je le sais !

— Ce n'est tout de même pas normal qu'elle ait la nausée en permanence, comme si…

Il n'alla pas au bout de sa phrase, regarda fixement Langford et blêmit.

— Attendez… Nola attend un enfant ?

Il prit le silence de Langford pour une confirmation. Mille questions fusèrent alors dans son esprit. Puis, se remémorant l'étreinte de Galen et Nola dans l'écurie, il fut soudain envahi par une bouffée de colère.

— Galen va l'épouser ? siffla-t-il entre ses dents.

Langford fronça les sourcils.

— D'où te vient cette idée ? Galen n'est pas le père du bébé. Nola était déjà enceinte lorsqu'elle a quitté l'Angleterre. Bien sûr, elle n'en savait rien. Elle l'a appris à Maryborough.

Hank s'affaissa, à la fois sous le choc de la nouvelle et honteux de sa conclusion hâtive.

— Elle va retourner en Angleterre auprès du père de l'enfant ?

C'en fut trop pour Langford, qui finit par s'énerver.

— Tout cela ne te regarde pas, Hank. Permets-moi de te rappeler que tu es mon employé, rien de plus. Tu es là pour travailler, alors travaille et garde tes opinions pour toi.

— J'apprécie beaucoup Nola et je m'inquiète. Renvoyez-moi si vous voulez, mais vous ne pourrez pas m'interdire d'être ami avec elle.

Langford, qui n'aimait pas être contredit, plissa les yeux.

— Si tu ne la laisses pas tranquille, Bradly, je m'assurerai que plus personne ne t'embauche dans tout le golfe de Carpentarie !

Hank tourna les talons sans un mot.

Quand ils arrivèrent enfin au domaine dans la soirée, Nola était exténuée. Même si Langford avait veillé à son confort, la route avait été longue et pénible. Elle n'avait même pas réussi à s'enthousiasmer pour les paysages somptueux ni pour les projets de Langford, Heath et Keegan, qui prévoyaient déjà une partie de pêche à la Short Horn River. Elle alla se coucher sans demander son reste et dormit jusqu'à 10 heures le lendemain matin.

Lorsque Langford entra dans sa chambre avec une tasse de thé, Sandy surgit derrière lui et bondit sur le lit pour lui lécher le visage.

– Il a l'air content que vous soyez de retour, remarqua le vieil homme en posant la tasse sur la table de nuit.

– Merci pour le thé ! Vous me gâtez.

– C'est tout naturel. Comment vous sentez-vous, aujourd'hui ?

– Je n'ai pas de nausées ce matin, donc beaucoup mieux.

– À la bonne heure. Une surprise vous attend en bas.

– Ah bon ? De quoi s'agit-il ?

– Descendez et voyez par vous-même.

Lorsque Nola rejoignit Langford et Wade sous la véranda, elle constata tout le travail abattu par le sourcier en leur absence. La rambarde et les décorations en fer forgé de la véranda étaient remises à neuf et fraîchement repeintes ; l'avant-toit ne comportait plus une seule toile d'araignée ; et une clôture blanche entourait le jardin, où les graines avaient germé, donnant de petites pousses dont certaines mesuraient déjà plusieurs centimètres.

— J'ai acheté ces semis à Maryborough, dit Langford en présentant une petite boîte à Nola. Si vous indiquez à Wade où vous souhaitez les planter, il pourra s'en charger.

— Je m'en occuperai moi-même, répondit-elle. Wade s'est assez démené !

— Laissez-le faire, je l'ai prévenu que vous ne vous sentiez pas bien.

Au regard que lui lança Langford, Nola comprit qu'il n'avait pas trahi son secret.

— Que devient notre veau ? demanda-t-elle à Wade, qui creusait déjà la terre.

— Il est en pleine forme et presque aussi grand que Nanny ! Et je peux même lui donner du lait de vache : la nôtre en produit à nouveau depuis qu'il pleut.

Sur ce, Shannon, accourut et grimpa sur les genoux de son institutrice.

— Tilly me manque beaucoup, mademoiselle Grayson. Pensez-vous qu'elle viendra me rendre visite ?

— Certainement, ma chérie.

Lizzie et Mary manquaient aussi à Nola. En dépit de la communication laborieuse, elles avaient été d'une compagnie agréable et d'une aide précieuse pour les tâches ménagères. Comment Nola allait-elle en venir à bout toute seule, en particulier dans les derniers mois de grossesse ?

Nola aurait aimé dire à Shannon qu'il y aurait bientôt un autre bébé au domaine, ne fût-ce que pour lui redonner le sourire. Mais il était trop tôt, elle-même ne savait pas encore si elle allait rester ou non, et elle ne se sentait pas encore capable d'annoncer sa grossesse à Galen, à Hank ou même à Wade. Rien ne garantissait qu'ils accueilleraient la nouvelle avec la même bienveillance que Langford, dont la réaction avait été exemplaire.

Tard dans la soirée, comme Nola ne trouvait pas le sommeil, elle s'installa sous la véranda pour contempler les étoiles, Sandy allongé à ses pieds. Depuis son retour, le chien la suivait comme son ombre, semblant mettre un point d'honneur à assurer sa protection.

– Toi non plus, tu n'arrives pas à dormir ? demanda Hank, qui se tenait à l'autre extrémité de la véranda.

– Non, sans doute parce que je me suis levée tard ce matin, répondit-elle évasivement.

– Quelle belle soirée.

– En effet. Je ne me lasserai jamais de contempler ce ciel magnifique !

Hank vint s'asseoir en face d'elle. Si, dans l'obscurité, Nola ne pouvait discerner l'expression sur son visage, elle sentit qu'il avait quelque chose sur le cœur.

– Je suis content de te voir seul à seule, Nola. Il y a tant de choses que j'aimerais te dire… Tu as certainement remarqué que j'éprouvais pour toi plus que de l'amitié, et comme je ne suis pas très doué pour les discours, autant ne pas y aller par quatre chemins, donc voilà : je t'aime !

Nola déglutit avec difficulté.

– Je ne savais pas que tes sentiments pour moi étaient si forts, Hank !

– Ce n'est pas tout. Je voudrais t'épouser, enfin, si tu veux bien de moi.

— M'épouser ? C'est… c'est un peu soudain, souligna Nola avec une soudaine méfiance. Tu ne sais même pas ce que je ressens ! Moi-même, d'ailleurs, je l'ignore !

— Je pourrais te rendre heureuse, te mettre à l'abri du besoin…

Nola le sonda du regard.

— Si je comprends bien, tu es au courant, lâcha-t-elle après un silence.

Hank baissa les yeux.

— J'ai tout de suite vu que quelque chose n'allait pas. Tu te sentais mal en permanence et…

— Je n'ai pas besoin de ta pitié.

— J'ai plus à t'offrir, et tu le sais. Je t'aime depuis longtemps, mais je ne voulais pas te presser. J'attendais un signe m'indiquant que, peut-être, mes sentiments étaient réciproques. Or, maintenant que tu as besoin d'un mari…

— « Besoin d'un mari » ? C'est mal me connaître !

— Je sais que tu es une femme indépendante, et je ne remettrai jamais cela en question. Mais si tu mets ta fierté de côté et que tu penses à l'enfant, tu comprendras que je suis celui qu'il te faut.

— J'en suis consciente. Tu es quelqu'un de bien, Hank, un homme comme il y en a peu.

— Mais ?

— Une seule raison devrait pousser une femme à se marier. Je ne parle pas de donner un nom à un enfant, ou de se mettre à l'abri du besoin, mais d'aimer. Je n'ai pas envie de te blesser, Hank, mais je préfère être franche avec toi : je ne sais pas ce que je ressens à ton égard.

— J'apprécie ton honnêteté, Nola, c'est même l'une des qualités que j'aime tant chez toi. L'amour viendra peut-être avec le temps. Je t'en supplie, Nola, promets-moi d'y réfléchir. Pense à toi, pense au bébé.

— C'est promis.

Hank se leva, se pencha vers Nola et déposa sur ses lèvres un baiser doux, tendre et plein de promesses. Tandis qu'il s'éloignait, Nola se rendit compte de sa chance : elle avait un toit au-dessus de la tête et un homme qui l'aimait. Alors comment expliquer le terrible manque qu'elle ressentait ?

Alors que Nola retournait se coucher, elle passa devant la chambre de Langford, encore éclairée, et remarqua que la porte était entrebâillée.

— Je pensais que vous dormiez depuis longtemps, dit-elle en passant la tête.

— Entrez. Je m'étais installé sur le balcon pour profiter un peu de la fraîcheur du soir.

— Oh. Dans ce cas, vous avez dû surprendre ma conversation avec Hank, murmura Nola en s'asseyant au bord du lit.

Langford opina.

— Je suis désolé. La nuit est si calme que le moindre murmure s'entend à des kilomètres.

— Ce n'est pas grave. En fait, c'est même tant mieux, car votre avis m'importe. Que me conseillez-vous, Langford ? La proposition mérite que l'on s'y attarde.

— Hank est un homme bon, certes, mais *quid* de l'avenir ?

En effet, Langford jugeait que Hank, en plus d'être dépensier, manquait d'ambition. Jamais il n'avait manifesté le désir de démarrer sa propre exploitation.

— L'aimez-vous, Nola ? Comme une femme est censée aimer un homme ?

Nola secoua la tête.

— Cela viendra peut-être avec le temps.

— Ce n'est pas votre genre, Nola. Vous avez pour habitude de suivre votre instinct. Si vous n'êtes pas attirée par Hank aujourd'hui, vous ne le serez jamais. Aimer, c'est avoir le cœur qui bat un peu plus fort, des papillons qui volettent dans le creux de l'estomac… Est-ce que vous voyez où je veux en venir ?

Nola fut surprise d'entendre Langford parler ainsi. Décidément, il l'étonnait un peu plus chaque jour.

— D'où tenez-vous pareille sagesse ? demanda-t-elle avec un sourire.

Langford tapota son oreiller.

— C'est l'âge, jeune fille. Allez, bonne nuit !

— Bonne nuit.

Nola se leva et se dirigea vers la porte. Une fois sur le seuil, elle se retourna.

— Au fait, Langford, il serait peut-être temps que vous arrêtiez de m'appeler « jeune fille ». Les prochains mois vont apporter leur lot de changements !

— Pour moi, vous serez toujours ma « jeune fille », répliqua Langford en lui décochant un clin d'œil.

21

— Debout, jeune fille, dit Langford en posant une tasse de thé sur la table de chevet de Nola.

Bien qu'encore à moitié endormie, elle remarqua que le vieil homme peinait à contenir sa joie.

— Ce soir, nous fêtons le retour de Galen, annonça-t-il. Et il semblerait qu'il rentre avec de bonnes nouvelles !

— Comment le savez-vous ?

— Le bouche-à-oreille fonctionne très bien par ici ! Bon, le télégraphe a un peu aidé.

— De quoi s'agit-il, à votre avis ?

— Tout ce que je sais, c'est que Galen arrivera en fin d'après-midi avec la diligence.

Vers 16 heures, Hank prit la carriole et retrouva Galen à Julia Creek. Après avoir bu un « petit remontant » avec Tierman, ils prirent le chemin du retour. Le régisseur, d'excellente humeur, informa son ami des derniers développements.

— M. Reinhart va avoir un sacré poids en moins sur les épaules, souligna Hank. Il a prévu une petite fête. C'est pour ça que je reviens avec une carriole pleine à craquer !

— Et comment vont les autres ? hasarda Galen.

Celui-ci s'inquiétait surtout pour Nola, et Hank n'était pas dupe.

— Shannon s'ennuie sans Tilly, mais elle s'occupe avec Sandy et le veau. Les garçons vont bien. D'ailleurs, ils prévoient déjà une partie de pêche avec Langford à la Short Horn River.

Galen acquiesça. Comme ils lui avaient tous manqué !

— Et… et comment va Nola ? demanda-t-il d'un ton qu'il voulut le plus neutre possible.

— Elle va très bien aussi, répondit Hank avec le même détachement feint. À ce propos, moi aussi, j'ai une nouvelle à t'annoncer.

— Ah oui ?

— Je vais épouser Nola.

Galen resta sans voix, tandis que le sol semblait se dérober sous ses pieds.

— Bien sûr, je vais acheter une maison, poursuivit Hank. À Julia Creek, qui sait ? Je n'ai pas encore demandé à Nola où elle aimerait vivre. Mais je suppose qu'elle voudra continuer à enseigner. Son métier est sa raison de vivre et…

Hank parlait, parlait, mais Galen n'entendait plus un mot.

Nola fut étonnée par la mine défaite du régisseur, qui était pourtant censé rentrer avec de bonnes nouvelles. Langford fut ravi d'apprendre que les frères Janus n'avaient aucun droit sur le domaine Reinhart, et sa joie redoubla lorsqu'il sut quelle somme avait rapportée la vente du cheptel. En raison de la pénurie de viande dans les régions frappées par la sécheresse, le prix à l'unité avait atteint le niveau record de trois livres sterling.

À Sydney, Galen avait découvert une race bovine indienne appelée brahmane, dont il se souvenait d'avoir discuté avec Nola. Celle-ci la connaissait par ses lectures, et ce qu'elle lui en avait dit avait éveillé son intérêt. L'exploitant rencontré au marché se heurtait au scepticisme des autres éleveurs australiens, qui se méfiaient de cette race encore peu connue dans le pays. Galen, au contraire, avait examiné les bêtes et était arrivé à la conclusion qu'un croisement entre le taureau brahmane et la vache shorthorn donnerait certainement des résultats intéressants.

— J'ai acheté vingt spécimens que j'ai chargés sur un bateau, annonça-t-il à Langford. Si le croisement avec nos shorthorns donne ce que j'espère, ces bêtes supporteront mieux les conditions climatiques du golfe de Carpentarie, seront plus faciles à garder et donneront une viande plus tendre.

La fête se poursuivit jusque tard dans la nuit. Langford, qui n'avait pas connu pareille soirée depuis de nombreuses années, envisageait de nouveau l'avenir avec optimisme. Malheureusement, Nola ne pouvait pas en dire autant. Il ne lui échappa pas que Galen prenait soin de l'éviter, redevenant l'homme froid qu'elle avait connu à son arrivée au domaine – à croire que leur complicité naissante avait été le fruit de son imagination. Galen avait-il eu vent de sa grossesse ? Le cas échéant, était-il déçu, voire choqué ?

Lorsque Langford posa un disque et dit à Galen et Nola de danser ensemble. Elle déclina poliment l'invitation, mais le vieil homme insista.

— Ne lui gâchons pas la fête, chuchota Galen.

Il la prit par le bras et dansa deux valses avec elle, tout en prenant soin de ne pas la regarder dans les yeux.

— Hank a peut-être envie de danser avec toi, lâcha-t-il soudain.

Hank, qui avait entendu, bondit avec enthousiasme et serra Nola tout contre lui.

— J'ai besoin de prendre l'air, s'excusa-t-elle, gênée de cette proximité

Nola sortit sous la véranda, les larmes aux yeux, mortifiée par l'attitude froide et distante de Galen. Depuis la fenêtre, celui-ci vit que Hank la rejoignait.

— Quelque chose ne va pas, Nola ? Tu sembles bouleversée !

Hank lui posa une main sur l'épaule et la tourna doucement vers lui.

— As-tu parlé du bébé à Galen ? lui demanda-t-elle sèchement.

— Non ! protesta Hank, sans s'étendre sur la teneur de sa conversation avec Galen. Pourquoi cette question ? Il t'a dit quelque chose qui t'a contrariée ?

— Non, mais ce soir, il est si… si différent, comme si je l'avais déçu.

— Il n'a pas le droit de te juger, Nola.

— Je sais que je ne suis pas en train d'imaginer des choses !

Constatant combien l'opinion de Galen lui importait, Hank ressentit une pointe de jalousie.

— Se pourrait-il que tu sois un peu émotive, dans ton état… ?

— Tu as peut-être raison.

Si Nola n'en pensait pas un mot, elle n'avait aucune envie de se lancer dans un grand débat.

— Allons nous promener un peu sous les étoiles, proposa Hank. Tu te sentiras tout de suite mieux.

Sous le regard de Galen, il enlaça Nola par la taille et s'éloigna avec elle dans l'obscurité.

— As-tu réfléchi à ma proposition ? hasarda-t-il au bout de quelques pas.

— Oui, longuement. Mais je n'ai pris aucune décision.

Sans que Hank eût besoin de répondre, elle perçut sa déception.

La veille du bal de Noël, Nola décida d'aller à Julia Creek avec Shannon pour donner un coup de main à Esther. Hank et les garçons avaient prévu de venir au village le lendemain. Langford, lui, avait décidé de ne pas aller au bal, épuisé par les préparatifs de l'arrivée des taureaux brahmanes. Wade et lui avaient choisi les plus belles vaches shorthorns en vue des essais de croisement. Quelques jours plus tôt, Jimmy et Jack étaient partis réceptionner les taureaux brahmanes à Maryborough. Galen, qui avait à faire à Winton, les retrouverait sur le chemin et les aiderait à ramener les bêtes au domaine.

Lorsque Nola passa devant l'hôtel, elle sourit en remarquant, parmi les nombreux attelages, la diligence de Tierman Skelly. À en juger par la boue qui la maculait et les éraflures sur les côtés, son dernier trajet avait été encore plus mouvementé qu'à l'accoutumée. Elle compatit avec les pauvres passagers, certainement venus pour le bal.

En atteignant le jardin de l'hôtel, Nola s'immobilisa, stupéfaite. Bien décidée à faire du premier bal de Julia Creek un événement inoubliable, Esther s'était surpassée. En plus d'une piste de danse et d'un chapiteau en cas de pluie, elle avait aménagé un bar en extérieur et suspendu des lampions dans les arbres. Orval Hyde, qui jouait de l'accordéon, répétait assidûment avec des voisins musiciens, dont Ben Cranston à la flûte.

Dès qu'Esther aperçut Nola, elle courut à sa rencontre, des nappes plein les bras.

— Je voulais t'aider à préparer la fête, expliqua Nola, mais j'ai comme l'impression que tu n'as pas vraiment besoin de moi. Quelle magnifique installation !

— Merci, mais crois-moi, toute aide est la bienvenue.

— Cela ne te dérange pas si Shannon et moi passons la nuit ici ?

— Non, au contraire ! Tout va bien ?

— Oui, j'ai seulement besoin de me changer un peu les idées.

Nola se sentait de plus en plus oppressée par Hank, qui passait son temps à la scruter en attendant sa réponse, au point qu'elle avait pris l'habitude de l'éviter le plus possible.

— Comment te sens-tu, ma petite ? Tu as l'air en forme !

Nola comprit parfaitement l'allusion, combinée au regard lourd de sens que lui décocha son amie.

— Je me sens bien, très bien, même. Mais les dernières semaines n'ont pas été faciles.

— Tu as raté le passage du Dr Mason il y a dix jours.

— Je sais.

Esther la sonda, désespéré d'en apprendre davantage.

— Et euh… des nausées matinales ?

— Oui, mais c'est passé. J'ai vu un médecin à Maryborough, il a confirmé que j'étais enceinte de quatre mois.

Esther retint son souffle, puis regarda autour d'elle à la dérobée pour s'assurer que personne ne les écoutait. Comme des enfants jouaient à deux pas, elle baissa la voix.

— Est-ce que tu vas rentrer en Angleterre ?

— Je ne sais pas encore. Je verrai après l'accouchement.

— Est-ce que tu l'as annoncé à Langford ? Tu crois qu'il va te renvoyer ? Tu sais que tu es la bienvenue à l'hôtel, si jamais les choses tournent à l'aigre.

— Merci, Esther, mais Langford est au courant. Il a été adorable avec moi, attentionné comme un père. Je ne sais pas ce que je deviendrais sans lui.

Esther était perplexe.

— J'ai entendu dire que des voleurs de bétail s'étaient introduits sur le domaine et que tu avais été enlevée par un sorcier aborigène. C'est vrai, tout ça ?

Nola opina, stupéfaite.

— Les nouvelles vont vite, par ici !

— Tu peux le dire, les murs ont des oreilles.

— C'est ce qui m'inquiète le plus, Esther. Bientôt, les rumeurs vont aller bon train à mon sujet.

— Avec moi, ma petite, ton secret est bien gardé. Mais, en effet, rien ne garantit que les gens ne parleront pas de toi. Comme tu le sais grâce à Bertha Ellery, pas de village sans cancans !

Le matin de Noël, Galen arriva à Julia Creek avec les bœufs brahmanes. Jimmy et Jack gardèrent les bêtes le temps qu'il se désaltère rapidement à l'hôtel. Il y régnait une ambiance festive, les hommes venus pour le bal se pressant au bar, leurs épouses discutant, époussetant leurs vêtements et ajustant leur coiffure.

Galen se fraya un chemin parmi cette foule de nouveaux visages jusqu'au comptoir puis, une fois servi, rejoignit les employés du domaine Boulia. Derrière eux, un groupe d'hommes discutait particulièrement fort. Galen ne les reconnut pas, à l'exception d'un type costaud, mal rasé et connu pour être un fauteur de trouble. Il parlait des jeunes femmes attendues au bal en termes très crus, si bien que Galen et ses amis de Boulia commencèrent à montrer des signes d'agacement.

— À votre avis, c'est lequel qui lui est passé dessus ? lança l'homme à la cantonade.

— Aucune idée, répondit l'un de ses acolytes. Elle a l'embarras du choix, entre les trois Blancs et les deux Aborigènes !

— Drôle d'idée, pour une femme, de s'habiller comme un homme, renchérit un troisième.

Galen n'en croyait pas ses oreilles. Étaient-ils vraiment en train de parler de Nola ?

— J'ai entendu dire qu'elle avait été enlevée par un sorcier. Peut-être qu'il l'a engrossée, ricana le premier malotru.

À ces mots, Galen bondit et assena à l'homme un puissant coup de poing au menton qui l'envoya à terre. Puis, conscient qu'il risquait de l'étrangler de ses propres mains s'il restait une seconde de plus, il sortit du bar en trombe, sous le regard incrédule des autres clients.

Esther, qui avait assisté à la scène depuis le comptoir, approcha de la fenêtre et suivit du regard le régisseur qui s'éloignait à bride abattue. Depuis des années qu'elle tenait l'hôtel de Julia Creek, elle ne l'avait jamais vu perdre son sang-froid. Pourquoi un tel coup de sang ?

Sitôt rentré au domaine, Galen alla voir Langford.

— C'est vrai ? vitupéra-t-il. Nola est enceinte ?

Langford observa un silence éloquent.

— Je comprends mieux pourquoi elle veut épouser Hank, poursuivit Galen. Elle attend un enfant de lui !

Tandis que Galen arpentait la cuisine en se maudissant d'avoir été aussi stupide, Langford servit deux verres d'alcool fort et lui en tendit un, tout en lui signifiant de s'asseoir.

— Hank a demandé Nola en mariage, énonça calmement le vieil homme, mais elle n'a pas encore accepté.

Galen s'arrêta net et le foudroya du regard.

— Pourquoi pas ? Puisqu'ils vont avoir un bébé !

— Ce n'est pas Hank, le père. Elle était déjà enceinte à son arrivée ici. Bien sûr, elle n'en savait rien. À Maryborough, elle a consulté un médecin qui a diagnostiqué sa grossesse.

Galen s'affala sur une chaise et vida son verre d'un trait.

— Elle voulait quitter le domaine, poursuivit Langford en le resservant, mais je l'ai convaincue de rester. Elle n'a ni famille vers qui se tourner, ni logement… Je n'ai pas supporté l'idée qu'elle se retrouve seule, sans personne pour l'aider. Toutefois, tu la connais, elle est fière et indépendante. Elle s'est dit prête à rester ici pour l'instant, puis elle avisera après l'accouchement.

— Et qu'en est-il du père ? Il va sans doute vouloir l'épouser, non ?

— Ils avaient déjà rompu quand elle a décidé de venir en Australie. À vrai dire, tout est allé très vite : alors qu'elle venait à peine d'apprendre sa grossesse, une lettre de Tilden Shelby est arrivée. Il lui annonçait que le père de l'enfant comptait en épouser une autre. Bien sûr, Shelby ne se doutait pas qu'elle était enceinte, il a peut-être même cru que cette nouvelle la soulagerait. Il semblerait que cet homme se soit montré pressant, après leur rupture.

— Es-tu sûr qu'elle n'a pas encore dit oui à Hank ?

— Certain. Nous en avons parlé hier. Je crois qu'elle se sent acculée. Elle est partie au village sous prétexte d'aider Esther, mais je pense qu'elle avait surtout besoin de changer d'air.

— Où est Hank ? demanda Galen en ravalant tant bien que mal sa colère.

— En route pour le bal avec les garçons. J'ai préféré rester ici avec Wade. Il a trop souvent passé Noël tout seul, et il avait peur d'être tenté par l'alcool.

Galen se leva et arpenta de nouveau la cuisine tel un lion en cage.

— Je sais que Nola n'éprouve pas de sentiments amoureux pour Hank, le rassura Langford. Quant à toi, Galen, si tu aimes Nola, ainsi que je le soupçonne depuis longtemps, tu dois te battre. Dieu sait qu'elle en vaut la peine !

— Je ne sais pas du tout ce qu'elle ressent pour moi, soupira Galen en fourrageant dans ses cheveux.

Langford se leva péniblement et posa une main sur l'épaule de son ami.

— Il n'y a qu'un seul moyen de le savoir. J'ai peut-être pris de l'âge, mais j'ai encore de bons yeux. Je vois comme son visage s'illumine dès que tu entres dans la pièce, tout comme je vois l'étincelle dans ton regard, dès que tu poses les yeux sur elle. Allez, file à Julia Creek, invite-la à danser et serre-la dans tes bras !

À ces mots, Galen sourit bien malgré lui. Jour après jour, il retrouvait le Langford qu'il avait connu autrefois, celui qui lui insufflait le courage d'accomplir ce qui lui paraissait pourtant impossible. Et, en cet instant, c'était précisément ce dont il avait besoin.

La robe que Nola avait achetée à Shannon était rose avec des rubans de soie crème. La fillette arborait également un nœud assorti dans ses cheveux qu'elle avait insisté pour porter bouclés, comme Nola. Vers 19 h 30, les convives, dont de nombreuses jeunes femmes, se massaient dans le jardin de l'hôtel, sous le regard enchanté d'Esther. Nola reconnut notamment Phoebe Pillar, qui l'avait accueillie à Winton, ainsi que le révérend Tristram Turpin, venu avec son épouse, Minerva. Nola fut un peu déçue lorsque, agitant la main vers son ancien compagnon de voyage, celui-ci ne sembla pas la voir.

— Où se cachaient donc toutes ces jeunes dames ? s'enquit Nola auprès d'Esther.

— Elles viennent de loin, de Longreach, Blackwater… Quelqu'un m'a dit qu'il y avait plus de monde ici qu'au bal de Winton. Je ne serais pas surprise que l'on parle de nous dans une gazette nationale.

Nola était ravie pour elle. Elle connaissait les difficultés financières que rencontrait l'hôtel et le coût exorbitant de l'internat de ses enfants.

— Hank trouvera peut-être chaussure à son pied parmi toutes ces beautés, observa Esther. Comment un homme comme lui peut-il être encore célibataire ?

Si elle remarquait les œillades que se lançaient les jeunes gens, le regard étonné que lui jeta Nola lui échappa complètement.

— Hank serait malheureux avec une fille de la ville, poursuivit-elle. C'est un homme de la terre, un fermier pur et dur. Je le vois mal tomber amoureux de l'une de ces pimbêches écervelées.

Nola, percevant la jalousie dans les propos de son amie, passa un bras autour de ses épaules.

— Dis-moi, Esther, tu n'aurais pas des vues sur Hank, par hasard ?

Aussitôt, Esther s'empourpra.

— Non, pour l'amour du ciel ! s'exclama-t-elle, puis, jetant un coup d'œil furtif à Nola, elle ajouta : Bon, d'accord, je dois reconnaître qu'il ne me laisse pas indifférente. Nous avons toujours été proches et, quelque part, j'ai cet espoir que, peut-être…

Nola fut comme foudroyée. Elle qui avait failli raconter à Esther que Hank l'avait demandée en mariage avait bien fait de s'abstenir.

Devant l'hôtel, Shannon trépignait d'impatience en attendant son père.

— Papa ! s'écria-t-elle enfin, alors que Galen attachait son cheval à une barrière.

— Cette magnifique petite princesse serait-elle ma fille ? s'exclama-t-il à son tour, ému aux larmes de la voir si belle, tout en la prenant dans ses bras.

Même Heath et Keegan furent émerveillés par la tenue de leur petite sœur.

— Tu devrais voir Mlle Grayson, dit Shannon. Elle aussi, on dirait une princesse.

— C'est vrai ?

Avec une nervosité d'adolescent, Galen se lissa les cheveux et réajusta son nœud de cravate. Alors qu'il se dirigeait vers le jardin à l'arrière de l'hôtel, son regard fut attiré par une femme de dos, qui portait une robe du soir de couleur vert émeraude. Lorsqu'elle se retourna, Galen en eut le souffle coupé.

C'était bien Nola qui, non loin de la piste de danse, allumait des chandeliers sur les tables dressées. De jolies boucles rehaussées par des rubans dorés tombaient en cascade sur ses épaules ; ses doux yeux noisette étincelaient dans la lueur diffuse des bougies ; quant à sa robe, qui arborait un décolleté en forme de cœur, elle révélait sa peau satinée, tout en soulignant sa poitrine qui se soulevait et s'abaissait légèrement à chaque respiration. Lorsqu'elle croisa le regard intense de Galen, qui se tenait de l'autre côté de la piste de danse, le temps fut comme suspendu. En sentant son cœur s'accélérer et des papillons voleter au creux de son estomac, les sages paroles de Langford lui revinrent en mémoire et, enfin, elle comprit qu'elle aimait Galen. Mais comment ce dernier réagirait-il en apprenant qu'elle attendait l'enfant d'un autre ?

Lorsque Shannon lâcha la main de son père et s'éloigna, son attention attirée ailleurs, le charme fut rompu. Puis Heath et Keegan allèrent discuter avec leurs amis, laissant Galen seul et tellement nerveux qu'il avait la bouche sèche et les mains moites. Après une dernière hésitation, il inspira profondément et aborda Nola.

— Veux-tu bien m'accorder cette danse ? demanda-t-il avec timidité.

Nola eut un temps d'arrêt, puis décida de se laisser enfin porter.

— Avec plaisir !

Dès lors, Galen n'eut d'yeux que pour sa partenaire de valse. Même si son dernier contact un tant soit peu intime avec une femme remontait à trois ans, cela ne suffisait pas à expliquer le trouble que suscitaient en lui le parfum subtil de Nola et le frôlement de ses cheveux sur sa joue fraîchement rasée.

— Tu es sublime, chuchota-t-il.

— Merci. Cet élégant costume te sied à merveille.

Lorsque Shannon apparut derrière eux au bras d'un garçonnet engoncé dans son costume, Galen dut se retenir de rire, tandis que Nola secouait la tête, amusée.

— Je ne te remercierai jamais assez, dit Galen. J'ai une petite fille magnifique.

— N'est-ce pas ? répondit Nola avec fierté. Nous nous sommes bien amusées à chercher cette tenue, et surtout, nous avons réussi à garder la surprise.

— J'ai presque l'impression que tu l'aimes autant que je l'aime.

— Est-ce que cela te dérange ? demanda Nola en s'abîmant dans son regard.

Galen secoua la tête.

— Tu n'imagines pas combien l'amour que tu portes aux enfants me touche. C'est la plus belle chose dont un père puisse rêver. Tu nous as tellement donné…

Alors qu'il voulait poursuivre, il se trouva à court de mots susceptibles d'exprimer ce qu'il ressentait au plus profond de lui-même.

— Shannon a tout à fait raison, en ce qui te concerne.

— C'est-à-dire ?

— Tu ressembles à une vraie princesse.

Lorsque les lèvres de Galen effleurèrent le lobe de son oreille, Nola sentit un frisson de volupté la parcourir de la tête aux pieds.

— C'est la première fois que je m'achète une telle tenue. C'est la propriétaire de la boutique où j'ai acheté la robe de Shannon qui m'a convaincue !

— Elle a toute ma reconnaissance.

Nola avait l'impression de rêver. Jamais elle n'avait imaginé que cet homme pût se montrer aussi tendre envers elle. Et pourtant, lorsqu'elle baissa le regard, une petite ride apparut sur son front, si bien que Galen crut l'avoir blessée involontairement.

— Quelque chose ne va pas ?

— Je repensais seulement à une réflexion de cette dame.

Il la dévisagea, l'air pensif. Alors que leurs deux corps se rapprochaient, Nola sentit le cœur de Galen cogner contre le sien.

— De quoi s'agissait-il ?

Nola inspira profondément et prit son courage à deux mains.

— Elle a dit que j'étais peut-être une institutrice, mais une femme avant tout.

Tandis que Nola se sentait complètement ridicule, le regard de Galen étincela, et ses lèvres s'aventurèrent sur sa tempe.

— Elle avait raison. Tu es une femme incroyable.

En sentant que Galen resserrait encore son étreinte, Nola crut qu'elle allait exploser de bonheur.

— J'ai des excuses à te présenter pour mon comportement distant de ces derniers jours, poursuivit Galen. On m'avait raconté que tu allais épouser Hank.

À son tour, Galen eut envie de disparaître six pieds sous terre.

— Mais, selon Langford, tu n'aurais pas encore accepté, parvint-il tout de même à articuler. Est-ce que c'est vrai ?

— Oui. Mais pourquoi l'idée que j'épouse Hank te rebutait-elle autant ?

— Pour être honnête, j'ai été le premier consterné de ma réaction. Puis, sur le chemin de Maryborough, j'ai eu tout le temps d'y réfléchir. Je suis arrivé à la conclusion que je ne m'étais jamais rendu compte à quel point je tenais à toi. Pour cela, il a fallu que Hank me fasse part de ses projets de mariage.

— Hank t'en a parlé ? s'exclama Nola, à la fois surprise et agacée. Que t'a-t-il raconté d'autre ?

Comme les musiciens marquaient une pause, la piste de danse se vidait peu à peu.

— Souhaites-tu boire quelque chose ? proposa Galen. Nous pourrions marcher un peu et trouver un endroit où discuter tranquillement.

À l'idée d'un tête-à-tête, Nola sentit un nouveau frisson la parcourir.

— J'en serai ravie ! s'exclama-t-elle.

Hank déboula soudain, visiblement éméché, et Nola sentit Galen se crisper.

— Ah, tu es là, Nola ! Je t'ai cherchée partout !

— J'étais pourtant ici, dans toute ma splendeur, répliqua-t-elle d'un ton glacial.

— Je nous ai inscrits au concours de danse, et ensuite, nous pourrons dîner.

— N'aurais-tu pas pu me demander avant, avant de considérer mon approbation comme naturelle ? Galen et moi allons nous promener, donc si tu veux bien nous excuser…

Le sourire de Hank se mua en un rictus goguenard.

— Ne devrais-tu pas t'en tenir à un seul homme, Nola ? Les gens parlent déjà bien assez de toi !

Nola en resta bouche bée. Jamais elle n'avait été humiliée de la sorte en public.

— Salaud ! éructa Galen en empoignant Hank par le col.

— Galen, arrête ! s'écria Nola, brusquement prise de vertige.

Galen lâcha prise et passa un bras protecteur autour de la taille de Nola, mais elle se dégagea d'un geste vif.

— Je suis désolé, Nola, souffla Hank. Je suis vraiment désolé.

Sur ce, il tourna les talons et s'éloigna d'un pas mal assuré, tandis que les gens toisaient Nola en chuchotant.

— Je voudrais rentrer à la maison, balbutia la jeune femme, sentant tous les regards sur elle.

— Bien sûr, acquiesça Galen. Je te raccompagne au domaine.

— Je parlais de l'Angleterre !

À ces mots, Nola partit en courant, les larmes aux yeux.

Voyant que la carriole de Nola stationnait toujours devant l'hôtel, Galen conclut qu'elle était partie avec son cheval. De plus, Esther l'informa qu'elle avait retrouvé la robe de Nola jeté sur le lit d'une des chambres, mais que son pantalon d'équitation avait lui aussi disparu. Conscient que Nola était bouleversée et que sa grossesse lui permettait difficilement de se lancer dans une longue chevauchée, Galen se dépêcha de monter avec les enfants dans la carriole. Celle-ci venait à peine de s'ébranler quand des trombes d'eau se mirent à tomber du ciel zébré d'éclairs.

La route était dangereuse, en particulier la traversée de la Short Horn River, dont le débit était alors très fort. Galen pria pour que Nola eût regagné la ferme en toute sécurité, or à son arrivée, nulle trace de la jeune femme.

— Déjà de retour ? s'étonna Langford, qui jouait aux cartes dans la cuisine avec Wade. Nola n'est pas avec vous ?

— J'espérais qu'elle serait ici ! répondit Galen.

— Ici ? Pourquoi donc ? Et où est Hank ?

— À Julia Creek. Nola est partie sur un coup de tête, elle a pris mon cheval.

Galen envoya Shannon à l'étage ôter sa robe trempée.

— Papa, je le vois qui arrive ! s'écria Heath depuis la véranda. Mais il est tout seul !

Alors que la monture regagnait l'écurie au trot, Galen, livide, se rua dehors et la rattrapa par la bride.

— Je dois partir à la recherche de Nola, lança-t-il en sautant en selle.

Lorsqu'il repassa devant la maison, il entendit Langford crier :

— Selle trois chevaux, Heath ! Nous devons aider Galen à la retrouver. En pleine nuit et sous la pluie, il n'y arrivera pas tout seul. Il se peut qu'elle soit blessée !

Rongé par l'angoisse, Galen atteignit la Short Horn River et, faisant fi de l'orage, appela inlassablement Nola, jusqu'à ce que la voix vînt à lui manquer. Ce faisant, Il longea la berge à la recherche de la moindre trace susceptible de lui indiquer qu'elle avait au moins traversé la rivière en toute sécurité. Or non seulement la pluie avait transformé la terre en boue, mais la Lune était masquée par d'épais nuages, l'obligeant à évoluer dans l'obscurité. Il devait se rendre à l'évidence, les chances de retrouver Nola étaient quasi nulles.

Alors qu'il se jurait pourtant de ne jamais abandonner, des lanternes percèrent la nuit : c'étaient Langford, Wade et Heath, venus lui prêter main-forte. Keegan était resté à la ferme avec Shannon.

— Nous allons avoir besoin d'aide si nous voulons la retrouver vivante, déclara Langford.

Wade proposa d'aller à Julia Creek et de rassembler des hommes pour organiser une battue. Langford et Galen acceptèrent avec soulagement alors que la pluie redoublait, plus drue que jamais, signalant le début de la saison des crues.

22

Nola se réveilla d'un profond sommeil entrecoupé de cauchemars, sans se douter que venaient de s'écouler deux jours dont elle n'avait pas le moindre souvenir. Elle était au sec, confortablement installée sur une couche de plumes d'émeu et entourée de visages amicaux, dont celui de Tilly, qui lui tenait la main et la contemplait avec douceur.

— Où suis-je ? murmura-t-elle.

Elle se redressa péniblement, le corps perclus de courbatures. Il lui fallut encore un long moment avant de se rendre compte qu'elle se trouvait dans une grotte enfumée, et qu'elle portait une tunique en tissu brut mais cousu avec soin. N'ayant jamais vu personne arborer un tel vêtement, elle supposa qu'il avait été confectionné exprès à son intention.

Dans la grotte planait une odeur de grillé. Bien que Nola n'eût pas d'appétit, Lizzie lui apporta un peu de viande sur une assiette en écorce, tandis que Mary lui tendit une cruche d'eau. Elle les accepta d'un geste machinal mais ne but ni ne mangea, se sentant étrangement abattue et oppressée, la tête comme enserrée dans un étau. Elle n'avait qu'une envie, se rouler en boule au fond de la grotte et ne plus en bouger.

– Comment me suis-je retrouvée parmi vous ? demanda-t-elle à Lizzie.

Tandis que celle-ci se contentait de sourire avec un air compatissant, Nola se souvint alors peu à peu d'avoir chuté de cheval, avant d'être entraînée par les flots tumultueux de la Short Horn River, sans qu'elle eût l'énergie de se débattre. Ensuite, plus rien.

Quand un rayon de soleil filtra à travers une faille, éclairant faiblement la grotte, Mirijula ordonna à sa tribu de lever le camp. À la vue des femmes qui se dépêchaient de rassembler leurs effets personnels, Nola se demanda si les Aborigènes allaient partir en la laissant retrouver seule le chemin du domaine.

– Est-ce que vous me ramenez à la ferme ? demanda-t-elle à Mary.

Nola avait beau savoir que les Aborigènes ne parlaient pas sa langue, elle désespérait de communiquer, d'être comprise ! Mais, bien sûr, Mary ne put lui donner de réponse.

Lorsque le signal du départ fut donné, les femmes aidèrent Nola à se mettre debout et l'accompagnèrent à l'extérieur.

– Où sont mes vêtements ? demanda-t-elle, gênée de se montrer dans cette courte tunique.

Elle pinça le tissu pour se faire comprendre. S'ensuivit une brève discussion, au terme de laquelle on lui rendit ses bottes d'équitation, rien de plus. Elle les enfila à la hâte, tandis que la tribu s'ébranlait en silence dans une atmosphère chargée d'humidité.

Nola découvrit alors un paysage transfiguré, comme remodelé par la pluie : de l'eau gouttait encore des branches et des feuillages, l'herbe était verte et trempée, les averses torrentielles avaient creusé par endroits des cavités formant presque des mers intérieures. Nola s'interrogea sur leur destination, tout en songeant que jamais elle ne serait capable de regagner le domaine par ses propres moyens. Contrairement au bush qui revenait à la vie, où s'ébattaient kangourous, émeus, wombats, lézards et passereaux, elle se sentait comme morte à l'intérieur. Elle qui avait tant appelé la mousson de ses vœux n'éprouvait aucune joie face à cette luxuriance, se contentant de marcher en silence, suffoquant sous une infinie tristesse.

Lorsque, à la tombée du jour, la tribu s'arrêta pour bivouaquer, Nola, amorphe, eut tout juste la force de s'asseoir et de regarder quelque temps les femmes qui cuisinaient, avant de s'endormir.

Le lendemain, ils ne marquèrent aucune pause de toute la journée, même lorsque la pluie vint à tomber. Derrière chaque colline, derrière chaque bosquet, Nola espérait voir se dessiner à l'horizon les bâtiments du domaine Reinhart ; à chaque cours d'eau, où les Aborigènes pêchaient des poissons et des tortues, elle espérait qu'il s'agît de la Short Horn River.

— Où m'emmenez-vous ? finit-elle par demander à Mirijula, sans obtenir de réponse.

Si Shannon, Langford et Julia Creek lui manquaient affreusement, elle ne s'autorisait pas à penser à Galen, au risque de souffrir encore davantage – si cela était possible. Alors qu'elle aurait voulu fondre en larmes, hurler sa détresse, prendre la fuite, être enfin seule, ce fut l'instinct de survie qui la retint. Sans la tribu, elle était perdue.

Ce soir-là, Nola somnolait près du feu de camp, bercée par les rires et les bavardages des Aborigènes, qui se racontaient des histoires avec force gestes et danses. Après cette journée passée à marcher sans discontinuer, elle avait les pieds douloureux, couverts d'ampoules, et sa fatigue était telle qu'elle avait mal jusque dans le moindre de ses os. Elle finit par comprendre que la tribu était en errance et qu'elle n'avait pas d'autre choix que de la suivre.

Au cours de la nuit, Nola alla s'asseoir auprès de Mirijula, qui contemplait le feu sans ciller, et s'épancha. Bien que l'homme ne la comprît pas, paradoxalement, il semblait lui prêter une oreille attentive. Elle lui parla de l'Angleterre, de sa traversée jusqu'en Australie ; de sa vie, qui avait changé du tout au tout ; de sa honte d'être la cible des ragots, à Julia Creek et ailleurs. Tandis qu'elle lui ouvrait son cœur, non sans verser de chaudes larmes, Mirijula tournait de temps à autre la tête vers elle et acquiesçait, comme s'il comprenait qu'elle se libérait d'un poids ; que, en laissant ainsi libre cours à ses émotions, elle était en train de purifier son âme. Alors que Nola songeait combien elle aurait aimé savoir ce que pensait ce sage, dont les yeux luisaient à la lueur des flammes, elle s'assoupit sans même s'en rendre compte. Lorsqu'elle rouvrit les yeux, le soleil était déjà levé.

Plusieurs jours passèrent, chacun ressemblant au précédent, entre chaleur humide le matin et pluie quasi continue l'après-midi, si bien qu'elle finit par perdre toute notion du temps. La journée, ils traversaient des lagunes, mâchaient des gousses de nénuphars, dont le goût rappelait le petit pois, attrapaient et cuisinaient des pythons d'eau tellement énormes que Nola manquait de tourner de l'œil en les voyant. Au contact des Aborigènes, elle apprit à s'enthousiasmer pour les choses les plus simples : une fleur, des fourmis pot-de-miel, des baies sur un arbre. Puis, soir après soir, elle s'épanchait auprès de Mirijula.

Sans qu'elle sût bien comment ou pourquoi, elle puisait au plus profond d'elle-même pour continuer vaille que vaille, tandis que l'étau qui l'avait tant oppressée se desserrait progressivement. Puis, le jour où elle sentit le bébé bouger, ce fut en elle comme une explosion de joie. Désireuse de partager son bonheur, elle prit la main de Mary et la posa sur son ventre. Quand le bébé donna un coup de pied, Mary exulta à son tour et héla les autres femmes. Dans les jours qui suivirent, elles la couvrirent d'attentions : on lui donna les meilleurs morceaux de viande ainsi que la meilleure couche, ce qu'elle accepta avec joie, ne s'étant jamais habituée à dormir par terre. Et elle prit plaisir à être traitée comme une invitée de marque.

Au fil de ses entrevues avec Mirijula, Nola retrouva peu à peu sa capacité à sourire et même à rire. Un soir, elle participa même aux danses. Les femmes lui peignirent le visage avec de l'argile ocre, sous le regard attentif du doyen. Celui-ci dit quelque chose aux membres de sa tribu, et tous se tournèrent vers elle, le visage rayonnant.

Le lendemain, ils prirent le chemin du domaine Reinhart sans que Nola s'en doutât un instant. Elle était heureuse de partager l'errance de la tribu, un voyage initiatique qui lui avait rendu sa robustesse, aussi bien physique que mentale. Elle ne remercierait jamais assez ces gens qui avaient su précisément ce dont elle avait besoin, quand elle-même avait été dans l'ignorance la plus totale.

Lorsqu'ils croisèrent le chemin de Jack quelques jours plus tard, Nola n'en crut pas ses yeux. Un sourire illumina le visage du gardien de troupeaux dès qu'il l'aperçut parmi les Aborigènes.

— Jack ! Comment savais-tu que j'étais avec ta tribu ?

— Mirijula a envoyé quelqu'un me chercher, répondit-il. Mam'zelle était partie en errance ?

— En effet, Jack. Je n'ai aucune idée de l'endroit où je me trouve, mais cela n'a plus d'importance. À part toi, quelqu'un est au courant ?

— Non, ils vont être surpris. Vous avez l'air changée, mam'zelle.

— C'est vrai, Jack. Surtout là et là, répondit Nola en désignant tour à tour son cœur et son front.

Mirijula prononça quelques mots.

— Il confirme, mam'zelle ! acquiesça Jack.

Même si Nola quittait la tribu à regret, elle sentait que le moment était venu et espérait de tout cœur ne jamais oublier ce « voyage » qui lui avait littéralement sauvé la vie. Au moment des adieux, les femmes lui rendirent ses habits propres et soigneusement pliés.

— Elles ont pris vos vêtements pour que vous soyez l'une des leurs, expliqua Jack à Nola en remarquant sa perplexité. Comme elles ont vu que vous aviez les pieds tout lisses, elles vous ont quand même laissé les bottes. Sinon, vous auriez eu trop mal en marchant.

— Peux-tu leur demander où ils m'ont retrouvée, Jack ?

Jack se renseigna auprès de Mirijula, puis se tourna vers Nola.

— Sur la berge de la rivière, mam'zelle. Presque noyée.

— Pourquoi ne m'ont-ils pas ramenée au domaine ?

Jack sourit.

— Mirijula pense que vous avez empêché sa femme et sa *piccaninny* de mourir. À son tour, il a voulu sauver votre âme !

Le doyen confia Nola aux bons soins de Lizzie, Mary et Tilly, préférant qu'elles veillent sur elle encore un moment pour s'assurer que tout allait bien. Par l'intermédiaire de Jack, elle le remercia pour sa gentillesse, sa sagesse et son écoute. Mirijula se sentit visiblement honoré et répondit à Jack que Nola était la femme la plus forte qu'il eût jamais rencontrée. En survivant à la malédiction d'un sorcier, elle avait gagné le respect et l'admiration de toute la tribu.

— Qu'a-t-il dit ? s'enquit Nola.

Jack lui résuma brièvement le propos de Mirijula, jugeant toutefois que Nola avait suffisamment entendu parler de Dubi Deringa.

— Quelle distance nous sépare du domaine Reinhart ?

— Nous en avons pour une journée de marche.

Jack avait prévu un cheval pour Nola, mais celle-ci préféra cheminer aux côtés des femmes et des enfants.

Lorsque, enfin, les bâtiments de Reinhart lui apparurent, ce fut un sentiment de plénitude qui l'envahit. La ferme était son foyer, là où était sa place. Dès qu'il l'aperçut au loin, Sandy accourut à sa rencontre. En son absence, il avait tellement grandi qu'il faillit la faire tomber à la renverse !

C'était un silence de plomb qui régnait dans la demeure, comme le soir où Nola était arrivée au domaine. La jeune femme monta l'escalier jusqu'à la chambre de Langford, qu'elle trouva assis à la fenêtre. Son cœur se serra en le voyant si triste, perdu et amaigri. Alors qu'elle approchait, le vieil homme entendit des pas et tourna la tête en s'attendant à voir Shannon.

— Nola ! s'exclama-t-il, fou de joie.

Nola se jeta dans ses bras, tandis que des larmes de bonheur ruisselaient sur ses joues.

— Je savais que vous étiez en vie, murmura-t-il dans un souffle. Je n'en ai jamais douté.

— Je suis désolée, je n'ai pas pu vous prévenir. Je ne voulais pas que vous vous inquiétiez.

— Je suis tellement heureux que vous nous soyez revenue saine et sauve, jeune fille. C'est tout ce qui compte.

Nola se rendit ensuite dans la chambre de Shannon, qui faisait la sieste, et la secoua doucement.

— Mademoiselle Grayson, vous êtes revenue ! s'écria-t-elle, n'en croyant pas ses yeux.

— Tu m'as tellement manqué, soupira Nola en la serrant tout contre elle.

— Papa m'avait juré que vous reviendriez !

— Je ne partirai plus jamais.

— Promis ?

— Parole d'honneur. J'ai une énorme surprise pour toi. Enfin, « énorme »... Elle est plutôt petite et n'arrête pas de rire. Est-ce que tu as deviné ?

— Tilly !

— Exactement !

— C'est pour cela que vous êtes partie, mademoiselle Grayson ? Pour aller chercher Tilly ?

Nola n'eut pas le temps de répondre. Shannon était déjà partie jouer avec son amie, comme si elles ne s'étaient jamais quittées.

— Je suis revenue avec les femmes, j'espère que cela ne vous dérange pas, annonça-t-elle à Langford, qui se tenait sur le seuil. Mirijula, le doyen de la tribu, les a chargées de veiller sur moi jusqu'à la naissance du bébé.

— Au contraire, jeune fille, j'en suis ravie ! La maison était bien morne et silencieuse, sans vous.

Une fois installée avec Langford au rez-de-chaussée, Nola lui relata le « voyage » qui l'avait métamorphosée, et dont elle entendait tirer les bienfaits tout au long de son existence. À mille lieues de l'homme d'autrefois, qui aurait réagi avec sarcasme, il manifesta un intérêt sincère pour son récit. À son tour, il confia à Nola qu'il s'était considéré comme responsable du traumatisme qu'elle avait subi, et qui l'avait à l'évidence plongée dans une profonde dépression.

— Vous n'avez rien à vous reprocher, assura Nola. Je me suis toujours crue assez forte et indépendante pour n'avoir à compter sur personne, l'opinion des autres m'était bien égale, mais tout cela a changé. Quand j'ai compris que mes actes, mes erreurs avaient des répercussions sur toutes les personnes vivant au domaine, j'ai douté de moi-même, au point de croire que je méritais le mépris des gens. Maintenant, je m'apprête à donner la vie. Peu importe les circonstances dans lesquelles mon bébé a été conçu, sa venue au monde sera un événement heureux. Pendant tout le temps que j'ai passé avec la tribu, je me suis remise en question, j'ai sondé mon cœur. Ces gens m'ont fait prendre conscience que la vie était précieuse, jusque dans ses moindres aspects, et j'ai compris combien l'accessoire avait peu d'importance. Cette route parcourue avec eux a été pour moi une renaissance. J'ai eu l'impression d'ouvrir enfin les yeux, de voir le monde autrement, avec bien plus d'acuité. Galen, les enfants, Wade, Jimmy, Jack… J'ai appris à vous aimer, et vous êtes devenue ma famille. Cela a suffi à me donner beaucoup de force.

— J'en suis heureux, Nola. Nous aussi, nous vous aimons, et vous nous avez manqué plus que vous ne pouvez l'imaginer.

— Où est Galen ? demanda Nola, dont le cœur s'accéléra à cette simple évocation.

Langford soupira.

— Comme chaque jour depuis votre disparition, il est parti à votre recherche avant même le lever du soleil.

Nola sentit sa gorge se nouer à l'idée que Galen errait dans la plaine en espérant enfin la retrouver.

— Il sera tellement soulagé ! Sachez qu'il n'a jamais baissé les bras, jeune fille, pas une seconde ! Je ne peux pas en dire autant de ce bon à rien de

Hank. Dès le lendemain de votre disparition, il vous a crue morte. Je l'ai renvoyé car je ne supportais plus sa présence, et Galen aurait fini par s'en prendre à lui. Il ne voulait pas entendre une seule parole négative à votre endroit. Quand les battues n'ont rien donné, il n'a pu se résoudre à reprendre le cours de sa vie, contrairement aux autres. À ce propos, jeune fille, vous n'allez pas le croire : Bertha Ellery projette d'ériger un monument en votre mémoire au village. Elle chante vos louanges à qui veut l'entendre !

Nola en resta bouche bée.

— Quant au concours de danse, il a tourné court, car tout le monde ou presque a participé aux recherches. Il aura finalement lieu en fin de semaine prochaine. Bertha a décrété que c'était ce que vous auriez voulu.

L'altruisme de tous ces braves gens, qui avaient renoncé à leur soirée de Noël pour la retrouver, lui alla droit au cœur. Elle secoua la tête avec incrédulité.

— Wade est encore parmi vous ? s'enquit-elle.

— Oui. Avec les garçons, il se démène pour assurer un quotidien un tant soit peu normal. Je ne sais pas ce que je serais devenu sans lui. Je n'ai pas été d'une très grande aide. Je… je n'avais tout simplement plus le courage de…

Sa voix s'étrangla.

— C'est drôle comme ça nous prend, n'est-ce pas ?

— À partir de maintenant, tout ira bien, promit Nola.

— Oui, j'en ai la certitude.

Langford informa Nola que Galen ne rentrait pas avant la tombée de la nuit, une fois que l'obscurité l'empêchait de poursuivre ses recherches. Après avoir pris un bain rapide et passé sa robe du soir vert émeraude, elle installa une table sous la véranda, y posa une bouteille de vin et deux verres, puis alluma des bougies. Dire qu'ils allaient bientôt se retrouver !

Au sommet de la colline, Galen arrêta son cheval et baissa les yeux vers la ferme, dont les contours étaient à peine visibles dans la lumière du crépuscule. Il était à bout, aussi bien physiquement que mentalement. Comment allait-il vivre sans Nola ? Il doutait d'en avoir le courage, sans parler de la volonté. Alors qu'il contemplait la demeure, il crut voir une ombre glisser sous la véranda – certainement la fatigue qui lui jouait des tours. Depuis sa disparition, l'image de Nola le hantait la nuit et l'accompagnait le jour, du matin jusqu'au soir.

En apercevant la silhouette solitaire qui approchait, Nola crut que son cœur allait exploser de joie. Au moment où elle agita la main dans sa direction en criant son nom, Galen se figea, comme statufié, puis lança son cheval au galop, son chapeau s'envolant au vent. Arrivé devant la demeure, il sauta lestement de selle sous les yeux émus de Nola, qui riait et pleurait simultanément.

— Tu es là ! J'ai cru voir un fantôme, murmura-t-il, le souffle court.

— Oui, je suis bel et bien là. C'est le seul endroit sur cette terre où je veux être, nulle part ailleurs.

Galen sentit son cœur tambouriner dans sa poitrine, peinant à croire qu'il l'entendait enfin prononcer ces mots.

— J'ai tant besoin de toi…

La voix manqua à Nola, tant elle était bouleversée.

— Viens vite ! réussit-elle enfin à articuler en tendant les bras vers lui.

Galen monta la volée de marches qui menait à la véranda, la prit dans ses bras et la fit tournoyer dans les airs.

— Je n'ai jamais cru à ta mort, murmura-t-il.

Puis il l'embrassa longuement, passionnément. Lorsque leurs lèvres se séparèrent enfin, il plongea son regard dans les yeux embués de sa bien-aimée.

— Je n'étais plus capable de raisonner normalement, poursuivit-il dans un souffle. Tout ce que je sais sur le bush, tout ce que j'ai appris depuis des années portait à croire que tu n'avais pas pu survivre une seule journée dans cette immensité. Pourtant, au plus profond de moi-même, je sentais que tu étais saine et sauve. Si tu savais comme j'ai prié pour que les Wana-Mara t'aient trouvée ! Jack m'avait prévenu qu'ils étaient partis en errance, mais il ne savait pas si tu étais avec eux. Il avait beau m'assurer qu'ils nous préviendraient de leur retour, je ne pouvais pas rester là à attendre les bras croisés. Il fallait que je te cherche. Je n'aurais jamais abandonné.

— Tu n'as pas pensé que j'étais peut-être rentrée en Angleterre ?

— Non. J'ai envoyé des télégrammes à toutes les agences maritimes pour vérifier, mais je n'y ai jamais cru. Ta place est ici… auprès de moi !

Nola était sur le point de défaillir de bonheur quand, soudain, une ombre passa sur son visage.

— Et tu es au courant pour… pour le bébé ?

Le regard de Galen s'adoucit, tandis que, dans un geste de protection, il posait la main avec tendresse sur son ventre arrondi. Sans qu'il eût à prononcer un mot, Nola comprit qu'il aimerait cet enfant comme le sien.

Langford sortit sous la véranda et embrassa du regard les nombreux convives qui se pressaient entre les massifs de fleurs multicolores. Toutes les têtes se tournèrent alors vers lui, et les femmes retinrent leur souffle. Il portait un magnifique costume de lin couleur crème et arborait de nouveau son teint sain et doré de pionnier, que venait souligner sa chevelure grise.

Il n'était pas peu fier de donner la plus grande fête que Julia Creek eût jamais connue, dans un domaine qui avait retrouvé sa splendeur d'antan. Des agriculteurs étaient venus de toute la région pour visiter l'exploitation et admirer ses veaux issus du croisement entre shorthorns et brahmanes – des bêtes qui promettaient d'être plus résistantes que la moyenne.

Langford Reinhart sourit intérieurement, songeant que la vie ne pouvait guère être plus belle. Non seulement il profiterait de ses dernières années dans le bonheur et le respect mutuel, mais il verrait sa famille grandir, en n'ayant plus à s'inquiéter pour l'avenir du domaine Reinhart. Son regard se posa sur Nola et Galen, qui présentaient fièrement leur fils à un groupe de femmes ébahies, parmi lesquelles Bertha Ellery, Mora et Eartha Dove ainsi que, bien sûr, Esther, la marraine du petit Charles. Shannon, magnifique dans sa robe rose, ne quittait pas Nola d'une semelle et veillait attentivement sur son petit frère.

Un délicieux fumet de viande grillée s'élevait du barbecue dont s'occupait Wade, avec l'aide de

Heath et Keegan. Non loin de là, les membres de la tribu Wana-Mara, invités d'honneur, se préparaient au Corroboree, une danse rituelle avec laquelle ils avaient prévu d'animer la soirée de leurs hôtes.

En voyant Langford qui se tenait sous la véranda, Nola s'excusa auprès de son époux et de ses amies et alla le rejoindre.

– Quelle merveilleuse journée, dit-elle, rayonnante.

– En effet, répondit Langford avec un soupir de contentement.

Lorsque l'orchestre de Julia Creek se mit à jouer, les premiers couples s'élancèrent sur la piste de danse. Parmi eux, Hank et Esther, devenus inséparables.

– Qui est l'homme avec le drôle de chapeau ? demanda Langford.

– Tilden Shelby, et le chapeau en question s'appelle un trilby – très à la mode en Angleterre, paraît-il. Il faut que je vous le présente : c'est lui qui m'a envoyée ici.

– Dans ce cas, je lui pardonne son accoutrement.

Ils s'approchèrent de lui bras dessus bras dessous.

– J'ai un cadeau de baptême pour le petit Charles, annonça Langford.

– Vous le gâtez beaucoup trop, rétorqua Nola d'un ton faussement réprobateur. Sa chambre déborde de jouets ! Que lui avez-vous acheté, cette fois ?

Langford lui lança un regard coupable.

– Un poney.

– Il est beaucoup trop jeune, Langford. Mon fils a six mois et…

– Allons bon, il n'y a pas d'âge pour apprendre l'équitation. Demandez donc à Galen ! Heath et

Keegan montaient déjà à cheval avant de savoir marcher. Vous ne doutez quand même pas des capacités du petit Charles ? Après tout, c'est le fils de l'une des femmes les plus remarquables qu'ait connues le golfe de Carpentarie. Une légende vivante, dont on narrera bientôt les exploits dans les manuels scolaires…

Nola surprit le clin d'œil taquin de Langford et éclata de rire.

— « Les exploits » ? Dites plutôt les bévues !

Nola savait toutefois que, de façon détournée, Langford venait de lui adresser le plus beau compliment qui fût pour un pionnier.

— Promettez-moi de ne rien raconter à Tilden Shelby. Je lui ai dit que j'avais changé du tout au tout.

Ce fut au tour de Langford de s'esclaffer.

— Je crois que nous ferions mieux de lui trouver un autre chapeau, avant que les jeunes de Boulia n'aient un coup dans le nez.

— Vraiment ? Pourquoi donc ?

Langford esquissa un sourire facétieux.

— Vous avez encore beaucoup à apprendre, jeune fille.

Cet ouvrage a été composé
par Soft Office à Eybens (Isère)

Impression réalisée par
CPI France
en décembre 2021
pour le compte des Éditions Archipoche

IMPRIM'VERT
Votre imprimeur agit pour l'environnement

Imprimé en France
N° d'édition : 715
N° d'impression : 3045934
Dépôt légal : février 2022